Steven Lukes

DIE BESTE ALLER WELTEN

Professor Caritats Reise durch die Utopien

Roman

Aus dem Englischen
von Sebastian Wohlfeil

Rotbuch Verlag

Die Deutsche Bibliothek – CIP-Einheitsaufnahme

Lukes, Steven
Die Beste aller Welten : Professor Caritats Reise durch die Utopien ;
Roman / Steven Lukes. Aus dem Engl. von Sebastian Wohlfeil. –
Hamburg: Rotbuch Verlag, 1999
ISBN 3-434-53014-2

Originaltitel: The Curious Enlightenment of Professor Caritat
Zuerst erschienen bei Verso, London 1995

Umschlaggestaltung: Groothuis+Malsy, Bremen
unter Verwendung eines Motivs von Bart Goldman
Herstellung: Das Herstellungsbüro, Hamburg
Satz: Greiner & Reichel, Köln
Druck und Bindung: Clausen & Bosse, Leck
Printed in Germany

ISBN 3-434-53014-2

1 VERHAFTUNG

Das Schlimmste an der Verhaftung des Professors Nicholas Caritat war, daß man ihm die Brille zertrat. Es war das, was er am meisten fürchtete und am wenigsten erwartete. Sie stärkten die eigene Macht über die wirkliche Welt, indem sie die seine über die Welt der Erscheinungen schwächten.

Nicholas hatte friedlich in seinem Arbeitszimmer gelesen, eingewickelt in seinen schwarzen Samtumhang mit Besatz und Saum aus silbrig weißem Pelz wie stets, wenn er seine abendlichen Debatten mit den Denkern der Aufklärung führte. Er war spät zu Bett gegangen und schlief einen unsteten Schlaf in dem unbehaglichen Bewußtsein, daß die Tage seiner Freiheit gezählt waren, ging man nach dem Schicksal vieler seiner Freunde. Dennoch war er nicht untergetaucht. Kompromittierenden politischen Bindungen war er stets aus dem Weg gegangen. Er war Gelehrter, Ideengeschichtler und Philosoph – und damit, wie er hoffte, ein Mann ohne große Bedeutung.

Plötzlich wurde hart an die Haustür geklopft. Er setzte sich im Bett auf und lauschte. Mit Sicherheit gab es keine Aussicht auf Entkommen: Das Haus war gewiß umstellt, und sie würden umstandslos auf ihn schießen. Vor dem Fenster konnte er blinkende Lichter erkennen. Wieder wurde heftig an die Tür geklopft. Er erhob sich, setzte die Brille auf, zog den seidenen Morgenmantel an und ging gemessenen Schritts im Dunkel über den Läufer im engen Flur auf das Klopfen zu. Bevor er noch die Tür erreichte, hörte er, wie mit lautem

Krachen das Holz des Türrahmens splitterte. Noch ein Krachen, das Schloß gab nach, und vor ihm im Halbdunkel des Korridors standen vier Männer, die offenkundig Soldaten in Zivil waren. Sie traten wortlos ein, knipsten das Licht an und marschierten schnurstracks zu seinem Arbeitszimmer am anderen Ende des Korridors. Nicholas folgte ihnen ins Zimmer. Der knabenhafte Anführer, der jüngste von ihnen, betrachtete ihn mit bedrohlicher Gleichgültigkeit.

»Los, gehen Sie sich anziehen!« befahl er.

Dann erfolgte der überflüssige Angriff auf seine Brille. Als er sich gerade umwandte, um ins Schlafzimmer zu gehen, trat einer der Soldaten, ein stämmiger, schwitzender, schnaufender Bursche, an ihn heran, nahm sie ihm von der Nase, warf sie auf den Teppich und trampelte mit beiden Füßen darauf herum. Nicholas empfand beim Knirschen des Glases und dem verschwommenen Anblick des verbogenen Rahmens einen Schmerz ganz besonderer Art.

Ohne seine Brille war die Welt ihm nur schimmernder Dunst. Er erinnerte sich an James Thurbers tröstliche Gedanken über die seltsamen Segnungen des Erblindens. Mit nachlassendem Augenlicht spielt die äußere Welt eine immer kleinere Rolle bei der Bestimmung dessen, was man vor sich hat, und die Interpretation eine immer größere, also muß man nur etwas Optimismus mitbringen, und schon werden Frauen attraktiv, Bauwerke stilvoll und das Wetter sonnig. Allerdings bestand kaum Anlaß zum Optimismus, was seine eigene gegenwärtige Lage betraf – oder die Lage in Militaria überhaupt.

Der letzte Staatsstreich war der schlimmste gewesen. Die neue Junta hatte eine neue Schreckenskampagne entfesselt. Ihr erklärtes Ziel war die Vernichtung der Guerillabewegung »Sichtbare Hand« um jeden Preis. Nie wußte man, wer für welche Ausschreitung verantwortlich war, die Guerillakämpfer oder Agents provocateurs der Regierung. Bis vor kurzem war die Hand in zwei Flügel gespalten gewesen, die

Linke Sichtbare Hand und die Rechte Sichtbare Hand. Unweigerlich machte die eine die andere für Morde und Bombenanschläge verantwortlich. Nur soviel schien sicher, daß die eine nicht wußte, was die andere tat, und Blut an beiden klebte. Auf Bahnhöfen gingen Bomben hoch, und Banküberfälle waren an der Tagesordnung. Vor zwei Monaten war das Hauptquartier der Polizei in der Hauptstadt in Flammen aufgegangen. Die Guerilleros entführten Geschäftsleute, das Militär brachte Rechtsanwälte um. Tausende von Menschen waren »verschwunden«, manche von ihnen waren aus Hubschraubern über dem Meer abgeworfen worden. Die meisten seiner Freunde und ehemaligen Studenten lebten im Untergrund. Graue Ford Falcons ohne Nummernschild kreuzten durch die Straßen. Auftragskiller und Todesschwadronen hatten freie Bahn. Unterschiedliche Teile des Heeres, der Marine, der Luftwaffe und der Militärpolizei verfolgten unterschiedliche Strategien und unterschiedliche Feinde. Kurz gesagt, der Arm der Staatsgewalt in seinen unterschiedlichen militärischen Formen war ebenso außer Kontrolle geraten wie die Hände der Guerilla.

Jetzt aber war der Terror der neuen Junta systematischer geworden, und die Guerilla war einig. Anhänger wie Gegner des Systems waren gefährdet. Er hatte lange befürchtet, daß seine Abwesenheit im Fall einer Ergreifung gänzlich unbemerkt bleiben würde, vor allem in der Außenwelt. Seine akademischen Verbindungen bestanden schon längst nicht mehr, sie waren bereits abgerissen, als seine ausländischen Kollegen in einem Akt der Solidarität einen akademischen Boykott verhängt hatten. Was Sohn und Tochter betraf, so konnten beide nicht helfen. Marcus war in irgendeinem Guerilla-Lager auf seiten der Hand, auch dies zweifellos ein Grund – oder Vorwand – für seine Verhaftung. Auch Eliza war außer Reichweite. Sie arbeitete als Menschenrechtlerin im Untergrund. Sicher würde sie Kontakte zu ausländischen Regierungen und Journalisten aufnehmen, sobald sie von seiner Gefangennahme erfuhr, und für seine Freilassung kämpfen, aber wer würde ihr zuhören, wenn es so viel Festnahmen, Verschwinden und Folter gab?

Der Befehl, sich anzukleiden, kam von dem jungen Offizier mit dem Kindergesicht und dem keinen Widerspruch duldenden Auftreten. Seine drei hünenhaften Kameraden hatten augenscheinlich größten Respekt vor ihm und standen, bebend und zitternd vor bedrohlich unterdrückter Kraft, wie nervöse Bullterrier im Bann ihres Dompteurs. Alle vier Eindringlinge folgten Nicholas ins Schlafzimmer. Während er sich langsam vor ihnen anzog, entschloß er sich, dem Dompteur die naheliegende Frage zu stellen.

»Warum nehmen Sie mich fest?«

Gänzlich ausdruckslos sagte der Dompteur: »Warum nehmen wir Sie fest.«

War diese Frage eine Antwort? Oder wiederholte er sie, um sie besser zu verstehen? Oder um sie seinen Bullterriern verständlich zu machen? Oder machte er sich über die Frage lustig? Warum sollten sie ihn schließlich *nicht* festnehmen? Und warum sollte es einen *Grund* für seine Festnahme geben? In Militaria hatte das Militär derzeit keine Gründe nötig.

Er fuhr fort, sich anzukleiden, mit größtmöglicher Eleganz (die Gelegenheit dazu würde sich so bald wohl nicht mehr bieten), und wartete darauf, was es wohl noch zu sagen geben würde.

Der Dompteur antwortete: »Wir nehmen Sie nicht fest.«

Das war nicht besonders hilfreich. Natürlich hatten sie keinen Haftbefehl, aber Haftbefehle waren bedeutungslos, seit die Gerichte nicht mehr funktionierten. Er, Nicholas Caritat, würde bald in irgendeinem schwarzen Loch verschwinden, unbemerkt und unbeklagt, ein abgebrochenes Leben mit unvollendetem Lebenswerk.

Bisher war es seine Arbeit gewesen, die ihn aufrecht gehalten hatte. Das Studium der Fortschrittsideen des achtzehnten Jahrhunderts war drei Jahrzehnte lang der Schwerpunkt seiner Forschung und seiner Lehre gewesen. Er war so besessen vom Studium vergangener Vorstellungen über die Zukunft, daß er der Gegenwart nahezu kein aufmerksames Interesse mehr zuwandte. Wie war das wohl gewesen, wenn man der Zukunft der Menschheit hoffnungsvoll entgegenblickte und überzeugende Gründe dafür ins Feld führen konnte? Waren irgendwelche dieser Gründe noch stichhaltig? Konnte man solche Hoffnungen nach all den Schrecken des gegenwärtigen Jahrhunderts noch nähren? Waren seine Lieblingsdenker nur Jünger gefährlicher Illusionen, die wahre Gläubige blendeten und zynischen Manipulatoren rationalistische Dogmen als Waffe in die Hand gaben, die seit der jakobinischen Schreckensherrschaft Katastrophen über die Menschheit gebracht hatten? Kurz, der Optimismus war Thema seiner Untersuchungen wie Ziel seiner Suche.

Weisungsgemäß packte Nicholas eine Reisetasche. Sorgfältig faltete er seinen Umhang, künftigen abendlichen Disputationen mit Diderot und d'Alembert, Leibniz und Kant, Helvétius und Voltaire und all den anderen zuliebe. Er packte auch sein Rasierzeug ein, zwei paar Hosen, ein Jackett, ein paar Hemden und Krawatten und schließlich, aus Optimismus, das leere Brillenetui.

Als der Dompteur ihn den Korridor entlangführte, warf Nicholas einen letzten langen Blick in sein Arbeitszimmer, den Rahmen und Kokon für seine täglichen Forschungen und nächtlichen Gespräche, und speicherte in seinem Gedächtnis ein letztes, verschwommenes Bild: der große, tiefrote Orientteppich, der fast den gesamten Boden bedeckte, das Erkerfenster, das auf den gepflegten Garten hinausging, die buchbedeckten Wände, der Sekretär mit dem Rollverschluß und der Schaukelstuhl aus Rohr, der Mahagonibücherschrank mit seinen Reihen braunfleckiger Bände aus dem achtzehnten Jahrhundert hinter schützendem Maschendraht.

Der Dompteur wies auf die offene Tür. Er war kaum hinausgetreten, als er die drei Bullterrier hörte, die, von der Leine gelassen, den Befehl in die Tat umsetzten, sein Allerheiligstes zu durchsuchen und zu zerstören.

2 GEFÄNGNIS

Der Dompteur faßte ihn hart bei der Schulter und stieß ihn auf den Rücksitz eines Wagens, und zwei weitere Soldaten setzten sich rechts und links neben ihn. Während der Dompteur sich neben den Fahrer nach vorn setzte und der Wagen anfuhr, legte man ihm Handschellen und eine Augenbinde an. Die Augenbinde war geradezu eine Erleichterung, da sie ihn der Anstrengung des Versuchs enthob, im düsteren Nebel der Kurzsichtigkeit etwas Klares auszumachen. Die Handschellen waren der Beginn seiner körperlichen Einkerkerung und sicher nur eine kleine Unannehmlichkeit im Vergleich zu dem, was noch auf ihn wartete.

Der Wagen machte ungefähr eine Stunde lang rasche Fahrt. Schließlich hielt er an einem Ort an, in dem Nicholas ein Militärgefängnis vermutete. Er konnte gedämpfte Stimmen und klirrende Türen hören und sogar, obwohl er dessen nicht sicher war, einen Schmerzensschrei in der Ferne – oder war es ein Ruf der Verzweiflung oder der Wut? Er wurde aus dem Wagen gezerrt und abwärts über zwei Treppen und dann einen langen Gang entlang gestoßen. Unvermittelt stieß man ihn in einen Raum, wohl eine Zelle. Die Tür fiel mit einem metallischen Krachen ins Schloß, der im Gang widerhallte, während schwere Fußtritte sich entfernten. Nicholas saß in vollkommener Dunkelheit und Stille auf einer schmalen, harten Pritsche, die Hände zwischen den Knien. Bei jeder Bewegung wurden die Handschellen enger und seine Klaustrophobie größer. Er hatte von diesem Augenblick in zahllosen

Romanen und Hafterinnerungen gelesen, sich dabei aber nie vorgestellt, wie kalt und endgültig er wirken oder auch nur, daß er selbst ihn je erfahren würde. Unfähig, sich selbst vor unmittelbarer Gefahr für Leib und Leben zu schützen, mußte er an den armen Condorcet denken, den besten und edelsten der Philosophen der Aufklärung, der auf der Flucht vor der Schreckensherrschaft, verkleidet als Arbeiter auf seinem eigenen Gut, gefangen genommen und eingekerkert worden war. Nicht länger der Marquis Jean-Marie-Antoine-Nicolas Caritat de Condorcet, starb er zwei Tage darauf im Gefängnis schlicht als »Vater Simon«. War er wirklich eines »natürlichen Todes« gestorben, oder hatte er Gift genommen, das er in seinem Ring, dem Zeichen seines Adels, aufbewahrte?

Plötzlich schwang die Tür mit scharfem Geräusch auf, die Handschellen wurden ihm mit roher Bewegung abgenommen und die Augenbinde abgerissen. Als seine Augen sich auf das matte elektrische Licht einstellten, konnte er sehen, daß er in den Club der Gefangenen aus Gewissensgründen aufgenommen war.

Einen verrücken Augenblick lang spürte er sogar den Impuls, sich für das Abnehmen von Handschellen und Binde zu bedanken. Ein zweiter Blick heilte ihn sofort von jeder Höflichkeit am falschen Platze, denn er stellte fest, daß die Person, der er gedankt hätte, eine ausnehmend unangenehme Erscheinung war. Sein Gefängniswärter wies alle üblichen Kennzeichen der Schurkerei auf – eine Tätowierung auf dem Arm, eine Narbe auf der Wange, ein abfälliges Grinsen um die Mundwinkel und einen haarlosen Kugelkopf – und war zweifelsohne Fachmann für Einschüchterung. Indem er mit einer Pistole vor Nicholas' Gesicht herumfuchtelte, stellte er die Grundregeln des Etablissements vor: kein Lesen, kein Schreiben, kein Reden.

Und Denken? wollte der Gelehrte fragen, biß sich aber noch rechtzeitig auf die Lippen.

»Du bist so eine Art Professor, oder?« sagte Kugelkopf. Er spuckte die Worte mit rauher, lauter und heiserer Stimme aus, als beschriebe er etwas wirklich Ekelhaftes. »Komm dir bloß nicht schlauer vor als wir!« bellte er und knallte die Tür hinter sich zu.

Jetzt, so stellte Nicholas fest, war es nicht nur möglich, zu denken, es war notwendig. Zwei Gedankenstränge dehnten sich vor ihm aus, bis ins Unermeßliche. Bei einem ging es um die Große Frage: Wie sollte man sich die Zukunft der Menschheit vorstellen? Der andere war nicht weniger vordringlich: Wie ließ sich die Zukunft von Nicholas Caritat erhalten?

Er begann, diese beiden Marschrouten der Reflexion abzustecken. Aber noch während er das tat, wurde er von einem überwältigenden Gefühl der Einsamkeit überfallen. Er hatte die meisten gesellschaftlichen Beziehungen verloren, die ihn zu einer Person gemacht hatten. Er war eine verschleppte Unperson geworden, ein losgerissenes Partikelchen, ein Atom außerhalb des Moleküls. Die Schrecken des Militärregimes hatten ihn nicht nur der Bestätigung und des Trostes in der Gesellschaft seiner Freunde und Kollegen beraubt, sie hatten auch den schützenden Kern seiner Familie aufgebrochen, in der die Bande mit dem Tod seiner Frau Susanna im Wochenbett nur umso fester geworden waren. Sie alle, Susanna, Marcus, Eliza und Nicholas selbst, waren stets bestrebt gewesen, sich rational zu verhalten, und sie alle hatten ganz rational an der Unterstellung festgehalten, daß sie wußten, was rational war, auch in den irrationalsten Situationen.

Als Susanna an medizinischer Fehlversorgung in einem Krankenhaus starb, gegen das keine Beschwerde etwas ausrichten konnte, befanden sich die Willkür und der Terror des Regimes noch im Anfangsstadium. Noch immer rief sich Nicholas oft ihr bleiches, beunruhigtes Gesicht mit den fest aufeinandergepreßten Lippen vor Augen, ihre sanften braunen Augen, die ihn für seine gelehrtenhafte Wirklichkeitsflucht tadelten, ihren kleinen, angespannten Körper, stets elegant gekleidet mit einem Schal um die Schultern. Es war ihre wilde leidenschaftliche Begeisterung gewesen, ja gerade die Wildheit daran, die ihn zuerst an ihr angezogen hatte, Begeisterung für die Malerei, für Musik, Literatur, Freunde, Reisen, Kinder und dafür, Freude an ihnen zu haben. Aber schon vor der Geburt Elizas hatte die sich verdüsternde politische Lage Einschüchterung und Unsicherheit zu einem Teil ihres Lebens gemacht, und ihre Leidenschaften waren in eine einzige Über-Leidenschaft zusammengeflossen: der Leidenschaft, für ihre Familie zu sorgen, wie ein verstörter Vogel, der die Fittiche über das eigene Nest breitet. Als sie starb, war ihre Vernunft bereits zur Sklavin dieser Leidenschaft geworden. Für Susanna hieß rational zu handeln, vorsichtig zu handeln.

Für Marcus hieß rational handeln, Probleme zu lösen. Schon in seinen frühen Jahren hatte er eine ausgeprägte Unduldsamkeit mit den Komplexitäten der Welt an den Tag gelegt. Wenn ein Problem lösbar aussah, begriff er schnell das Wesentliche daran, tat es das nicht, so umging oder ignorierte er es. Als Kind nahm er gern Gegenstände auseinander, um sie dann wieder zusammenzusetzen, aber soziale Beziehungen fand er immer sehr viel verwirrender und scheute sie daher. Als Halbwüchsiger war er dauernd auf der Suche nach einer Landkarte, die die Komplexität der Welt vielleicht auf irgendein handhabbares Maß reduzieren könnte. Nachdem er sich nur einen winzigen Moment lang versucht gefühlt hatte, entschied er, daß die Religion dies nicht zu bieten hatte. Aus dieser Erfahrung und summarischer Prüfung der Alternativen kam er zu dem Schluß, daß es in der Religion darum ging, schwierige Fragestellungen unmöglich erscheinen zu lassen, indem unverständliche, paradoxe oder widersprüchliche Mysterien als Antworten angeboten wurden statt Erklärungen – Dinge, die nach Glauben verlangten, statt Gründen für Überzeugungen. Marcus haßte Mysterien, die, da sie weder wahr noch falsch waren, nicht einmal als Illusionen durchgingen, die wenigstens sicher falsch waren. Nicholas erinnerte sich an den zärtlichen Stolz, mit dem er dem unerbittlichen Rationalismus seines Sohnes begegnet war – wenn Marcus etwa, noch als Schuljunge, hoch aufgeschossen und schlaksig, mit glänzend schwarzem Haar und tiefer, selbstsicherer Stimme, am häuslichen Frühstückstisch gegen die Ausnutzung der öffentlichen Gutgläubigkeit durch anpassungsfähige Priester zu Felde zog, die dem Militärregime dienten. Aber seine Erinnerung war auch durch Reue getrübt, denn als Marcus zur Universität ging, bekam ihn die Hand in den Griff; zweifelsohne einer der Gründe für seine eigene gegenwärtige Gefangenschaft.

Für Eliza bedeutete vernünftig zu sein, sich nach Grundsätzen zu richten, und dabei vor allem nach einem Grundsatz: daß Menschen zu einem Zweck zu benutzen gleichbedeutend damit war, sie auszunutzen; daß niemand verdiente, als Mittel für die Zwecke eines anderen oder im Dienste eines höheren gesellschaftlichen Zwecks eingespannt zu werden. Ihre Entschlossenheit, sich daran zu halten, rührte nicht etwa davon her, daß sie Kant oder irgendeinen anderen Philosophen gelesen hatte, sondern entsprang unmittelbarer Einfühlung, Beobachtung und Erfahrung. Zierlich und blaß wie Susanna, hatte sie auch die gesamte leidenschaftliche Intensität ihrer Mutter geerbt, die sich bei ihr mit der kühnen, ja wagemutigen Bestimmtheit ihres Bruders und mit Nicholas' zwanghaftem Drang verband, sich auszumalen, wie eine Welt wohl ohne die sie entstellenden Übel aussehen mochte. Im Gegensatz zu ihrem Vater aber trachtete sie danach, diese Vision auf der Stelle umzusetzen, im Hier und Jetzt, indem sie sich auf die offenkundigsten dieser Übel konzentrierte und sie bekämpfte. Sie kritisierte nie, daß Marcus der Hand beigetreten war, wenn sie sich auch Sorgen machte. »Paß auf«, mahnte sie ihn, »die Hand manipuliert.« Sie mochte auch den ganzen Hand-Jargon von »gesellschaftlichen Kräften«, »Strukturen« und »Mechanismen« nicht. In ihren Augen hatte jedes einzelne Opfer der Unterdrückung unmittelbaren Anspruch auf ihre Aufmerksamkeit und ihre Kräfte; sie wurde zu einem Dynamo zur Verteidigung der Verfolgten, der sich aus sich selbst speiste. Sie organisierte den Zusammenhalt der Mütter derer, die »verschwunden«

waren, arrangierte Fluchtwege für Gefährdete und pflegte internationale Kontakte, um individuellen Fällen Publizität zu verschaffen. Mit der Verschärfung der Lage in Militaria erkannte Eliza, wie angreifbar sie war, und ging in den Untergrund, um von dort aus ihre Arbeit fortzusetzen.

Nicholas' häusliche Welt war so von einem Augenblick auf den anderen zusammengebrochen, ohne daß man sich anständig auf Wiedersehn gesagt oder alte Konten geschlossen hätte. Marcus, ganz bei der Hand genommen, war in eines ihrer Ausbildungslager verschwunden, und Eliza war heimlich fortgegangen, mit einem hastig gepackten Koffer und dem Schwur, ihre Arbeit ohne Beobachter fortzusetzen.

War er selbst, Nicholas, denn vernünftig gewesen? Keins seiner Kinder war im Grunde dieser Ansicht, wenn auch Eliza mehr Mitgefühl gezeigt hatte. Beide hielten ihn für einen Eskapisten, der die Augen vor den Schrecken und Gefahren um ihn herum verschloß. »Wie kannst du das Ohr am Puls der Zeit haben«, meinten sie beide, »wenn du die Nase in ein Buch steckst?« Marcus bemitleidete ihn aufrichtig, da er ihn für unfähig oder für nicht gewillt hielt, die Hand zu begreifen oder deren Analyse der Zustände in Militaria. Für Eliza, deren Abwesenheit er besonders schmerzlich empfand, war er nur ein entrückter Denker, der das Gespräch mit der Vergangenheit pflegte, statt in der Gegenwart zu handeln. Und doch war es sein Ziel, herauszufinden, was vernünftig war, etwas, das sich nicht leicht erreichen ließ, ohne andere zu Rate zu ziehen, die dasselbe Ziel verfolgten. Welche Hoffnungen konnte man sich vernünftigerweise machen? Auf welche Grundsätze konnte eine vernünftige Gesellschaftsordnung aufbauen? Wie konnte der Versuch, auf solche Fragen eine Antwort zu finden, selbst ein Akt der Unvernunft sein?

Nach einer Zeit von bestimmt mehreren Stunden kam Kugelkopf zurück, schwang die Zellentür auf und steckte ihm die Pistole ins Gesicht.

»Auf, auf, Professor!« rief er. »Dein Typ wird verlangt!«

Nachdem er ihn aus der Zelle auf den trüb erleuchteten Gang hinausgestoßen hatte, schleppte ihn Kugelkopf an rund einem Dutzend Zellen vorüber, die alle verriegelt waren, bis sie die offene Tür eines Raumes erreichten, der wie ein großes, quadratisches Büro mit kahlen Wänden aussah, in dem es noch weniger hell war als im Gang. Eine einzelne trübe Glühbirne baumelte von der hohen Decke. In den gegenüberliegenden Ecken des Raumes konnte Nicholas, der angestrengt blinzelte, zwei Gestalten ausmachen, je an einem Stahlschreibtisch mit Leselampe, die nach unten auf die Schreibfläche gerichtet war. Ansonsten schien das Büro leer, wie eine spartanische Bühne vor dem Aufleuchten der Scheinwerfer. Kugelkopf verschwand.

»Sie können sich setzen«, sagte die Gestalt zur Linken und wies auf einen einsamen hölzernen Stuhl in der Mitte des Raumes.

Die beiden, die ihn verhören sollten, schienen merkwürdig gesichtslos und jedem Kontext enthoben. Seine eingeschränkte Sehfähigkeit bei der schlechten Beleuchtung verlieh ihnen so etwas wie Symbolcharakter, wie zwei Figuren in einem Stück von Beckett, die dawaren, um die blanke Hoffnungslosigkeit der menschlichen Verstrickung auszudrücken.

»Es tut uns leid, was mit Ihrer Brille geschehen ist«, sagte Nummer Eins, zur Linken, mit spürbarer Heuchelei. »Das war ein unglückliches Versehen. Hoffentlich hatten Sie keine unnötigen Unbequemlichkeiten.«

Unnötigen Unbequemlichkeiten! Was sollte er denn darauf antworten? »Oh, schon in Ordnung – so etwas kommt vor«? »Machen Sie sich keine Gedanken, ich komme schon zurecht«? Der Verlust seiner Brille schien die einzige Unbequemlichkeit zu sein, die man der Erwähnung für wert hielt. Er schwieg.

»Wenn Sie allerdings kooperieren«, fuhr Nummer Eins fort, »kann Ihre Unbequemlichkeit von kurzer Dauer sein.«

Nummer Zwei, zur Rechten, beugte sich daraufhin vor und sprach ihn in einem Ton an, der nach Respekt klingen sollte.

»Ihre Kooperation, Professor Caritat, wäre Ihrem Land von unschätzbarem Wert. Militaria appelliert an Ihre Loyalität und Ihre Unterstützung in diesen finsteren und unruhigen Zeiten.«

Er beschloß, noch einmal die Frage zu stellen, auf die er noch immer die Antwort suchte.

»Warum«, fragte er, »haben Sie mich verhaftet?«

»Warum wir Sie verhaftet haben?« kam es papageienhaft von Nummer Zwei zurück. »Wir haben Sie nicht verhaftet.«

»Warum bin ich dann hier?« beharrte er.

»Professor Caritat«, sagte Nummer Zwei und betonte ungeduldig die Geduld, die er aufbrachte, »Sie sind ein sehr intelligenter Mensch. Sie werden in Militaria zu Recht Ihrer Intelligenz wegen gerühmt. Sie sind bis heute dafür bezahlt worden, zu denken – und doch scheinen Sie die Bedeutung Ihres Denkens nicht zu verstehen.«

»Aber«, widersprach er, »mein Fach ist das Studium der Philosophie der Aufklärung!«

»Der Aufklärung!« schnappte Nummer Zwei. »Es gibt keine Aufklärung ohne Licht, und wo Licht ist, da ist Feuer! Wir befinden uns im Krieg, Professor. Unsere Gesellschaft wird vom Fortschrittsoptimismus untergraben. Sie haben den Feinden unserer Nation Trost und Rat gespendet!«

»Ich bin Gelehrter«, wiederholte er, »Gelehrter. Kein« – er sprach das Wort mit Widerwillen aus – »Ideologe.«

Nummer Eins schaltete sich wieder ins Gespräch ein. »Ihr Gelehrtentum« (er imitierte den Ausdruck von Ekel) »wird immerhin von der Sichtbaren Hand hochgeschätzt. Ihre Schriften sind in ihren Ausbildungslagern gefunden worden. Sie stehen auf ihren Leselisten.«

»Im Gegensatz zu Ihnen, Professor«, fügte Nummer Zwei hinzu, »nehmen sie – und wir – Ihre Gedanken ernst.«

»Was wollen Sie von mir?« fragte er.

»Zum ersten«, antwortete Nummer Eins prompt, »wissen wir, daß Sie an spätabendlichen Zusammenkünften mit fortschrittsgläubigen Elementen teilgenommen haben. Wir wollen ihre Namen. Alle Namen. Zweitens, wir wollen eine unterzeichnete Erklärung von Ihnen, in der Sie die Fortschrittslehre verwerfen und alle verurteilen, die ihr weiter anhängen. Drittens, wir wollen eine unterzeichnete Absichtserklärung, in der Sie sich verpflichten, niemals mehr die Lehre des Fortschreitens der Welt zum Guten zu vertreten oder mit fortschrittsgläubigen Elementen zusammenzuarbeiten.«

»Und was würde geschehen«, fragte Nicholas vorsichtig, »wenn ich dies alles täte?« Am besten, dachte er bei sich, bestärkte er sie in dem Glauben, er werde schon am Ende nachgeben.

»Natürlich können wir Ihnen keinerlei Hoffnung machen«, antwortete Nummer Zwei.

»Aber wir könnten Ihre Brille ersetzen«, sagte Nummer Eins.

Sie wollen, daß ich die Aufklärung um den Preis einer Brille verrate, dachte er. Er sagte nichts und ließ einige Zeit verstreichen. Nummer Eins und Zwei warteten wortlos. Einer von ihnen klopfte mit seinem Füller auf die Schreibunterlage. Die Stille wurde nach und nach drückend.

Nummer Eins, offenbar frustriert, entschied sich, die Unterhaltung vorläufig zu beenden. »Überlegen Sie es sich doch noch mal gründlich in Ihrer komfortablen Unterkunft.« Er drückte einen Knopf, und Kugelkopf erschien unverzüglich, um ihn zurück in die Zelle zu bringen.

Es gab jetzt weitere Unwürdigkeiten. Kugelkopf reichte Nicholas eine Rolle rauhen, grauen Toilettenpapiers und wies auf einen Kübel in der Ecke. Dann schnauzte er ihn an, sich auszuziehen und Gefängniskleidung anzulegen: ein schlecht sitzendes Hemd aus grobem Tuch und schlabbrige Hosen. (Seine Reisetasche war nirgends zu sehen.) Zur Befriedigung seiner sanitären Bedürfnisse bekam er eine Schüssel mit kaltem Wasser, ein Rasiermesser, ein winziges Stück Seife und ein schmuddliges Handtuch. Dann brachte ihm Kugelkopf ein entsprechend trostloses Essen – fast schon altbackenes Brot, aber keine Butter, Kartoffelbrei ohne

Geschmack, ledriges Fleisch, harten Käse und eine Flasche Wasser –, worauf er für den verbleibenden Rest seines ersten Tages sich selbst überlassen blieb, um in der kleinen, fensterlosen Zelle, die von einer einzigen nackten Birne erhellt wurde und aufdringlich nach Urin stank, seiner und der Zukunft der Menschheit nachzusinnen.

Er verlor das Zeitgefühl, während die Stunden verrannen. Mit der Zerstörung seiner Brille hatte man ihn weitgehend seiner Herrschaft über den Raum beraubt. Jetzt, so stellte er fest, bemächtigte man sich auch seiner nachlassenden zeitlichen Wahrnehmung. Ein trostloses Abendessen war da fast eine Erleichterung und zeigte das Ende seines ersten Tages in Gefangenschaft an.

Nach dem Essen debattierte er mit Immanuel Kant die Frage »Was ist Aufklärung?«.

»Aufklärung«, steuerte Kant mit untypischer Direktheit auf den Kern los, »bedeutet, für sich selbst zu denken. Es bedeutet den Ausgang des Menschen aus seiner selbstverschuldeten Unmündigkeit. Der Wahlspruch der Aufklärung lautet: Habe Mut, dich deines eigenen Verstandes zu bedienen!«

»Schön und gut«, sagte Nicholas, »aber das ist nicht immer ganz einfach ...«

»Natürlich ist es nicht *einfach*!« sagte Kant recht unwirsch. »Faulheit und Feigheit sind die Ursachen, aus denen so viele Menschen mit größter Bereitwilligkeit ihr Leben lang in Unmündigkeit verharren. Es ist so bequem, unmündig zu sein! Habe ich ein Buch, das für mich Verstand hat, einen Seelsorger, der für mich Gewissen hat, einen Arzt, der für mich die Diät beurteilt, und so fort, so brauche ich mich ja nicht selbst zu bemühen. Ich habe nicht nötig zu denken, wenn ich nur bezahlen kann; andere werden das verdrießliche Geschäft schon für mich übernehmen.«

»Ihre Ideale sind edel«, bemerkte Nicholas, »aber liegen sie auch in menschlicher Reichweite? Sie bieten uns die Vision aufgeklärter Bürger, die in Freiheit unter der Herrschaft des Rechts in Republiken leben, die sich in Konföderation dem Ziel ewigen Friedens verschrieben haben. Aber vielleicht hatte Rousseau recht. Ein solches Ideal taugt vielleicht nur für Engel.«

»Ich weiß, daß Rousseau dies sagt«, antwortete Kant, »aber er ist zu pessimistisch. Er vermag nicht zu sehen, daß eine gut entworfene Verfassung die menschlichen Schwächen ausgleichen kann. Er glaubt, daß der Mensch mit seinen selbstsüchtigen Zielen unfähig wäre, sich einer so erhabenen Verfassung zu unterwerfen. In Wirklichkeit aber kommt die Natur dem universellen und rationalen menschlichen Willen zu Hilfe, der so bewundernswert an sich und so hilflos in der Praxis ist, und macht zu diesem Zwecke gerade eben von diesen selbstsüchtigen Zielen Gebrauch. Alles, was den Menschen nötig ist, ist, eine gute Staatsform zu schaffen, eine Aufgabe, die sehr wohl im Bereich ihrer Fähigkeiten liegt, und Sorge zu tragen, daß ihre selbstsüchtigen Impulse einander entgegenwirken, wobei jeder die zerstörerischen Wirkungen aller übrigen neutralisiert oder vernichtet. Das Ergebnis ist genau dasselbe, als gäbe es diese egoistischen Neigungen nicht, so daß der Mensch, selbst wenn er an sich nicht moralisch gut ist, dennoch gezwungen ist, ein guter Bürger zu sein. Das Problem, einen Staat zu errichten, ist, so hart es auch klingt, selbst für ein Volk von Teufeln auflösbar, sofern sie Vernunft besitzen. Selbst für solche Teufel sind Gerechtigkeit und Frieden unausweichlich.«

»Auch in Militaria?«

»Vor allem in Militaria. Militaria spielt eine wesentliche Rolle dabei, sie zur Reife zu bringen. Kriege, harte und unermüdliche militärische Vorbereitungen und die entsprechende Not, die sie auf lange Sicht im Inneren jedes Staates erzeugen müssen, selbst mitten im Frieden – dies sind die Mittel, mit denen die Natur Nationen dazu bringt, zunächst unvollkommene, nach vielen Verheerungen, Aufständen und sogar vollständiger innerer Erschöpfung der Kräfte aber erfolgreiche Versuche zu unternehmen, den Schritt zu tun, den ihnen die Vernunft auch ohne so viele schlimme Erfahrungen nahegelegt hätte – den, einen Zustand der gesetzlosen Wildheit aufzugeben und in eine Föderation der Völker einzutreten.«

»Aber«, wandte Nicholas ein, »manche würden sagen, daß es nur entmutigend sein kann, ein solches Ziel zu setzen, da es so unrealistisch scheint, es auch zu erreichen, und daß es besser wäre, nur praktische Ziele in Angriff zu nehmen – sich mit spezifischen Ungerechtigkeiten zu beschäftigen, Kriege zu begrenzen, Kompromisse auszuhandeln ...«

»Gerechtigkeit und Frieden dulden keine Kompromisse und sind unausweichlich«, erklärte Kant. »Beachte, daß auch die Tyrannen Militarias den Anspruch erheben, in ihrem Namen zu handeln. Eine Vorstellung von der *besten* aller möglichen Welten liegt jedem Versuch zu Grunde – sei er nun aufrichtig oder heuchlerisch –, zu einer *besseren* zu kommen.«

»Vielleicht haben Sie ja recht«, räumte Nicholas ein und fiel, von neuem Mut erfüllt, in eine graue Decke eingewickelt, auf seiner harten Pritsche in einen tiefen, heiteren Schlaf.

3 DER SEHTEST

Früh am nächsten Morgen lieferte Kugelkopf Nicholas bei Nummer Eins und Zwei ab, die bei angeschalteten Leselampen an ihren Schreibtischen saßen.

»Nun?« fragte Nummer Zwei ihn voller Erwartung. »Haben Sie sich entschieden, Militaria in seiner Stunde der Not zu Hilfe zu kommen?«

Er versuchte, undurchsichtig zu bleiben, ohne entmutigend zu wirken.

»Ich bin«, sagte er, »mit mir zu Rate gegangen.« Dann fiel er in Schweigen.

»Auch wir sind mit uns zu Rate gegangen«, sagte Nummer Eins nach ein paar Minuten wenig ergiebiger Stille, »und wir haben uns entschlossen, Ihnen eine gewisse Ermutigung zuteil werden zu lassen. Wir werden Ihre Brille ersetzen.«

»Danach werden Sie«, ergänzte Nummer Zwei, »die Dinge sicherlich mit unseren Augen sehen.«

»Wollen wir das hoffen«, sagte er, ohne groß nachzudenken. Es war keine besonders kluge Antwort, und er bedauerte sie schon, als Kugelkopf ihn in seine Zelle zurückschleifte, wo, wie er mit beträchtlicher Erleichterung feststellte, sein Kübel inzwischen geleert worden war.

Es dauerte nicht lange, bis die morgendliche Begegnung Früchte trug. Nach einer runden Stunde wurde seine Zellentür von einem Offizier in schmucker Uniform geöffnet, für den Nicholas fast augenblicklich Abneigung empfand. Der junge Mann war kleingewachsen und drahtig, sommersprossig mit glasigen Augen und aufdringlich-vertraulichem Blick. Der Offizier erinnerte ihn an etwas, auf das er nicht kam, von dem er aber wußte, daß es ihm gar nicht paßte.

»Guten Morgen, mein lieber Professor Caritat«, sagte der Offizier in unerwartet vertraulichem Ton.

»Guten Morgen«, antwortete er ziemlich kühl.

»Wir haben gehört, daß Sie sich nicht in einer kooperativen Gemütslage befinden«, sagte der Offizier langsam und forschend. Nicholas hielt den Mund.

»Gewiß haben Sie sich das mit der Ihnen eigenen Gewissenhaftigkeit überlegt. Kommen Sie mit. Ihre Augen sollen untersucht werden.«

Er folgte dem Offizier in entgegengesetzter Richtung zu seinen bisherigen Ausflügen in den Gang. Sie traten in einen Raum, der fast so aussah wie das Verhörzimmer, aber besser beleuchtet war. An einem Tisch in der Mitte des Raumes saß ein nervös wirkender junger Mann im weißen Kittel mit einer Fülle rotblonden Haares und einem Schnurrbart. Auf dem Tisch lagen mehrere längliche hölzerne Schachteln und verschiedene optische Instrumente. Nicholas gegenüber am anderen Ende des Raumes hing eine große weiße Tafel, auf die reihenweise Buchstaben gedruckt waren, deren Größe von Reihe zu Reihe abnahm.

Der Offizier stellte den Optiker im weißen Kittel vor, der wie ein verschrecktes Eichhörnchen aussah, das sich darauf gefaßt machte, bei der leisesten Störung wie der Blitz an einem der Rohre an der Wand hinaufzuhuschen. Nicholas nickte grüßend und setzte sich neben ihn, mit Blick auf die Tafel. Der Offizier stellte sich hinter sie, als müsse er den Test beaufsichtigen.

»Bitte sagen Sie uns, was Sie sehen«, sagte der Optiker.

Er las die erste Zeile: »S – I – E – S ...«

Die nächste Zeile lautete: »I – N – D – U – N – S ...«

»Ja!« sagte der Optiker ermunternd.

Die nächste Zeile war kleiner, aber immer noch leicht: »E – R – E – E – I – N – Z – I – G – E ...«

»Weiter!« trieb ihn der Optiker an.

Die Zeile darunter kostete einige Mühe, aber nach kurzem Zögern konnte er sie lesen. »H – O – F – F – N – U – N – G ...«

Merkwürdig, dachte er, daß diese Buchstaben ein Wort ergaben; normalerweise tun sie das nicht. Dann fiel ihm auf, daß die gesamte Tafel bisher einen Sinn ergab: »Sie sind unsere einzige Hoffnung.« Der Optiker ließ ihm eine Botschaft zukommen.

Unter HOFFNUNG verlief eine rote Linie, und darunter gab es weitere drei Zeilen in immer kleinerem Druck, die er nicht erkennen konnte.

»Versuchen Sie die nächste Zeile!« sagte der Optiker mit wachsender Aufregung.

»Ich kann nichts mehr sehen«, sagte er.

Der Optiker setzte zwei Linsen aus einer der Schachteln in ein breitrandiges Brillengestell ein und setzte ihm die Brille auf die Nase. Seine verschwommene Sicht wurde noch verschwommener, und sämtliche Buchstaben auf der Tafel wurden undeutlich.

»Schlechter!« sagte er.

Der Optiker griff nach einem zweiten Paar Linsen. Damit ging es schon etwas besser, aber nicht viel. Ein weiteres Paar wurde eingesetzt, und die nächste Zeile wurde plötzlich lesbar:

»K – Ä – M – P – F – E ... F – Ü – R ... U – N – S – E – R – E ...« – er las sie vor.

Der Optiker zitterte mittlerweile vor Angst.

»Mit der nächsten komme ich nicht zurecht.« Die Buchstaben tanzten wie kleine schwarze Fische in einem trüben Aquarium.

Der Optiker setzte das nächste Paar Linsen ein. Mit Anstrengung las er langsam die nächste Zeile vor:

»O ... P ... T ... I ... S ... C ... H ... E ... Z ... U ... N ... F ... T ...«

Optische Zunft? dachte er. Ist die in Schwierigkeiten? Wie soll ich für sie kämpfen? Warum kämpft sie nicht für mich?

Der Optiker war sichtlich verärgert.

»Näher, Herr Professor!« rief er. »Rücken Sie ein bißchen näher!«

Nicholas rückte gehorsam seinen Stuhl ein wenig nach vorne. Schließlich hielten die Buchstaben still, und er konnte sie deutlicher erkennen. Es hieß: » O P T I M I S T I S C H E Z U K U N F T «.

Er rückte noch ein wenig näher und las auch noch die letzte Zeile: » D I E H A N D --- «

Er hatte kaum die Zeile gelesen, da eilte der Optiker zur Tafel und klappte sie um, so daß eine zweite zum Vorschein kam, auf der nur unzusammenhängende Buchstaben zu sehen waren.

Jetzt war alles klar. Der Optiker und der junge Offizier arbeiteten offenbar für die Guerilla und riskierten es gerade, ihm das mitzuteilen.

»Mehr kann ich nicht tun. Besser als mit diesen Gläsern geht es nicht«, sagte der Optiker und wollte ihm das Gestell mit den Gläsern von der Nase nehmen, aber Nicholas bedeutete ihm mit einer Bewegung, daß er sie noch eine kleine Weile aufbehalten wollte. Er drehte sich zu dem jungen Offizier um, den er nun zum ersten Mal deutlich sehen konnte. In plötzlichem Wiedererkennen sah er einen seiner früheren Studenten vor sich, Justin, der sich in der Zeit der militanten Studentenbewegung politisch engagiert hatte und für Marcus und Eliza Mentor und Freund gewesen war. Er war in den Führungskreis des extremen Flügels der Guerilla-Widerstandsbewegung aufgestiegen. Nicholas war den Verdacht nie losgeworden, daß Justin damals Marcus überredet hatte, sich der Hand anzuschließen und alle Ziele der Gelehrsamkeit – mit unverhüllter Verachtung – als bloßen intellektuellen Eskapismus abzuschreiben. Justin führte Marcus und Eliza das Bild eines Philosophen vor Augen, dem es darum ging, die Welt zu verändern, nicht nur zu interpretieren. Er lehrte sie, sich von einigen Prinzipien zu verabschieden, die Nicholas' Überzeugungen zu Grunde lagen: daß Parteilichkeit keinen bestimmenden Einfluß auf die Analyse haben dürfe, daß einfache Dichotomien mit Vorsicht zu betrachten seien, daß es unterschiedliche, nicht konvergierende Formen der Rationalität gebe, daß die Gedanken der schlimmsten Feinde es verdienten, ernst genommen zu werden, und daß die Zeit, die man auf die Interpretation weltverändernder Vorstellungen verwandte, gut genutzte Zeit sei. Ihre Begegnungen waren stets frostig verlaufen. Nicholas und Justin hatten sich nie wirklich in die Augen gesehen.

Wie Nicholas sich erinnerte, war der junge Mann einer dieser Militanten gewesen, der Gedanken als Werkzeuge behandelte, und zwar gewöhnlich als Waffen. Sein einziges Interesse an der akademischen Arbeit schien es gewesen zu sein, Material aufzuspüren, das sich gut für Reden und Slogans eignete. Einmal hatte er Justin geraten, sich statt der Pädagogik lieber der Demagogie zu widmen, aber jetzt hatte es den Anschein, als habe sein ehemaliger Student eine andere und unerwartete Karriere eingeschlagen.

»Ich hätte nie einen hoffnungsvollen Armeeoffizier in Ihnen gesehen«, bemerkte er trocken.

»Marsch durch die Institutionen«, erklärte Justin. »Schlagt sie mit ihren eigenen Waffen.«

Ganz entschieden eine Haltung, die dem Fortschrittsoptimismus verpflichtet war, dachte Nicholas.

»Wir dürfen keine Zeit verschwenden«, stieß Justin in einem rauhen Flüstern hervor. »Wir könnten jeden Augenblick gestört werden. Ich werde Ihnen die Einzelheiten morgen erklären, wenn ich mit der neuen Brille zu Ihnen komme. Solange verhalten Sie sich wie gewöhnlich. Jetzt geben Sie mir bitte das Gestell und die Gläser.«

Aus Klarsicht wurde abermals Unschärfe, aber Nicholas' Laune hob sich, und er pfiff vor sich hin, als Justin ihn in die Zelle zurückführte. Als er ging, hob Justin die linke Hand zum Gruß.

4 VORBEREITUNGEN

Justin kam früh am nächsten Morgen. Er trat in die Zelle, setzte sich neben Nicholas auf die Pritsche und begann zu sprechen, schnell und ungewohnt leise.

»Man wird Sie mit falschen Papieren ausstatten. Ihr angenommener Name wird Dr. Pangloss sein. Die ganze Operation läuft unter dem Codenamen ›Hilfe der Hand‹.«

»Warum tun Sie das für mich?« fragte Nicholas. »Warum hilft mir die Hand?«

»Ich will offen sein«, antwortete Justin. »Wir helfen Ihnen nicht. Sie sollen uns helfen. Die Hand, Professor Caritat, ist keine Wohltätigkeitsorganisation. Wir schicken Sie in ein anderes Land. Ihr Auftrag ist es, Gründe für den Glauben an eine bessere Welt zu finden – eine Lebensweise ausfindig zu machen, die unserem Volk Hoffnung gibt. Wenn Sie das, was wir suchen, dort nicht finden sollten, müssen Sie in ein weiteres Land reisen und immer weiter, bis Sie Ihre Mission erfüllt haben. Wir verlassen uns auf Sie. Sie sind unsere einzige Hoffnung.«

»Aber gewiß ist doch fast jede Lebensweise derjenigen Militarias vorzuziehen?« widersprach Nicholas.

»Das sagen Sie«, sagte Justin, »und ich sage es auch. Aber die Menschen gewöhnen sich langsam an den Status quo, weil sie den Glauben an die Möglichkeit zu etwas Besserem verloren haben. Sie glauben nicht an das, für das wir stehen, und wir wissen nicht, was das ist. Welche Alternative haben wir anzubieten, und warum wäre sie eine bessere? Für welche Sache können wir kämpfen und die nötigen Opfer verlangen? Wir wissen, wogegen wir sind, aber nicht, *für* was wir sind.«

Das war in der Tat offen ausgedrückt. Nicholas begann, besser von Justin zu denken. Justin schien ganz untypischen Zweifeln daran Ausdruck zu geben, was sich zu glauben lohnte. Vielleicht hatte Nicholas die Hand falsch eingeschätzt. Oder doch nicht? Suchten sie nach Gründen, die überzeugen, oder nach rhetorischen Formeln, die überreden sollten? War dies die Suche nach einer besseren Welt oder nach der wirksamsten Illusion einer solchen?

»Wir möchten«, schloß Justin, »daß Sie die bestmögliche Welt für uns finden.«

»Warum haben Sie mich dafür ausgewählt?« fragte Nicholas.

Justins Ton verhärtete sich. »Weil Sie für unseren Glauben an den Fortschritt verantwortlich sind, Ihre Verantwortung aber nie ernst genommen haben. Sie gaben uns Hoffnung, haben es aber nie als Teil Ihrer Aufgabe betrachtet, zu überprüfen, ob dies eine berechtigte Hoffnung war. Sie sind immer auf Ideen und Gedanken neugierig gewesen, begeistert von ihnen, verführt. Wenn Sie Vorlesungen hielten, haben Sie sie auch für uns lebendig werden lassen. Sie haben uns beigebracht, daß die Ideengeschichte ein großes Abenteuer sein kann.«

Merkwürdig, dachte Nicholas, ich hatte nie den Eindruck, daß ich Justin irgend etwas beigebracht habe. So kann man sich täuschen!

»Jetzt aber«, fuhr Justin fort, »wollen wir Sie in ein großes Abenteuer schicken. Sie haben uns immer Vorträge über die Denker der Aufklärung und ihre Kritiker gehalten, über ihre Vorstellungen, wie die Gesellschaft sein sollte, über ihre Weltentwürfe. Wir müssen erfahren, was es bedeutet, sich nach den ersteren zu richten und in letzteren zu leben. Wir brauchen Sie, Professor Caritat, um unsere Ausbildung abzuschließen. Wir verlassen uns auf Sie, daß Sie uns berichten, was aus Ihren gehätschelten Ideen in der Wirklichkeit geworden ist. Was ist von ihnen übrig geblieben? Wir müssen wissen, worauf wir hoffen können.«

»Wohin wollen Sie mich schicken?« fragte er.

»Das können wir Ihnen nicht im Voraus sagen«, sagte Justin, »aber Sie müssen jeden Augenblick bereit zur Flucht sein.« Justins Ton veränderte sich abermals, als er Nicholas seine Anweisungen gab. Er klang jetzt befehlend, sogar anklagend. »Wir erwarten, daß Sie aus Ihrem Elfenbeinturm heraustreten, Professor Caritat, daß Sie Ihren akademischen Beobachtungsposten verlassen und Stellung beziehen. Ich erwarte regelmäßige Berichte von Ihnen darüber, welchen Fortschritt Sie machen, sobald Ihre Reise begonnen hat. Sie werden diese Berichte an eine Adresse in einem befreundeten Land richten, und sie werden mich sicher erreichen. Wenn es Zeit für Ihre Flucht ist, werde ich Ihnen das in angemessener Weise mitteilen«, (er hob die Hand) »und man wird Sie zum Flugplatz bringen. Seien Sie wachsam und halten Sie aus.«

»Danke«, sagte Nicholas ziemlich mechanisch.

»Dank ist nicht angemessen«, sagte Justin und schickte sich an zu gehen.

»Darf ich Ihnen noch eine letzte Frage stellen?« fragte Nicholas. »Können Sie mir irgend etwas über Marcus oder Eliza sagen?« Vielleicht, dachte er, teilte ja Marcus die Zweifel und Fragen Justins. Er fand den Gedanken tröstlich.

»Marcus«, sagte Justin, »ist in guten Händen. Er schlägt sich gut, und er weiß von Ihrer Mission. Wir werden ihn über Ihren Fortschritt vorbehaltlos auf dem Laufenden halten, und ich werde ihm Ihre Berichte persönlich zeigen. Eliza tut Gutes und erweist sich als hilfreich für die Bewegung. Ob sie es gutheißt oder nicht, sie ist ebenfalls in sicheren Händen.«

»Danke«, sagte Nicholas abermals. Ohne ein weiteres Wort reichte ihm Justin ein Brillenetui und ging.

Nicholas setzte die neue Brille auf. Einzelheiten seiner unmittelbaren Umgebung, die ihm bislang entgangen waren, wurden jetzt sichtbar: der ungeputzte Boden, die schmuddligen Laken, scheußliche Wände, die rostige Tür mit dem Spion, durch den man ihn von draußen beobachten konnte. Aber er ließ sich nicht entmutigen. Das Mittagessen kam ihm weniger ungenießbar vor, und die Gläser seiner neuen Brille schienen einen merkwürdig rosaroten Einschlag zu haben.

5 WIDERSTAND

Am Nachmittag führte ihn Kugelkopf abermals in den Verhörraum. Diesmal war es heller dort, und mit der neuen Brille konnte er Nummer Eins und Zwei besser erkennen. Beide trugen Uniform und waren schätzungsweise Mitte fünfzig, verhielten sich aber sehr unterschiedlich ihm gegenüber. Nummer Eins, blaß und schmallippig, ignorierte ihn völlig, als er eintrat. Sein starrer, konzentrierter Gesichtsausdruck verbreitete den Eindruck unpersönlicher, geschäftsmäßiger Effizienz, während er Dokumente durchsah und Notizen machte. Im Gegensatz dazu hatte Nummer Zwei ein offenes, ausdrucksvolles Gesicht, wenn dieser Ausdruck auch ständig wechselte; er behielt Nicholas scharf im Auge, und sein Lächeln war abwechselnd ermutigend und feindselig. Nummer Eins trug eine Sonnenbrille; Nummer Zwei hielt die seine in der rechten Hand und winkte damit Nicholas zu, sich zu setzen.

»Also dann«, begann Nummer Zwei in aufmunterndem Ton, »wie ich sehe, haben Sie Ihre neue Brille. Gut. Wo waren wir stehengeblieben?«

»Fangen wir mit Namen an«, warf Nummer Eins scharf ein, den Schreibstift angesetzt.

»Ich kann mir Namen überhaupt nicht gut merken«, sagte Nicholas.

Das Lächeln von Nummer Zwei schaltete unverzüglich auf die feindselige Variante um. Er setzte die Sonnenbrille auf.

»Sind Sie bereit, dem Fortschrittsglauben zu entraten und uns alle Fortschrittsgläubigen zu verraten?« fragte Nummer Eins scharf.

»Ich kann überhaupt nicht gut entraten«, sagte Nicholas, »oder verraten.«

»Sind Sie gewillt, zu schwören, daß Sie in Ihrem Geist nie wieder fortschrittsgläubigen Gedanken Raum geben werden und in Ihrem Haus nie wieder fortschrittsgläubigen Elementen?« fuhr Nummer Eins unerbittlich fort.

»Ich schwöre und ich fluche nicht«, antwortete er in dem Versuch, Bereitschaft zur gutwilligen Mitwirkung zu signalisieren, ohne wirklich zu kooperieren.

Nummer Zwei blieb bei seiner Feindseligkeit. »Sie scheinen die kritische Situation zu verkennen, Caritat,« (aha, erkannte er, man hatte ihm soeben seinen akademischen Grad aberkannt) »in der wir uns zur Zeit befinden. Der Glaube an den Fortschritt steht allem entgegen, für das wir in Militaria einstehen, und wir werden ihn mit Stumpf und Stiel ausmerzen. Wenn Sie ihn vertreten – und das schließt Ihre Weigerung ein, gegen ihn zu kämpfen –, dann werden wir Sie ausmerzen. Der Zeitpunkt für Ihre Entscheidung ist gekommen, Caritat. Sind Sie für oder gegen uns?«

Nicholas sagte nichts. Nummer Zwei, der die Brille abermals absetzte, stieg auf Ermutigung um. »Was wir Ihnen anbieten, ist etwas sehr viel Reelleres als Hoffnung. Wir bieten Ihnen Würde, Ehre, Stolz, die Befriedigung, die im Dienst am Vaterland und dem Verdienst liegt, es zu retten.«

»Wir sind in der Lage«, fügte Nummer Eins hinzu, »Ihnen darüber hinaus ein unbefristetes Gehalt auf höchstem Niveau zu bieten, eine Limousine mit Chauffeur zu Ihrer dauernden Verfügung und« – er machte eine Kunstpause zur Steigerung der Wirkung – »Ihr eigenes Fernsehprogramm.«

»Sie sind ein Denker von Ruf und Rang«, sagte Nummer Zwei. »Sie könnten unser Berater in kulturellen Angelegenheiten werden, vielleicht sogar eines Tages Kulturminister. Sie könnten der intellektuelle Führer Militarias werden!«

»Sie könnten«, sagte Nummer Eins, »den Platz von Dr. Orville Globulus einnehmen.«

Globulus! Nicholas wand sich vor Ekel. Globulus und er hatten gemeinsam studiert. Man sagte allgemein, wie ähnlich sie sich äußerlich waren. Und doch hätte es, abgesehen von oberflächlichen Gemeinsamkeiten, kaum zwei unterschiedlichere Menschen geben können. Globulus war ein Erzopportunist, oberflächlich bis auf die Knochen, ein Psychiater, der sich als »Philosoph« ausgab, ein Mann, der einmal mit dem Handismus geflirtet hatte, inzwischen aber der loyalste und, wie es schien, auch von größtem Vertrauen getragene Apologet und Ideologe der Regierung war. Abend für Abend war er im Fernsehen zu sehen, wo er aalglatt alles verteidigte, was das gegenwärtige Regime zu verteidigen wünschte, und donnernd alles verdammte, was es zu verdammen wünschte. Sein psychiatrisches Fachgebiet war die Paranoia gewesen. Seine derzeitige Rolle – eine, in der er Großes leistete – war es, Paranoia zu fördern. Die Welt des Globulus war umringt und heimgesucht von Feinden.

»Angesichts Ihrer gegenwärtigen Kurzsichtigkeit«, schloß Nummer Zwei, »wäre es das beste, wenn wir ein Treffen zwischen Ihnen und Dr. Globulus arrangierten. Bis dahin empfehle ich Ihnen, Caritat, daß Sie damit fortfahren, wofür Sie bezahlt wurden: Denken.«

Die Glocke läutete, und Nicholas kehrte abermals in seine Zelle zurück, in Begleitung von Kugelkopf, der schroffer war denn je und ihm ein nach nichts schmeckendes Abendessen brachte, aber den Kübel nicht ausleerte, um ihm den Appetit zu verderben. In jener Nacht versuchte Nicholas, sich dadurch aufzumuntern, daß er mit Dr. Johnson und Alexander Pope über Eitelkeit und ihre Versuchungen diskutierte.

Dr. Johnson präsentierte ihm eine ungewohnte Perspektive auf das Gelehrtenleben, dessen Bequemlichkeiten und dessen Schutz er bislang für so selbstverständlich gehalten hatte:

Wag' auf die flücht'ge Welt das Aug' zu heben
Und sieh vom Buche einmal auf: merk' dies:
Von dort bedrohen das Gelehrtenleben
Fron, Mangel, Gönner, Neid, Verlies.

War die Anerkennung, die Nummer Zwei in Aussicht gestellt hatte, einer Überlegung wert? Gewiß ginge es nicht um Anerkennung seiner Verdienste als Gelehrter, wie Johnson gleich zeigte:

Seht auf die trägen Völker, knausrig grollend,
Begrabner Tugend späte Büsten zollend!

Aber Pope stand dem bloßen Gedanken, sich durch die Vorschläge von Nummer Zwei in Versuchung führen zu lassen, mit noch größerer Verachtung gegenüber. Was sei der Ruhm, dieses »Trugbild des Lebens, Werk von fremden Zungen«, fragte er, und antwortete:

Ein Ding, das wir selbst lebend nie errungen; ...
Wir spür'n davon nur, was im Kreis sich wendet
Von Freund und Feind, wo es beginnt und endet.

Beide hatten recht. Als er in Schlaf fiel, fühlte er sich gewappnet für die Begegnung mit Globulus, der er keineswegs freudig entgegensah.

6 AUSEINANDERSETZUNGEN

Nach dem Frühstück am nächsten Morgen wurde unerwartet an seine Zellentür geklopft.

»Herein!« sagte er laut, als bäte er in seinem Büro an der Universität einen Besucher herein.

Die Stahltür schwang langsam auf, und Kugelkopf führte einen Besucher hinein, dem er eine Ehrerbietung entgegenbrachte, die bislang an ihm nicht zu beobachten gewesen war, indem er nämlich den Kübel entfernte, unglücklicherweise aber nicht den Geruch. Der Besucher war Geistlicher im schwarzen Gewand seines Standes und trug den Hut in der Hand. Er war groß, jung und höflich, und sein längliches, trauriges bärtiges Gesicht wurde vom steten klaren Blick aus den ernsten, blauen Augen eines Gläubigen beherrscht.

»Ich hoffe, Sie gestatten mir, Sie zu besuchen, Professor Caritat«, sagte der Priester in einem leisen, tiefen Bariton. »Ich weiß, Sie sind nicht gerade ein Freund der Religion oder der Religionsphilosophie, aber ich glaubte, eine Unterhaltung zwischen uns könnte nützlich sein.«

Nützlich für wen? fragte sich Nicholas. Der Priester hatte recht: Für die Religion fehlte ihm sozusagen das musikalische Ohr. Außerdem hatte die Kirche in Militaria mit sehr wenigen Ausnahmen ihre Kräfte und Lehren seit langer Zeit in eindeutig zweideutiger Weise in den Dienst der verschiedenen Juntas gestellt.

»Allerdings«, bemerkte Nicholas trocken, »geht bei mir Transparenz vor Tröstung.«

Der Priester setzte sich ans Ende seiner Pritsche. »Sie sind es, wenn ich es so ausdrücken darf, und nicht ich, der durch den Glauben geblendet ist«, sagte er. »Ich spreche von Ihrem Glauben, daß die Welt für menschliche Zwecke eine gastfreundliche Heimstatt bietet. Sie glauben, daß die Natur und die menschlichen Institutionen von Grundsätzen beherrscht sind, die der Einsicht menschlicher Wesen zugänglich sind. Sie glauben, daß menschliche Wesen, erleuchtet von dieser Einsicht, ihre natürliche und gesellschaftliche Umgebung in zunehmendem Maße vorhersagen und bestimmen können. Und wie sieht Ihre Vision des Lebens aus, das sie führen? Sie werden, so stellen Sie es sich vor, ihr Leben in freier Wahl regeln. Sie werden schließlich den Krieg als die schlimmste der Geißeln betrachten, das fürchterlichste aller Verbrechen. Nicht länger werden sie von mörderischer Verachtung geleitet sein für Menschen anderer Hautfarbe oder anderen Glaubens. Sie werden nach frei vereinbarten Maßregeln leben, die ihnen von der Natur eingegeben und von der Vernunft beglaubigt sind. Sie werden Gesetze machen und Institutionen entwerfen, die die Interessen des Einzelnen mit denen aller in eins setzen, womit es nicht länger beschwerlich ist, den Pfad der Tugend zu beschreiten. Und sie werden erkennen, daß die naturgegebenen Rechte der Frau ganz dieselben sind wie die des Mannes, und nicht länger die Tyrannei dulden, die darin liegt, der Hälfte der Menschheit stillschweigend die Bürgerrechte zu entziehen.

Sie werden, das nehmen Sie an, einen Zustand erreichen, den Sie gerne als wirkliche Gleichheit bezeichnen, einen Zustand, in dem Unterschiede der geistigen Aufgeklärtheit oder der Begabung nicht länger eine Barriere zwischen Menschen errichten, die einander in Gefühlen, Gedanken und Sprache verstehen. Manche haben vielleicht den Wunsch, von anderen gelehrt zu werden, aber sie werden dabei nicht das Bedürfnis haben, daß diese Macht über sie ausüben. Sie haben vielleicht den Wunsch, die Pflege der Regierungsgeschäfte den Fähigeren anzuvertrauen, aber sie werden nicht gezwungen sein, ihnen in einem Geist blinden Vertrauens absolute Macht zuzugestehen.

Indem Sie dies alles glauben, sind, wie ich fürchte, Sie es, Professor, nicht ich, der Tröstung sucht und findet. Sie beklagen die Irrtümer, die Verbrechen, die Ungerechtigkeiten, die noch immer die Erde verschandeln, aber Sie lassen sich von Ihrer Vision eines Menschengeschlechts trösten, das am Ende dem Reich des Schicksals und den Feinden seines Fortschritts entkommt und mit festem und sicherem Schritt auf dem Pfad der Wahrheit, der Tugend und des Glücks voranschreitet. So sieht Ihr Credo aus.«

Das Geschick, mit dem seine eigenen Überzeugungen hier ausgedrückt wurden, überraschte Nicholas. Aber ebenso überraschte ihn die außerordentliche Tatsache, daß der Geistliche dazu genau die Worte Condorcets benutzt hatte, wie dieser sie kurz vor seinem tragischen Ende niedergeschrieben hatte, als er sich auf der Flucht vor der Schrekkensherrschaft versteckt hielt. Nicholas war geneigt, das Gesagte in verschiedener Hinsicht zu differenzieren und zu erweitern. Da er aber hören wollte, was der Geistliche ihm eigentlich zu sagen wünschte, schwieg er.

»Ihr Glaube und Ihre Hoffnung, Professor Caritat«, sagte der Priester, »sprechen für Ihre Barmherzigkeit. Ich fürchte aber, all dies ist gänzlich fehl am Platze. Ihr Glaube, Ihre Hoffnung und Ihre Barmherzigkeit gelten einer menschlichen Natur, die all das nicht verdient. Denn wie können Sie leugnen, daß es kein Übel gibt, dessen menschliche Wesen nicht fähig wären, daß sie elende, zutiefst verächtliche Kreaturen sind, für die kein Opfer, und gewiß nicht Ihre Selbstaufopferung im Namen Ihrer geliebten Aufklärung, der Mühe wert wäre?«

Diese Worte erstaunten Nicholas. So redete gewöhnlich kein Geistlicher.

»Natürlich stimme ich zu«, antwortete er schließlich, »daß wir heute wissen, daß menschliche Wesen auf Tiefen herabsinken können, die sich selbst die fiebrigste Vorstellungskraft des achtzehnten Jahrhunderts nicht ausmalen konnte.

Aber was sollen wir im Licht dieses Wissens tun? Zusehen, wie sie noch tiefer in Schmutz und Morast versinken? Den Rücken kehren und in kleine verbleibende sichere Gewässer fliehen? Oder sollten wir versuchen, sie aufzuheben, individuell und kollektiv, durch häusliche Erziehung, durch öffentliche Ausbildung, durch den Aufbau von Institutionen, durch Verfassungen ...«

»Die Artikel Ihres Glaubens«, fuhr der Priester fort, »wurden von Menschen verfaßt, die sich in Illusionen verloren hatten. Sie glaubten, daß die Bedingungen der menschlichen Existenz reformierbar oder formbar wären: Ihr Eifer hinderte sie daran zu sehen, daß das einzelne menschliche Wesen nicht zu bessern ist und seine Fehler und Verfehlungen nicht behebbar sind. Das Reich menschlichen Handelns wird ganz und gar von zwei großen Prinzipien beherrscht: Pervertierung und Vergeblichkeit. Das erstere bedeutet, daß der Weg zur Hölle mit guten Absichten gepflastert ist, stellt also sicher, daß Versuche, die Welt zu bessern, sie mit Sicherheit nur schlechter machen. Das zweite sorgt dafür, daß alle Straßen, die den Namen ›Fortschritt‹ oder ›Reform‹ tragen, nirgendwohin führen und im Sande verlaufen. Jede Landkarte, die etwas anderes zeigt, ist keine Landkarte dieser Welt.«

»Ihre Sicherheit ist suspekt«, warf Nicholas ein. »Sie stützen sie vermutlich auf die schwärzeste Auslegung der trostlosesten Belege. Und in Ihrem Zukunftsbild gibt es keine unklaren Linien. Es ist starr, vorherbestimmt, unveränderlich. Aber woher wollen Sie das wissen? Außerdem« – Nicholas begann sich für das Thema zu erwärmen – »widersprechen Sie sich selbst. Einerseits behaupten Sie, daß alle Anstrengungen der Menschen, die Welt zu verbessern, nur ihre außerordentliche perverse Macht zeigen, sie schlechter zu machen. Andererseits sagen Sie, daß all diese Anstrengungen so unglaublich schwächlich sind, daß sie nichtig werden müssen.«

Der Geistliche schien ungerührt von der Feuerkraft der aufgefahrenen Argumente. »Sie beschuldigen mich der voreingenommenen Auswahl von Beweisen, der ungerechtfertigten Gewißheit, der Unlogik. In Wahrheit glauben Sie, ich übertreibe maßlos. Aber tue ich das wirklich? Was ist denn jene ›Natur‹, auf die Sie Ihre Hoffnungen und Überzeugungen gründen? Sie ist der Schauplatz von Gewalt, Schmerz und Zerstörung, die niemals enden. Die gesamte Erde watet ununterbrochen in Blut, ein ungeheurer Altar, auf dem alles, was lebt, pausenlos geopfert werden muß. Eine im Verborgnen wirkende Macht sorgt dafür, daß das Leben auf der Erde nur in der Gewalt voranschreitet. Von jeder Tiergattung wählt sie eine gewisse Zahl, der aufgetragen ist, die anderen zu verschlingen: Raubinsekten, Raubkriechtiere, Raubvögel, Raubfische, räuberische Vierfüßler. Und wer ist König all dieser Tiere, dessen zerstörerischer Zugriff nichts Lebendes verschont? Der Mensch tötet der Nahrung wegen, und er tötet, um sich zu kleiden, er tötet, um sich zu schmücken, er tötet im Angriff und um sich zu verteidigen, er tötet, um zu lernen, und tötet, um sich zu unterhalten; er tötet, um zu töten. Er bewohnt eine Welt des ununterbrochenen Gemetzels. Vom Katzendarm seiner Geigensaiten über die Kleidung, die seinen Körper bedeckt, bis zur Mahlzeit auf seinem Tisch ist diese Welt übersät mit Kadavern.

Und mitnichten beschränkt er seine Neigungen auf die unteren Ordnungen der Schöpfung. Diese Menschenwesen, auf die Sie soviel Hoffnung setzen, an die Sie so vertrauensvoll glauben und denen Sie soviel Barmherzigkeit entgegenbringen – mit ihrer Vernunft und ihrer Sittlichkeit und ihrem natürlichen Mitempfinden und ihrem Streben nach Gerechtigkeit und ihrer Fähigkeit, Tränen zu vergießen – welcher Greuel ihren Mitmenschen gegenüber wären sie unfähig? Was, mein lieber Professor der Aufklärungsphilosophie, sagen Ihnen die Erfahrungen dieses Jahrhunderts? Die Erfahrung, in einen Viehwagen hineingepfercht zu werden, an die sich wehrenden Körper anderer gepreßt, allesamt der sicheren Einäscherung bestimmt? Voller Angst endlose staubige Straßen entlangzutrotten, unter sengender Sonne, nachdem Ihr Dorf und Ihr Heim dem Erdboden gleichgemacht wurden, mit Kleinkindern auf dem Arm und ein paar elenden Habseligkeiten, nur um an Hunger und Krankheit zu sterben? Verwundet in einem Krankenhaus zu liegen und sich in Schmerzen zu winden, ohne Medikamente und Betäubungsmittel und unter ununterbrochenen Bombenangriffen von Menschen, die Ihre Nachbarn waren? Von der Strahlung einer Kernexplosion verbrannt zu werden, unter Giftgas zu ersticken oder von Schrapnellsplittern durchbohrt zu werden? An den Boden gefesselt und von einer Bande grinsender Soldaten vergewaltigt zu werden, die sich nicht um Ihre ganz individuelle und unmitteilbare Pein scheren? Auf unbestimmte Zeit und ohne jede Hoffnung auf Rettung in irgendeinem fernen Arbeitslager oder einer psychiatrischen Anstalt eingesperrt zu sein, gegen die dieser Ort« (der Geistliche sah sich um) »noch recht angenehm wäre, nur weil irgendwer entschieden hat, Sie seien ein wohlhabender Landwirt oder ein Klassenfeind oder gehörten zur falschen ethnischen Gruppe – oder weil Sie ganz einfach die falschen Gedanken denken? Wie viele Millionen Menschen sind in diesem Jahrhundert aus derartigen Gründen abgeschlachtet worden? Wie viele Millionen sind im Namen von Idealen geopfert worden, die aus eben dieser Ihrer Aufklärung hervorgingen – von Fanatikern und ihren blinden Gefolgsleuten, die überzeugt waren, die Ordnung des Universums sehe eine unmittelbar bevorstehende Zukunft völliger Gleichheit und Einheit und Brüderlichkeit und Glückseligkeit vor, der allein ihre Feinde noch im Wege standen?«

»Ich habe keine Ahnung, auf welcher Grundlage das Universum eingerichtet wurde«, bemerkte Nicholas. »Tatsächlich habe ich nicht einmal Grund für die Annahme, daß es überhaupt irgendwie eingerichtet wurde. Was schon zumindest *ein*, wenn auch zugegebenermaßen negativer, Grund für den Gedanken ist, es sei den Versuch wert, es bewohnbarer zu gestalten und das Leben in ihm lebenswerter zu machen. Im Gegensatz dazu scheinen Sie sich in solchen Dingen bemerkenswert sicher zu sein.«

»Ich verfüge über keine besondere Einsicht in die Zwecke der göttlichen Vorsehung«, fuhr der Geistliche fort, »wie auch Sie natürlich nicht. Was ich aber sicher weiß, ist, daß wir inzwischen genug wissen, um zu erkennen, daß die Welt nicht zum Wohle der Menschheit eingerichtet ist. Pervertierung und Vergeblichkeit! Es läßt sich ohne weiteres annehmen, daß all dies Ausmaß von Schmerz, Elend und Tod eine göttliche Strafe ist, die über Schuldige wie Unschuldige zu gleichen Teilen ausgegossen wird, der Weg der Vorsehung, die sündige Menschheit zu erlösen. Es gibt so viel Sünde in der Welt, Professor, und sie muß durch ein entsprechendes Maß an Leid gesühnt werden. Die Sünden der Väter werden auf die Kinder kommen. Ein göttlicher Zorn greift sich die Menschenwesen und macht sie zu unschuldigen Mördern, passiven Werkzeugen einer starken Hand, während sie in den Abgrund stürzen, den sie selbst aufgerissen haben.«

»Sie sind ein Extremist«, erklärte Nicholas. »Ihre Sicht der menschlichen Geschichte nimmt nur die Auswüchse in den Blick, die Belege für das Schlimmste, was Menschen einander zufügen können. Ich leugne oder unterschätze diese Belege natürlich keineswegs. Aber was ist mit allem übrigen? Um nicht einmal vom Besten zu reden – was ist mit dem Guten oder auch nur mit dem mäßig Schlechten?«

»Sie sagen, ich übertreibe. Wie steht es, so fragen Sie, mit den wenigen Flecken des Lichts in all dieser Finsternis, mit jenen Orten, an denen ein gewisses Maß an Ordnung, Frieden und Wohlstand und zivilisiertem Leben herrscht? Ich sage: Sehen Sie sich solche Orte näher an, und Sie werden um sie herum und in ihrem Grunde die Erniedrigung, die Entbehrung und Verzweiflung erkennen, von denen alle bestehenden Zivilisationen abhängen. Und ich sage, daß solche Orte keine Leuchtfeuer sind, sondern Irrlichter, die törichte Menschen in die Irre führen, indem sie ihnen trügerische Hoffnung geben ...«

Nicholas unterbrach den Geistlichen. »Worum es Ihnen

geht«, sagte er, »ist es, die Leute zu blenden, statt sie aufzuklären, sie zu verführen und sie mit Vorurteilen zu erfüllen.«

»Das«, antwortete der Geistliche, »liegt daran, daß das Licht Ihrer geliebten Vernunft ein fahl flackerndes Lichtlein ist, das nur allzu leicht ausgeblasen ist.«

»Sie haben mir,« sagte Nicholas, »für Ihre pessimistische Auffassung keinen einzigen Grund geliefert.«

Der Geistliche lachte. »Sie halten mich also für einen Pessimisten? Lassen Sie mich Ihnen eines sagen.« Er beugte sich mit durchdringender Miene nach vorn. »Ein Pessimist sagt: ›Es könnte nicht schlimmer sein.‹ Ein Optimist sagt: ›Aber sicher könnte es das!‹ In diesem Sinne bin ich entschlossener Optimist. Und lassen Sie mich Ihnen noch etwas sagen.« Er beugte sich noch näher heran und senkte die Stimme: »Ich habe eine Militärregierung stets verabscheut, verabscheue sie noch immer und werde sie mein Leben lang verabscheuen. Alles, was im Bereich der Kriegskunst zur Perfektion gebracht wird, ist ganz einfach nichts als ein Unglück. Die unverschämten Dummköpfe, die dieses Land führen, sind gewißlich Ihrer Hochachtung und Ihres Respekts ebensowenig würdig wie meiner. Sie sind reine Technokraten des Kriegshandwerks – und untaugliche noch dazu. Sie haben keinen Sinn für eine göttliche Sendung oder irgendeinen höheren Zweck als den, an der Macht zu bleiben. Aber wir leben in der finstersten der finsteren Zeiten. Im Angesicht von Anarchie und Chaos müssen die Menschen sich angstvoll zusammenkauern im trostspendenden Schatten überlegener Gewalt. Ein gewisses Maß an Rücksichtslosigkeit, und vielleicht kein geringes, ist oft am Platz, um Schlimmeres zu verhindern. Der Folterer und der Henker sind unser Schutz vor dem Krieg aller gegen alle. Sie sind die Quelle meines Optimismus, der Fels, auf den er gründet. *Sie* sind unsere einzige Hoffnung, Professor Caritat. Das Licht der Vernunft jedenfalls bietet uns keine.«

Der Geistliche stand von der Pritsche auf. Er hatte zu Ende gesprochen und offenbar nichts hinzuzufügen. Nicholas hatte seine Worte wiedererkannt: Er hatte in der unverwechselbaren Begrifflichkeit und Tonlage Joseph de Maistres gesprochen, des bitteren und unerbittlichen Gegners der Aufklärung und der Französischen Revolution. Auch Nicholas erhob sich. Es gab eine Kluft zwischen ihnen, die gegenwärtig unüberbrückbar schien. Der Geistliche, lächelnd, schien dies zu spüren und Befriedigung daraus zu ziehen.

»Möglicherweise hat unsere Unterhaltung einen gewissen Nutzen gehabt«, bemerkte er, als er auf die Klingel an der Tür drückte, um Kugelkopf herbeizurufen. Nutzen für wen, fragte sich Nicholas abermals, während Schritte nahten und Kugelkopf die Tür öffnete, um den Geistlichen hinauszulassen.

Eine gute halbe Stunde lang saß Nicholas schweigend da und dachte über die Merkwürdigkeit dessen nach, was der Geistliche ihre »Unterhaltung« genannt hatte. Er fand die Erinnerung verstörend. Jeder hatte den anderen gehört und auf ihn reagiert, aber hatten sie einander etwas mitgeteilt? Wie hätten sie das überhaupt tun können, falls das Trennende zwischen ihnen, wie der Geistliche behauptete, ein Gegensatz von Glaubenssätzen war, in dem die Vernunft nicht Schiedsrichter, sondern Partei war? Der Tag hatte nicht gut angefangen.

Plötzlich flog die Tür auf, und ein aggressiv gestimmter Kugelkopf stand im Rahmen.

»Jetzt triffst du jemanden, der dich ruckzuck auf Linie bringen wird«, schnarrte er und schubste Nicholas aus der Zelle.

Sie gingen nach rechts, in Richtung Sehtest. An der Tür zum Büro hielt Kugelkopf an und klopfte verhalten.

»Herein!« dröhnte eine laute, deprimierend vertraute Stimme.

Kugelkopf stieß ihn unsanft in den Raum und schien dann unsicher, wie er sich verhalten sollte. Erst verbeugte er sich, dann salutierte er und sagte schließlich: »Ich habe die Ehre, Euer Ehren, den Häftling vorzuführen.«

»Schön. Gehen Sie jetzt«, antwortete Globulus ohne jede Anerkennung.

Kugelkopf ging und sah dabei ein wenig verloren aus.

»Nicholas, welch unermeßliches Vergnügen!« sagte Globulus und wandte sich ihm zu. Er saß am Tisch in einem extravaganten dunkelgrünen Samtanzug zu einem leuchtend gelben Hemd, dazu trug er eine übergroße rotgepunktete Fliege. Von ihrer körperlichen Erscheinung her waren sie sich beide, wie Nicholas widerstrebend einräumen mußte, noch immer bemerkenswert ähnlich. Beide waren groß, von schwerem Körperbau, leicht gebeugt, beide hatten reichlich schwarzgelocktes Haar, das an der Schläfe ergraut war, eine hohe Stirn, eine lange gerade Nase und einen ausdrucksstarken Mund mit vollen Lippen. Allerdings war das lächelnde Gesicht des Globulus sonnengebräunt von Ferien in kostspieligen Urlaubsorten und gepolstert von zahllosen Mahlzeiten in Restaurants erster Wahl, während das von Nicholas bleich und abgezehrt aussah – die Blässe des Gelehrtentums. Und im Gegensatz zu Nicholas schmückte sich Globulus mit einem elegant getrimmten ergrauenden Spitzbart. Beide hatten unter schwarzen, buschigen Augenbrauen graublaue Augen hinter goldgeränderter Brille. Globulus' Blick vermittelte noch immer denselben Ausdruck unschuldiger Überraschung darüber, daß irgendwer existieren könnte, der Schlechtes von ihm dachte. Er hatte Nicholas stets im Verdacht gehabt, einer davon zu sein.

»Ich habe immer viel Freude an unseren Unterhaltungen gehabt«, begann Globulus, »und ich bewundere Ihre wundervollen Schriften seit langem. Natürlich befinden wir uns hier nicht in einer Lage, die unser Freund Habermas eine ideale Sprechsituation nennen würde. Aber wir müssen das Beste daraus machen.«

In der Unterhaltung mit dem Priester hatte Nicholas sich genötigt gefühlt, eine kompromißlose Weltanschauung zu bestreiten, die seine eigene angriff. Jetzt, überlegte er, wäre es vielleicht angebracht, zu schweigen, um sich nicht zu kompromittieren.

»Nicholas«, Globulus sah ihm in die Augen und nahm einen dringenden, vertraulichen Ton an, »wir stehen unter Belagerung. Sie dürfen sich nicht von ihren schönen Worten täuschen lassen. Sie sind gnadenlos, sage ich Ihnen, gnadenlos!«

»Wer?« konnte er sich nicht enthalten zu fragen.

»Sie alle.« Und dann begann Globulus, Namen herunterzubeten, Namen über Namen früherer Professoren, mit denen sie bekannt gewesen waren, Namen von Freunden, Bekannten, ehemaligen Studenten, Intellektuellen, Schriftstellern, Lehrern, von denen Nicholas wußte, daß viele von ihnen sich versteckt hielten und andere verschwunden waren.

»Sie sind einfach paranoid«, bemerkte Nicholas kühl.

»Der Paranoiker«, sagte Globulus mit Sachverstand, »ist jemand, der weiß, was vor sich geht.«

»Das ist doch Unsinn«, protestierte er, »völliger Unsinn!«

»Ist es das wirklich?« bohrte Globulus. »Sind Sie da sicher? Ist es weniger gut begründet als jene Ideen vom Fortschritt der Menschheit, an die Sie und Ihre *Freunde*« (er hielt das Wort in der Schwebe) »glauben oder hoffen zu glauben? Wo sind die Beweise für Ihren ›Fortschritt‹? Können Sie irgendwelche in unserem Land entdecken, oder in der Welt überhaupt?«

»Der Gedanke des Fortschritts«, erwiderte Nicholas gereizt und erinnerte sich an sein Gespräch mit Kant, »wird um so wichtiger, wenn die Tatsachen dagegen sprechen.«

»Genauso verhält es sich mit meiner von Ihnen so genannten Paranoia. Mit dem einzigen Unterschied: daß in meinem Fall die Tatsachen dafür sprechen. All die Namen, die ich Ihnen genannt habe, sind Namen unserer Feinde, oder nicht?«

»Sie haben sie zu Ihren Feinden gemacht«, gab er zurück.

»Also kommen Sie schon, mein lieber Nicholas. Ich – wir – haben sie zu überhaupt nichts *gemacht*. Sie sind frei in ihren Handlungen, und sie haben Partei gegen Militaria ergriffen.«

Die Unterhaltung machte ihm kein Vergnügen, obwohl sie, wie er zugeben mußte, einigermaßen anregend war. Globulus schien zumindest nicht zu versuchen, ihn einzuschüchtern oder zu manipulieren, sondern ihn zu überzeugen.

»Sie sind gegen Sie«, fuhr Nicholas fort, »weil Sie sie jagen und verfolgen und sie als den Feind ansehen.«

»Aber genau das sind sie doch«, sagte Globulus. »Wir verteidigen ein Ideal gegen sie, die Lebensweise Militarias. Im Gegensatz dazu haben etwa Sie gar nichts zu verteidigen außer einer vagen und abstrakten Hoffnung, daß eine bessere Zukunft für alle kommt. Wir wissen, daß sie nicht kommt. Wir wissen auch, daß diese ganze Illusion des Fortschritts, um mit unseren französischen philosophischen Freunden zu reden – Foucault, Lyotard, Baudrillard, Kristeva –, eine erschöpfte ›Metaerzählung‹ ist. Die Zeiten der Metatexte, Nicholas, gehören der Vergangenheit an. Lesen Sie Richard Rorty. Die Geschichte hat keine Richtung. Alles ist kontingent und könnte sich jederzeit anders verhalten. Ich zum Beispiel, so unwahrscheinlich es Ihnen vorkommen mag, könnte leicht in Ihrer Lage sein und Sie in meiner. Wir haben Fiktionen zusammengebaut wie etwa Ihre Fortschritts-Saga, als könnten wir so der Geschichte eine Bedeutung und eine Richtung verleihen. Aber es gibt keine Bedeutung und keine Richtung. Nur Geschichten, die wir erfinden.«

»Sie sind der Erfinder von Geschichten, Geschichten über imaginäre Verschwörungen, die von all denen betrieben werden, die Sie nicht mögen, damit Sie die Verbrechen des Regimes rechtfertigen können, dem Sie dienen!«

»Rechtfertigen!« antwortete Globulus. »Warum sollten die Handlungen meiner Regierung einer Rechtfertigung bedürfen? Man braucht doch nur zu überzeugen. Sie sind augenscheinlich nicht überzeugt, und das aus ganz einfachem Grunde: Ihr verwirrter Optimismus blendet Sie für alles, was jeder mit gesundem Menschenverstand deutlich sehen kann. Ein Pessimist ist, wie es so schön heißt, nur ein gut unterrichteter Optimist. Haben Ihre fortschrittsgläubigen Freunde eine klare Vorstellung davon, wie die Gesellschaft beschaffen sein sollte, nach der sie suchen? Hat die Sichtbare Hand irgendeinen Begriff davon, wohin der Fortschritt, den sie so wertzuschätzen vorgeben, überhaupt führt?«

Nicholas wurde dieses Abtauschs müde, nicht zuletzt, weil er ihm eindeutig nicht gerade guttat. Globulus lockte ihn aus der Reserve, brachte ihn dazu, Dinge zu sagen, die ihn zweifelsohne inkriminierten und entsprechend in Nummer Eins' Stapel von Dokumenten auftauchen würden.

»Nicholas,« – Globulus schlug den Ton eines alten Freundes an, der guten Rat gab – »warum überdenken Sie Ihre Haltung nicht noch einmal? Wenn Sie bereit wären, mein Kollege zu werden, so könnten Sie Ihre Arbeit in angenehmer Umgebung fortsetzen und einen wirklichen Einfluß auf die Zeiten haben, in denen wir leben.«

Nicholas entschloß sich, nicht ganz und gar verstockt zu wirken.

»Was hätte ich schon zu gewinnen?« fragte er verächtlich.

Globulus nahm die Worte als wirkliche Frage auf.

»Freiheit«, antwortete er. »Sie hätten die Freiheit, nicht nur vom Gefängnis, sondern auch, überall hinzugehen, wo Sie wollten. Sie könnten sogar« – er kicherte – »aus freier Entscheidung *ins* Gefängnis gehen, wie ich das heute getan habe. Sie brauchten nichts dazu als dieses kleine Zauberdokument.« Er zeigte ihm seinen Paß, der in einer kleinen Plastikhülle steckte, mit einem goldgeprägten Wappen und einer schmeichelhaften Fotografie.

»Darf ich ihn ansehen?« fragte Nicholas.

Globulus reichte ihm stolz den Paß herüber. In diesem Augenblick flog die Tür auf, und es gab einen Riesentumult. Ein Mitgefangener, hünenhaft von Wuchs, brüllte und gestikulierte in Richtung des Dr. Globulus. Zwei Beamte hielten ihn mit sichtlichen Schwierigkeiten im Zaum. Als er genauer hinsah, erkannte Nicholas, daß der eine Justin war; der andere hatte eine frappierende Ähnlichkeit mit dem Optiker.

»Sie sind ein bösartiger, übler, verlogener Hundesohn!« schrie der Gefangene. »Nix als blanke Lügen, die Sie sich ausgedacht haben! Ich hab' mich nicht mit ausländischen Spionen getroffen, ich kenn' überhaupt keine Ausländer!«

Vielleicht wegen Nicholas' Anwesenheit, vielleicht wegen ihrer Unterhaltung versuchte Dr. Globulus, mit dem Gefangenen zu debattieren und ihn zu beruhigen, aber während er das tat, wurde der Gefangene immer erregter. Inmitten des ganzen Aufruhrs sah Justin Nicholas an und hob eine Hand.

Geschwind schlüpfte Nicholas hinter ihnen vorbei, als der Optiker auf einen kleinen Waschraum zeigte, der ans Büro angrenzte. Auf dem Toilettendeckel fand er Kleidung, an der ein Zettel mit der Aufschrift »SCHNELLER WECHSEL« steckte. Wie der Blitz tauschte er seine Gefängniskleidung gegen einen grünen Samtanzug, gelbes Hemd und rotgepunktete Fliege, ganz wie Globulus sie trug. Er legte auch einen falschen Spitzbart an, hübsch ergraut an den Kanten. Der Raum hatte eine zweite Tür, an der ein zweiter Zettel hing: »FORT IM HANDUMDREHEN«. Er wandte sich nach links und ging zielstrebig den Korridor entlang.

Er näherte sich einer Flügeltür mit einem Wachsoldaten. Er zeigte Globulus' Paß vor, was ihm einen zackigen Gruß und eine geöffnete Tür einbrachte. Nicholas bedankte sich mit einem Nicken bei dem salutierenden Soldaten und ging mit großen Schritten zwei Treppen hoch, die ihn in die vordere Eingangshalle des Gefängnisses führten. Vor ihm lag der Eingang, der mit einem weiteren Soldaten bemannt war. Als er sich näherte, schwangen die Tore auf.

Nicholas trat hinaus auf die Straße, wo ein Ford Falcon mit dunklen Scheiben und laufendem Motor wartete.

Der Fahrer, in militärischer Uniform, hob die Hand zum Gruß. »Hierhin, Dr. Pangloss«, sagte er, schob ihn auf den Rücksitz, und auf ging's.

7 REISEN MIT LEICHTEM GEPÄCK

Neben sich auf dem Rücksitz fand er weitere Kleider zum Wechseln und, wie er mit Erleichterung feststellte, seine Reisetasche.

»Ziehen Sie sich schnell an«, sagte der Fahrer, »falls wir angehalten werden!« Er tat wie befohlen und verstaute die Globulus-Verkleidung nebst falschem Bart in der Reisetasche. Als Dr. Pangloss, stellte er fest, sollte er insgesamt geschäftsmäßiger aussehen, mit grauem Anzug, weißem Hemd und einer blaßgrünen Krawatte. In den Taschen seines neuen Jacketts fand er einen Paß mitsamt einer ausgezeichneten Fotografie, die ihn ohne Bart und mit Brille zeigte, einiges Geld, einen Zettel mit der Adresse, an die seine Fortschrittsberichte für Justin geschickt werden sollten, und einen Flugschein. Offenbar war er auf dem Weg nach Kalkula in Utilitaria, mit Utilitaria Airlines Flug UA 527, Abflug in einer Stunde.

»Und wenn wir angehalten werden?« fragte er nervös den Fahrer.

»Immer lächeln, Doktor!« sagte der Fahrer, im vergeblichen Versuch, ihm Sicherheit einzuflößen.

Sie kamen zu einem Sicherheitskontrollpunkt.

»Geben Sie mir Ihren Paß«, sagte der Fahrer. Er schwenkte ihn mit seinen eigenen Papieren vor den Soldaten. Sie wurden durchgewinkt.

Der Fahrer gab ihm den Paß zurück und klang aufrichtig, als er sagte: »Wir zählen auf Sie, Doktor, die beste der Welten für uns zu finden. Es steht mit der Moral in unseren Reihen nicht zum besten. Sie sind unsere letzte Hoffnung.«

»Was muß ich tun, wenn ich in Kalkula ankomme?« fragte Nicholas.

»Ersuchen Sie um politisches Asyl«, sagte der Fahrer.

»Und wenn sie es mir nicht gewähren?« blieb er hartnäkkig.

»Immer lächeln«, sagte der Fahrer und bog auf den Parkplatz des Flughafens ein. »Jetzt, Doktor, sind Sie auf sich gestellt. Viel Glück!«

Nicholas marschierte forsch in die Abflughalle. Überall Soldaten, die steif umherstolzierten und die Gewehre im Anschlag hielten. Er machte den Fehler, einen von ihnen ins Auge zu fassen. Das Auge fixierte ihn sofort und verfolgte ihn – wie auch der Lauf des Gewehrs. Beide folgten ihm zum Check-In, wo drei Personen anstanden.

Das Auge und der Gewehrlauf klebten an Nicholas fest und machten ihn überaus nervös. Die drei vor ihm ließen sich in schmerzhafter Langwierigkeit abfertigen, mit vielem Hin und Her über Gepäck und Sitzplätze. Schließlich zeigte er sein Ticket und seinen Paß vor.

»Raucher oder Nichtraucher, Dr. Pangloss?«

»Nichtraucher.«

»Fensterplatz oder Gang?«

»Gang.«

»Ihr Gepäck?«

Er zeigte auf seine Reisetasche. »Nur das.«

»Hier ist Ihre Bordkarte. Sie können einsteigen. Tor A 3.«

Am Rande einer Panik floh er das Auge und den Gewehrlauf in Richtung Paßkontrolle. Ein gelangweilter Soldat nahm und stempelte gedankenlos seinen Paß, und Nicholas eilte zum Tor seines Fluges. Die Passagiere wurden bereits durchgelassen. Er folgte ihnen zu einem Bus und dann auf die Treppe zum Flugzeug. Erschöpft ließ er sich in seinen Sitz fallen. Endlich, als der Sicherheitsgurt einschnappte, hatte Nicholas die Freiheit, über eigene Vergangenheit und Zukunft nachzudenken.

8 EINLASS

Als das Flugzeug zu seiner Startposition rollte, hob sich Nicholas' Laune. Nach allem, was man so hörte, war Utilitaria vielversprechend. Er war auf dem Wege in ein Land, das sich ganz dem Wohlergehen verschrieben hatte und sich ausschließlich mit Zukunftsaussichten beschäftigte. Er wußte, daß der nationale Wahlspruch Utilitarias, geprägt von seinem revolutionären Begründer Jeremy Bentham, lautete: »Das größtmögliche Glück für die größtmögliche Zahl«. Wenn alles gut ging, konnte er zu dieser Zahl gehören.

Seine Laune bekam weiteren Auftrieb, als er bemerkte, daß der Sitz neben ihm von einer schlanken jungen Frau in einem schicken grauen Kostüm und schwarzem Polosweater eingenommen wurde. Sie hatte langes, glänzend braunes Haar, grüne Augen, feingeschnittene Gesichtszüge, ein einnehmendes Lächeln und einen Laptop auf den attraktiven, schwarzbestrumpften Knien. Anfang dreißig und offenbar im Berufsleben stehend, schien sie einiges an Arbeit zu tun zu haben, denn sofort nach dem Start klappte sie entschieden das Tischchen vor sich herunter, öffnete ihren Computer und rief ein Programm auf, das mit Graphiken und Zahlentabellen operierte.

Die Stewardeß bot ihnen beiden Getränke und eine Tüte Nüsse an und damit einen Gesprächsanlaß. Da auf ihrem Tisch kein Platz mehr war, räumte Nicholas ihr ein Plätzchen auf dem seinen frei, wobei er feststellte, daß die Fluggesellschaft einen schweren Fehler machte, indem sie sich nicht auf ein gleichzeitiges Bedürfnis nach Arbeit, Essen und Trinken einstellte. Sie dankte lächelnd. Er stellte sich als Dr. Pangloss vor, Lehrer und Philosoph, der Utilitaria zum ersten Mal besuchte. Ihr Name, so sagte sie ihm, war Stella Yardstick. Sie war utilitarische Diplomatin, die in Militaria gearbeitet hatte. Nicholas fragte, was sie da gerade berechne. Ihre Antwort schreckte ihn auf.

»Immigration«, sagte sie. »Es gibt sehr viele Militarier, die versuchen, nach Utilitaria zu kommen, die meisten von ihnen in ziemlich verzweifelter Lage. Natürlich ersuchen sie gewöhnlich um politisches Asyl, aber das ist meist nur Vorwand und verbirgt, um was es wirklich geht. Was ich versuche zu berechnen, ist, welche Arten von Immigranten, falls überhaupt, merkbar zum Wohlergehen aller beitragen. Das ist alles reichlich kompliziert.«

Nicholas stimmte aus vollem Herzen zu. Doch die Unumwundenheit ihrer Antwort ließ vermuten, daß »reichlich kompliziert« für Stella Yardstick die Kompliziertheit der angewandten Berechnungen bedeutete, nicht die Komplexität eines Prinzipienkonflikts.

»Schließt ›das Wohlergehen aller‹ nicht das Wohlergehen dieser verzweifelten Militarier ein?« fragte er.

Sie schenkte ihm ein Lächeln, das eine Spur herablassend gemeint sein konnte. »Unsere rechnerischen Fähigkeiten haben sich enorm entwickelt«, sagte sie, »aber wir sind noch nicht soweit, daß wir die ganze Welt in unsere Kalkulationen einschließen können. Ich fürchte, bis es soweit ist, müssen wir uns auf die Konsequenzen utilitarischer Politik für Utilitarier konzentrieren.«

Sollte er es wagen, ihr von seinem eigenen Fall zu erzählen, um so herauszubekommen, was ihn bei der Ankunft erwartete, und sich vielleicht sogar ihrer Hilfe versichern? Er entschied sich dagegen. Sie schien politischen Flüchtlingen nicht von vornherein positiv gegenüber eingestellt zu sein, und außerdem hatte er sich ihr bereits unter falschem Namen vorgestellt. Statt dessen beschloß er, den Gang der Unterhaltung in eine andere Richtung zu lenken. Was, fragte er sie, hatte sie für einen Eindruck von der Lage der Dinge in Militaria gewonnen?

»Einen ziemlich schrecklichen!« erklärte sie.

Wieder stimmte er aus vollem Herzen zu. Was, fragte er, hatte sie besonders erschreckend gefunden?

»Die schreckliche Verschwendung von menschlichen Ressourcen, die Unorganisiertheit der Produktion, den Zusammenbruch der Verwaltung, administratives Chaos. Das ganze Land ist unter Management-Aspekten eine einzige Katastrophe! Aber was wollen Sie schon erwarten, wenn das Militär an der Macht ist?«

»Völlig Ihrer Meinung«, sagte Nicholas.

»Und was das Schlimmste ist«, fuhr sie fort, »sie haben die Fähigkeit verloren, das Ausmaß der Katastrophe, die sie da anrichten, zu berechnen. Nehmen Sie nur die Fälle plötzlichen Verschwindens von Personen! Niemand kann mehr sagen, wie groß die Bevölkerung Militarias wirklich ist. Haben Sie gewußt, daß sie seit *fünfzehn Jahren* keine vernünftige Volkszählung mehr gehabt haben?«

Nicholas mußte sein Unwissen einräumen.

Die Stewardeß brachte Essen. Stella Yardstick schaltete den Computer aus und nahm ihn wieder auf die Knie. Der Imbiß wurde auf Plastiktabletts mit Plastikbesteck serviert, abgepackt in kleine weiße Würfel und Quader und abgedeckt mit Klarsichtfolie. Es war mit Sicherheit ein Fortschritt gegenüber der Kost, die von Kugelkopf serviert worden war – erheblich weniger geschmacklos, wenn auch nicht besonders wohlschmeckend. Die Stewardeß bot ihnen auch je eine halbe Flasche Rotwein an, den beide annahmen. Zum Wein, stellte er mit einer gewissen Erleichterung fest, gab es Gläser.

Nicholas bat seine Reisegefährtin, ihm über das Leben in Utilitaria zu berichten, und während sie ihren Wein tranken, beantwortete sie seine Fragen lebhaft, sogar mit Begeisterung. Ganz augenscheinlich war sie froh, wieder nach Hause zu kommen.

Computer, erzählte sie ihm, waren dort sehr beliebt. Tatsächlich war die gesamte Nation geradezu vom Rechnen besessen. Alle Utilitarier stimmten dem Grundsatz zu, was zähle, sei das Zählbare. Wenn sich einem Utilitarier die Frage stellte, »Was ist zu tun?«, so wandelte er sie zunächst stets in die Frage um, »Welche Option wird die größte Summe an Nutzen erbringen?« Alle legten großen Wert auf Taschenrechner, und Stella hatte ein paar mitgebracht, um sie als besondere Geschenke zu verteilen. Technokraten, Bürokraten und Richter – die mächtigsten und meistbewunderten Menschen in Utilitaria – waren besonders bewandert im Rechnen, benutzten aber Computer der neuesten Generation.

Es gab, so erzählte sie ihm, zwei politische Parteien: die Aktionspartei, die in der Opposition war, und die herrschende Regulationspartei. Was sie unterschied, war, daß die Aktionisten (nach eigenem Bekunden) Demokraten waren und jeden zum Gebrauch von Taschenrechnern aus jedem gegebenen Anlaß ermutigten, während die Regularier glaubten, gewöhnliche Menschen müßten auf diesen Gebrauch außer bei den geringfügigsten Entscheidungen verzichten. Nach Maßgabe der Regularier sollten die Menschen nach »Faustregeln« leben, die von den Technokraten, Bürokraten und Richtern gemäß ihren überlegenen Rechenmethoden und -fähigkeiten aufgestellt und ausgelegt wurden. Die Aktionisten nannten die Regularier gerne »elitär«, die Regularier die Aktionisten »demagogisch«.

»Ich würde darauf tippen«, sagte Nicholas, »daß Sie eine Regularierin sind.«

Sie schenkte ihm ein Lächeln, wobei sie zwei Reihen völlig ebenmäßiger und makellos weißer Zähne zeigte. Er fand ihr Lächeln, trotz der Grübchen, die es einfaßten, allmählich weniger herzerwärmend als zuvor. War es vielleicht auch berechnet?

»Mitglieder des diplomatischen Dienstes«, antwortete sie, »sind politisch neutral.«

Sie waren beim Kaffee angekommen. Bislang hatte sie ihm ein recht ungetrübtes Bild des Lebens in Utilitaria gemalt. Nicholas beschloß, sie zu fragen, wo die drängendsten Probleme lagen, mit denen das Land konfrontiert war.

Sie seufzte tief. Es gab, so erklärte sie, im Westen einen Landstrich, in dem Konflikte niemals allzu fern gewesen und derzeit nur allzu präsent waren, und nicht nur dort, sondern jetzt auch im übrigen Utilitaria. Die Bewohner der Gegend waren in der Mehrzahl Utilitarier, aber eine Minderheit hing einer Bewegung an, die einen unerbittlichen Kampf für die Unabhängigkeit der Provinz ausfocht. Die Utilitarier nannten die Mitglieder dieser Minderheit »Bigotarier«. Die Bigotarier, sagte Stella, waren auf die Vergangenheit fixiert. Sie hatten ein erheblich größeres Interesse an wüsten und geharnischten Proklamationen und Diskussionen über die Bedeutung von Schlachten, die vierhundert Jahre zurücklagen, als daran, auszurechnen, welche der gegenwärtigen Alternativen die größte Summe künftigen Nutzens erbringen würde. Sie verbrachten ihre Zeit vorwiegend damit, ihre utilitarischen Unterdrücker zu hassen, zu verfluchen und zu bekämpfen.

Die Bigotarier, erklärte sie, neigten auch dazu, verstörende Terrorkampagnen in Utilitaria vom Zaun zu brechen. Erst vor kurzem hatte eine davon begonnen, mit welchem Ziel, das schien sie weder zu wissen noch wissen zu wollen. Die Utilitarier waren, das war klar, gegenüber den Anliegen jener, die sie Bigotarier nannten, gänzlich indifferent eingestellt und schrieben deren gewalttätige und barbarische Sitten ihrer unverständlichen Besessenheit von der Vergangenheit zu.

Die Stewardeß erschien, um den Plastikabfall zu holen. Stella Yardstick lächelte ihn abermals an, stellte den Computer auf ihr Tischchen und schaltete ihn ein. Diesmal war ihr Lächeln unzweideutig: Als der Rechner eingeschaltet wurde, wurde das Lächeln ausgeschaltet.

»Also«, sagte sie, »ich muß mit meiner Arbeit fortfahren.«

»Aber natürlich«, sagte Nicholas, »ich fand unsere Unterhaltung wirklich sehr angenehm.«

»Das fand ich auch«, antwortete sie großzügig.

Es blieb noch eine Stunde Flugzeit. Während sie die Zukunft unterschiedlicher Kategorien von Immigranten nach Utilitaria miteinander verglich und bewertete, dachte Nicholas über die eigene Zukunft nach. Während sie begann, deren Zukunft in Zahlen zu fassen, versuchte er die seine ins Auge zu fassen. Er hatte einmal einen Utilitarier kennengelernt, einen Fachmann für das 18. Jahrhundert und Helvétius-Spezialisten, der vor einigen Jahren an seiner Voltaire-Konferenz teilgenommen hatte. Tatsächlich war es eben diese Konferenz gewesen, bei der Nicholas' Schwierigkeiten ihren Anfang genommen hatten, als er dem Regime erstmals als jemand auffiel, der gefährliche fortschrittsoptimistische Gedanken studierte. Wie *war* nur noch der Name des utilitarischen Gelehrten? Er hatte sein liebenswürdiges Lächeln und seinen knappen und präzisen Redestil noch genau im Gedächtnis, aber sein Name?

Das Flugzeug begann den Sinkflug nach Kalkula. Stella Yardstick klappte ihren Computer zu und das Tischchen ein. Es gab eine sanfte Landung, und die Passagiere erhoben sich alle gleichzeitig. Nicholas zog seine Reisetasche aus dem Gepäckfach und reichte seiner Nachbarin ihren Mantel. Er folgte ihr und den anderen Fluggästen ins Abfertigungsgebäude. Zum erstenmal wandte er ihnen größere Aufmerksamkeit zu und bemerkte etwas Verblüffendes. Die Reisenden fielen in drei leicht unterscheidbare Gruppen. Einmal gab es da diese flotten, selbstsicheren und modisch gekleideten jüngeren Männer und Frauen, die Laptops mitführten, Ebenbilder von Stella Yardstick. Sie stellten sich an einem Schild zur Linken an, auf dem »BÜRGER UTILITARISCHER NATIONALITÄT« stand. Dann gab es Reisende, die offensichtlich Urlaub machten: Teenager mit Rucksäkken, ältere Paare und Familien in kleinen Grüppchen mit ausgelassener Laune. Sie versammelten sich vor einem Schild in der Mitte, das lautete »BESUCHER, VISAINHABER«. Die dritte Gruppe, ganz rechts, wartete vor einem Schild, das weniger informativ und insgesamt weniger hoffnungsfroh verkündete »ANDERE«.

Seine Reisegefährtin ging schnurstracks auf die Schlange zur Linken zu. Als sie sich anstellte, bot sie ihm die Hand und ein Abschiedslächeln.

»Ich hoffe, Sie genießen Ihren Besuch«, sagte sie, »und haben einen angenehmen Aufenthalt.«

»Danke sehr«, sagte Nicholas und stellte sich an die Schlange der Touristen an, bis Stella durch die Paßkontrolle entschwunden war. Die Schlange links war bald aufgelöst, die mittlere, die »Besucher«-Schlange, bewegte sich auch recht rasch. Bei der der »Anderen« herrschte nahezu völliger Stillstand. Nicholas beklagte, daß er kein Besuchervisum hatte und stahl sich von der zweiten Reihe hinüber ans Ende der wartenden Gruppe.

Dort standen Männer und Frauen unterschiedlichen Alters, äußerst ärmlich gekleidet, manche auch alt und gebrechlich. Eine der Frauen war schwanger, und mehrere wurden von kleinen Kindern begleitet. Die Erwachsenen drehten nervös ihre Pässe in den Händen. Alle hatten einen Ausdruck der Verzweiflung, der noch unerträglicher durch einen Rest von Hoffnung wurde. Ihre Hoffnung war augenscheinlich auch die seine: politisches Asyl zu erhalten. Ihr Problem – das, wie er erkannte, ebenfalls das seine war – bestand darin, Utilitarier davon zu überzeugen, daß es gute Gründe gab, die Einreise zu gestatten. Jeder von ihnen stand hier mit einer unglücklichen Vergangenheit, aber aus welchem Grund sollte ihnen eine glückliche Zukunft gewährt werden? Das Wohlfahrtssystem in Utilitaria war bekanntermaßen ausgezeichnet und kam die öffentliche Hand teuer zu stehen. Jeder neue Immigrant repräsentierte einen gesicherten Betrag an Kosten und einen zweifelhaften Nutzen. Das Problem lag darin, Utilitarier zu überzeugen, daß der Nutzen die Kosten überstieg.

Die Schlange vor ihm rückte langsam voran. Eine nach der anderen warteten Einzelpersonen und Familien vor dem

Glasschalter, bevor sie in ein Büro hinter einer grauen Stahltür zu weiterer Befragung vorrückten. Sie sprachen mit leiser, dringlicher, bittender Stimme. Während er darauf wartete, an die Reihe zu kommen, überlegte Nicholas, daß es wohl besser wäre, seine kürzlich angenommene Identität wieder abzulegen: Der Fall des fiktiven Dr. Pangloss war allem Anschein nach kaum überzeugender als der des wirklichen Nicholas Caritat.

Schließlich stand er vor dem Sichtfenster und zeigte seinen Paß.

»Eigentlich«, sagte er und fühlte sich recht töricht dabei, »ist mein Name nicht Pangloss, sondern Caritat.«

»Aha«, sagte ein junger Beamter mit Schirmmütze, ohne eine Miene zu verziehen.

»Und ich möchte um politisches Asyl bitten«, fügte er mit leiser, dringlicher, bittender Stimme hinzu.

»Können Sie beweisen, daß Sie der sind, der Sie zu sein vorgeben«, fragte der Offizielle, »und daß Sie nicht derjenige sind, der Sie nicht zu sein vorgeben?«

Jede dieser Aufgaben schien gleichermaßen und unendlich schwierig.

»Ich kann«, murmelte Nicholas hilflos, »nichts beweisen.« Es war wie eine berufliche Niederlage.

Der nicht lächelnde Beamte zeigte auf die graue Stahltür, auf der »Einwanderungskontrolle« stand. Nicholas klopfte und trat ein. Es handelte sich um ein kleines quadratisches Büro mit stahlgrauen Wänden und einem grauen Schreibtisch aus Metall, an dem eine Beamtin der Einwanderungsbehörde in grauer Uniform saß. Sie wirkte unendlich gelangweilt. Er setzte sich auf den grauen Metallstuhl vor ihr.

»Offenbar sind Sie nicht der, der Sie scheinen«, begann sie wenig vielversprechend.

Er entschloß sich, seine Zukunft von der Wahrheit abhängig zu machen, da er seinen Fähigkeiten mißtraute, etwas Überzeugenderes zu erfinden. Vor allem hatte er keinen Schimmer, was überhaupt überzeugend *wäre*. Also begann er seine Geschichte mit allen Einzelheiten zu erzählen, während die grau uniformierte Beamtin unbewegt und mit geschlossenen Augen zuhörte.

Als er am Ende angekommen war, öffnete sie die Augen und begann, etwas in eine Tastatur zu tippen, wobei sie nur auf den Bildschirm vor sich blickte.

»Es scheint, daß Sie Bücher und Aufsätze geschrieben haben«, bemerkte sie.

»Ja.«

»Wie groß ist ihr Gewicht?«

Gewicht? Meinte sie damit, welches Gewicht sein Ruf als Gelehrter hatte? Er zögerte. Könnte der Anschein zu großer Bescheidenheit seine Position verschlechtern?

»Wieviel in Kilo?« präzisierte sie.

Am besten etwas ausdenken, dachte er. Es könnte nach Unfähigkeit aussehen, wenn er es nicht wußte.

»Dreizehneinhalb«, sagte er mit fester Stimme. Sie schrieb es auf.

»Wie viele Publikationen?«

Er riet abermals: »Einhundertdreiundneunzig.«

»Produktionsrate?«

»Zur Zeit fünf pro Monat. Aber ich arbeite daran, mich zu steigern.«

»Sie haben in Ihrem Fachgebiet Studenten zum Abschluß geführt?«

»Ja.«

»Wie viele?«

Er riet ins Blaue. »Zweitausenddrei«, sagte er.

Sie gab diese Daten ein und wandte sich ihm zu. Ihre Langeweile schien gemindert.

»Professor Caritat«, sagte sie, »wir könnten uns in die Lage gesetzt sehen, in einem Fall nichtsdestoweniger gravierenden Zweifels zu Ihren Gunsten zu entscheiden. Sie sind, wie es sich darstellt, ein bemerkenswert produktiver Gelehrter und Lehrer. In Utilitaria ist es unser Ziel, wie Sie vielleicht wissen, den Nutzen zu maximieren, und Sie könnten vielleicht, obwohl wir uns dessen nicht sicher sein können, erheblich dazu beitragen.« Maximieren! In Nicholas' Kopf läutete eine schwache Glocke. *Maximieren!* Das war es. Seine frühere utilitarische Bekanntschaft, der Spezialist für Helvétius, hieß Maximand, Gregory Maximand.

»Gibt es vielleicht jemanden«, fuhr die graue Beamtin soeben fort, »der vielleicht etwas über Sie weiß? Jemand, an den wir uns wenden können, um Ihre wahrscheinliche Produktivität hier einschätzen zu können?«

»Gregory Maximand!« rief Nicholas aufgeregt. »Er kennt mich.«

»Und wer und wo ist er?« fragte sie.

Er konnte sich nicht erinnern, wagte aber einen Versuch. »Universität Kalkula, Historische Fakultät.«

Sie trug diese Auskunft ein und ging in ein angrenzendes Büro, vermutlich, um den schicksalhaften Telefonanruf zu tätigen, wobei sie ihn auf einer Berg- und Talfahrt zwischen Hilflosigkeit und Hoffnung zurückließ.

Nach zwanzig Minuten kehrte sie zurück mit einem Ausdruck, der wie der Anflug eines Lächelns aussah. »Wir hatten einige Schwierigkeiten, Ihren Professor Maximand ausfindig zu machen«, sagte sie. »Die Universität Kalkula hat keine historische Fakultät. Die Geschichte ist eine Unterabteilung der Futorologischen Fakultät. Aber es ist uns gelungen, ihn ausfindig zu machen. Wir haben entschieden, Ihnen eine Aufenthalts- und Arbeitsgenehmigung für sechs Monate zu erteilen. Wir brauchen dazu nur noch vier Fotografien und eine Unterschrift. Wenn Sie mir bitte folgen würden.«

Sie führte ihn aus der Tür, durch die er eingetreten war, gab ihm einige Münzen und zeigte auf einen großen Kasten, an dem Fotografien von augenscheinlich glücklichen, lächelnden Gesichtern hingen, neben einem dunkelgrünen Vorhang. Er, ebenso glücklich, setzte sich auf den Stuhl hinter dem Vorhang und lächelte sein lächelndes Spiegelbild an. Er drückte auf einen Knopf, und mit vier Blitzen wurde sein Lächeln aufgezeichnet und ging in den offiziellen Besitz Utilitarias über. Die Beamtin nahm es an sich, als es aus einem kleinen Schlitz an der Seite des Kastens zum Vorschein kam. Sie gingen in ihr Büro zurück, und sie heftete es an vier verschiedene Dokumente, von denen sie ihm zwei in einer Kunststoffhülle übergab.

»Ich bin Ihnen sehr dankbar«, sagte er spontan.

Sie sah irritiert aus. »Was sind Sie?«

»Sehr dankbar.«

»Was meinen Sie damit?«

»Dankbar«, erklärte er, »ich meine ... Ich empfinde Dankbarkeit.«

»Was meinen Sie *damit*?« fragte sie.

»*Dankbarkeit*« – er zitierte aus dem Gedächtnis die Definition aus Diderots *Encyclopédie* – »ist die Empfindung für Nutznießungen, in deren Genuß man versetzt wurde.«

»Diesen Begriff haben wir nicht in Utilitaria«, bemerkte sie. »Wir haben nur Empfindungen für künftig zu erlangenden Nutzen.«

Diderot, so erinnerte er sich, hatte schon zu bedenken gegeben, daß Dankbarkeit überhaupt erst im späten 16. Jahrhundert aufgetreten war und im 18. bereits veraltete. In Utilitaria, so schien es, war sie bereits tot.

Die Einwanderungsbeamtin erhob sich. »Professor Caritat«, sagte sie knapp, »Professor Maximand wird in einer halben Stunde eintreffen, um Sie abzuholen.«

Sie öffnete die stählerne Tür hinter ihrem Schreibtisch, und er folgte ihr. Sie betraten einen Warteraum, in dem seine Mitreisenden untröstlich saßen, immer noch den Paß in den Händen. Die Kinder weinten. Am Ausgang wandte sich die graue Beamtin zum Gehen.

»Sie müssen auf eine Durchsage warten«, sagte sie. »Ach ja, und Sie werden das hier brauchen.« Sie überreichte ihm einen Taschenrechner.

»Schönen Dank«, sagte Nicholas. Sie kehrte mit dem Ausdruck gelinder Verblüffung in ihr Büro zurück. Er trat in die hell erleuchtete Ankunftshalle, voller umhereilender Menschen und strahlender Flächen, mit Aufzügen und gut ausgestatteten Läden, die von einem nicht abreißenden Strom dröhnender und widerhallender Ankündigungen und Durchsagen erfüllt war. Er setzte sich in einen niedrigen Sessel, die Reisetasche zu Füßen, und wartete. Schließlich dröhnten und hallten die Worte durch die Halle, auf die er wartete.

»Professor Caritat zum Informationsschalter!«

Es schien ihm wie eine öffentliche Bekanntmachung, daß er willkommen war – oder, zumindest, eingelassen wurde.

9 KALKULA

In der Menge am Auskunftsschalter entdeckte Nicholas Gregory Maximand. Er war Anfang sechzig, sah aber viel jünger aus. Adrett, gebräunt, fit, von glatter Eleganz, mit Fältchen um die Augen und einem freundlichen, lächelnden Gesicht bot er, ganz wie Nicholas sich an ihn erinnerte, einen entschieden aufmunternden Anblick. Nicht weniger aufmunternd waren die warme Umarmung und der Strom tröstender und willkommen heißender Worte.

»Professor Caritat! Es ist ja eine *solche* Freude, Sie nach so langer Zeit wiederzusehen. Wir alle haben Sie ziemlich aus den Augen verloren, nach dem akademischen Boykott Militarias. Bestimmt sind Sie in Schwierigkeiten, aber wir werden es alles schon hinbekommen. Sie kommen mit und können bei uns bleiben, bis wir etwas für Sie gefunden haben. Mein Wagen steht dort vorn. Sie werden natürlich heute abend mit uns essen. Sind Sie sehr müde? Möchten Sie sich ausruhen, oder möchten Sie erst eine kleine Rundfahrt durch Kalkula machen?«

Dem Vorschlag einer Rundfahrt stimmte er gern zu. Es wäre gut, sich erst einmal zu orientieren.

Der Wagen war silberfarben und schnurrte sanft. Während sie vom Flughafen in die Stadt fuhren, erzählte Nicholas seine Geschichte zum zweiten Mal an diesem Tag. Maximand war ein aufmerksamer Zuhörer und interessierte sich besonders für die Mission, die Justin ihm anvertraut hatte.

»Nicholas!« rief er, als er davon hörte. »Darf ich Sie so nennen?«

»Natürlich!«

»Ihre Mission, Nicholas«, sagte er mit Entschiedenheit, »ist erfüllt«.

»Wie das?«

»Sie haben Ihren Bestimmungsort erreicht, das kann ich Ihnen versichern.«

Gregory war offenbar ein großer Patriot. Konnte er recht haben? Hatte Nicholas bereits die Beste aller möglichen Welten erreicht?

Kalkula war eine geschäftige moderne Metropole, in der alles wohlgeordnet und unter Kontrolle zu sein schien. Strahlende Wagen und Busse fuhren in reibungslosem Fluß durch lange, gerade und breite Straßen. Die Gebäude waren hohe Geschäftshäuser und Einkaufszentren in einer eleganten Architektur mit gläsernen Fronten. Die Kalkulaner gingen mit raschem Schritt die breiten und sauberen Bürgersteige entlang und wirkten durchgehend gut gekleidet, gesund und glücklich. Als er näher hinsah, bemerkt er, daß alle zu lächeln schienen, eher für sich, als jemand bestimmtes anzulächeln. Als er noch genauer hinsah, stellte er fest, daß sie hin und wieder stehen blieben, kleine Taschenrechner aus der Tasche zogen und benutzten, als ob sie etwas nachprüften, um sie dann mit dem Ausdruck der Befriedigung wieder einzustecken. Überall sah er Effizienz, Wohlstand, Sauberkeit und Ordnung. Keine Armut, keinen Müll, keine Bettler – nicht einmal alte, gebrechliche oder behinderte Menschen. Er beschloß, Gregorys Anspruch ein wenig auf die Probe zu stellen: Waren alle Utilitarier, fragte er sich, vor Elend und Unglück geschützt?

»Wo«, fragte er, »leben eigentlich die ärmeren Klassen?«

»Ah«, sagte Gregory. »Es gibt keine ärmeren Klassen, weil es keine Klassen gibt. Unsere Erfolge in Utilitaria« (er zeigte aus dem Fenster) »sind kollektiv, unsere Mißerfolge individuell. Wir leben in einer Meritokratie, in der Verdienste im

Beitrag zum Gemeinwohl bestehen. Natürlich geht es manchen Utilitariern weniger gut als anderen. Einige Individuen sind Versager, aber das liegt daran, daß sie zum Nutzen aller weniger beitragen als andere. Aber das ist schon alles, was sie miteinander gemein haben. Sie bilden keine Klasse: Sie sind einfach so und so viele besondere Individuen, die nicht so großen Erfolg haben wie andere.«

»Aber«, fragte er, »hegen sie denn keinen Groll angesichts ihrer minderen Stellung?«

»Was ist das denn?« Gregory sah verwirrt aus.

Noch ein Wort, das sie offenbar nicht kennen, dachte er. Es fiel ihm ein, daß Doktor Johnson es ziemlich gut definiert hatte.

»*Groll*«, erklärte er, »bedeutet ›ein tiefes Gefühl des Verletztseins; lang anhaltender Ärger‹.«

»Dieses Wort kennen wir nicht«, sagte Gregory, »und auch das merkwürdige Phänomen nicht, auf das es sich zu beziehen scheint. Auf Utilitarier, denen es nicht so gut geht, trifft es mit Sicherheit nicht zu. Warum sollte es? Von wem sind sie verletzt worden? Wem gegenüber sollten sie Ärger empfinden? Wenn sie weniger beitragen als andere, so entweder, weil sie unfähig, oder aber, weil sie nicht willens dazu sind. Wenn sie dazu unfähig sind, ist es niemandes Fehler; wenn sie nicht wollen, ihr eigener. Wir stellen sicher, daß alle Leistungen im vollen Ausmaß ihrer Fähigkeiten erbringen können, durch Ausbildung und Ermutigung. Und es gibt ein soziales Netz, durch das niemand fällt, der überhaupt in der Lage ist, etwas für die Gesellschaft zu tun. In Utilitaria«, schloß er mit Stolz, »wird jeder einzelne nach Maßgabe seines oder ihres Beitrags zum Wohlergehen aller belohnt.«

»Unter welchen Bedingungen«, beharrte Nicholas, »leben denn die Utilitarier, denen es nicht so gut geht?«

»Wie ich sehe, sind Sie an ihrem Wohlergehen besonders interessiert«, bemerkte Gregory mit einem Anflug von Amüsiertheit. »Sehr von Gemeingeist beseelt! Ich sage Ihnen mal was. Ich zeige Ihnen eine weniger gutsituierte Gegend auf dem Weg nach Hause, wohin wir« – er sah auf die Uhr – »jetzt ohnehin aufbrechen sollten«.

Während sie aus dem Zentrum hinausfuhren, dachte Nicholas darüber nach, wie enorm sich die Umstände für ihn während der Spanne eines einzigen Tages verändert hatten. Noch vor wenigen Stunden hatte er sich mit dem verabscheuungswürdigen Globulus in einem Gefängnis Militarias herumgestritten; jetzt fuhr er die emsigen Straßen einer Stadt in Utilitaria entlang, begleitet von einem Führer, der, wie es schien, nur gute Nachrichten für ihn hatte.

Plötzlich hielt der Wagen an. Ein Stück voraus, vor einer Reihe von Wagen, gab es eine Art Sicherheitskontrollpunkt: eine Schranke aus Metall, die mit zwei bewaffneten Polizisten besetzt war. Es war die zweite Straßensperre an diesem Tag. Er sah Gregory an, der unbeeindruckt schien.

»Das sind diese elenden bigotarischen Terroristen!« erklärte er. »Sie haben wieder mit einer Welle von Bombenanschlägen angefangen. Die Polizei kontrolliert die Wagen nach Waffen und verdächtigen Personen.«

Verdächtigen Personen! Wie sollte er keine solche Person sein, mit Ausweispapieren auf die Namen Globulus, Pangloss und Caritat!

»Keine Sorge«, sagte Gregory, dem seine Beunruhigung nicht entging. »Ich mache das schon.«

Als sie die Sperre erreichten, reichte Gregory den Uniformierten seine eigenen Papiere und Nicholas' Aufenthalts- und Arbeitsgenehmigung. »Mein Kollege hier«, sagte er ein wenig großspurig, »ist ein ausländischer Professor von Rang mit einem sehr hohen Produktivitätsniveau und äußerst vielversprechender Zukunft.«

Befriedigt reichte der Soldat die Dokumente zurück und winkte sie durch.

Sie fuhren weiter und an einer Reihe von ungefähr zehn hoch aufschießenden funktionalen Wohnblöcken entlang, manche davon vierzig Stockwerke hoch, die gegenüber der

Straße ein wenig zurückgesetzt hinter gut gepflegten grünen Rasenflächen lagen.

»Vielleicht möchten Sie einmal sehen«, schlug sein Gastgeber in einem Ton vor, der ein klein wenig ironisch klang, »wie diejenigen leben, die Sie unsere Armen nennen. Sehen wir uns das doch mal an.«

Gregory bog in die Einfahrt zum letzten der Wohnblocks ein und parkte auf einem großen Parkplatz vor dem Haupteingang.

Sie betraten eine geräumige Eingangshalle mit gebohnertem schwarzen Fußboden und spiegelverkleideten Wänden. Sie gingen an einer Reihe von Aufzügen vorbei, und Gregory führte Nicholas zum Hintereingang. »Lassen Sie mich Ihnen das hier zeigen«, sagte er mit stolz klingender Stimme.

Nicholas sah auf eine ausgedehnte, gutgepflegte und geschnittene Rasenfläche hinaus, die sich nach rechts über die gesamte Länge der zehn Wohnblocks erstreckte und von weiteren strahlendweißen Gebäuden umgeben war. Vor dem Gebäude zur Linken lag ein Kinderspielplatz mit Schaukeln und einem Sandkasten. Unmittelbar zur Rechten, nach der anderen Seite hin, stiegen die schimmernden Strahlen eines kreisförmigen Springbrunnens auf einem steinernen Sockel in die Höhe, hielten inne und fielen wie feines flüssiges Gefieder in einen kleinen künstlichen See. Die Geräusche des fallenden Wassers verliehen dem Ort eine beruhigende, friedliche Atmosphäre.

»Sie würden sicher gern sehen, wie Utilitaria sich um seine Bürger kümmert – selbst noch um die Ärmsten«, sagte Gregory, als sie den Gehweg entlang an den Wohngebäuden vorübergingen, die von unterschiedlicher Höhe waren. Sie waren in Blöcke unterteilt, jeder mit eigenem Eingang mit weißen Stufen und Glastüren, auf denen in goldenen Buchstaben die Bezeichnung ihrer Funktion angebracht war.

Sie gingen an einem Kindergarten vorüber, aus dem Nicholas die hohen, schrillen Stimmen kleiner Kinder vernahm, dann eine Vorschule, die Grundschule und die Mittelschule. An der Ecke bogen sie in den Weg ein, der den Wohnungen gegenüber lag. Das erste Gebäude, strahlend weiß wie die anderen, aber ein wenig höher, war eine höhere Schule. Daneben lag ein Gebäude, das sich als »DIE KLINIK« zu erkennen gab. Hier kümmerten sich Spezialisten, erklärte Gregory, um alle Probleme, die Augen, Ohren, Nase, Hals und Füße der Bewohner befielen. Das nächste Gebäude bot »BERATUNGSDIENSTE« an, die, wie Gregory erklärte, auf Kosten der Allgemeinheit all denen zur Verfügung gestellt wurden, die der Hilfe beim Lösen von Problemen bedurften.

»Probleme welcher Art?« fragte Nicholas.

»Jeder Art«, antwortete Gregory. »Es gibt kein Problem ohne Lösung. Die Bewohner kommen mit ihren Problemen, und die Experten berechnen die Antworten.« Hinter den Fenstern sah Nicholas Computerbildschirme leuchten.

Das nächste Gebäude stand dem Springbrunnen mit dem See gegenüber. »Das müßte Sie eigentlich beeindrucken«, sagte Gregory, »es ist ein Altenheim.«

Nicholas sah zur Glastür auf und zuckte zusammen, als er die Inschrift las: »HAUS DES LEBEWOHLS«. Einen Augenblick lang schockierte ihn die Offenherzigkeit dieser Bezeichnung, aber dann stellte er fest, daß der Name typisch utilitarisch war: zukunftsorientiert und gute Aussichten für künftige Zeiten versprechend.

An Tischen am Rande des Wassers saßen eine Reihe von weißhaarigen Männern und Frauen, von denen einige lasen, einige Frauen strickten, manche dem Springbrunnen zusahen. Sie saßen schweigend und nahmen keine Notiz von den Besuchern, die die Stufen hinaufgingen und eintraten. In der Eingangshalle klopfte Gregory an eine Tür zur Linken. Eine große bebrillte Frau, die wie eine Oberschwester im Krankenhaus aussah, öffnete. Ihr Gesicht strahlte Autorität in Verbindung mit etwas aus, was Nicholas normalerweise als ein breites Begrüßungslächeln gedeutet hätte, hätte er es nicht im Gesicht jedes Utilitariers gesehen, dem er bisher begegnet war. Gregory erklärte, er hätte seinem Freund gern ein praktisches Beispiel der utilitarischen Gesundheitspflege gezeigt. Sie schüttelte Nicholas kräftig die Hand.

Der Raum, in den sie eingetreten waren, kam ihm vor wie eine Kreuzung zwischen einem Wartezimmer beim Arzt und einem Pflegeheim. Gut dreißig alte Menschen, Männer und Frauen, mehr oder weniger gebrechlich, verteilten sich entlang der dunkel olivgrün stofftapezierten Wände, auf denen lebhafte Bilder von Vögeln, Blumen und Pelztieren in rosa und blauen Pastelltönen hingen. Am Ende des Raumes gab es eine große doppelte Schwingtür, auf der in großen goldenen Buchstaben »LEBEWOHL« stand. Wieder war Nicholas von der scheinbaren Gefühllosigkeit der Inschrift seltsam berührt, aber er entschloß sich, Barmherzigkeit zu üben und den Versuch zu machen, sie aus der Sicht der Einheimischen zu verstehen. Der Raum, dessen großzügige Fenster auf den See mit dem Springbrunnen hinausgingen, war mit geschmackvollen Teppichen und Möbeln ausgestattet. Manche der Anwesenden saßen in bequemen Chintzsesseln, manche lagen aufgestützt auf niedrigen Liegen. Manche waren von Grüppchen umgeben, die wohl aus Anteil nehmenden Verwandten und Freunden bestanden. Andere saßen oder lagen allein. Die Luft summte leise von vielen gedämpft geführten Unterhaltungen. Drei Schwestern gingen diskret von einem ihrer Schutzbefohlenen zum anderen. Die gesamte Szene strahlte eine tröstende Ruhe aus. Die Oberschwester war offenbar stolz darauf, sie ihren unangemeldeten Gästen zu präsentieren.

Nicholas sah sich um. Die alten Leute im Raum – von denen niemand, wie er bemerkte, von extrem hohem Alter war – machten einen bemerkenswert zufriedenen Eindruck. Alle lächelten vor sich hin, niemand beschwerte sich oder zog auch nur eine mürrische Miene. Manche amüsierten sich sogar mit Taschenrechnern.

An der Wand zu seiner Rechten bemerkte Nicholas eine alte Dame in blauem Morgenmantel mit blassem Gesicht und großer runder Brille, die aufrecht in einem Sessel saß. Vor ihr saßen zwei junge Frauen, offenbar ihre Töchter, die beide mit wenig Erfolg versuchten, sich mit ihr über Bücher zu unterhalten, die sie gelesen hatten, Reisen, die sie zusammen unternommen hatten, und gemeinsame Bekannte, aber die Aufmerksamkeit der alten Dame war wechselhaft und schwankend. Hin und wieder äußerte sie einige unzusammenhängende Worte und löste eine belebte Unterhaltung über die Vergangenheit aus, um sich dann in friedliches Schweigen zurückzuziehen. Ihr Blick fiel kurz auf Nicholas. Neben ihr lag eine weitere gebrechliche Frau gekrümmt auf einer Liege und sprach in augenscheinlichem körperlichen Unbehagen leise mit sich selbst, wobei sie dennoch unentwegt lächelte. Nicholas traf kurz ihren Blick, als eine Schwester einen Wandschirm vor sie zog. Auf einem benachbarten Bett saß ein übersprudelnd fröhlicher Mann im Schlafanzug, der eine Gruppe seiner Verwandten mit etwas bei Laune hielt, was sich nach schwarzem Humor zum Thema seines bevorstehenden Ablebens anhörte. Eine Krankenschwester servierte der Gruppe soeben Tee. Ihr Gelächter klang gleichzeitig nach Vergnügen und Verlegenheit.

»Wie Sie sehen können«, bemerkte Gregory, »ist die Qualität der utilitarischen Fürsorge selbst für die zahlenmäßig Geringsten unter uns von höchstem Niveau.«

Damit dankte Gregory der Oberschwester für den Besuch, und die beiden nahmen Abschied. Draußen angekommen, wies Gregory mit einer ausladenden Geste auf die übrigen Gebäude des Innenhofes: Einkaufsmöglichkeiten und Banken, ein Kino, ein Erholungszentrum und eine sehr große Vergnügungspassage.

»Ich fürchte, mehr an ärmlicher Wohngegend haben wir nicht zu bieten, Nicholas«, sagte Gregory mit entschuldigendem Lächeln. »Die Menschen, die hier leben, sehen sich selbst nicht als *Klasse*, und viele von ihnen ziehen wieder weg, sobald ihre Produktivität sich erhöht. Alle haben mit großer Wahrscheinlichkeit Verwandte – Väter und Mütter,

Brüder und Schwestern, Onkel, Tanten und Vettern und Basen –, denen es sehr gut geht. In Utilitaria befällt das Versagen nicht ganze Familien.«

Soweit er hören und sehen konnte, schien es auch Individuen nicht allzu schmerzhaft zu befallen. Nicholas entschloß sich zu ein, zwei weiteren Testfragen, während sie mit dem Wagen weiterfuhren.

»Aber gewiß gibt es doch«, fragte er, »noch immer viele weitere Quellen von Unglück?«

»Wir haben alle gesellschaftlichen Ursprünge persönlichen Unglücks dadurch eliminiert«, beschied ihn Gregory mit fester Stimme, »daß die Öffentlichkeit *Unterstützungen* für alle bereitstellt, die sie brauchen: Mutterschaftshilfe, Tagesstätten, Ausbildungsmöglichkeiten auf jedem Niveau, Gesundheitsfürsorge, Krankengeld, Arbeitslosengeld, Seniorenpflege. Die Öffentlichkeit stellt das zur Verfügung, woran es Individuen möglicherweise mangelt.«

»Aber mangelt es Individuen dann nicht an Verantwortungsgefühl?« konnte Nicholas sich nicht verkneifen zu fragen.

»Das ist nur eine weitere Quelle von Unglück«, bemerkte Gregory.

»Wie steht es mit der Selbstmordrate?« fragte Nicholas.

Gregory schien auf jede Frage eine Antwort zu haben. »Sie ist«, so gab er zu, »sehr hoch. Aber eine hohe Selbstmordrate, sofern die Selbstmorde angemessen verteilt sind, ist geeignet, einen wirklichen Beitrag zur Gesamtsumme des Glücks zu leisten, meinen Sie nicht?«

Gregory hatte wirklich etwas Beruhigendes. Er war ein Freund, auf den Nicholas angewiesen war, aber war er wirklich ein Freund? Sicherlich war er überaus, ja sogar überschäumend freundlich, weit über das Maß hinaus, das ihre frühere Bekanntschaft erwarten ließ. Handelte es sich lediglich um ein unpersönliches, allgemeines Wohlwollen, dessen gegenwärtiger glücklicher Empfänger Nicholas jetzt war? Benahm er sich vielleicht nur strategisch, nur damit Nicholas gut von ihm und von Utilitaria dachte? Oder kam es ihm wirklich auf Nicholas an? Bedeutete seine Freundlichkeit Freundschaft? Nicholas hoffte auf diese letztere, tröstlichste Interpretation von Gregorys Fürsorge und freute sich mit vermehrtem Vergnügen auf seine künftige Gastfreundschaft.

10 DIE MAXIMANDS

Das Heim der Maximands war ein imponierendes neoklassizistisches Gebäude in einer ruhigen, grünen Vorstadt, das ein wenig zurückversetzt an einer Allee lag. Nicholas wurde von den anderen Maximands begrüßt: Gregorys Frau, Charmian, und ihrem halbwüchsigen Sohn Graham. Die elegante Charmian, deren streichholzdünner Körper in einem höchst einfachen Sweater und Hosen steckte, lächelte mit viel Charme. Daß Gregory Nicholas zu Hilfe gekommen war, erfüllte sie mit offenkundigem Stolz. »Gregory«, erklärte sie, »ist wahnsinnig gut darin, Menschen an Land zu ziehen, die Hilfe brauchen.«

»Und die hier sehr gebraucht werden«, ergänzte Gregory. »Nicholas wird bald wieder fest auf den Füßen stehen und zu unserem Nutzen beitragen, da bin ich sicher!«

Graham lächelte ein wenig abwesend vor sich hin und schien recht begierig, schnell wieder wegzukommen.

»Er muß einige Berechnungen an seinem Computer durchführen«, erklärte Gregory, »wird aber später wieder zu uns stoßen. Reden wir doch ein wenig in der Bibliothek, während Charmian das Abendessen fertig macht.«

Charmian, so erzählte Gregory Nicholas stolz, war eine wundervolle Köchin. Außerdem war sie eine Hausfrau und Mutter der Superlative und war als seine Forschungsassistentin, persönliche, gesellschaftliche und politische Sekretärin beschäftigt. All ihre Tätigkeiten schienen von dem Motiv geleitet, Unterstützung für all die unterschiedlichen Seiten von Gregorys augenscheinlich erfolgreichem Leben zu bieten. Nicholas folgte ihm in einen großen, angenehmen Raum mit weißen Wänden, an denen Blumenbilder hingen, und Regalen vom Boden bis zur Decke mit Büchern, alten und neuen. Mit einem kleinen Stich von Traurigkeit erkannte er die braunen Einbände aus dem achtzehnten Jahrhundert, die ihm so vertraut waren. Er konnte komplette Werkausgaben von Voltaire, Rousseau, Bentham und, natürlich, Helvétius sehen. Seine Augen wanderten über die Buchrücken, und er beschäftigte sich mit dem, was die Abteilung Schöne Literatur sein mußte, während Gregory ihnen etwas zu trinken einschenkte. Er zog gerade einen Gedichtband heraus, als Gregory ihm einen Sherry reichte.

»Lust auf ein wenig Pushpin?« erkundigte sich Gregory.

»Puschkin?« sagte er. »Ach, ja, das ist schon eine ganze Reihe von Jahren her, daß ich Puschkin las.«

Gregory machte ein überraschtes Gesicht. »Also ich habe wirklich etwas von Puschkin«, sagte er, »gesagt habe ich aber eigentlich *Pushpin*, nicht Puschkin.«

»Wer ist Pushpin?« fragte er.

»Sie müssen doch von Pushpin gehört haben«, sagte Gregory. »Es ist ein recht unterhaltsames Spiel, von dem ich ganz besonders angetan bin und das sich hier in Utilitaria stets großer Beliebtheit erfreut hat. Laut John Stuart Mill war Jeremy Bentham der Meinung, daß Pushpin gerade so gut wäre wie Poesie, betrachtet unter dem Gesichtspunkt der Erzeugung von Nutzen – wie Sie wohl wissen, pflegte Bentham auch zu sagen, ›Alle Dichtung heißt Verdrehen‹. Aus irgendeinem Grund schien Mill an diesen Auffassungen irgend etwas falsch zu finden. Ich persönlich«, fügte Gregory hinzu, »würde sagen, daß Pushpin noch ein gutes Stück besser ist als Puschkin.«

Nicholas fühlte sich der Aufgabe, die Verdienste Puschkins gegenüber einem merkwürdigen Spiel zu verteidigen, dessen Regeln er nicht kannte, nicht recht gewachsen. Noch weniger fühlte er sich geneigt, es jetzt und hier zu spielen, also entschloß er sich zu dem hinhaltenden Vorschlag, »Pushpin« doch einmal in Dr. Johnsons Wörterbuch nachzuschlagen, wobei er darauf setzte, daß Gregory über eine Ausgabe verfügte. Sie zogen den braunledernen Band zu Rate. »*Pushpin*«, lautete der Eintrag, »auch *Nadelschieben*. Kindlicher Zeitvertreib, bei dem Nadeln abwechselnd vorwärts gestoßen werden«, und dann folgte ein Zitat von L'Estrange: »Männer, die ihre Gedanken schweifen lassen, während sie Worte der Weisheit aus dem Munde eines Philosophen hören, verdienen ebensogut eine Tracht Prügel als Knaben, die Nadelschieben spielen, wenn sie lernen sollten.« Der gute Doktor, soviel war klar, dachte schlechter von Pushpin und besser von der Dichtung als Jeremy Bentham.

Gregory aber ließ sich nicht abschrecken. Er öffnete einen Schrank und förderte ein großes flaches Holzbrett zutage, an dessen gegenüberliegenden Enden er sorgfältig eine Reihe von kleinen silbernen Nadeln aufreihte.

»Also«, erklärte er mit wachsender Begeisterung, »diese müssen wir vorwärts stoßen im Versuch, sie überkreuz zu bringen.«

In diesem Augenblick stürmte Graham ins Zimmer. »Oh, tut mir wirklich leid«, sagte er mit deutlicher Verachtung für das, was seinem Vater großes Vergnügen bereitete, »ich wußte nicht, daß du schon wieder so weit bist.« Er wandte sich an Nicholas. »Wie Sie sehen«, bemerkte er, »das Kind ist Vater des Mannes. ›Willst du den Sohn erblicken, der dir noch verwehrt‹«, rezitierte er trocken, »›spiel mit dem Vater Pushpin unbeschwert‹.«

Gregory, der auf die Stichelei seines Sohnes nicht achtete, war ganz im Genuß der Vorfreude, begierig, seinen Gast in die Mysterien dieses kuriosen Zeitvertreibs einzuweihen. Aber zu Nicholas' Erleichterung und Gregorys offensichtlicher Enttäuschung betrat jetzt Charmian die Bibliothek, um sie zum Abendessen in das eher karg möblierte Eßzimmer zu rufen, wo Kiefernmöbel auf einem Dielenboden standen und abstrakte, ziemlich geometrische Gemälde an den Wänden hingen. Sie setzten sich an den langen, schmalen Tisch, und Graham, der seine Berechnungen widerstrebend unterbrach, setzte sich dazu. Gregory saß an der einen Schmalseite und Charmian an der anderen. Nicholas gegenüber saßen Graham und die fünfte Person am Tisch: eine schwarzgekleidete kleine alte Dame mit glattem weißem Haar, Augen wie kleinen schwarzen Kiesel und einem besonders rätselhaften Lächeln. Gregory stellte sie mit flüchtig ausladender Handbewegung als Charmians Mutter vor. Nicholas gab ihr die Hand, und sie antwortete mit bemerkenswert festem Händedruck, wobei sie vage lächelte. Die Mahlzeit über blieb sie schweigend sitzen, ohne daß von ihr Notiz genommen wurde, als sei sie in eine unsichtbare Kapsel eingeschlossen.

Nicholas war ausgesprochen hungrig. Was Charmian auftrug, war irgendwie eine Enttäuschung: eine Mahlzeit, deren vorrangiges Ziel schlicht und einfach die Zuträglichkeit für die Gesundheit war. Sie begannen mit einer Vorspeise geraspelter Möhren, Salat und Rotkohl. Es gab auch verschiedene Brotsorten – kleiereich, eiweißreich, Weizenkeim und Vollkorn, wie Charmian ihrem Gast sorgfältig auseinandersetzte. Nicholas probierte einige, aber sie schmeckten alle gleich. Der Hauptgang bestand aus einem Nußsteak mit Spinat. Beim Trinken gab es die Wahl zwischen halbfetter und Magermilch.

Gregory und Charmian behandelten Nicholas wie einen lang verlorenen Freund und drückten in ungefähr gleichen Anteilen ihr Mitgefühl und Interesse für seine überstandenen Mißhelligkeiten, sein gegenwärtiges Wohlergehen und seine zukünftigen Aussichten aus. Gregory, das stellte sich schnell heraus, war nicht nur Professor und Gelehrter. Er hatte Verbindungen zu hohen Stellen, die er sich nicht zu verbergen bemühte, und von denen sein Gast, wie er versprach, bald profitieren könnte. Charmian trug zu seinem wachsendem Wohlgefühl noch bei, wenn sie versicherte, daß Gregory seine Versprechen zu halten pflegte. Graham, allerdings, sah äußerst mißmutig drein.

»Mit was für Berechnungen, falls die Frage gestattet ist«, fragte er den jungen Mann, »waren Sie denn gerade so beschäftigt?«

»Mit der Hochrechnung des morgigen Ausgangs der Parlamentsabstimmung«, antwortete Graham, »auf der Grundlage des bisherigen Abstimmungsverhaltens der Mitglieder. Es ist allerdings schwierig, weil es um so eine knifflige Frage geht.«

»Um welche Frage geht es denn?« fragte er.

»Um Abtreibung«, sagte Graham. »Das Problem ist, daß die Regulationspartei und die Aktionisten zwar klar Stellung beziehen, aber auf beiden Seiten genug Zauderer und Einzelgänger sind, die das Ergebnis völlig unsicher machen. Außerdem ist es eine freie Abstimmung. Sie brauchen sich nicht an die Parteidisziplin zu halten.«

Nicholas versuchte zu erraten, welche Partei in der Abtreibungsfrage auf welcher Seite stand, fand es aber unmöglich. »Sagen Sie mir«, bat er, »welche Partei für das Recht auf Selbstbestimmung eintritt und welche für die Rechte des ungeborenen Lebens?«

Alle drei Maximands sahen im höchsten Grade verdutzt aus. Dann flog der Schein eines Verständnisses über Gregorys Gesicht.

»Nicholas«, erklärte er den anderen, wobei er einen recht gewichtigen professoralen Ton anschlug, »benutzt ein ausgestorbenes Vokabular, das hierzulande unbekannt ist, tatsächlich aber im siebzehnten und achtzehnten Jahrhundert einmal sehr beliebt war. John Locke war sogar der Meinung, jeder Mensch verfüge über ein Besitzrecht ›an der eigenen Person‹! Im achtzehnten Jahrhundert verfiel man auch auf die gefährliche Mode, tönende Erklärungen der sogenannten ›Menschenrechte‹ und der ›Bürgerrechte‹ abzugeben und zu verkünden, jedermann habe ›das natürliche Recht‹ auf dies oder jenes. Sie sehen also«, fuhr er fort, an Nicholas gewandt, »wir haben den Begriff *Rechte* nicht – und schon gar nicht jene unterstelltermaßen ›natürlichen‹ und ›menschlichen‹ Rechte, die auf alle Zeiten unabschaffbar wären, wogegen Bentham mit so großem Zorn zu Felde zog. Wie Sie sich erinnern, Nicholas, schrieb Bentham, es gäbe ›kein Recht, das, wenn seine Abschaffung der Gesellschaft zuträglich wäre, nicht abgeschafft werden sollte‹. Solche unterstellten ›naturgegebenen und unverleihbaren Menschenrechte‹ hielt Bentham für ›einen Schabernack‹ und ›gefährlichen Unsinn‹ und den Gedanken, man könne sie zum Nutzen der Gesellschaft nicht aufgeben, für ›Unsinn hoch drei‹.«

Es war schon merkwürdig, dachte Nicholas, daß Gregory, der sich so sehr mit der Zukunft befaßte, soviel Vergnügen daran fand, einen Denker der Vergangenheit zu zitieren. Er entschied sich dafür, seine Frage in weniger ausgestorbenes Vokabular zu kleiden.

»Welche der Parteien ist dafür, Abtreibung zuzulassen?« fragte er.

Die Maximands sahen immer noch verdutzt aus. Diesmal antwortete Graham.

»Darum geht es nicht«, sagte er. »Niemand hat etwas dagegen, Abtreibung als solche zuzulassen. Die Frage ist: Wer soll entscheiden? Die Aktionspartei sagt, die Mutter, vielleicht auch der Vater. Die Regulationspartei sagt, es solle – wie es bisher gehandhabt wird – nach Richtlinien entschieden werden, die von einem Expertenkomitee ausgelegt und angewendet werden.«

»Was für Experten?« fragte er.

»Oh, Ärzte, Psychiater, Demographen, Ökonomen – berufsmäßige Futurologen eben, dieser oder jener Art«, sagte Graham mit einem Anklang von Verachtung in der Stimme.

»Und Ihre Ansicht?« fragte Nicholas den Teenager, der ihn immer mehr an seine eigenen Kinder erinnerte.

»Ich sage, nieder mit Experten!« antwortete Graham mit Nachdruck. »Das Volk sollte die Macht haben, selbst abzutreiben. Sie sind die besten Futurologen. Das Volk trifft die besten Entscheidungen.«

»Tut es das wirklich?« warf Gregory scharf ein. Sein sarkastischer Ton machte deutlich, daß er mit seinem Sohn nicht einer Meinung war. »Wenn ich darauf hinweisen darf, Graham«, fuhr er ebenso sarkastisch fort, »wenn das von dir favorisierte System vor fünfzehn Jahren praktiziert worden wäre, so wärest du schwerlich hier, um zu seiner Verteidigung zu sprechen.«

»Gregory!« rief Charmian, sichtlich peinlich berührt, wenn Nicholas auch nicht sagen konnte, ob dies an der Taktlosigkeit ihres Ehemannes lag oder daran, daß er sie als Totschlagargument ihrem Sohn gegenüber ins Feld führte.

Der arme Graham, dachte er, von seinen Eltern ungewollt, die Frucht einer behördlichen Entscheidung. Sein Gefühl eines Einverständnisses mit Gregory und Charmian begann sich zu verflüchtigen.

Aber Graham, durchaus nicht am Boden zerstört, antwortete geistreich, wobei er den Sarkasmus seines Vaters nachmachte. »Wenn du das Volk entscheiden läßt«, sagte er, »dann wird es aus seinen Fehlern schon lernen.«

»Du kannst gewöhnlichen Leuten doch nicht die Entscheidung über die Zukunft des Landes überlassen«, protestierte Charmian.

»Die Zukunft«, gab Graham fest zurück, »ist zu wichtig, um den Futurologen überlassen zu werden.«

»Warum haben Sie gesagt, dies sei eine so knifflige politische Frage?« fragte Nicholas dazwischen.

»Weil es zwischen den Parteien nicht nur darum geht, wer über eine Abtreibung entscheiden soll«, erklärte Graham. »Es gibt auch noch die Frage, nach welchem Verfahren man das Problem lösen soll. Die Aktionspartei hält sie für grundlegend und verlangt einen Volksentscheid darüber, unabhängig von dessen Ausgang. Die Regulationspartei wäre natürlich sehr damit zufrieden, eine Abstimmung im Parlament zu gewinnen und so den Status quo zu ratifizieren. Das wird alles morgen debattiert.«

Charmian servierte das Dessert: eine Auswahl harter, grüner und ziemlich saurer Äpfel.

»Wenn Sie mögen«, schlug Gregory vor, »könnten wir nach dem Abendessen fernsehen. Es gibt eine Reihe parteipolitischer Sendungen in Hinblick auf die morgige Debatte.« Nicholas stimmte gern zu.

Nachdem die Äpfel gegessen waren, zogen sie ins Wohnzimmer um, Charmians Mutter verschwand mit einem unbestimmten Winken nach oben, und das Fernsehen wurde eingeschaltet. Die Sendung der Aktionisten war recht bewegend. Man sah eine Reihe von Hochzeiten. Dann sah man die Frischvermählten, alle jung und attraktiv, bei intensiven Diskussionen, den Taschenrechner in der Hand. Als nächstes kamen Krankenhausbetten mit jungen Müttern, die stolz ihre Babys mit glänzenden Zukunftsaussichten liebkosten. Dann sah man andere Frauen, offenbar kinderlos, die frohgemut erklärten, warum sie sich gegen die soeben gezeigten Annehmlichkeiten entschieden hatten, als sie sich über die Konsequenzen klar wurden. »Aber warum«, fragte ein Interviewer streng, »haben Sie keine Empfängnisverhütung praktiziert?« An diesem Punkt setzte kraftvolle Musik ein, vor deren Hintergrund eine Stimme sagte: »Zum Rechnen ist es nie zu spät«, und das Programm war zu Ende. Graham rief bravo und verließ das Zimmer.

Die Sendung der Regulationspartei war sehr viel nüchterner und informativer. Es gab Bilder von jungen Paaren, mehr oder weniger verstört und hilflos, die von Eheberatern, Ärzten, Psychologen und so weiter besucht wurden. Dann gab es Interviews mit verschiedenen wohlbewanderten Leuten, meist in weißen Kitteln, die an Computern saßen und die Komplexität der Entscheidung für oder gegen ein Baby erklärten, wobei viele Fakten und Zahlen und Diagramme eingeblendet wurden, die zeigen sollten, wie schwer es sei, in jedem gegebenen Einzelfall zu einer klaren Entscheidung zu kommen. Dann gab es weitere Einstellungen von den Experten, die um Tische herumsaßen und die verstörten jungen Paare befragten. Zum Schluß fragte eine junge Frau die Experten: »Aber wie in aller Welt kann ich mich entscheiden?« und eine

Stimme beendete das Programm mit den Worten: »Sie können es nicht. Aber es gibt welche, die es für Sie können.«

Gregory und Charmian waren sichtlich erfreut über die zweite Sendung. »Sehr professionell«, sagte Gregory. »Genauso muß man es machen. Einige Fragen sind Fachfragen, und Fachfragen müssen von Fachleuten entschieden werden. Vorzugeben, es ginge auch anders, ist nichts als reine Sentimentalität. Vielleicht möchten Sie mich ja« – er wandte sich zu Nicholas – »morgen zur Parlamentsdebatte begleiten? Es wird Ihnen einen Eindruck davon vermitteln, wie das politische Leben hier aussieht. Und ich kann Sie Leuten aus der Regierung vorstellen.«

Nicholas willigte ein und zog sich ins Bett zurück, wo er begann, über seine bisherigen Eindrücke von Utilitaria nachzudenken. Er entschloß sich, seinen ersten Fortschrittsbericht an Justin zu beginnen, um seine sichere Ankunft mitzuteilen. Angesichts des leeren Blatts Papier und mit erhobenem Füller fragte er sich jedoch, welchen Stil und Ton er wählen solle. Seine Beziehung zu Justin war schließlich keineswegs einfach und gradlinig: Es war diejenige eines Lehrers zu seinem früheren Studenten, aber auch die des ehemaligen Opfers zu seinem Retter und des Spions zu seinem Auftraggeber, wenn auch eines Spions, der nicht einer Sache diente, sie vielmehr erst suchte. Aber was suchte er denn? Er beschloß, mit dieser Frage anzufangen.

Er schrieb:

z. Zt. bei Fam. Maximand,
Kalkula,
Utilitaria

Lieber Justin,
am besten fange ich damit an, zu beschreiben, wie ich die ziemlich unklar umrissene Mission verstehe, die mir aufzutragen Sie sich entschlossen haben. Ich werde versuchen, sie auf zweierlei Weise zu sehen. Zunächst von meinem eigenen Standpunkt aus – von etwas anderem kann ich schließlich

nicht ausgehen. Auf welchen Ort würde ich mich einlassen, wo würde ich mich niederlassen, wenn ich die Wahl hätte? Tatsächlich ist das für mich keineswegs nur eine akademische Frage (wie die Menschen gemeinhin eine Frage ohne wirkliche Bedeutung oder praktische Auswirkung bezeichnen). Irgendwo muß ich von jetzt an leben, und es liegt nicht in meiner Absicht, Ihre Bewegung herabzusetzen, wenn ich sage, daß meine Chancen, nach Militaria in absehbarer Zukunft zurückzukehren, nicht gerade rosig aussehen. Also suche ich zunächst einmal nach einer neuen Heimat, einen Ort, an den mir zu folgen ich auch Marcus und Eliza überzeugen könnte. Zum Zweiten möchte ich versuchen, *jedermanns* Standpunkt einzunehmen. Wo würde ich jemandem, der noch nicht geboren ist, raten, geboren zu werden, wenn ich nichts über ihre oder seine Begabungen und Fähigkeiten, Reichtum, Geschlecht, Rasse, Religion, gesellschaftliche Stellung und Lebensperspektiven wüßte? Wo wäre es am besten, das schicksalhafte, unumkehrbare Risiko der Geburt einzugehen? Wo hätte eine solche potentielle Person die besten Aussichten auf ein anständiges Leben? Ich hoffe, Sie stimmen mir zu, daß dies eine vernünftige Interpretation Ihrer recht unpräzisen Anweisungen ist.

Wie Sie sehen, bin ich sicher in Utilitaria angekommen, wenn auch nicht ohne erhebliche Schwierigkeiten. Glücklicherweise hat sich ein alter Bekannter meiner angenommen, Gregory Maximand, der, wie sich herausstellt, über gute Verbindungen zu den derzeit Machthabenden hierzulande verfügt. Er gibt mir bereitwillig Auskunft über das utilitarische System, und ich habe bereits eine Menge von ihm und seinem Sohn sowie von einer sehr bemerkenswerten jungen Frau gelernt, neben der ich im Flugzeug saß.

Es ist natürlich noch zu früh, Ihnen meine Eindrücke des hiesigen Lebens mitzuteilen, aber ich bin beeindruckt, wie gut organisiert und effizient alles hier zu sein scheint und wie selbstverständlich das für alle diejenigen, die ich bisher getroffen habe, offenbar ist. Es scheint ein außerordentlich

gut entwickeltes Wohlfahrtssystem des Gesundheitswesens und der Erziehung und eine besondere Fürsorge für das Wohlergehen der Älteren zu bestehen.
Eine merkwürdige Beobachtung: Die utilitarische Sprache scheint seltsam unvollständig, und bestimmte Worte und Begriffe sind hierzulande einfach nicht bekannt. Die Grenzen ihrer Sprache scheinen die Grenzen ihrer Welt zu sein. Dem muß ich noch weiter nachgehen.
Dann gibt es noch etwas, das mir Rätsel aufgibt: Die Utilitarier, denen ich bislang begegnet bin, *lächeln* alle, aber die Bedeutung dieses Lächelns wird nicht vollständig klar. Ist es *Glück?*
Aber was ist schon Glück? Ist es eine Art inneren Leuchtens, ein individueller Gemütszustand, ein ›stiller Zustand‹, wie Diderot meinte, ›durchsetzt hie und da mit einigen Vergnügungen, die seine Tiefen erleuchten‹? Oder ist es ein Aspekt der Interaktion mit anderen? Hatte Pope recht, wenn er glaubte, es müsse »*gesellschaftlich* sein, da jedes besondere Glück vom Allgemeinen abhängt«? Und ist es etwas, das man einfach konsumiert, oder setzt es Anstrengung und Tätigwerden voraus? Hatte D'Holbach recht, wenn er sagte, »Glück, um gewürdigt zu werden, kann nicht ungebrochen sein; die Menschheit muß Arbeit leisten, um zwischen seine Genüsse einigen Abstand zu legen«? Ist es lediglich die Befriedigung jeglicher Wünsche, die Menschen haben können, unter Einschluß derer, die ihnen selbst oder anderen abträglich sind? Oder besteht Glück in der Befriedigung der Wünsche, die die Menschen haben sollten, oder haben würden, wenn sie gut informiert oder vernünftig wären? Oder ist es negativ bestimmt – als Meidung von Elend, Schmerz und Leiden? Könnte dies der Grund dafür sein, daß Tolstoi sagte, alle glücklichen Familien ähnelten einander, während jede unglückliche Familie unglücklich auf ihre eigene Art und Weise sei?
Und lassen sich Glück und diese konkreten Formen des Unglücks wirklich in Graden auf ein und derselben Skala

messen, ersteres auf der positiven, letztere auf der negativen Seite? Wie messen Utilitarier eigentlich *wirklich* das, was sie maximieren? Und *was* maximieren sie wirklich? Ich muß versuchen, das herauszufinden.
Soviel fürs erste. Die Aussichten hier sind ausgesprochen vielversprechend. Bitte geben Sie allerherzlichste Grüße an Marcus und Eliza weiter.
Stets der Ihre,
Pangloss

Im Bett machte sich Nicholas weiter Gedanken über seine letzte Frage im Brief an Justin. Worum ging es bei Stella Yardsticks Berechnungen und bei denen all der Kalkulaner, die auf der Straße rechneten? Was, so fragte er Alexander Pope, *ist* denn das Glück?

»*O Glück!*« erwiderte Pope, »*das jedem Sein als Ziel sich weist!*«

Zufriedenheit, Lust, Wohl! wie du auch heißt:
Ein Ding, das ewig uns zu Seufzern preßt,
Das Leben tragen und den Tod uns wagen läßt,
Stets nah und doch so fern; leicht überseh'n,
Vor Narr'n- und Weisenaugen doppelt schön.

»Aber worin besteht es denn nun?« fragte Nicholas.

»*Im Lassen wird's*«, sagte Pope,

im Handeln wird's gewußt,
Zufriedenheit für diesen, jenem Lust;
Vertiert, wird Einem bald die Lust zur Qual,
Dem Andern, fast schon Gott, die Tugend schal –
Auch, matt, in beiderlei Extrem man fällt:
Hie: allem trau'n – da: Zweifel an der Welt.
Sagt, wer es so nennt, auf den zweiten Blick
Denn mehr als eben dieses: Glück ist Glück?

»Verbindlichen Dank!« sagte Nicholas. »Wirklich äußerst hilfreich.«

Seine Gedanken wanderten zu den Maximands. Waren sie eine glückliche Familie? Charmian, zum Beispiel. Ihr Leben schien gänzlich der Bequemlichkeit und beruflichen Karriere Gregorys gewidmet zu sein. War es ein glückliches Leben? Waren seine Befriedigungen wirklich befriedigend? Stellten sich Utilitarier solche Fragen? Tatsächlich hatte er kein einziges Zeichen der Zuneigung zwischen Gregory und Charmian entdecken können; beide schienen eine ausdrückliche Abneigung gegenüber Graham zu hegen (die in vollem Umfang erwidert wurde); und alle drei hatten Charmians Mutter gänzlich ignoriert. Dennoch erschienen alle Familienmitglieder gänzlich zufrieden, ja selbstzufrieden. Ihre Selbstzufriedenheit, so schloß er, rührte von ihrer augenscheinlichen Überzeugung her, daß ihr persönliches Leben nachweislich zu irgendeinem unpersönlichen Gesamtwohl beitrug. Zweifellos waren alle drei von zwei Dingen fest überzeugt: daß ihre Tätigkeit (im Fall Charmians, ihr Beitrag zu Gregorys) und die politischen Parteien, deren Anhänger sie waren, einen erheblichen Beitrag zur Gesamtsumme des Wohlergehens leisteten, und daß man durch Berechnungen nachweisen konnte, daß dem so wäre. Aber ihre Ziele waren doch bewundernswert und auf bewundernswerte Weise von Gemeinschaftsgeist erfüllt? Und falls Berechnungen mit Hilfe der fortgeschrittensten Methoden sie der Verwirklichung näherbringen konnten, dann konnte die Zahlenbesessenheit der Utilitarier nur vorteilhafte Folgen haben. Natürlich blieb die wichtige Frage: Wer war am besten in der Lage, diese Berechnungen anzustellen?

Ohne zu einem abschließendem Urteil zu kommen, schlief Nicholas ein. Alles in allem war es ein anstrengender Tag gewesen.

11 DIE GROSSE DEBATTE

Als sie am nächsten Morgen zum Parlamentsgebäude fuhren, sprach Gregory das Thema von Nicholas' Zukunft in Utilitaria an.

»Wir werden Sie natürlich zum Gastprofessor an der Universität in der Futurologischen Fakultät berufen«, kündigte er an. »Sie können Vorlesungen über die Zukunft des Fortschrittsgedankens halten. Aber ich habe noch einen Vorschlag.«

»Und der wäre?«

»Ich bin Erster Kulturberater der Regierung«, sagte Gregory, »und stehe sogar« – er beugte sich vertraulich zu ihm hinüber – »der Premierministerin durchaus recht nahe. Ich habe ihr vorgeschlagen, daß Sie Ihre eigene Fernsehsendung bekommen, in der sie alle Tugenden des Lebens hier in Utilitaria aus der Außenperspektive untersuchen können. Dort können Sie von Ihrer Mission erzählen und erklären, warum sie beendet ist.«

Warum, fragte er sich, wollen die Leute nur dauernd, daß ich Fernsehsendungen moderiere?

Als sie die Innenstadt erreichten, wurde der Verkehr zähflüssiger, und schließlich kamen die Wagen vor ihnen sogar vollständig zum Stehen. In nicht allzu großer Entfernung sah er etwas, das nach einer heranmarschierenden Menschenmenge aussah. Als sie näherrückte, konnte er sehen, daß es sich um eine Demonstration handelte. In langsamer Prozession marschierte sie auf der breiten Straße an ihnen vorüber, eskortiert von Polizisten. Die Demonstranten schwenkten Transparente und hielten Plakate in die Höhe.

»Das ist die Opposition«, sagte Gregory verächtlich. »Mehr bringen die Aktionisten nicht zustande. Wenn ihnen die Argumente ausgehen, demonstrieren sie.«

Die Marschierer trugen Anoraks, Felljacken und Rollkragenpullover. Viele waren Teenager und Studenten, aber es gab auch ältere Leute, grauhaarig und voller Entschlossenheit. Die meisten schwenkten Taschenrechner mit erhobenen Händen. Die Anführer intonierten Parolen durch große Megaphone: »AGIEREN, NICHT NUR REAGIEREN« und »HOCH DIE TASCHENRECHNER; NIEDER MIT DEN GROSSCOMPUTERN«.

»Demagogen und Maschinenstürmer!« schnaubte Gregory.

Nicholas las einige der Parolen auf den Transparenten und Plakaten, während sie vorüberzogen: »DIE UNS REGIEREN UND VERWALTEN / WOLLEN UNS ZUM NARREN HALTEN« und »AUF DIE ZUKUNFT BAUEN / HEISST KEINEM RECHNER TRAUEN«.

»Rechnen Sie sich nur mal aus«, sagte Gregory, »welche Folgen es hätte, wenn dieser Haufen an der Macht wäre!«

In diesem Augenblick zog Graham an ihnen vorüber, eingereiht in eine Kette von Teenagern, die ein großes rotes Transparent trugen, auf dem es hieß: »WIR SIND ES, DIE ENTSCHLOSSEN BLEIBEN, IHRE KINDER ABZUTREIBEN«.

Gregory schnaubte noch vernehmlicher.

Das Parlamentsgebäude war groß und beeindruckend, ein moderner funktionaler Bau von zehn Stockwerken, mit unzähligen Glastüren, gefliesten Böden, hallenden Lobbys und Gängen, voller hin- und hereilender Menschen, die Papiere und Aktenköfferchen trugen. Als sie die Eingangshalle betraten, grüßten die Wachsoldaten Gregory. »Ich bin Mitglied des Oberhauses«, erklärte er auf dem Weg zur Besuchertribüne.

»Diese Debatte findet im Unterhaus statt. Sie sind dort derber als wir. Aber die Frage wird dann in jedem Fall an uns überwiesen. Die Aktionspartei versucht unentwegt, sie durchzupeitschen. Glauben zu wissen, was ‹das Volk› will. Wissen sie natürlich nicht, und sie werden nichts damit erreichen. Das Volk will den effizientesten Weg, den größtmöglichen Nutzen zu erreichen, aber es weiß nicht, wie der aussehen soll.«

Nicholas und Gregory betraten die Tribüne und blickten hinunter in den halbkreisförmigen Sitzungssaal. Von ihrem Sitzplatz aus konnten sie die zwei Parteien überblicken, die rechts und links vom Platz des Parlamentspräsidenten saßen. Der Unterschied zwischen beiden Gruppen fiel unmittelbar ins Auge. Diejenigen zur Rechten waren nicht sehr zahlreich, augenscheinlich entspannt und schrecklich gelangweilt. Einige hielten ein Schläfchen und hatten die Füße über die Lehnen der Sitze vor ihnen gelegt, andere unterhielten sich locker miteinander, und manche vertieften sich müßig in Zeitungen. Auf der linken Seite dagegen ging es emsig wie im Bienenstock zu. Die Abgeordneten sahen wütend und erregt aus. Einige machten Notizen oder flüsterten mit großer Dringlichkeit miteinander. Alle schienen voller Erwartung auf die Rede, die von einem aus ihrer Mitte gehalten werden sollte, einem aggressiven, recht streng aussehenden Mann von ungefähr sechzig mit einer Mähne weißen Haares und tiefer, dröhnender Stimme.

»Das ist Ned Erskin«, sagte Gregory, »der stärkste Demagoge der Aktionisten. Er ist ihr Mann fürs Grobe und sagt gern, was andere nicht auszusprechen wagen. Außerdem ist er noch sehr gewieft. Außerdem ist er noch ein absoluter Idiot.«

»... und«, sagte Ned Erskin gerade, »wir können ihnen keinen Zentimeter weit trauen. Keinen verdammten Zentimeter. Sie sind am Glück der Größten Zahl nicht interessiert. Sie interessieren sich einzig und allein für ihre Lustbarkeiten als Nummer Eins. Sehen Sie sich doch ihre sogenannten Spesenkonten an, und ihre Geschäftsessen, und ihre kostenlosen

Auslandsreisen. Sie verstecken sich hinter ihren Computerbildschirmen und erzählen uns, daß sie etwas wissen, was wir nicht wissen. Dazu will ich Ihnen nur folgendes sagen: Alles, was sie auf den Bildschirmen sehen, sind ihre Spiegelbilder. Sie wissen überhaupt nichts über gewöhnliche Leute. Da, wo ich herkomme, nennen wir sie einfach *feine Pinkel«* (einige Mitglieder des Hauses hinter ihm frohlockten) »aber –« (er machte eine effektvolle Kunstpause) »wir nennen sie nicht nur *so*.«

Erskin wandte sich den Mitgliedern seiner eigenen Partei zu. »Und ich rede hier nicht nur über die Partei auf der Gegenseite des Hauses. Wir haben auch ein paar Maulwürfe in den eigenen Reihen. Leute, die glauben, sie wüßten ganz besonders gut, was die Menschen wollen. Snobs, die glauben, sie wüßten besser als wir, was wir wollen. ›Das Volk will mehr Opern und Gedichte!‹ sagen sie. Da darf ich ihnen nun allerdings eine Neuigkeit mitteilen: Das Volk will Fußball und Pushpin.«

»Erskin«, erklärte Gregory, »ist der Sprecher für den populistischen Flügel der Aktionspartei. Er bezeichnet die anderen als ›elitär‹. Dafür hassen sie ihn gründlich.«

»Die feinen Pinkel und die Snobs täten gut daran«, fuhr Erskin fort, »ihren John Stuart Mill zu lesen.« Nicholas war völlig verblüfft. »Er sagte einmal etwas sehr Intelligentes. Er sagte, das, was wünschenswert ist, ist das, was gewünscht wird ...«

»Man macht einen Denkfehler nicht dadurch richtiger, daß man darauf hinweist, John Stuart Mill habe ihn begangen«, bemerkte Gregory scharf.

»... er sagte: wenn die Mehrheit etwas wünscht, dann muß sie es bekommen ...«

»Noch ein Fehler«, kommentierte Gregory. »Mill fürchtete die ungebildeten Massen und glaubte zu Recht, die Gebildeten wüßten es besser.«

»... und deshalb sagen wir: Laßt den Menschen, die den Wunsch haben, abzutreiben, ihren Willen. So macht man das Volk glücklicher.« Damit setzte er sich unter lauten Beifallsrufen einer Minderheit seiner eigenen Partei und einer Gruppe von Anhängern auf der Besuchertribüne.

Auch der nächste Sprecher gehörte zur Aktionspartei. Er trug einen zerknitterten, schlecht sitzenden Anzug und eine Hornbrille und hatte wehendes weißes Haar. Er sprach in langen, fließenden Kadenzen, wobei er Pausen nur in der Mitte der Sätze machte, um Unterbrechungen vorzubeugen.

»Mein geschätzter und ehrenwerter Kollege«, begann er, »ist beneidenswert gut vertraut mit den Schriften jenes großen Utilitariers John Stuart Mill. Ich bewundere Mill nicht weniger als er. Aber er hätte uns doch weitere Früchte seiner beträchtlichen Gelehrsamkeit zugute kommen lassen sollen. Er hätte uns vielleicht daran erinnern sollen, daß Mill eine berühmte Unterscheidung zwischen höheren und niederen Genüssen traf. Und daß er sagte, ein unzufriedener Sokrates sei besser« – er wandte sich um und fixierte Erskin streng – »als ein zufriedengestelltes Schwein.«

»Das ist Eustace Legge«, erklärte Gregory Nicholas. »Auch ein Demagoge, aber ein intellektueller. Was man Erskin jedenfalls nicht vorwerfen kann!«

»Und wenn wir uns nach Mill richten und einen sokratischen Standpunkt einnehmen«, fuhr Legge fort, »können wir nur schließen, daß das Volk sich kundig machen muß. Wie? Indem es seine eigenen Entscheidungen trifft. Menschen können nur herausfinden, was sie wollen, wenn sie vor Alternativen gestellt werden. Niemand kann das für sie übernehmen, nicht einmal mit Hilfe leistungsstarker Computer. Jene, die bereits vor der Wahl zwischen unterschiedlichen Arten von Genuß gestanden haben, sind denen gegenüber im Vorteil, die das nicht haben. Aus diesem Grunde« – er wandte sich wieder Erskin zu – »hören wir auf diejenigen, deren Lage es ihnen erlaubt, den Wert von Oper und Dichtkunst besser zu würdigen. Aber aus dem nämlichen Grund« (er wandte sich in fulminantem Resümee an den Parlamentspräsidenten) »sollten wir auch die frech anmutenden Zumutungen unbestellter bestallter Experten zurückweisen, die schlechte Schlichtung unserer Schicksalsfragen, die gesichtslosen Geschichtsplaner, die Vereinbarer des Unvereinbaren, die Datenfresser ohne Zahl, die ungezählten Zähler des Unzählbaren, die zahllosen Bezifferer des Unbezifferbaren, die anmaßenden, maßlosen, aufgeblasenen, hochfahrenden Hochstapler in weißen Kitteln, die unseren Willen besetzt und sich selbst für berechtigt halten, unsere Wahl für uns zu treffen.«

Damit schloß er, und die Mehrheit seiner Partei erhob sich unter frenetischen Beifallsrufen von den Sitzen. Eustace Legge nahm wieder Platz.

Jetzt wurde der Regulationspartei das Wort erteilt, und das Interesse an der Debatte nahm auf der rechten Seite sichtbar zu. Leere Plätze wurden besetzt, Zeitungen eingefaltet; das Gemurmel versiegte, als ein drahtiger Mann mit silbergrauem Haar, elegant mit Weste und Fliege, in gelangweiltem, etwas hochnäsig wirkendem schleppendem Tonfall das Wort an seine Mitabgeordneten richtete.

»Das ist Milton Candew«, erklärte Gregory, »der Führer des sogenannten minimalistischen Flügels unserer Partei. Diese Fraktion glaubt an Rezepte zur problemlosen Schnellreparatur: größtmögliches Glück erreichen, indem man Frustrationen beseitigt, alle Wünsche ausräumen, die unerfüllbar sind. Candew hat diese verrückte Idee, daß man das Glück der Massen im Handumdrehen sicherstellen kann, indem man der Wasserversorgung dieses neue Präparat ›Frustrizid‹ zusetzt. Hirnrissig. Er kann über nichts anderes reden, und doch hat es eine Art verrückter Logik.«

»… und wenn wir uns zum Ziel setzten, Schmerz und Leiden auszuschalten«, sagte Candew in nöligem Ton, »welche Methode wäre besser geeignet? Frustrizid läßt sich außerordentlich billig herstellen. Es kann problemlos dem Trinkwasser beigegeben werden. Kurz, es ist praktisch kostenlos. Außerdem ist es geruchlos, farblos und geschmacklos, darüber hinaus harmlos und schmerzlos …«

»Jetzt versuchen sie schon, unser verdammtes Wasser zu vergiften!« rief Erskin.

Candew fuhr unbeeindruckt fort: »Ein haltloser Vorwurf, wie er für die Mitglieder der Oppositionspartei typisch ist, und besonders für dieses Mitglied. Nach der Verabreichung von Frustrizid wird niemand unglücklicher werden. Es wird sogar niemand mehr unglücklich sein. Ich wüßte kein einziges Argument, das ein Utilitarier gegen diese Politik vorbringen könnte!«

»Das Leben würde außerordentlich langweilig werden!« warf Eustace Legge ein.

»Langweilig!« wiederholte Candew mit gespielter Überraschung. »Ist das Elend interessant? Ist das Leiden aufregend? Ist Frustration unterhaltsam? Wenn Sie alle Symptome des Unglücks beseitigen, was behalten Sie übrig? Glück. Warum sollten wir mehr tun? Wir haben eine wundervolle Lösung für das Problem unserer Nation an der Hand. Und deshalb sagen wir: *Tun wir den Schritt zu Frustrizid!*« Unter spärlichem Applaus aus den gelichteten Reihen seiner Anhänger nahm Candew wieder Platz.

Jetzt erhob sich eine Rednerin der Regulationspartei, die sichtlich aus anderem und härterem Holz geschnitzt war. Sie trug ein stahlblaues Kostüm, ihr pfirsichfarben getöntes Haar war tadellos frisiert, ihr Gang war selbstsicher, ihre Haltung makellos. Im Plenum trat erwartungsvolles Schweigen ein.

»Das«, flüsterte Gregory, »ist Hilda Juggernaut, die Premierministerin.«

»Es wäre vielleicht geraten«, begann sie in eisigem Ton, »zu der Frage zurückzukehren, die uns gestellt ist: Wer wird entscheiden, wer abtreiben soll? Die Aktionspartei beantragt, niemand sollte es tun. Man möge das doch, so sagen sie, dem Volk – wie sie es zu nennen belieben – überlassen. Welch eine monströse Doktrin! Wie kann man eine Angelegenheit von derartigem öffentlichen Gewicht dem blinden Wechselspiel willkürlicher privater Launen überlassen?«

Ihr Ton veränderte sich, wurde weicher, rauchiger, dringlicher: »Unser Ziel ist es, mehr und mehr Nutzen zu erzeugen. Wir dürfen uns von dieser edlen Aufgabe nicht durch subversive Gedanken abbringen lassen wie etwa dem Gedanken, dem die Opposition anzuhängen scheint, daß man die Launen real existierender Personen zu respektieren habe. *Warum* sollte man das tun? Was gelte es da zu respektieren? Nichts. Denn« (sie legte eine dramatische Pause ein) »es gibt ja so etwas wie *Personen* überhaupt nicht. Wir müssen uns von überholten Vorstellungen verabschieden wie ›persönlicher Identität‹, ›persönlicher Würde‹, und ›persönlicher Integrität‹. Menschen sind lediglich die Produzenten und Konsumenten von Nutzwert.«

Ihr Ton wurde jetzt stählern: »Unsere Aufgabe ist es, Menschen hervorzubringen, die mit größerer Effizienz Nutzwert produzieren und konsumieren. Die Frage, über die wir zu entscheiden haben, ist lediglich ein Einzelaspekt dieses größeren Programms. Wir müssen das Bevölkerungswachstum kontrollieren, um es in Beziehung auf die zur Verfügung stehenden Ressourcen optimieren zu können. Wir müssen uns auch effizienter fortpflanzen. Wir müssen unsere Reproduktions- wie unsere Produktionstechniken entwickeln und perfektionieren. Wir dürfen nicht nur Nutzwert erzeugen, sondern auch Utilitarier, die in der Lage sind, mehr und mehr Nutzen zu erzeugen, und fähig, ihn effizient zu konsumieren. Es geht nicht darum, die Menschen glücklicher zu machen, sondern darum, glücklichere Menschen zu machen.«

Die Bemerkung wurde mit donnerndem Applaus quittiert. Ungebrochen strömte ihre Rede weiter. »Die Frage der Abtreibung ist nur eine der vielen Fragen, auf die unser umfassenderes Weltbild Antwort gibt. Ausschüsse von Sachverständigen sollen entscheiden, wer geboren werden soll. Von wem sollen Sperma und Eizelle stammen? Wer soll gebären? Natürlich besteht keinerlei Notwendigkeit, daß diese Personen identisch sein müssen. Und wer soll die Mutter- und Vaterrolle einnehmen? Der Nutzen mag sehr wohl vorschreiben, daß dies von noch anderen Personen getan werden muß. Diese Fragen betreffen den Beginn des Lebens, aber wir müssen uns auch über seine Beendigung Gedanken machen. Ebenso, wie Fachleute am besten in der Lage sind, zu entscheiden, wer geboren werden und wie und von wem er erzogen werden soll, so sind sie auch am besten in der Lage, zu berechnen, wann nützliches Leben die Grenzen seiner Nützlichkeit erreicht haben wird.

Das führt mich zu einer sehr wesentlichen neuen politischen Initiative. Wir haben beschlossen, die Verwaltung unseres Wohlfahrtsstaates umzustrukturieren, indem wir seine Funktionen auf zwei neue Superministerien aufteilen. Von nun an wird alles, das die positiven Funktionen der Unterhaltung und Pflege der effizienten Produktion stets wachsenden Nutzens betrifft, in die Zuständigkeit des neuen Ministeriums der Wohlfahrt fallen. Und alles, das die negative, aber nicht weniger wichtige Aufgabe betrifft, jene aus dem Gesamtbild zu entfernen, die nicht länger in der Lage sind, zu dieser Produktion in angemessener Effizienz beizutragen, wird unter die Federführung des neuen Lebewohlministeriums fallen.»

Bei Nicholas lösten diese Worte einen Schock aus, und er erinnerte sich an die friedvolle Szene im Haus des Lebewohls. Also war es doch ein Wartesaal. Er konnte es nicht vermeiden, sich zu fragen, wie es gemacht wurde. Taten es die Krankenschwestern unter den Augen der Öffentlichkeit, vielleicht mit Spritzen, und fuhren ihre Schutzbefohlenen dann durch die Türen, auf denen »LEBEWOHL« stand? Oder fuhren sie sie lebend hinaus und brachten sie dann auf der anderen Seite um?

»Woran die Regulationspartei glaubt«, fuhr die Premierministerin fort (sie schien den Schluß ihrer Rede erreicht zu haben), »ist ein *wirklicher* Wohlfahrtsstaat – einer, der bei uns in den besten Händen ist. Ein Staat, in dem diejenigen, die am besten befähigt sind, die besten Konsequenzen für das allgemeine Wohlergehen zu errechnen, Ruhe für diese

Aufgabe haben. Ein Staat, in dem in allen Bereichen des Lebens *Sachverständige* die wesentlichen Entscheidungen treffen. Ein Staat, in dem wir Medizinern die Entscheidung anvertrauen, wen sie behandeln sollen und wie lange, den Sozialversicherungsexperten, die zu bestimmen, die echte Unterstützung benötigen, Lehrern und Erziehungsbeamten, unsere Kinder den geeigneten Schulen und Hochschulen zuzuweisen, wobei sie Alternativen gewichten und die effizienteste auswählen. Ein Staat, in dem wir Körperschaften qualifizierter Experten die Entscheidung darüber überlassen, wer geboren werden wird, wie diese Menschen erzogen werden, wer medizinische Behandlung bekommt und wessen Leben zu einem Abschluß gebracht werden muß.«

Die Premierministerin, so zum Abschluß gekommen, setzte sich unter einem Ausbruch von Beifallsklatschen, Stampfen und Bravorufen von der Seite der Regulationspartei. Die Aktionisten saßen bewegungslos und schauten grimmig drein. Niemand schaute grimmiger drein als Ned Erskin.

Es war Zeit für die Abstimmung, wobei der Antrag lautete, »Das Hohe Haus möge beschließen, Müttern, in Absprache mit Vätern, das Recht und die Macht zuzuerkennen, über die Beendigung von Schwangerschaften zu entscheiden«. Die Abgeordneten drückten Knöpfe an ihren Sitzen, und das Ergebnis wurde auf einem großen Bildschirm hinter dem Sitz des Parlamentspräsidenten angezeigt: Gegenstimmen 403, Jastimmen 106. Graham war offenbar etwas zu optimistisch hinsichtlich der Zauderer und Einzelgänger gewesen. Die Regularier saßen fest im Sattel. Gregory machte einen erfreuten Eindruck. »Kommen Sie, ich will Sie der Premierministerin vorstellen«, sagte er.

Sie gingen die Marmortreppen hinunter und mehrere lange Gänge entlang, an emsigen Menschen vorüber, die Papiere und Aktenköfferchen trugen. Sie traten durch einen roten Vorhang und erreichten eine Tür mit der Aufschrift »PREMIERMINISTERIN«. Gregory klopfte und trat ein. Der Raum war in pastellenen Pinktönen gestrichen und mit bequemen Möbeln in tiefrotem Samt ausgestattet. »Hallo, Hilda«, sagte er jovial. »Großartige Rede, absolut großartig! Du hast sie zerschmettert! Ich möchte dir Professor Caritat vorstellen.« Sie erhob sich hinter dem Schreibtisch, der mit offiziellen Dokumenten vollgepackt war, und streckte die Hand aus. »Professor Caritat«, sagte sie sanft und rauchig, »wir freuen uns so, Sie kennenzulernen, und so sehr, daß Sie nach Utilitaria gekommen sind. Gregory hat uns alles über Ihre Mission erzählt, die bestmögliche der Welten zu finden.«

»Eine Mission«, warf Gregory ein, »die jetzt erfüllt ist.«

»Unrichtig!« gab sie mit einigem Nachdruck zurück. »Gregory, das muß ich mit Bedauern sagen, neigt sehr zur Übertreibung. *Natürlich* ist dies nicht die bestmögliche der Welten. Aber« (ihre Tonlage schwenkte ins harte, metallische Register) »sie *wird* es sein, wenn die Saat unserer Politik aufgeht.«

Sie kehrte zum rauchigen, sanften Tonfall zurück. »Gregory hat mir berichtet, Sie sind einer von uns. Das freut mich so.«

Er verspürte den Impuls, zu widersprechen, wollte aber nicht unhöflich sein und unterdrückte ihn.

»Wir freuen uns schon so«, fuhr sie fort, »auf Ihre erste Fernsehsendung.« Der Impuls kehrte wieder, und abermals unterdrückte er ihn.

Die Unterhaltung (bei der er noch kein Wort gesagt hatte) war damit offenbar beendet, denn sie schüttelte ihm zum Abschied die Hand. Es sieht so aus, dachte Nicholas, daß Unterhaltungen in Utilitaria ein abruptes Ende finden, sobald sie nicht mehr nützlich sind. Er fragte sich, welche Auswirkungen das auf Debatten und Diskussionen haben würde.

»Bitte zögern Sie nicht«, sagte die Premierministerin gerade, »sich an uns zu wenden, wenn es *irgend etwas* gibt, das wir tun könnten. Sollten Sie je Hilfe benötigen, können Sie auf uns zählen!«

Besser, ich lasse keine Dankbarkeit erkennen, dachte er in Erinnerung an sein Erlebnis mit der Beamtin der Einwanderungsbehörde. »Auf Wiedersehen«, sagte er, »ich freue mich auf unser nächstes Zusammentreffen.«

»Ganz meinerseits«, sagte sie mit einem Lächeln, das ihm bemerkenswert ungeeignet schien, Vertrauen einzuflößen.

»Eine außergewöhnliche Frau!« bemerkte Gregory, als sie den Korridor entlang zum Ausgang gingen. Diesmal, entschied er, übertrieb Gregory nicht.

Der Rest des Tages verging damit, daß der Rahmen seiner Zukunft in Utilitaria abgesteckt wurde. Gregory nahm ihn zum Lunch im Fakultätsclub der Universität mit, danach erhielt er ein Büro, bekam eine Sekretärin zugeteilt und wurde mit Computer, Telefon und Faxgerät ausgestattet.

»Ihre erste Vorlesung«, informierte ihn Gregory, »wird übermorgen um neun Uhr stattfinden. Sie können die Ursprünge des Fortschrittsgedankens in der Aufklärung erläutern. Warum kündigen wir Sie nicht unter dem Titel an, ›Befreiung aus den Fesseln der Vergangenheit‹?«

Danach brachte ihn Gregory dahin, wo sein neues Zuhause sein würde, im neunten Stock eines Gebäudes mit Apartments der Universität. Es war karg und rechteckig, mit Parkettboden und Wänden in weiß und leuchtend orange: funktional, geometrisch und spärlich möbliert mit Stahlrohrmöbeln nach skandinavischem Stil, die ebenfalls weiß, orange, funktional und geometrisch waren. Er zuckte zusammen, als er an sein mit Büchern ausgekleidetes Allerheiligstes in Militaria denken mußte.

Das Dinner an jenem Abend nahm er *chez* Maximands ein. Graham fehlte – abberufen, wie Gregory verächtlich durchblicken ließ, von gewissen höheren politischen Aufgaben. Wieder saß Gregory am Kopfende, gegenüber Charmian. Wieder saß Nicholas Charmians schweigender Mutter gegenüber. Zu seiner Linken saß ein weiterer Gast: eine mitteilsame, überschwengliche, gutgepflegte, gutgekleidete Frau Ende der fünfzig, die eine volltönende Stimme und der versammelten Gesellschaft eine Menge zu erzählen hatte. Sie hieß Priscilla Yardstick, Gesundheitsministerin der gegenwärtigen Regierung und, wie Gregory stolz ankündigte, eine wirklich enge Freundin. Das Menu sah anders aus, war aber nicht weniger gesund, und seine Gastgeber waren so zuvorkommend ihm gegenüber, und so wenig einander und Charmians Mutter gegenüber, wie nur je.

Nicholas erwähnte, er habe im Flugzeug eine junge Diplomatin namens Stella Yardstick kennengelernt.

»Meine Tochter!« erklärte Priscilla stolz. »Ein Pfundsmädchen. Sie hat Beachtliches auf dem Gebiet der Immigration geleistet. Wir scherzen oft darüber: Sie kümmert sich um die Zugangsgrößen, ich um die Bestandsgrößen! Natürlich läßt sich beides am Ende nicht mehr auseinanderhalten, oder, Professor?« Sie wandte sich zu Nicholas, wartete seine Antwort aber nicht ab. »Letztendlich ist diese Abtreibungssache eine Frage von Strömungsgrößen: Wer soll geboren werden, wer nicht. Und das, so ließe sich sagen, ist auch eine Frage der Bestandspflege. Und alles Alte und Kranke auszujäten – das ist auch eine Frage, die Qualität des Bestands zu wahren. Das ist es, worauf meine Arbeit im wesentlichen hinausläuft. Die Qualität des Bestands zu wahren. Seine Produktivität zu maximieren – seine Fähigkeit, Güter und Dienstleistungen hervorzubringen, die Nutzen bringen – und seine Fähigkeit zu erhalten, diese Güter und Dienstleistungen zu genießen und Befriedigung zu erlangen! Es ist alles eine Frage der Effizienzsteigerung.«

»Und wie fangen Sie das an?« fragte Nicholas.

»Also«, setzte Priscilla an, sichtlich erfreut, daß sie gebeten wurde, ein Lieblingsthema auszubreiten, »es geht im Prinzip darum, Alternativen zu *gewichten*. Unsere medizinischen Administratoren, zum Beispiel, müssen darüber entscheiden, wie sie Ressourcen zuteilen und wann und wie sie Patienten behandeln.«

»Wie machen Sie das?« fragte Nicholas.

»Sie gewichten die Alternativen!« rief Priscilla. »Sie *berechnen*. Bemessen und veröffentlichen, das ist unser Motto! Was ist ein menschliches Leben wert? Alle sechs Monate veröffentlicht das Statistische Amt eine aktualisierte Bewertung, und diese Zahl wird zur Grundlage für die Bemessung. Wir nehmen positive und negative Bereinigungen für verschiedene Faktoren vor. Wir untersuchen spezifische Produktionskapazitäten und beschäftigen uns mit Kapazitäten zur effizienten Konsumtion. Ganz allgemein ist weniger Einsatz erforderlich, die Alten glücklich zu machen, wenn der Ehrgeiz erst einmal befriedigt oder verflogen ist.«

»Ich verstehe«, sagte Nicholas, obwohl er nicht ganz sicher war, daß er verstand. Dann bemerkte er, daß die steinernen Augen von Charmians Mutter die Ministerin intensiv fixierten. Zum ersten Mal sprach die alte Dame. Ihre Stimme war überraschend fest und klar, zog man ihr Alter in Betracht: Sie mußte über achtzig sein.

»Sie haben völlig recht«, sagte sie im Ausdruck tiefer Überzeugung. »Ihre Regierung macht eine wundervolle Politik. Das denke ich – und so hat Charmians seliger Vater auch gedacht, nicht wahr, Liebes?«

Charmian nickte mit großer Begeisterung.

»Er war so ein glücklicher Mann, immer zum Lachen und Scherzen aufgelegt. Er war Bauingenieur sein Leben lang. Er hat unsere Straßen gebaut. Dann, mit sechzig, sagte er, er brauche ein künstliches Hüftgelenk. Er hatte fürchterliche Schmerzen, ließ sich aber nichts anmerken, damit niemand glaubte, seine Fähigkeit zum Glücklichsein habe Einbußen erlitten. Also operierten sie ihn, und er bekam eine neue Hüfte, weil sie sagten, er leiste einen so bedeutenden Beitrag zum Verkehrswesen und sei so glücklich und beschwere sich nie. Ein paar Jahre später hatte er einen Gallenstein. Fürchterlich schmerzhaft, aber er war tapfer und zeigte nie, wie sehr er litt – obwohl ich das wußte. Wieder operierten sie ihn, weil er noch immer Straßen entwarf und immer lächelte. Aber dann, als er die siebzig erreichte, bekam er den Star und konnte nicht mehr arbeiten. Er hatte das Pensionsalter erreicht, hatte aber auf Vertragsbasis weitergearbeitet. Eine Operation war nicht gerechtfertigt, so argumentierten sie, nachdem sie die Kosten gegen den Nutzen für andere und ihn selbst abgewogen hatten. Er hat sich über die Entscheidung nie beschwert. Er meinte, sie hätten völlig recht, und das meinte ich auch. Und als er dann gänzlich blind wurde, sagte er, daß er seinen Beitrag geleistet habe und der Gesellschaft nicht zur Last fallen wolle. Er war froh, als sie eine seiner Nieren entnahmen und sie einem jungen produktiven Arbeiter implantierten. Als er dann den Schlaganfall hatte und ihm ein Krankenhausbett verweigert wurde, kamen wir beide überein, daß es Zeit für ihn sei zu gehen. Schließlich brachte es nicht viel Nutzen, daß er noch bei uns blieb, oder? Charmian und Gregory waren derselben Meinung.«

Nicholas war beeindruckt von der Aufrichtigkeit in den Worten der alten Dame. Sie war von der Gesundheitspolitik in Utilitaria ganz offenbar zutiefst überzeugt und eine standfeste Anhängerin der Ministerin. Oder doch nicht? Priscilla Yardstick jedenfalls nahm dies zweifellos an und war über diese Bekundung von Zustimmung hocherfreut. Eine Sache aber gab Nicholas Rätsel auf.

»Was die Nierentransplantation angeht. Sie sagten, sie entnahmen eine seiner Nieren. Dazu mußte er ihnen aber doch sicherlich seine Zustimmung geben?«

Priscilla schaltete sich ein. »Nicht nach unserem kürzlich verabschiedeten Gesetz«, erklärte sie. »Die Übertragung von Körperteilen ist jetzt Bestandteil des Steuersystems, und solche Beiträge müssen im Bedarfsfall bezahlt werden wie Einkommen- und Verbrauchssteuern. Im Gegensatz zu solchen Steuern können Sie hier aber genau erkennen, wozu sie beigetragen haben.«

»Ich verstehe«, sagte Nicholas. Das gesamte Gesundheitssystem hörte sich bemerkenswert effizient an und wurde, wenn man nach der Geschichte der alten Dame ging, auch von den Patienten gestützt. Und es hatte, so überlegte er, auch noch weitere Vorteile. So lag es zum Beispiel auf der Hand, daß es jedermann einen Anreiz dazu gab, teure Krankheitszeiten zu vermeiden, sich produktiven Tätigkeiten zu widmen und glücklich und zufrieden zu sein, oder zumindest zu *scheinen*, um den Eindruck von Ineffektivität zu vermeiden.

Nicholas stellte der Ministerin eine weitere Frage. »Noch eines, was mir nicht ganz klar scheint: Wie organisieren Sie denn die Übertragung von Körperteilen?«

»Ah!« erwiderte Priscilla, »wie ein Uhrwerk! Das System funktioniert besonders gut aus der Sicht der unproduktiven Behinderten.«

»Warum sind sie denn besonders begünstigt?« fragte Nicholas.

»Sie sind nicht *begünstigt*«, berichtete ihm Priscilla. »Sie sind *Begünstiger*. Darin liegt ihre ganz besondere Art, zum Gemeinwohl beizutragen. Sie sind nicht imstande, Güter oder Dienstleistungen zu erzeugen, aber sie können Organe zur Verfügung stellen, die andere dazu in Stand setzen. Es gibt ihnen einen Lebenszweck, und das ist besonders wertvoll insofern, als wir die medizinische Betreuung für diese spezielle Kategorie weitgehend zurückgefahren haben.«

»Sie wollen sagen«, sagte Nicholas, »daß die Behinderten, die nicht arbeitsfähig sind, keine medizinische Betreuung genießen?«

»Nun, das ist natürlich in Abstufungen zu sehen«, erklärte Priscilla, »wie überhaupt alles. Es hängt alles davon ab, mit wie vielen Punkten ihre Behinderung bewertet wird. Also wenn Sie zum Beispiel auf einem Bein lahmen, erhalten Sie drei Punkte, wenn Sie blind sind, bekommen Sie sechs, wenn Sie mit einer Schere nicht umgehen können, bekommen Sie elf, und wenn Sie am ganzen Körper gelähmt sind, werden Ihnen fünfzehn Punkte gutgeschrieben. Je höher Ihre Punktzahl ist, desto geringer Ihr Anrecht auf medizinische Ressourcen. Wie Sie sehen, ist das gesamte System sehr fein abgestimmt.«

Es gab in der Partei der Regularier natürlich auch Stimmen, so erzählte Priscilla weiter, die eine aktive Beseitigung der unproduktiven Behinderten und der unheilbar Kranken befürworteten, aber vorläufig waren die Sachverständigen der Auffassung, daß es äußerst vorteilhaft war, diese Kategorien als Quellen des Nachschubs von Körperteilen und als einen Fundus für medizinische Experimente beizubehalten.

Das restliche Tischgespräch bestand darin, daß Priscilla politischen Klatsch über verschiedene Regierungsmitglieder erzählte, die Gregory alle bekannt waren, während für Nicholas das meiste unverständlich blieb. Als die Mahlzeit beendet war, stand sie auf und verabschiedete sich im abrupten utilitarischen Stil, wobei sie erklärte, sie habe noch mit ihren Akten zu tun. Als sie Nicholas' Hand schüttelte, wünschte sie ihm gute Gesundheit. Er dankte ihr für die lehrreiche Unterhaltung und beschloß insgeheim, seine Gesundheit stabil, seine Arbeit produktiv und sein persönliches Glück möglichst offensichtlich zu gestalten.

Beim Kaffee, nachdem Priscilla gegangen war, hatte Gregory einen neuen Vorschlag für Nicholas: »Wollen Sie morgen mit mir nicht zum Berufungsgericht kommen? Dort wird ein wesentlicher Fall entschieden. Sie haben schon einen ersten Eindruck erhaschen können, wie utilitarische Politik funktioniert. Wollen Sie sich nicht vielleicht auch die utilitarische Rechtsprechung ansehen?«

Das war, stimmte Nicholas zu, ein ausgezeichneter Gedanke.

Wieder angekommen in seiner nüchternen utilitarischen Wohnstatt, hing er den Tischgesprächen dieses Abends nach. Charmians Mutter faszinierte ihn. Eines war ihm ein Rätsel: Wie hatte die alte Dame es geschafft, den Lebewohl-Diensten der Regierung zu entgehen? Warum lebte sie noch bei den Maximands und nicht im Haus des Lebewohls? Vielleicht übte sie selbst noch einen wertvollen Dienst an der Wohlfahrt aus – als Gesundheitsratgeberin für die Mahlzeiten der Familie vielleicht? Und wie kam es, daß die Art und Weise des Todes ihres Ehemanns keinen Groll in ihr hervorrief?

Aber dann fiel es ihm ein: Utilitarier verstanden Groll gar nicht – oder auch Dankbarkeit, Begriffe, die nur einen Sinn ergaben, wenn man über das Leben einer Person zurückblickte. Warum taten sie das nicht? Vielleicht lag es daran, daß sie nicht an *Personen* glaubten. In der Parlamentsdebatte hatte die Premierministerin gesagt, »es gibt ja so etwas wie *Personen* überhaupt nicht«. Was meinte sie damit? Natürlich existierten *Leute*, aber vielleicht meinte sie, daß dem Leben eines Individuums als Ganzem, von Geburt bis Tod, keine tiefe Bedeutung zugeschrieben werden dürfe. Es gab einmal, so erinnerte er sich, einen Philosophen namens Parfit, der behauptete, ein solches Leben sei lediglich eine Abfolge von Erfahrungen und Taten: über jene hinaus gebe es nichts Faktisches mehr, keine davon unterscheidbare Einheit, die als ›Person‹ zu beschreiben wäre, die jene Erfahrungen besäße und jene Taten ausführte. Vielleicht zählen für Utilitarier nur Erfahrungen, einige glücklicher, andere weniger glücklich, lediglich verbunden durch Erinnerungen. Ganz so, wie sich die Zusammensetzung des Körpers über die Lebenszeit hin ständig ändert, wobei Zellen andere Zellen ersetzen, so könnte man auch in einer »Person« nicht mehr sehen als einen Strom einander ablösender und mehr oder weniger miteinander verbundener Erfahrungen. Wobei es dann keinen besonderen Grund gäbe, der Tatsache Bedeutung zuzuschreiben, daß frühere und spätere Erfahrungen innerhalb der Spanne einer einzigen Lebenszeit eintreten. Also sollte jemand, der über den Tod nachdenkt, nicht sagen, »ich werde tot sein«, sondern eher, »es wird keine künftigen Erfahrungen geben, die auf gewisse Weise mit diesen gegenwärtigen Erfahrungen verbunden werden können«. Vielleicht, so schloß Nicholas spekulativ weiter, kommt es für Utilitarier nur darauf an, die Gesamtzahl glücklicher Erfahrungen zu maximieren, nicht aber darauf, wessen Erfahrungen das sind. So könnte vielleicht das Ende eines einzelnen Lebens eine geringere Bedeutung für Utilitarier als für Nicht-Utilitarier haben. Es wäre sehr viel weniger wichtig, als die Zahl glücklicher Erfahrungen zu vermindern oder nicht zu erhöhen. Die Einheit des Lebens einer sogenannten Person wäre lediglich eine Abfolge von miteinander verbundenen Erfahrungen – und die früheren könnten sehr weit entfernt von den späteren sein. Aber, so fragte er sich, welche Implikationen hätte eine solche Auffassung für Schuld und Unschuld, für Bestrafung und Verantwortung? Warum sollte jemand Schuld empfinden für eine Tat aus seinem früheren Leben, an die er sich nur schwach erinnerte? Und würde es überhaupt darauf ankommen, *wen* man für ein Verbrechen bestrafte, vorausgesetzt, daß die Bestrafung die erwünschte abschreckende Wirkung hätte? Aber dies alles auszudenken, war die Nacht schon viel zu weit vorangeschritten. Jedenfalls war er sehr, sehr müde.

12 GERECHTIGKEIT

Am nächsten Morgen um acht Uhr fünfundvierzig klopfte es an die Tür. Er öffnete einem jungen Mann mit Schirmmütze, der sagte, er sei Fahrer für die Universität und von Professor Maximand geschickt.

In seinem neuen Büro dachte Nicholas über das Thema der morgigen Antrittsvorlesung nach, die als »Befreiung aus den Fesseln der Vergangenheit« angekündigt worden war, und schrieb eine grobe Gliederung und Stichworte für die Vorlesung. Er würde den Wegen nachgehen, auf denen die Vergangenheit diejenigen an sich bindet, die am eifrigsten bestrebt sind, ihr zu entfliehen. Was er ausdrücken wollte, sollte sein, daß eine ausschließliche Beschäftigung mit der Zukunft den gegenteiligen Effekt haben kann, daß das Streben nach dem Neuen an sich nicht immer die beste Methode ist, es auch zu erreichen, und daß das Studium der Vergangenheit schon selbst eine Quelle der Innovation sein kann. Diesen letzten Gedanken würde er im Rückgriff auf eine ganze Reihe von Denkern der Aufklärung belegen, darunter Voltaire, Hume und Rousseau. Er übergab die Vorlesungsnotizen seiner neu zugewiesenen Sekretärin, um sie für den kommenden Morgen abtippen zu lassen.

Um elf Uhr traf Gregory ein, und sie machten sich auf den Weg zum Gericht.

»Bei diesem Verfahren«, sagte Gregory, »geht es um fünf Bigotarier, die vor fünfzehn Jahren eine Bombe in einem Café in Reckonham hochgehen ließen. Einundzwanzig Tote und noch sehr viel mehr Verletzte. Wurden praktisch in flagranti ertappt, als sie auf dem Heimweg von dem Verbrechen in einen Zug Karten spielten. Sie haben natürlich gestanden. Lebenslänglich. Der Fall ist sonnenklar.«

»Aus welchem Grund haben sie Berufung eingelegt?« fragte Nicholas.

»Aus keinem wirklichen Grund«, antwortete Gregory. »Natürlich behaupten sie, die Sache sei ihnen angehängt worden, und die Polizei habe sie zum Geständnis gezwungen und Beweismaterial gefälscht. Eine ganze Kampagne ist zu ihren Gunsten losgetreten worden. Macht den Kohl auch nicht fett.«

Als sie dem Gerichtsgebäude näher kamen, konnte er erkennen, daß es wieder eine Demonstration gab. Im Gegensatz zu der vom Vortag standen sich jetzt zwei klar getrennte Parteien auf beiden Seiten der Straße gegenüber. Auf der einen hielt eine Gruppe recht solide und respektabel wirkender Personen mittleren Alters ein Transparent in die Höhe, das lautete: »DIE FÜNF VON RECKONHAM BEDEUTEN DEN RUIN VON JEDERMANN«. Die Demonstranten auf der gegenüberliegenden Seite waren jünger, schäbiger und schmuddeliger. In ihrer Mitte entdeckte er Graham mit derselben Gruppe von Teenagern wie gestern, und das rote Transparent über ihren Köpfen lautete: »DIE RECHNUNG VON RECKONHAM MUSS DOCH NOCH AUFGEHEN«.

»Geht Graham auch jemals in die Schule?« fragte Nicholas.

»Es soll schon vorgekommen sein«, antwortete Gregory. »Aber«, fügte er trocken hinzu, »Nachsicht ist angebracht. Er hat eine große Zukunft in der Werbebranche vor sich.«

Sie stellten den Wagen ab und näherten sich dem Gericht, einem imposanten Bau aus dem neunzehnten Jahrhundert im neogotischen Stil. Den Giebel der Fassade schmückte eine Statue der utilitarischen Justitia: eine weibliche Figur, die in der einen Hand eine Waage hielt. Allerdings waren ihre Augen nicht verbunden, und sie trug kein Schwert. Statt dessen hatte sie ein Fernrohr erhoben, durch das sie, wie Nicholas annahm, in die berechenbare Zukunft spähte.

Sie passierten die Sicherheitskontrolle und durchquerten eine lange, widerhallende und spärlich erleuchtete Eingangshalle mit einem Mosaikboden aus Marmor, in der zu beiden Seiten weiße Büsten verschiedener bedeutender Utilitarier aufgestellt waren – Beccaria, Helvétius und Bentham –, und stiegen eine steinerne Wendeltreppe empor, bis sie zu einer Tür mit der Aufschrift ›VERHANDLUNGSSAAL VIER‹ kamen. Der Gerichtsaal war groß, düster, auch er von Echos erfüllt, mit eichengetäfelten Wänden und einer sehr hohen Decke. Durch hohe, durch Stabwerk unterteilte Fenster brach grau getöntes Licht. Die hölzernen Bänke des Zuschauerraums waren dicht besetzt mit Leuten, die aufmerksam zuhörten. Geradeaus vor ihnen befand sich der Richtertisch, der von drei Lampen mit grünen Schirmen beleuchtet wurde und an dem drei ältere Herren saßen. Zu ihrer Linken saßen hinter einem Metallgitter drei Männer und zwei Frauen mit niedergeschlagenen Augen und alternden, verbrauchten und ausdruckslosen Gesichtern, flankiert von zwei Wachen. Unter ihnen befand sich ein großer Tisch, an dem der Gerichtsschreiber saß, der emsig schrieb und Papiere hin und her schob. Die Richter, der Schreiber und die Rechtsanwälte ihnen gegenüber, mit dem Rücken zum Publikum, trugen allesamt Talar und Perücke.

»Der Richter in der Mitte«, flüsterte Gregory, »ist Richter Tantamount, der leitende Berufungsrichter. Zur Linken sitzt Richter Barker, und zur Rechten Richter Growler.«

Eben als Gregory und Nicholas sich setzten, hatte die Vertreterin der Verteidigung, eine energische Frau mit langen Wimpern und manikürten Fingernägeln, ihr Plädoyer begonnen und fuhr theatralisch mit der Brille durch die Luft.

»Sie haben das Zeugnis einer Reihe von wissenschaftlichen Experten gehört, daß die Tests zum Nachweis von Plastiksprengstoff, auf deren Grundlage die Berufungskläger überführt wurden, ganz und gar unzuverlässig sind – so unzuverlässig wie das Zeugnis des forensischen Experten, auf den sich die Anklage gestützt hat. Sie haben von unabhängigen Sachverständigen gehört, daß die Spuren, die man auf ihren Händen fand, ebensogut von den Spielkarten herrühren konnten, die sie in der Hand hielten, als sie im Schnellzug Reckonham-Fishport festgenommen wurden – oder sogar von Chemikalien, die aus unbekannter Quelle zur Verfügung gestellt wurden, um die Polizei in ihren Nachforschungen zu unterstützen.

Sie haben die Aussagen einer Reihe von Gefängnisbeamten gehört, daß die Berufungskläger brutal zusammengeschlagen wurden und daß ihre blauen Augen und gebrochenen Rippen und Schnitte und Blutergüsse nicht etwa, wie damals offiziell behauptet wurde, das Ergebnis einer von allen fünfen geteilten höchst merkwürdigen Neigung waren, sich Treppen hinunterzustürzen.

Sie haben überzeugende Beweise dafür gehört und gesehen, daß die Protokolle von Verhören mit den Berufungsklägern durch die ermittelnden Polizeibeamten nachträglich gefälscht wurden. Wir haben bündig bewiesen, daß die Polizeibeamten, die mit diesem Fall verantwortlich betraut waren, sich nicht damit zufrieden gaben, mit Hilfe massiver Schikanen und Einschüchterungen Geständnisse aus meinen Klienten herauszupressen, sondern ihre eigenen Aussagen manipulierten, indem sie die betreffenden Seiten ihrer Protokollbücher neu schrieben.

Sie haben Aussagen einer Reihe von Freunden und Nachbarn der Berufungskläger gehört, daß sie ohne jede Heimlichtuerei Geld erbettelten oder liehen, mit dem sie die Zugreise bezahlten, auf der sie in der Folge festgenommen wurden. Das wäre nun in der Tat eine höchst merkwürdige Verhaltensweise für Bombenleger, die sich zu einem Attentat im Dienst einer terroristischen Organisation verschworen hätten.

Es ist völlig klar, daß die Polizeikräfte, die diesen Fall untersuchten, von Anfang an beschlossen, das Verbrechen diesen Verdächtigen in die Schuhe zu schieben, die so bequem bei der Hand waren. Sie suchten nirgendwo anders, obwohl sich bekanntermaßen aktenkundige bigotarische Anführer in der Gegend aufhielten. Fünf Spatzen in der Hand waren ihnen lieber als jede Menge Tauben auf dem Dach, und das ganz besonders, wenn man sie zum Singen bringen konnte. Die verblüffende Vorstellungsgabe der ermittelnden Beamten brachte sie auf die Idee, nach kartenspielenden Bigotariern auf der Heimreise in Eisenbahnzügen zu suchen. Ihre beträchtlichen Überredungskräfte setzten sie in die Lage, fünf unschuldige Menschen« – sie vollführte mit der Brille eine Geste in Richtung auf das Gitter – »davon zu überzeugen, ein Verbrechen zu gestehen, das sie niemals begangen haben – Geständnisse, die alle meine Klienten bei der ersten sich bietenden Gelegenheit widerriefen. Es gibt keine Gründe zu glauben, daß sie dies schreckliche Verbrechen wirklich begingen. Ganz sicher ist es nicht dargelegt worden, daß sie es ohne jeden berechtigten oder vernünftigen Zweifel wirklich taten. Welche mögliche Vernunft kann also darin liegen, sie weiter in Verwahrung zu halten?«

Sie setzte sich mit ebenso großer Entschiedenheit, wie sie gesprochen hatte, unter erregtem Gemurmel der Zuhörer und einem verhaltenem Beifallsruf aus den hinteren Rängen. Sie schien recht zufrieden mit ihrem Auftritt.

Gregory beugte sich hinüber und flüsterte Nicholas zu: »Das war Clarissa Spiegel, die große Freundin der Bigotarier. Die Presse nennt sie ›Königin Spieglein-an-der-Wand‹. Wie Sie sehen können, hat sie einige Bewunderer, aber am meisten bewundert sie sich selbst. Aber jetzt geht es ernsthaft zur Sache. Wir bekommen Augustus Rapier zu hören.«

Der Vertreter der Anklage erhob sich. Er war hochgewachsen und trug sich sehr aufrecht, seine Robe fiel mit einer gewissen Eleganz, und in seiner Stimme schwang hochmütige Unnahbarkeit mit.

»Hohes Gericht, meine geschätzte Freundin hat eine ausgezeichnete Frage gestellt – die zu beantworten ich jetzt den

Versuch wagen möchte. Die Berufungsklage stützt sich, wie sie uns so überaus *kompetent* dargelegt hat, im wesentlichen auf folgendes: daß wir gehalten seien, auf die bloße Meinungsaussage diverser zusammengewürfelter sogenannter Wissenschaftler, einiger weniger zweifelsohne von ihrem Beruf enervierter Gefängnisbeamter und eines Häufleins von Freunden und Nachbarn hin, die mit den Appellanten enge Verbindung unterhalten und ihnen von vornherein positiv gegenüberstehen, jetzt die Ergebnisse einer detaillierten und sorgfältigen polizeilichen Untersuchung in Frage zu stellen, und den Ausgang eines mit allem Ernst betriebenen Gerichtsverfahrens mit Richter und Geschworenen gleich mit dazu.

Meine geschätzte Kollegin verlangt von uns, berechtigten und vernünftigen Zweifel daran einzuräumen, daß die Beschwerdeführer ursächlich für den Sprenganschlag im Café ›Die Katze mit der Gurke‹ waren. Was, Hohes Gericht, *ist* berechtigter Zweifel? *Wann* ist es vernünftig, zu zweifeln? *Wen* kann man berechtigterweise und vernünftig in Zweifel ziehen? Ist es vernünftig, die eigenen Worte dieser Kriminellen, wie sie es nach eigenem Bekenntnis sind, in Zweifel zu ziehen, nur weil sie es sich anders überlegt haben oder weil ein paar unzuverlässige Gefängnisbeamte die Gelegenheit ergreifen, ihr Garn zu spinnen? Ist es vernünftig, den willkürlichen Urteilen einer Handvoll einzelgängerischer Wissenschaftler und sogenannter Schriftexperten Glauben zu schenken? Ist es berechtigt und vernünftig, bigotarischen Anhängern, die die Sache ihrer Freunde zu ihrer eigenen und der einer öffentlichen Meinungskampagne gemacht haben, auch nur im mindesten Vertrauen zu schenken? Und bezweifelt irgend jemand hier auch nur für eine Sekunde, daß diese fünf Berufungskläger Anhänger der sogenannten bigotarischen Sache seien? Ist nicht das schon genug, um sie mehr als verdächtig zu machen?

Euer Ehren, Hohes Gericht, ich muß die Frage stellen: Liegt nur irgendeine Berechtigung oder irgendeine Vernunft in der Annahme, daß diese hier *nicht* die Betreiber jenes schrecklichen Verbrechens sind, wenn es, fünfzehn Jahre nach dem Geschehen, praktisch keine Möglichkeit mehr gibt, andere mögliche Adressaten einer gerichtlichen Verfolgung ausfindig zu machen? Ist es vernünftig, eine plausible Hypothese bei Abwesenheit jeglicher plausibler Gegenhypothese aufzugeben? Ich stelle fest, daß die Darlegung der Berufungskläger auch nicht die Spur eines Hinweises darauf enthält, wer dieses Verbrechen begangen haben mag, falls sie denn wirklich unschuldig sind.

Angesichts dieser höchst gewichtigen Überlegungen, Hohes Gericht, beantrage ich, daß die Verurteilung und das Strafmaß aufrechtzuerhalten sind und daß diese fünf gefährlichen Terroristen, deren Ziel es war, und ohne Zweifel noch immer ist, unseren Frieden zu stören und unser Glück zu vermindern, bis ans Ende ihrer Tage in gerichtlicher Verwahrung bleiben müssen.»

Er ließ sich mit Nachdruck nieder. Viele der Menschen im engeren Umkreis gaben Zeichen des Widerwillens und des Zorns zu erkennen, aber die Gefangenen hinter dem Gitter zeigten nicht die Spur einer Reaktion.

Richter Tantamount erhob sich und erklärte: »Das Gericht zieht sich zurück«, und während die drei Berufungsrichter den Saal verließen, erhoben sich Publikum und Rechtsanwälte und verneigten sich. Ein Summen der Erregung lief durch die Zuschauertribüne. Journalisten glichen ihre Notizen miteinander ab, die Rechtsanwälte steckten die Köpfe zusammen, Verschwörer verschworen sich. Gregory schien rundum zufrieden.

»Ausgezeichnete Rede, das!« sagte er. Eindeutig bezog er sich auf die des Vertreters der Staatsanwaltschaft. »Über kurz oder lang wird er Richter. Er denkt schon ganz richterlich.«

»Aber«, lenkte Nicholas behutsam dagegen, »er hat das *Beweismaterial* der Gegenseite nicht bestritten.«

»Natürlich nicht!« sagte Gregory. »Er hat es entwertet.«

Nach kurzer Pause kehrten die Richter zurück, und die Anwesenden erhoben sich, verneigten sich und sanken in angespannter Erwartung auf ihre Plätze zurück, als Richter Tantamount das Wort ergriff:

»Vor fünfzehn Jahren, am dritten August um achtzehn Uhr fünf, explodierte eine Bombe im Café ›Die Katze mit der Gurke‹ in Reckonham und forderte einundzwanzig Todesopfer und siebenundzwanzig Verletzte; darüber hinaus verursachte sie beträchtlichen Sachschaden. Gut eineinhalb Stunden später entdeckte die Polizei fünf Personen im Schnellzug neunzehn Uhr fünfunddreißig von Reckonham nach Fishport, die Karten spielten, und verhaftete sie als Hauptverdächtige. Tests zeigten in der Folge, daß sie mit Plastiksprengstoff Umgang gehabt hatten, und sie gestanden bereitwillig, während sie ihren Prozeß erwarteten, das Verbrechen, die vorgenannte Bombe gelegt zu haben. Im folgenden Prozeß wurden sie dementsprechend für schuldig befunden und zu lebenslanger Haft verurteilt, von der sie bislang fünfzehn Jahre verbüßt haben.

Wir haben eine bewundernswerte, eine elegante und beredte Darlegung ihrer Verteidigung gehört. Sie hat den Versuch unternommen, uns davon zu überzeugen, daß berechtigte und vernünftige Zweifel an der Beteiligung ihrer Klienten an diesem niederträchtigen, unmenschlichen und sinnlosen Verbrechen am Platze seien, indem sie versuchte, die polizeilichen Beweise anzufechten, und indem sie zu erhärten suchte, daß die Geständnisse der Berufungskläger erzwungen worden seien. Dies sind natürlich genau diejenigen Argumente, zu denen Beschuldigte gewöhnlich Zuflucht nehmen. Wenn wir sie in Betracht ziehen, müssen wir in der Tat die Frage stellen, wie es der geschätzte Vertreter der Anklage so bedacht getan hat, an *was* und *wem* vernünftige Zweifel angebracht sind. Von der Antwort auf diese Fragen hängt viel ab.

Es kann in diesem Gericht nicht häufig genug betont werden, daß das Grundmotto der utilitarischen Justiz lautet, *uti-*

litas populi suprema lex est. Diese Maxime betrifft nicht zuletzt auch die Fragen, die wir uns stellen. Zweifel sind nur berechtigt und vernünftig, wenn der Nutzen des Volkes solchen Zweifel erfordert, sie sind unvernünftig, wenn er das nicht tut. Wird die Summe des Gemeinnutzens erhöht, wenn die Wahrheitstreue und Integrität unserer Polizei und die Weisheit unserer Richter und Geschworenen in Zweifel gezogen werden? Wessen Interessen wird damit gedient, wenn man solche Zweifel schürt?« Er blickte streng auf das Gitter.

»Das Gesetz ist eine riesige Maschine zur Erzeugung künftiger Güter aus vergangenen Mißständen. Besonders das Strafrecht gibt Antwort auf vergangenes Unrecht, Verbrechen und Fehlverhalten, in dem es ein ausgedehntes System fein abgestufter Sanktionen in Anwendung bringt mit dem Ziel, durch Abschreckung künftiges Wohlverhalten zu maximieren. Wenn diese Maschine gut funktionieren soll, müssen drei Bedingungen eintreffen. Die erste, Verbrechen muß bestraft werden. Die zweite, die Strafe muß dem Verbrechen angemessen sein. Die dritte, es muß die allgemeine Überzeugung gelten, daß Verbrechen bestraft wird. Diese letztere Überzeugung darf um keinen Preis unterminiert werden. Dies ist ganz besonders in unserer gegenwärtigen Situation der Fall, in der wir uns einer Terrorkampagne gegenüber sehen, die gegen die utilitarische Lebensweise gerichtet wird von denjenigen, die sie unversöhnlich bekämpfen. Potentielle Terroristen und Kriminelle müssen von der Furcht vor den Konsequenzen ihrer Taten in Schach gehalten werden. Diese Furcht würde durch die Zweifel, die zu hegen uns heute nahegelegt wurde, nicht gestärkt. Wie man weiß, ist gelegentlich die Überzeugung geäußert worden, Justitia solle blind sein. Das ist falsch. Justitia muß *taub* sein – taub für die Zweifel, die ihre Existenz selbst unterminieren. Eben aus diesem Grund muß sie sagen, daß das Gericht, je länger dieses Verfahren angedauert hat, desto stärker die Überzeugung gewonnen hat, daß das Urteil der ursprünglichen Geschworenen korrekt gewesen ist.«

An diesem Punkt nahm Richter Tantamount seinen Taschenrechner aus der Westentasche. »Dieses Gericht«, fuhr er fort, »hat viel Zeit und Kosten auf diesen Fall verwandt. Wir haben siebzehn Zeugen für die Berufungskläger gehört, die, zusammen mit den ausführlichen Darlegungen ihrer Rechtsvertreter, einhundertsieben Stunden Gerichtszeit in Anspruch genommen haben. Aus meiner Veranschlagung der Kosten, die es verursacht, diesen Gerichtshof eine Minute lang zu betreiben, errechnet sich eine recht beträchtliche Summe. Nach üblicher Weise würde dieses Gericht von den Beschwerdeführern verlangen, die Gesamtlast dieser Kosten zu tragen. In diesem besonderen Fall jedoch sind wir bereit, sie zu übernehmen, im Interesse des übergreifenden Rechts, das wir hier sprechen. Was nicht in Betracht gezogen werden kann, ist, daß unsere Gesellschaft die Kosten für Unsicherheit und Vertrauensverlust in die Macht von Recht und Gesetz bezahlen sollte, würden die Verursacher übler Verbrechen wie des vorliegenden nicht zur Rechenschaft gezogen.

Wie immer in unserem System der utilitarischen Justiz müssen wir an die Konsequenzen dessen denken, was wir entscheiden. Es drängt sich geradezu die Frage auf, ob dieser Fall je hätte in die Berufung gehen dürfen. Wenn diese fünf Personen bei ihrer Berufung scheitern, so bedeutet das, daß viele Menschen viel Zeit und Geld ohne einen guten Zweck ausgegeben haben. Wenn die fünf Personen gewinnen sollten, so würde das heißen, daß die Polizei des Meineids, der Gewaltanwendung und der Einschüchterung schuldig wäre, daß die Geständnisse unfreiwillig erfolgten und nicht regelgerecht zur Beweisaufnahme zugelassen wurden, und weiter, daß die Schuldsprüche fälschlich gefällt wurden. Dies ist eine dermaßen schreckliche Aussicht, daß jede vernünftige Person im Land sich der Auffassung anschließen müßte, daß es nicht richtig sein kann, wenn ihre Berufung Erfolg hat.

Dieser Fall zeigt, welch ein zivilisiertes Land Utilitaria ist. Hier sind fünf Personen, deren Schuld am hinterlistigsten

Mord an einundzwanzig unschuldigen Menschen erwiesen wurde. Sie verfügen nicht über Geld. Dennoch hat der Staat große Summen für ihre Verteidigung aufgewandt. Sie wurden des Mordes schuldig gesprochen und zu lebenslänglicher Haft verurteilt. In ihren Aussagen waren sie des sträflichen Meineides schuldig. Dennoch gab der Staat weiterhin große Summen für sie aus in Verfahren, die gegen die Polizei eröffnet wurden. Es ist höchste Zeit, daß das aufhört. Es ist nichts weiter als ein Versuch, die Schuldsprüche durch ein laues Lüftchen von der Seite wegzublasen. Es ist ein Skandal, der nicht weitergehen darf. Die Berufung wird abgelehnt.

»Entscheidung zugestimmt«, knurrte Berufungsrichter Barker.

»Entscheidung zugestimmt«, bellte Berufungsrichter Growler.

Auf der Zuschauertribüne machte sich Konsternation breit. »Soviel zur utilitarischen Justiz!« schrie ein junger Mann zu ihrer Linken. »Nur Mut! Wir werden für euch kämpfen!« riefen andere. »Ruhe im Gerichtssaal!« ordnete der Gerichtsschreiber an.

Die fünf wurden unverzüglich von ihren Sitzplätzen in weiter hinten und tiefer gelegene Regionen geleitet. Noch im selben Moment erhoben sich die drei Richter und verließen den Saal, während einige der Zuschauer sich abermals erhoben und verneigten. Als protestierende Stimmen in ihrem Protest nicht nachließen, ordnete der Gerichtsschreiber die Räumung des Saales an, und eine Masse aufgeregter Menschen drängte sich aus den Türen. Nicholas und Gregory gingen zum Eingang des Gebäudes zurück.

»Ich würde Sie gern dem Obersten Berufungsrichter Tantamount vorstellen«, sagte Gregory. »Ich bin gut mit ihm bekannt. Eng befreundet, eigentlich. Er würde Sie sicher gern kennenlernen.« Er griff zu einem Telefon, wählte, und binnen Minuten tauchte eine uniformierte Gerichtsdienerin auf. Sie führte sie einen Gang entlang, der von Richtern aus Vergangenheit und Gegenwart flankiert wurde: Büsten von

Richtern, Gemälde von Richtern und sogar Puppen von Richtern unter Glasstürzen, die Kapuzen und pelzgesäumte Talare verschiedener Formen und Farben trugen. Sie stiegen eine weitere steinerne Wendeltreppe empor und kamen an eine verschlossene Tür. Ihre Führerin schloß auf und ging ihnen durch einen weiteren Gang voran durch beeindruckende Eichentüren hindurch, bis sie abermals zu einer Tür kamen, auf der stand »OBERSTER BERUFUNGSRICHTER«. Sie klopfte an, und sie wurden in Richter Tantamounts Arbeitszimmer eingelassen.

Der Raum war beeindruckend. Er war bis zur Decke von juristischen Büchern umgeben und war erfüllt vom selben grauen Licht, das durch hohe Stabfenster brach. Richter Tantamount erhob sich von seinem Schreibtisch und begrüßte sie mit überschwenglichem Lächeln. Gregory stellte Nicholas vor und erklärte ein weiteres Mal dessen Mission und ihr glückliches Ende.

»Sehr erfreut, Ihre Bekanntschaft zu machen, Professor Caritat«, sagte der Richter. »Hätten die Herren gern ein Glas Claret?«

Gregory nickte begeistert Zustimmung, Richter Tantamount läutete eine gebieterische Glocke, und ein Diener erschien sofort mit einer gefüllten Karaffe und drei Gläsern auf silbernem Tablett. Gregory und Nicholas ließen sich in tiefe Ledersessel sinken und nippten an ihrem Wein, während der Richter vor ihnen hinter seinem Schreibtisch saß.

»Ich hätte wirklich gern Ihre Meinung darüber erfahren«, fragte er Nicholas, »wie sich die utilitarische Justiz heute geschlagen hat.«

Nicholas wählte seine Worte sorgfältig: »Ich bin nicht ganz sicher, aber soweit ich beobachten konnte, schien sie die Darlegung der Berufungskläger kaum in die Waagschale zu werfen.«

Richter Tantamount sah etwas überrascht aus. »Sie gewichtete«, antwortete er, »die Risiken für den Fall, daß ihre Darlegung als wahr akzeptiert worden wäre.«

»Aber«, gab Nicholas zurück, »gibt es nicht das Risiko, daß ihre Ansicht tatsächlich der Wahrheit entsprechen könnte?«

»Professor Caritat«, antwortete der Richter, »unser gesamtes Justizsystem kann nur funktionieren, wenn jedermann überzeugt ist, daß es gut funktioniert. Potentielle Straftäter müssen überzeugt sein, daß die Taten, die sie vielleicht begehen, sich nicht bezahlt machen, und jedermann sonst muß überzeugt sein, daß sie eben davon überzeugt sind. Mit dieser Methode minimieren wir Rechtsbrüche und maximieren sowohl unsere Sicherheit wie auch unser Sicherheitsgefühl. Nehmen sie den Fall, dessen Zeuge Sie heute geworden sind. Das ursprüngliche Urteil gegen die Berufungskläger stützte das Urteil der Allgemeinheit, unser System funktioniere gut. Ein Urteil stützte das andere, wenn Sie so wollen. Machen Sie das erste rückgängig, und Sie untergraben das zweite.«

»Wollen Sie damit sagen«, fragte Nicholas, »daß diese fünf Menschen im Fall ihrer Unschuld für das Gemeinwohl *geopfert* werden müssen?«

»Sie drücken sich sehr farbig aus, Professor«, sagte der Richter. »Ich selbst benutze Wörter wie *opfern* nicht. Genaugenommen ist das sogar ein Begriff, der in Utilitaria kaum verstanden wird. Es handelt sich um eine religiöse Metapher, ein Erbe der Vergangenheit und kaum unseren Gegebenheiten angemessen. Ich ziehe eine Metapher aus Wirtschaft oder Handel ausgesprochen vor. Sagen wir mal, was wir heute gesehen haben, war ein *Substitutionsgeschäft*.«

Nicholas blieb beharrlich, denn die Frage ließ ihn nicht los. »Aber nehmen wir an«, fragte er den Richter, »daß ein Journalist einen Mann auf einem Gefängnisdach beobachtet, der schreit, er sei unschuldig. Sollte er diese Behauptung nachprüfen oder seiner Wege gehen?«

»Ach je, seiner Wege gehen!« sagte Richter Tantamount. »Ihn ignorieren. Ich habe viele Briefe von Leuten, die im Gefängnis sitzen und sagen, sie seien Opfer eines Fehlurteils.

Ich muß leider sagen, daß ich sie gleich in den Papierkorb werfe.«

Die Zusammenkunft näherte sich augenscheinlich dem üblichen utilitarischen raschen Ende, denn der Richter war von seinem Stuhl aufgestanden und streckte Nicholas die Hand entgegen.

»Es freut mich außerordentlich, Sie kennengelernt zu haben, Professor, und ich habe Ihren bohrenden Fragen sorgfältige Beachtung geschenkt. Ich hoffe, Ihr hiesiger Aufenthalt wird für uns alle glücklich und profitabel werden. Zögern Sie keineswegs, Verbindung aufzunehmen, wenn die Möglichkeit besteht, daß wir Ihnen helfen können. Wir werden es tun, wenn wir können – darauf können Sie rechnen. Auf Wiedersehen, Gregory.«

Sie gingen und wurden die Treppe hinunter und an den Statuen der Richter vorüber geleitet. »Ein außergewöhnlicher Richter!« bemerkte Gregory. »Ganz und gar zuverlässig. Ein Mann von Prinzipien. Wenn auch ein wenig altmodisch.«

»Wie meinen Sie das?« fragte Nicholas.

»Glaubt immer noch ans Geschworenensystem. Glaubt, daß es das Ansehen der Justiz aufrecht erhält, den Glauben der Leute stützt, daß die Urteile wohlbegründet sind. Aber sehen Sie sich doch einmal den Fall an, den wir gerade erlebt haben. Die Bigotarier und ihre Anhänger hätten sehr viel weniger Grund zur Hoffnung gehabt, wenn die ganze Sache in Bausch und Bogen von einem Schiedsgericht oder Friedensrichter behandelt worden wäre. Sie hätten niemals Berufung einlegen können! Denken Sie nur, wieviel Zeit, Mühe und Geld dabei hätte gespart werden können! Genauer besehen«, fügte er hinzu, »wenn sie an Ort und Stelle exekutiert worden wären, hätten wir kein Wort mehr über den Fall gehört. Wir werden heute mit der Obersten Staatsanwältin zu mittag essen. Sie steht an der Spitze einer Kampagne, die Geschworenengerichte abzuschaffen und unser gesamtes utilitarisches System effizienter zu machen. Eine gute alte Freundin, übrigens.« Nicholas fragte sich langsam, ob es irgendwelche wichtigen Utilitarier gab, die nicht mit Gregory eng befreundet waren.

Die Oberstaatsanwältin, Felicity Hawk, machte einen starken Eindruck auf Nicholas, als sie beim Essen in einem schicken Restaurant mit diskreter Beleuchtung saßen, umgeben von wichtig aussehenden Menschen, die sich leise unterhielten. Sie war mager und energiegeladen und trug einen eleganten dunkelgrauen Hosenanzug und kurzgeschnittenes Haar. Grandios, grimmig und gradlinig, mit einem Jetzt-hört-der-Spaß-auf-Ton in der Stimme, war Felicity wirklich eine wahre Gläubige, eine utilitarische Evangelistin. Gregory hatte zumindest das Interesse des Gelehrten für jene Aspekte der Vergangenheit, die eine utilitarische Zukunft vorwegnahmen. Felicity schien im Gegensatz dazu die gesamte Vergangenheit als ein beschwerliches Hindernis für das effiziente Management des Justizsystems zu begreifen.

»Mittelalterlicher Müll!« bemerkte sie, während sie in ihrem Hüttenkäse und Selleriesalat herumstocherte. »Sentimentaler Hokuspokus! Ich frage Sie«, fragte sie Nicholas, »welcher Person, die einigermaßen bei Trost ist, es einfallen würde, die wichtigste Entscheidung im rechtlichen Verfahren zwölf ignoranten Amateuren zu überlassen?«

Nicholas setzte zu einer Erklärung über das Recht an, von seinesgleichen beurteilt zu werden, aber sie schien den Gedanken nicht weiter verfolgen zu wollen.

»Es ist eine Farce«, fuhr sie fort, »unprofessionell, ineffektiv, und dazu reine Verschwendung öffentlicher Mittel.«

»Außerdem ist es politisch motiviert«, sagte Gregory. »Die Aktionspartei befürwortet Geschworenengerichte, und wir wissen, warum. Es ist ihre typische Demagogie – den Leuten zu schmeicheln, indem sie sie glauben machen, jeder könne ein Sachverständiger sein. Aber kein Grund zur Beunruhigung«, fügte er in dem Versuch, Nicholas Trost zu spenden, hinzu, »das Geschworenensystem in Utilitaria ist zum Untergang verurteilt.«

Nicholas suchte keinen Trost, sondern sah ein längeres

Streitgespräch über das Thema als wenig ergiebig an. Seine Essensbegleiter waren von der unmittelbaren Plausibilität ihrer Ansicht so überzeugt, daß sie einfach annahmen, Nicholas müsse ihnen zustimmen, und gar nicht erst versuchten, ihn zu überzeugen. Ihr augenscheinliches Interesse, Verurteilungen zu erwirken, erstreckte sich, wie es schien, nicht auf ihn.

Er verbrachte den verbleibenden Tag in seinem Büro mit der Vorbereitung seiner Antrittsvorlesung. Als er spät in sein Apartment zurückkehrte, fand er einen Zettel an der Tür, auf dem stand: »Jemand liest Sie morgen um acht Uhr fünfzehn auf.«

Im Bett debattierte er mit Constantin-François Volney über die Beziehungen zwischen Vergangenheit, Gegenwart und Zukunft. Volney setzte weniger Vertrauen in die Aussichten auf menschlichen Fortschritt als sein Freund und Mitstreiter gegen die Sklaverei Condorcet, aber auch er sah, wie Condorcet, freudig ein Zeitalter heraufdämmern, in dem »alle Rassen eine einzige und umfassende Gesellschaft bilden werden, eine einzige Familie, die von gleichem Geist beherrscht sein wird, von gemeinschaftlichem Gesetz, und die gesamte Glückseligkeit genießen wird, deren die menschliche Natur fähig ist«. Aber im Blick auf die Vergangenheit machte er sich Gedanken über Ruinen:

Die umtriebigen Menschenmassen, die sich unter diesen Portikos drängten, haben der Einsamkeit des Todes Platz gemacht. Die Stille des Grabes ist an die Stelle des murmelnden Gesprächs auf öffentlichen Plätzen getreten. Die pralle Überfülle einer reichen Stadt hat sich in häßliche Armut verwandelt. Die königlichen Paläste sind zum Tummelplatz des Rotwildes geworden, und scheußliche Reptilien haben vom Heiligtum der Götter Besitz ergriffen ... Wieviel Ruhm ist hier verfinstert, wieviel Arbeit zunichte gemacht! ... So also vergeht die Welt der Menschen, so also sinken Reiche und Nationen ins Vergessen!

»Wer vermag mich zu überzeugen«, fragte er melancholisch Nicholas, »daß diese Verheerung nicht eines Tages das Schicksal unseres Landes sein wird?«

»Niemand«, antwortete Nicholas. »Wir müssen nur eine Möglichkeit finden, die Vergangenheit nicht allzu entmutigend oder die Zukunft zu ermutigend zu finden.« Und in der Überzeugung, daß die Vergangenheit ein Haus sei, in dem man leben und Verbesserungen vornehmen könne, nicht aber eine Ruinenlandschaft, auf der man neu aufbauen müsse, fiel er in tiefen Schlaf.

13 AUFGELESEN

Um viertel nach acht am folgenden Morgen klopfte es an die Tür. Er öffnete und sah wieder einen jungen Mann mit Schirmmütze vor sich, der, wie am Tag zuvor, sagte, er sei Fahrer der Universität und komme im Auftrag Professor Maximands. Nicholas folgte dem Fahrer den Gang entlang. Diesmal nahmen sie nicht den Aufzug, sondern gingen die Treppe hinunter und verließen das Gebäude am Hinterausgang, wo ein Wagen wartete. Der Fahrer öffnete die Tür, Nicholas versank im Fond, und der Wagen fuhr los.

Nach einigen Minuten bemerkte er, daß sie einen anderen und völlig ungewohnten Weg zur Universität einschlugen. Nur langsam wurde ihm klar, daß sie sich vom Stadtzentrum entfernten, statt hineinzufahren. Als er sich nach vorn lehnte, um mit dem Fahrer zu sprechen, bemerkte Nicholas ein Trenngitter aus Glas und Metall, das ihn von der Fahrerkabine abschloß. Er begann zu schwitzen, dachte daran, ein Fenster zu öffnen, und mußte dann bemerken, daß an den rückwärtigen Türen weder Fensterkurbeln noch Türgriffe angebracht waren.

Der Wagen fuhr mit hoher Geschwindigkeit eine verlassene Straße entlang, an niedrigen, tristen Gebäuden vorüber. Plötzlich bog er in die Auffahrt zu einem von ihnen ein und hielt abrupt in einer dunklen Garage an. Unverzüglich schloß sich das Garagentor mit einem scharfen, metallischen Geräusch. Er konnte hören, wie beide Hintertüren des Wagens geöffnet wurden. Zwei Leute stiegen zu beiden Seiten ein, und wieder mußte er feststellen, daß ihm Handschellen angelegt und die Augen verbunden wurden. Er hörte, wie das Garagentor wieder hochgerollt wurde, und der Wagen setzte zurück und nahm die Fahrt wieder auf. Niemand sprach.

Der Zettel an seiner Tür hatte gelautet: »Jemand liest Sie morgen um acht Uhr fünfzehn auf.« Ich bin wirklich, dachte er, aufgelesen worden – eingesammelt, abgeerntet, weggepflückt –, aber von wem und warum? Er beschloß, seinen schweigenden Mitfahrern diese Frage zu stellen.

»Warum müssen Sie mich so behandeln?« fragte er.

»Das werden Sie früh genug erfahren«, lautete die übellaunige Antwort.

Wieder trat Schweigen ein. Sie fuhren weiter, vielleicht zwanzig Minuten lang. Abermals bog der Wagen in eine Auffahrt ein und hielt unvermittelt an.

Der Schlag wurde geöffnet, und er wurde von seinen Begleitern nach draußen befördert, wobei der eine schob, der andere zog. Im Gänsemarsch ging es in ein Gebäude, eine Steintreppe hinunter, in ein Zimmer, auf ein Bett – worauf seine Begleitung sich entfernte und hinter sich abschloß. Allein gelassen, empfand Nicholas tiefe Niedergeschlagenheit.

Ein paar Minuten verstrichen. Er konnte das gedämpfte Geräusch mehrerer Stimmen vernehmen. Irgendwo im Haus schien es ein Streitgespräch zu geben.

Schließlich näherten sich schwere Schritte, und jemand schloß die Tür auf und trat ein. Als man ihm Handschellen und Augenbinde abnahm, sah er, daß sein Befreier ein hochgewachsener, dünner junger Mann mit strähnigem, schwarzem Haar, einem teigigen Gesicht, vorspringendem Kinn und Stoppelbart war, dessen hervorstechendster Zug jedoch das rechte Auge war – starr, mit einem Funken wie Feuerstein und einem kaum merklichen Schielen. Der intensive Blick aus diesem Auge fixierte ihn wie durch das Zielfernrohr einer Feuerwaffe.

»Ihre Vorlesung wurde unter dem Titel ›Befreiung aus den Fesseln der Vergangenheit‹ angekündigt«, sagte Auge. »Das paßt uns ganz und gar nicht. Es paßt uns nicht, daß Sie derartigen utilitarischen Illusionen Vorschub leisten. Wo sollte man denn sonst leben als in der Vergangenheit? Unser Ziel ist es, uns aus den Fesseln der Zukunft zu befreien – der Zukunft, die die Utilitarier uns aufzuzwingen versuchen. Bigotaria« – schloß er mit wildem Nachdruck – »läßt sich nur auf den Ruinen Utilitarias errichten.«

»Von welchem möglichen Nutzen könnte ich Ihnen bei der Verfolgung dieses Zieles sein?« fragte Nicholas.

»Sie sind von großem Wert für sie, und damit von noch höherem Wert für uns«, sagte Auge.

»Wie kommen Sie zu dieser Annahme?« fragte er.

»Wir sahen, wie Professor Maximand im Fernsehen damit prahlte. Er sagte, Sie seien zu dem Schluß gekommen, daß Utilitaria die beste der möglichen Welten sei, und würden uns das jede Woche im Fernsehen erklären. Für uns sind Sie ein gefährlicher utilitarischer Ideologe.«

Dreimal falsch, dachte er bei sich, aber lieber nicht darüber streiten. Es könnte sich als vorteilhaft erweisen, wenn er als wertvoll für den Feind eingeschätzt wurde.

»Aber wie gedenken Sie Nutzen aus mir zu ziehen?« fragte er.

»Zum einen«, sagte Auge, »ist Ihre Gefangennahme eine machtvolle symbolische Demonstration unserer Präsenz und Wachsamkeit und unseres unermüdlichen Widerstandswillens. Zum zweiten sind wir knapp bei Kasse. Wir werden ein Lösegeld für Sie verlangen. Es wird schon interessant sein« – er beäugte ihn kalt – »festzustellen, wieviel Sie ihnen wohl wert sind.«

Nicholas begann wieder zu schwitzen.

»Und was«, fragte er, »wenn sie nicht zahlen wollen?«

»In diesem Falle«, sagte Auge und hob seine Schlüssel auf, »werden Sie sich äußerst schnell aus den Fesseln der Gegenwart befreien.«

Er öffnete die Tür, trat hindurch und verschloß sie von außen.

14 VERMITTLUNGEN

Nachdem Auge gegangen war, hatte er Muße, seine neue Umgebung in Augenschein zu nehmen. Das Dekor war schon einmal ein Fortschritt gegenüber der Residenz Kugelkopf. Er befand sich im Zimmer eines Hauses, nicht einer Gefängniszelle – einem schmuddeligen und ziemlich feuchten Zimmer mit einer Garderobe und einem Ausguß und dem gerahmten Bild eines Vogels im Käfig an der Wand. Ein kleines Fenster ging auf eine graue Steinmauer hinaus, die gerade einmal fünfzehn Zentimeter entfernt war. Wenn Nicholas aus dem Fenster sah und den Hals verdrehte, konnte er gerade noch ein kleines Fleckchen blauen Himmels erhaschen. In einer Zelle allerdings wußte man genau, wo man war: als Gefangener in einer Institution, in der Einkerkerung und Verhöre berufsmäßig betrieben wurden, so willkürlich und erbarmungslos auch immer. Jetzt aber war er eine Geisel, eine Lage, die an sich schon sehr viel weniger sichere Vorhersagen erlaubte, und auf Gnade und Ungnade leidenschaftlichen Kämpfern für eine Sache ausgeliefert, die er kaum verstehen konnte.

Er verbrachte den Rest des Tages mit solchen Gedanken. Ungepflegte, unrasierte junge Männer brachten ihm kalte, wenig appetitanregende Mahlzeiten und Kleidung zum Wechseln für die Nacht und geleiteten ihn schweigend den Korridor entlang zu den notdürftigen Toiletteneinrichtungen des Hauses. Wie im Gefängnis Militarias begann er hier, sein Zeitgefühl zu verlieren.

Kurz gesagt, es war ein elender Tag.

Zweiter Tag

Am nächsten Morgen wurde er von Auge geweckt, der sich in einem Zustand höchster Aufregung befand. »Sehen Sie sich das an, Professor!« sagte er und hielt ihm eine Boulevardzeitung entgegen. »Sie haben Schlagzeilen gemacht!«

Auf der Titelseite las er in fetten Lettern: »GELEHRTER VON TERRORISTEN ENTFÜHRT«. Unter der Balkenüberschrift war ein großes Foto, eine Vergrößerung seines Lächelns am Flughafen, und dazu der folgende Bericht:

> Gestern in den frühen Morgenstunden wagten bigotarische Terroristen einen kühnen Schlag. Aus seiner Apartmentwohnung in Kalkula entführten sie Professor Nicholas Caritat, den soeben zugereisten politischen Flüchtling aus Militaria und berühmten Denker und Schriftsteller.
>
> »Er wollte gerade seine erste Vorlesung für unsere Studenten halten«, sagte Professor Gregory Maximand, Kulturberater der Regierung. »Er ist ein Mann von Weitsicht und Weisheit, der unser System als das bestmögliche erkannt hat. Seine Kidnapper fürchten sich zweifelsohne vor seiner Botschaft.«
>
> Die Premierministerin gab dem Bedauern der Regierung Ausdruck, daß ein »so geehrter Gast« Opfer einer derartigen Tat werden konnte und sicherte zu, man werde »alles Menschenmögliche unternehmen«.
>
> Im Bereich der Universität wurde Sicherheitsalarm ausgelöst. Der Polizeichef Kalkulas hat intensive polizeiliche Maßnahmen im ganzen Stadtgebiet angeordnet und erklärt, man werde »das Unterste zuoberst kehren, bis die Terroristen zur Rechenschaft gezogen sind und Professor Caritat befreit ist«. Eine telefonisch übermittelte Nachricht an die Polizei bestätigte, daß Bigotarier den Professor gefangen halten und mit weiteren Nachrichten zu rechnen ist.

»Was für Nachrichten wollen Sie übermitteln?« fragte Nicholas.

»Wir kämpfen mit dem Schwert, nicht mit der Feder«, antwortete Auge und reichte ihm Papier und Stift. »Sie sind ein berühmter Schriftsteller. So steht es in der Zeitung. Sie werden die Nachrichten schreiben. Wir werden sie übermitteln. Ich schlage vor, daß Sie unverzüglich an Ihren Freund Professor Maximand schreiben.«

»Was soll ich ihm sagen?« fragte Nicholas nervös.

»Sagen Sie ihm, das Geschäft wird ernst, Professor. Sagen Sie ihm, wenn Ihre utilitarischen Freunde nicht auf die Forderungen eingehen, die wir ihnen übermittelt haben, auf die sie aber noch nicht reagiert haben, daß dies zu *Ihrem* Nachteil sein wird. Und sie sollten vielleicht besser wissen, daß wir Sie« – Auge rückte näher an sein Ziel heran – »*falls* sie sich damit zuviel Zeit lassen, ein wenig durch die Mangel drehen und ihnen Fotos schicken müssen, die ihnen auf die Sprünge helfen. Ich komme in zehn Minuten wieder.« Damit ging er und schloß die Tür ab.

Nicholas bemerkte, daß er wieder ins Schwitzen geraten war. Er begann zu schreiben:

Lieber Gregory,
ich muß mich dafür entschuldigen, daß ich gestern nicht an meiner Antrittsvorlesung teilnehmen konnte. Ich hoffe, die Studenten waren nicht allzu sehr enttäuscht. Meine Entführer hier sagen, daß »das Geschäft jetzt ernst wird«. Ich glaube, dieser Ausdruck muß in beiden seiner möglichen Bedeutungen verstanden werden. Zum einen ist es ihnen ernst mit der Lösegeldforderung, die sie übermittelt haben, und sie werden mich vermutlich freilassen, wenn das Geld bezahlt wird. Zum zweiten haben sie mir Gewalt angedroht, wenn es nicht bald bezahlt wird, und sie scheinen durchaus gewillt, mich zu erledigen.
Es tut mir sehr leid, daß ich Sie und andere in solch eine brenzlige Situation gebracht habe. Ich maße mir nicht an,

Ratschläge zu erteilen, wie verfahren werden sollte. Solche Ratschläge könnten auch schwerlich objektiv sein. Alles, was ich tun kann, ist, mich auf unsere seit kurzem neu befestigte Freundschaft zu verlassen und das beste zu hoffen.
Alle guten Wünsche auch an Charmian und Graham,
Nicholas

Er hatte kaum geendet, als Auge zurückkehrte, den Text durchlas und bemerkte: »Saubere Arbeit, Professor. Volltreffer. Der Brief wird bald bei ihnen ankommen. Ich hoffe nur, um Ihretwillen, daß auch sein Inhalt richtig ankommt.« Mit diesem bedrohlichen Gedanken überließ er Nicholas für den Rest des Tages seiner Abgeschlossenheit, die nur durch die Hereingabe von Essen und die Überwachung seiner natürlichen Bedürfnisse durch die beiden mürrischen, schweigenden Kameraden Auges unterbrochen wurde.

Dritter Tag

Auge kam mit der Morgenzeitung. Auf seinem Gesicht lag der Ausdruck des Triumphes. Nicholas las die Schlagzeile: »CARITATS BITTE UM TAUSCHHANDEL ABGELEHNT«. Wieder war das Flughafenlächeln abgebildet, dazu der Text seines Briefes an Gregory. Der Bericht war kurz und sachlich, und er war nicht gerade ermutigend:

Der entführte militarische Professor Nicholas Caritat hat in einem Brief (siehe Kasten) die Bedingungen der bigotarischen Terroristen für seine Freilassung dargelegt. Man glaubt, daß der Ort seines Gefangenenaufenthaltes irgendwo in der Hauptstadt liegt. Verschiedenen Hinweisen auf seinen Aufenthaltsort wird derzeit nachgegangen. Das Innenministerium hat die folgende Erklärung abgegeben: »Es kann schlicht nicht im geringsten die Rede davon sein, sich auf einen Tauschhandel mit Terroristen

einzulassen. Dies ist stets die unerschütterliche Position der Regierung gewesen und wird es in Zukunft bleiben.«
Im Namen der oppositionellen Aktionspartei erklärte Eustace Legge die »umfassende und uneingeschränkte Unterstützung für den Standpunkt der Regierung«. »Mit Terroristen zu verhandeln«, erklärte er, »wäre eine Aktion, die wir nicht in Betracht ziehen können.«
Professor Gregory Maximand, Kulturberater der Regierung und Freund und Kollege des entführten Professors, sagte: »Wir dürfen persönlichen Gefühlen nicht gestatten, die überpersönlichen Berechnungen zu beeinflussen, denen wir uns verschrieben haben, besonders nicht unter extremen Umständen wie den gegenwärtigen.«

»Wunderbar!« sage Auge. »Es läuft alles bestens!«

»Wie das?« fragte Nicholas ungläubig.

»So reden sie stets, wenn sie sich zu Verhandlungen anschicken.«

Hoffentlich haben Sie recht, dachte er.

Vierter Tag

Am nächsten Morgen brachte die Zeitung einen sehr viel knapperen Bericht. Es gab, so schien es, wenig mehr zu berichten, als daß die Premierministerin die Regierungslinie mit dem für sie typischen Nachdruck noch einmal formuliert hatte:

> Wir können einfach keinen Handel mit denjenigen abschließen, denen es darum geht, unsere Lebensweise im Kern zu zerstören. Sie haben uns ein Angebot gemacht, das uns keine andere Wahl läßt, als es abzulehnen.

»Prima!« sagte Auge. »Noch ein paar Tage, und Sie sind ein freier Mann.«

Nicholas machte sich weiter Hoffnungen, hatte aber kein gutes Gefühl dabei. Zum einen beunruhigten ihn Gregorys Worte. War es wirklich nötig gewesen, sich so definitiv festzulegen? Zum zweiten setzte er kein volles Vertrauen in die Fähigkeit seiner Entführer, richtige Vorhersagen zu treffen. Schließlich schienen sie sich in der Vergangenheit eher zu Hause zu fühlen als in der Zukunft.

Fünfter Tag

Am fünften Tag gab es keine weiteren Neuigkeiten. Es gab jedoch eine Veränderung in seinem gesellschaftlichen Leben, das bisher weitgehend auf kurze Unterhaltungen mit Auge und wortlose Begegnungen mit dessen Komplizen beschränkt gewesen war. Jetzt begannen letztere zu reden. Einer brachte ihm das Mittagessen und lungerte an der Tür herum, um ihm dann aus tausend Jahren bigotarischer Geschichte zu erzählen. Diese schien ausschließlich aus Schlachten, Invasionen fremder Mächte und heldenhaftem Widerstand zu bestehen. Als sein Gefährte das Abendessen brachte, setzte er das Thema fort, aber unter spezialisiertem Gesichtspunkt, indem er sich fast ausschließlich auf die Schlachten von vor vierhundert Jahren beschränkte, die er mit lebhaften Details ausmalte – Wetter, Schauplatz, Anführer, Soldaten, selbst die unterschiedlichen Phasen des Kampfes –, als hätten sie eben erst stattgefunden. Nicholas war ein unfreiwilliges Publikum, aber obwohl die Militärgeschichte nicht einmal am Rande zu seinen Interessengebieten gehört hatte, fand er es durchaus reizvoll, wie die Vergangenheit für seine Entführer in der Gegenwart weiterlebte. Und das war zum allermindesten angenehmer, als die Unsicherheiten seiner eigenen Zukunft zu bedenken.

Sechster Tag

Es stand wenig über seinen Fall in der Zeitung, nur ein Bericht über anhaltende Suchaktionen von Polizei und Armee und Razzien in einigen Häusern der Vorstädte. Die täglichen Diskussionen über historische Schlachten, vernichtende Niederlagen und ruhmreiche Siege nahmen inzwischen an Intensität zu. Das Mittagessen dehnte sich auf zwei Stunden, und das Abendessen setzte sich bis in den späten Abend fort, wobei alle drei Entführer sich in seinen Raum drängten. Flaschenbier wurde unter allen vieren geteilt. Er fand ihre Erzählungen vergnüglich, ausgenommen, wenn er an die Erzählung dachte, die sie eines Tages über den Kampf erzählen würden, in dem sie sich gerade befanden und in dem er die Munition darstellte.

Siebter Tag

Wieder nicht Neues über seinen Fall. Er tauchte nicht einmal mehr auf der Titelseite auf. Auge machte einen wenig erfreuten Eindruck. »Mittlerweile sollte etwas in Bewegung gekommen sein«, sagte er. »Das ist gar nicht gut. Zeit für einen weiteren Brief.« Er gab Nicholas Stift und Papier. »Ich bin in zehn Minuten zurück.«

Nicholas schrieb den folgenden Brief:

Lieber Gregory,
entschuldigen Sie bitte vielmals, daß ich Ihnen noch einmal schreibe. Ich kann mir vorstellen, in welch eine unangenehme Situation zwischen den Belangen privater Freundschaft und den Erfordernissen öffentlicher Pflichterfüllung ich Sie gebracht habe. Ich weiß natürlich, wieviel Bedeutung Utilitarier dem Berechnen von Konsequenzen zumessen, und ich erkenne, daß Sie mit meinem Fall in diesem Geiste umgehen müssen. Ich kann nur darum bitten, daß alle relevanten Faktoren in Betracht gezogen werden, da mein

Leben davon abhängen kann. Meine Entführer kennen kein Erbarmen und werden, wie ich glaube, vor nichts halt machen. Sie haben sich, davon bin ich überzeugt, ihrer Sache mit vollem Ernst verschrieben. Was mich angeht, so hoffe ich noch immer das beste.
Mit den besten Wünschen für Charmian und Graham,
Nicholas

Auge kehrte mit seinen beiden Kameraden zurück. Er hob den Brief auf und las ihn durch. »Nicht ganz ein Volltreffer«, sagte er. »Sie müssen nach ›ihrer Sache mit vollem Ernst verschrieben‹ noch einen Satz hinzufügen.«

»Welchen Satz?« fragte Nicholas.

»... und dabei handelt es sich um eine gerechte Sache«, sagte Auge.

»Aber wäre es nicht gegen Ihre Interessen«, widersprach Nicholas, »wenn ich das täte? Es würde so aussehen, als sympathisiere ich mit Ihnen, und damit wäre ich ihnen weniger wert.«

Auge ließ sich nicht beeindrucken.

»Schreiben Sie's hin!« schnappte er.

»Ich fürchte, das kann ich nicht«, sagte Nicholas höflich.

Auge kam auf ihn zu, riß ihm die Brille von der Nase und schlug ihn mit der Faust aufs Auge. Dies geschah so schnell und unerwartet, daß Nicholas sofort zu Boden ging. Indem er Auge vorsichtig beäugte, rappelte er sich hoch.

»Das«, sagte Auge, dessen Zorn völlig verflogen war, mit Befriedigung, »wird ein ausgezeichnetes blaues Auge ergeben. Also werden Sie jetzt den Satz hinzufügen?«

»Lassen Sie es doch, Chef«, sagte einer der anderen. »Er hat vielleicht recht.«

»O. k., aber fotografiert ihn, sobald das Auge blau angelaufen ist!« Alle drei verließen ihn.

Ein paar Stunden später wurde er fotografiert, sein Brief wurde abgeholt, und Nicholas wurde für den Rest des Tages allein gelassen, um sein zerschlagenes Gesicht zu pflegen.

Achter Tag

Der achte Tag verging in äußerster Anspannung. Nichts über ihn in der Zeitung, keine Gespräche über Schlachten, kein Bier und auch kein blaues Auge mehr. Alle vier warteten sie auf neue Entwicklungen.

Neunter Tag

Die Morgenzeitung am folgenden Tag hatte einen Schock für ihn parat. Auge, ganz entschieden nicht voll auf der Höhe, schien ebenfalls überrascht. Die Schlagzeile lautete »ENTFÜHRTER GELEHRTER WIRFT ZWEIFEL AUF«, und darunter war die Fotografie von Nicholas abgebildet, der mit einem riesigen Veilchen ausgesprochen elend wirkte. Daneben gab es Fotografien der Premierministerin, des Richters Tantamount und Gregorys. Auch sein Brief war wiedergegeben. Der Bericht lautete wie folgt:

> Nicholas Caritat, der entführte Flüchtling aus Militaria, hat einen weiteren Brief aus seinem Versteck in Kalkula geschrieben, in dem er seinen »Freund« Professor Gregory Maximand, Kulturberater der Regierung, drängt, seine Freilassung zu erwirken, indem er mit seinen bigotarischen Entführern verhandelt (siehe Kasten).
> Die kompromißlose Haltung der Regierung gegenüber solchen Verhandlungen ist noch einmal von der Premierministerin bekräftigt worden, die hinzufügte, »es ist überdies nicht ganz offensichtlich, daß dieses Individuum unsere Lebensweise in vollem Umfang unterstützt oder daß sein möglicher Beitrag zum Gesamtnutzen so groß ist, wie ursprünglich erhofft«.
> Der Oberste Berufungsrichter, Richter Tantamount, bestätigte, daß Caritat verdächtige Vorbehalte gegenüber den Prinzipien und der Ausübung der utilitarischen Ju-

stiz geäußert habe. Diese Zweifel wurden von der Oberstaatsanwältin Felicity Hawk bestätigt. Und Professor Maximand bestätigte Gerüchte aus Universitätskreisen, daß die Notizen für die Vorlesung, die Caritat am Tag seiner Entführung halten wollte, »Überlegungen über die Vergangenheit und die Zukunft« enthielten, »die Anlaß zur Sorge geben«.

Es folgte ein kurzer Bericht, der das Datum des Vorabends trug und mit »unser Sonderkorrespondent in Militaria« gezeichnet war, unter der Überschrift »PSYCHIATER BEHAUPTET VERBINDUNG ZWISCHEN CARITAT UND ›ENTFÜHRERN‹«:

Der berühmte Psychiater Dr. Orville Globulus hat Caritats zweiten Brief aus der Gefangenschaft kommentiert und ihn als einen Fall des »Stockholm-Syndroms« interpretiert, bei dem sich Geiseln nach und nach mit ihren Entführern solidarisieren.
»Ich bin Fachmann«, sagte der Doktor im hiesigen Fernsehen am heutigen Abend, »sowohl für das Syndrom als auch für diesen Mann, ich kenne ihn gut. Der Brief spricht davon, daß die Bigotarier sich ›ihrer Sache mit vollem Ernst verschrieben‹ hätten. Braucht man einen noch deutlicheren Beleg?«
»In der Tat«, fügte er hinzu, »möchte ich noch weiter gehen. Es würde mich keineswegs überraschen zu erfahren, daß Caritat seine eigene Entführung betrieben hat, ganz ähnlich, wie er meiner Überzeugung nach seine Flucht aus dem hiesigen Gefängnis geplant hat. Er ist ein Meister der Verstellung und trickreicher Kabinettstückchen. Selbst als er noch Student war, ließen sich an ihm Zeichen eines aufkeimenden Fanatismus feststellen.«

Er reichte Auge die Zeitung zurück.

Auge war überaus schlechter Laune. »Sie haben uns schwer im Stich gelassen, Professor, sehr schwer. Sie sind ganz gewiß nicht das Wahre für uns.« Mit einem wilden Fluch ließ er ihn allein.

Nicholas fühlte sich verloren, eine staatenlose Person, die in drei Nationen ausgesprochen unerwünscht war. Seine Entführer ließen ihn in Ruhe, abgesehen von den Mahlzeiten und der Begleitung bei seinen Gängen zur Toilette, und fielen in das frühere mürrische Schweigen zurück. An diesem Tag geschah nichts mehr.

Zehnter und elfter Tag

Auch nicht am nächsten oder am übernächsten. Auge machte sich nicht einmal die Mühe, ihm die Morgenzeitung zu bringen. Nicht einmal dieser geringen Aufmerksamkeit wurde er jetzt noch für würdig befunden.

Zwölfter Tag

Als der zwölfte Tag heraufdämmerte, entschied Nicholas, es sei an der Zeit, einen zweiten Brief an Justin zu schreiben, in dem er die bisherigen Wirkungen seiner utilitarischen Erfahrungen zusammenfaßte, seine elende Lage und trüben Zukunftsaussichten beschrieb und sich erkundigte, ob diese sich durch Intervention von außen verbessern ließen. Käme er vielleicht frei, wenn die HAND einen Finger rührte? Er würde sich noch überlegen müssen, wie er den Brief später auf den Weg brachte. Es war noch Papier von seinen früheren, gescheiterten Briefen an Gregory übrig; also setzte er sich zum Schreiben:

z. Zt. bei den Bigotariern,
Kalkula,
Utilitaria

Lieber Justin,
ich schreibe Ihnen aus einer Gefängniszelle. Sie haben zweifellos von meiner Entführung und Geiselnahme zu erpresserischen Zwecken durch die Bigotarier gehört. Ich kann nur vermuten, daß Sie einigermaßen mit ihren Mitteln vertraut sind, auch wenn Sie ihren Zwecken nicht positiv gegenüberstehen. Aber kennen Sie auch irgendwelche Bigotarier? Gibt es Verbindungen in der geheimen Unterwelt von Widerstandsbewegungen, die sich nutzen ließen, um meine Freilassung zu erwirken? Ich habe stark den Eindruck, daß meine Entführer mich gerne loswerden würden. Soweit ich es sehe, besteht das Problem darin, ihnen dabei zu helfen, dies auf eine Art und Weise zu tun, die nicht im Widerspruch zu meinem Überleben steht.
Ist es nicht merkwürdig, daß ich in Militaria von den Behörden eingesperrt und vom Widerstand befreit wurde, während ich in Utilitaria vom Widerstand eingesperrt wurde und die Behörden wenig Interesse an meiner Freiheit zeigen? Aber bei näherer Überlegung bin ich gar nicht mal so sicher, daß Utilitarier überhaupt ein großes Interesse an der Freiheit von irgend jemandem haben.
Was sie allerdings haben, ist ein hartnäckiges, allumfassendes Interesse an etwas anderem – dem, was immer die Quelle ihres dauernden Lächelns und Gegenstand all ihrer Berechnungen ist. Sie debattieren darüber, wer entscheiden soll, wie es sich maximieren läßt, sie bestrafen diejenigen, die es ihrer Ansicht nach vermindern, sie verteidigen sich gegen jene, die es ihrer Auffassung nach bedrohen. Aber was ist es? Ich muß gestehen, daß ich das noch herausfinden muß. Und keiner seiner verschiedenen Namen – Nutzen, Glück, Wohlergehen, Wunschbefriedigung – ist dabei eine Hilfe. Es ist fast so, als sei ihre gesamte Lebensweise auf ein arkanes Mysterium gegründet, eine heilige Essenz,

ein unauslotbares Geheimnis, einen Wert, der zu keinem anderen in irgendwelcher Beziehung steht. Er scheint ganz unverbunden mit irgendeiner besonderen gesellschaftlichen Beziehung oder Gemeinschaft, wie Freundschaft oder Familie, und sich um ihn zu kümmern, scheint, wie ich bereits gesagt habe, keineswegs einen Freiheitswunsch zu implizieren. Dennoch ist ihr Glaube daran total, und sie verhalten sich, als könnten sie sein Maß oder seinen Betrag präzise errechnen und durch ihre Handlungen sein höchstmögliches Maß realisieren. Es ist die merkwürdigste Religion, der ich je begegnet bin.

Nimmt man alles in allem, so glaube ich nicht, daß ich mich in Utilitaria niederlassen könnte, selbst wenn ich hier wieder zur *persona grata* werden würde, was immerhin reichlich unwahrscheinlich ist. Noch würde ich meinen Kindern raten, in dieses Land zu emigrieren. Für beide würde es nicht im geringsten passen. Marcus wäre zweifellos vom Mystizismus seiner Religion abgestoßen und würde sicher ebenso wie ich darüber rätseln, wo das Problem liegt, für das all dieses Hin- und Herrechnen angeblich Lösungen liefert. Was Eliza angeht, sie würde sich über die Frage der Menschenrechte hierzulande Sorgen machen – oder besser, über die Abwesenheit der Frage der Menschenrechte, da die Utilitarier bereits den bloßen Begriff von Menschenrechten völlig unverständlich finden.

Was würde ich Ihnen sagen, wenn Sie ein neugieriger Embryo auf der Suche nach einer Gesellschaft wären, in die Sie hineingeboren werden wollten? Ich würde sagen: Vergessen Sie Utilitaria. Am Anfang könnte noch alles gut gehen, vorausgesetzt, Sie erwiesen sich nicht als behindert, oder unproduktiv, oder ineffizient bei der Verwandlung von Ressourcen in Vergnügen, oder geschlagen mit einem unverbesserlichen Interesse an der Vergangenheit. Natürlich würden die Utilitarier gleich nach Ihrer Geburt alles tun, um Ihnen eine utilitarische Mentalität aufzupfropfen.

Schlimmstenfalls hätten sie damit Erfolg, und Sie würden am Ende ein glücklicher Mensch.
Soviel zu Utilitaria. Alles Liebe an Marcus und Eliza. In der Hoffnung auf künftige bessere Zeiten,
Stets der Ihre,
Pangloss

Nicholas faltete den Brief sorgfältig, steckte ihn in einen Umschlag, adressierte diesen und steckte ihn in die Hosentasche. Der Rest des Tages verging ohne besondere Vorkommnisse.

Dreizehnter Tag

Endlich gab es eine neue Entwicklung. Auge erschien mit der aktuellen Zeitung. Diesmal zumindest gab es eine Schlagzeile, die Ermutigung verhieß: »PRÄLAT EILT CARITAT ZU HILFE«. Darunter war ein lächelnder Kleriker abgebildet, mit dem priesterlichen Stehkragen, einem zotteligen Bart und gutmütigen Augen. Er las weiter:

Die Patt-Situation im Fall des Gefangenen Caritat könnte möglicherweise durch die Intervention von Goddington Thwaite schon bald durchbrochen werden, dem kommunitarischen Geistlichen mit einem Faible für Problemfälle. Thwaite, bekannt für seine Hilfe in Fällen für Geiselnahmen, hat seine Dienste angesichts der festgefahrenen Positionen angeboten, die aus der resoluten Weigerung der utilitarischen Regierung entstanden, Verhandlungen um die Freilassung Caritats zu führen.
Die Premierministerin gab im Parlament der Bereitschaft ihrer Regierung Ausdruck, bei diesem Vermittlungsversuch zu kooperieren, um so die sichere Ausreise Caritats nach Kommunitaria zu ermöglichen. Eustace Legge ließ begeisterte Zustimmung der oppositionellen Aktionspartei erkennen. Die einzige Kritik, die im Parla-

ment laut wurde, wurde von Ned Erskin geäußert. »Sie kooperieren nur, um die Bigotarier davon abzuhalten, Caritat zu ermorden, weil Sie befürchten, daß dies den Zufluß produktiver militarischer Flüchtlinge nach Utilitaria eindämmen könnte«, sagte er.
Auch die Terroristen, so glaubt man, sind zur Kooperation bereit. Es wird angenommen, daß sie bestrebt sind, sich Caritats zu entledigen, der sich für sie als eine wesentliche Belastung erwiesen hat. Aus Kreisen gut unterrichteter Beobachter verlautet sogar, daß, sollten sie ihn töten, sie in den Geruch kommen könnten, Utilitaria einen Gefallen zu tun.

»Und werden Sie kooperieren?« fragte Nicholas Auge.

»Worauf Sie wetten können!« sagte Auge. »Warum sollten wir Sie umbringen und ihnen damit einen Gefallen tun? Bereiten Sie sich darauf vor, jeden Augenblick aufzubrechen.«

Auge ging. Nicholas hatte eigentlich nicht viel vorzubereiten, außer seine Dokumente bei der Hand zu haben: seinen falschen Paß auf den Namen Dr. Pangloss, den Paß von Dr. Globulus, die auf seinen eigenen Namen ausgestellten Arbeits- und Aufenthaltsbescheinigungen für Utilitaria und seinen Brief an Justin. Er hoffte und wartete den ganzen Tag, aber nichts geschah. Schließlich fiel er in tiefen Schlaf. Ein paar Stunden später wurde er durch den geräuschvollen Eintritt aller drei seiner Entführer in sein Gelaß abrupt geweckt. Wieder legten sie ihm Augenbinde und Handschellen an, bevor sie ihn in die kühle Nachtluft hinaus geleiteten. Er fand sich auf dem Rücksitz eines vertrauten Wagens wieder, mit einem Begleiter an jeder Seite. Der Wagen fuhr los.

Nach einer halben Stunde Fahrt mit hoher Geschwindigkeit hielten sie an, und er wurde aus dem Wagen gestoßen und gezerrt. Man schien sich in freier Landschaft zu befinden. Er konnte eine milde Brise auf seinem Gesicht spüren und das Rauschen von Bäumen in Wind hören. Seine Entführer geleiteten ihn zu einer niedrigen Holzbank und befahlen ihm, sich zu setzen.

»Also, Professor«, sagte die Stimme Auges, »die Dreizehn scheint Ihre Glückszahl zu sein. Es ist wirklich ein Vergnügen, Ihnen Lebewohl zu sagen.« Schritte entfernten sich, Türen wurden zugeschlagen, und der Wagen fuhr rasch ab.

Er blieb dort mit verbundenen Augen und zusammengebundenen Händen ungefähr eine Stunde lang sitzen, hörte dem morgendlichen Chor der Vögel in den nahestehenden Bäumen zu und genoß die frische Luft des Frühmorgens und die Aussicht bevorstehender Freiheit. Schließlich hörte er einen Wagen kommen. Schritte näherten sich. Jemand räusperte sich.

»Darf ich diese Behinderungen entfernen, Professor Caritat?« sagte eine Stimme.

»Bitte tun Sie das«, antwortete Nicholas mit Erleichterung, und seine Augenbinde wurde mit sanfter Hand abgenommen. Er erblickte das bekannte Gesicht von Goddington Thwaite, der in der Frühdämmerung am Rand eines Wäldchens vor ihm stand und die Handschellen aufschloß. Er war sehr groß gewachsen, bärtig und untersetzt und trug priesterliches Schwarz mit einem Stehkragen. Sein zottiger Bart war verfilzt wie ein graues und schwarzes Vogelnest, und seine weit geöffneten Augen hatten einen aufrichtigen Ausdruck. Sein freundliches, tröstliches Gesicht strahlte guten Willen und Ermutigung aus.

»Ich bin Ihnen *sehr, sehr* dankbar«, rief Nicholas voller tiefempfundener Bewegung. Es war wirklich eine Erlösung, daß diese Bemerkung nicht auf verständnislose Überraschung traf.

»Wohltätigkeit«, antwortete Pastor Thwaite, »beginnt, wie ich stets gesagt habe, im fremden Land. Aber ich werde Sie an einen Ort mitnehmen, an dem Sie sich willkommen fühlen werden. Glauben Sie mir, in Kommunitaria kann man sich wahrhaftig zu Hause fühlen.«

Sie stiegen in den Wagen und fuhren los. Auf dem Rücksitz fand Nicholas seine Reisetasche.

»Ich habe Ihnen Ihre Sachen aus der Wohnung mitgebracht. Ich dachte, sie könnten Sie brauchen, obwohl Ihre Reisezeit nun hoffentlich vorüber ist. Sie haben sehr viel Pech gehabt, Caritat«, sagte Thwaite, »und haben sich eine Ruhepause verdient. Wir wissen alles von Ihrem Auftrag, die beste der Welten zu finden. Wir werden gleich mit dem Flugzeug dahin aufbrechen. Sie werden willkommen geheißen und wertgeschätzt werden. In Kommunitaria achtet man die Menschen für das, was sie sind.«

Was bin ich?, fragte sich Nicholas, aber er stellte die Frage im Augenblick zurück. Um der Wahrheit die Ehre zu geben, war er ziemlich erschöpft.

Schon bald trafen sie am Flughafen ein, wo ein Offizieller auf sie wartete, der sie sofort in die VIP-Lounge brachte. Beim Warten entdeckte Nicholas einen Briefkasten in der Ecke. Er nahm den Umschlag mit dem Brief an Justin aus der Tasche und kritzelte auf die Rückseite: »Endlich frei. Nächster Halt Kommunitaria.«

»Haben Sie vielleicht zufällig eine Briefmarke bei sich?« fragte er seinen Reisegefährten. Goddington tat ihm den Gefallen, und Nicholas gab den Brief auf. Bei der Paßkontrolle reichte Nicholas seinen Pangloss-Paß hinüber.

»Danke sehr, Professor Pangloss«, sagte der Beamte und reichte ihn, ordentlich gestempelt, zurück.

Ganz in der Nähe des Paßschalters stand, in grauem Kostüm, die Beamtin der Einwanderungsbehörde, die ihn bei seiner Ankunft vernommen hatte.

»Sie verlassen uns bereits, Professor Caritat?« sagte sie. »Ich hoffe doch sehr, daß Sie uns schon bald wieder einen Besuch abstatten.«

Als er in den Zubringerbus zum Flugzeug stieg, ging es ihm durch den Kopf, daß *dies* eine Hoffnung war, für die er ausnahmsweise einmal *nichts* übrig hatte.

15 ANKUNFT

Hoch in der Luft, angeschnallt an ihre Sitze und Martinis schlürfend, hatten Nicholas und Goddington schließlich Gelegenheit zum Gespräch. Nicholas' Retter strahlte eine ernsthafte und tief empfundene Religiosität aus, die ans Überschwengliche grenzte. Als Geistlicher der Kommunionskirche glaubte Goddington zutiefst an die Gute Tat. Er ergötzte Nicholas mit Erzählungen von seinen Rettungsmissionen. Manchmal war er dabei verhaftet und sogar gefoltert worden, aber am Ende hatte er sich stets als siegreich erwiesen. Goddington konnte den Anschein des Selbstlobs nur dadurch vermeiden, daß er all seine Erfolge (es gab offenbar keine Fehlschläge) auf die Höhere Macht zurückführte, deren bescheidenes Instrument zu sein er nicht bezweifelte. Nicholas fragte sich, warum der Höheren Macht Lob gebührte, da SIE es vermutlich auch vermocht hätte, ihm die ganze Mühe überhaupt zu ersparen, aber er hielt es für besser, einen so unfrommen Gedankengang für sich zu behalten.

Der Kommunionismus, so berichtete Goddington Nicholas, war in historischen Zeiten die herrschende Religion in Kommunitaria gewesen. In jenen Zeiten war das Land sehr viel homogener gewesen – ethnisch, kulturell, religiös und in jeder anderen Hinsicht. Das alte Kommunitaria war eine kohärente und zur Ruhe gekommene Nation gewesen, die von vielen Bindungen zusammengehalten wurde, von denen die kommunionistische Glaubenslehre am bedeutendsten war. Die Dichter und Philosophen des Landes neigten in dieser

Vergangenheit sehr zu landwirtschaftlichen Metaphern. Aus ihren Schriften, so erklärte Goddington, ließ sich ableiten, wie sehr die Kommunitarier dem *Boden* verbunden waren, ihre *Wurzeln* pflegten und sich in echter *organischer* Verbindung miteinander fühlten. Sie verachteten die berechnende Weltanschauung der Utilitarier und verließen sich statt dessen lieber auf unausgesprochenes Verständnis, nicht in Frage gestellte Traditionen und sich langsam entwickelnde Gebräuche.

Seither hatte es tiefgreifende Veränderungen in Kommunitaria gegeben. Einwanderungswellen und die Mittel der modernen Kommunikation hatten die althergebrachten Anschauungen erschüttert und eine sehr viel heterogenere Gesellschaft hervorgebracht. Das neue Kommunitaria war ein Flickenteppich von Gemeinschaften, von denen jede die Anerkennung für den besonderen Wert ihrer eigenen spezifischen Weltanschauung und Lebensweise forderte. Die Neuen Kommunitarier, so erzählte Goddington Nicholas, glaubten an eine »multikulturelle Gesellschaft« und praktizierten, was sie als »Politik der Differenz« bezeichneten, wobei sie unterschiedlich definierte Identitäten im Geist skrupulöser Fairneß in den Institutionen des Landes berücksichtigten. Positive Sanktionierung, als eine Art umgekehrter Diskriminierung, wurde angewendet, um gesellschaftliche Gruppen zu fördern, die unter Benachteiligungen gelitten hatten oder auszusterben drohten; Beschäftigungsquoten stellten sicher, daß alle in den Berufen und den öffentlichen Diensten angemessen repräsentiert waren. Jede Minorität hatte ihren bestimmten Anteil an öffentlich zugewiesenen Geldern. In den Schulen wurde getrennt unterrichtet, aber die Lehrpläne gaben allen unterschiedlichen Kulturen gleichen Wert, und keine Weltanschauung – und ganz gewiß nicht die der Altkommunitarischen Lebensweise – wurde je bevorzugt. Kurz, jeder einzelne Kommunitarier schaffte es irgendwie, zugleich äußersten Wert auf die eigene Lebensweise zu legen und doch deren Gleichberechtigung mit all den anderen zu beachten.

Was die kommunionistische Religion betraf, erklärte Goddington, so war diese selbst in sich heterogen und pluralistisch. Es gab die kommunionistische Hochkirche und die Niederen Kommunionisten. Die Mitglieder der ersten glaubten an die Bedeutung von Priestern, Autorität und formalem Ritual, die letzteren nicht. Dann gab es noch den Weiten Kommunionismus und den Engeren Kommunionismus. Die Weiten traten für ein Maximum an Flexibilität in der Interpretation der Doktrinen ihrer Kirche ein; die Engeren legten Wert auf strenge Orthodoxie. Dann gab es noch die Ökumenischen Kommunionisten (die »Ökus«), die sich selbst als Bewohner eines großen Hauses sahen, in dem es Raum für alle Glaubensrichtungen Kommunitarias gab, oder, noch treffender, als nur eine Blume unter den vielen, die so üppig in Kommunitarias fruchtbarem, aber wohl gehegtem Garten blühten. Sie hoben sich von den Anti-Ökumenischen Kommunionisten ab (den »Anti-Ökus«), die sich um ihre eigenen Angelegenheiten kümmerten, aber die reichhaltige Vielfalt um sich herum tolerierten.

»Was mich angeht«, sagte Goddington, »so bin ich sehr Nieder, Weit und Öku.«

»Aha«, sagte Nicholas.

»Meine Familie wird Ihnen das zeigen«, sagte Goddington stolz. »Sie werden sie heute abend kennenlernen. Sie bleiben als Gast bei uns.«

»Ich bin Ihnen sehr dankbar«, sagte Nicholas.

»Barmherzigkeit hat auch ihren Platz in den eigenen vier Wänden«, räumte Goddington ein.

Die Stewardeß brachte ihnen den Imbiß auf Plastiktabletts, abgepackt in kleine weiße Plastikrechtecke und Quadrate und Klarsichtfolie.

»Man merkt, daß wir mit einer utilitarischen Linie fliegen«, sagte Goddington. »Wären wir auf einem Flug der Kommunitarischen Fluggesellschaft, würden wir eine gute, solide, wohlschmeckende Volksmahlzeit statt dieses Mülls vorgesetzt bekommen, das können Sie mir glauben!« Nicholas sah mit großem Appetit dem Abendessen im Haus der Thwaites entgegen.

Während sie sich mit ihrem Plastikimbiß beschäftigten, sagte Goddington Nicholas, er solle sich auf Fragen nach seiner Identität bei der Ankunft gefaßt machen.

»Jeder wird gern wissen wollen«, sagte er, »was Sie sind.«

Nicholas erkannte, daß er ein Problem hatte. Er erklärte Goddington, er sei ein wenig im unklaren darüber, was er antworten solle. Zunächst einmal war er im Besitz vier verschiedener Ausweisdokumente, die sein Bild mit drei unterschiedlichen Namen verbanden. Aber abgesehen von diesem zweifellos lösbaren materiellen Problem war er sich auch unsicher darüber, wie er sich fragenden Kommunitariern gegenüber identifizieren sollte.

»Also dafür«, sagte Goddington, »gibt es viele Möglichkeiten – vierunddreißig ethnische Gemeinschaften und siebzehn Religionen, um genau zu sein. Sie bekommen die offizielle Liste am Flughafen.«

Das Flugzeug begann den Sinkflug auf die Großstadt Polygopolis, die Hauptstadt Kommunitarias. Nicholas machte sich weiter Sorgen darüber, wer er denn nun sein könnte.

Nach der Landung führte ihn Goddington rasch zur Paßkontrolle. Ein Offizier mit freundlichem Gesicht und grauem Barett sah ihn von oben bis unten an, als ihm Goddington die Komplikation der untereinander widersprüchlichen und jeweils für sich unzutreffenden Dokumente auseinanderlegte. Der Offizier führte ein Telefongespräch und akzeptierte schließlich die Erklärung. Dann wandte er sich an Nicholas und stellte die schwierige Frage: »Immigrant oder Besucher?«

»Immigrant« war eine Bezeichnung, die seine gegenwärtige Lage zu sehr festlegte. Vielleicht wäre »Migrant« besser. Er war unterwegs: ein Reisender, ein Wanderer, ein Missionar auf der Suche nach einer Botschaft, ganz unbedarft in fremdem Land. »Immigrant« implizierte eine klare Absichtserklärung: Schließlich mußte Nicholas sich erst noch überzeugen lassen. Andererseits schien »Besucher« zu schwach und zu oberflächlich: Er war gekommen, die beste der Welten zu entdecken, nicht nur durchzureisen.

Der Paßbeamte sah, daß Nicholas bei der Wahl zögerte, und blieb geduldig. »Ich werde Sie als ›Unentschlossen‹ eintragen, und Sie haben dann sechzig Tage für die Entscheidung. Wenn Sie sich für einen Antrag auf Einwanderung entscheiden, müssen Sie dieses Formular ausfüllen und angeben, welchen Religionen und ethnischen Gemeinschaften Sie sich zugehörig fühlen, die rückseitige Folie abziehen, es auf Ihr Ausweispapier kleben und der Einwanderungsbehörde vorlegen. Hier haben Sie die offizielle Bestandsliste der kommunitarischen Gemeinschaften.«

»Danke sehr«, sagte Nicholas. »Aber bitte noch eine Frage: Wenn ich meine Gemeinschaften einmal angegeben habe, ist es dann noch möglich, meinen Entschluß zu ändern?«

Der Paßoffizier sah ihn mit noch größerer Nachsicht an. »Diese Frage mag Sie jetzt noch beunruhigen«, sagte er, »aber ich bin sicher, sie wird sich nie stellen.«

Sie gingen durch die Gepäckausgabe, um seine Reisetasche abzuholen. Das grüne Formular, das er bekommen hatte, war knapp und klar. Es verlangte einfach, daß der Antragsteller oder die Antragstellerin sich mit einer offiziellen ethnischen und religiösen Gemeinschaft identifizierte. In der oberen rechten Ecke des Formulars standen die Worte »SELBSTHAFTEND«.

»Aber«, dachte Nicholas, als sie durch die Ankunftshalle gingen, um sich ein Taxi zu nehmen, »genau da liegt das Problem. *Haftet* mein Selbst überhaupt an etwas?«

16 NÄCHSTENSCHAFTEN

Nicholas hing diesem Problem weiter nach, während sie in die Hauptstadt hineinfuhren. Wie ließ sich sein Selbst beschreiben? Er dachte über die kürzlich erfolgte ebenso plötzliche wie grundlegende Veränderung in seinem Leben nach. Er war kein Professor und Gelehrter mehr, geachtet im Beruf und als Vater. Jetzt war er ein einsamer Geheimagent, der mit gefälschten Papieren und unter angenommenem Namen für eine Widerstandsbewegung die Welt bereiste. Als er die gegenwärtige Identität mit seiner früheren verglich, durchfuhr ihn ein scharfer Schmerz des Verlustes.

Konnte er sich jetzt eine neue Maske zulegen, indem er sein Selbst mit einer neuen Kultur und Lebensanschauung identifizierte? Aber wenn er das tat, so wäre es sein gegenwärtiges Selbst, das die Identifikation vornehmen würde. Konnte er wirklich zu einer anderen Person mit einer neuen, gemeinschaftlich orientierten Identität werden? Wollte er (das heißt, wollte sein gegenwärtiges Selbst) das überhaupt? *Warum* sollte er (oder es) das überhaupt wollen? Goddington spürte seine Unruhe und suchte ihn zu ermuntern.

»Kommunitaria ist eine sehr fürsorgliche Gesellschaft«, sagte er. »Sie werden sich sicher und in Einklang mit sich selbst fühlen, sobald Sie Ihre Nische, Ihren Hort der Ruhe, Ihre kulturelle Heimat gefunden haben werden.« (Goddington, so stellte er fest, hatte die merkwürdige Angewohnheit, in dreifachen rhetorischen Fügungen zu sprechen.) »Sie werden Ihrer Identität, Ihrer Persönlichkeit, Ihrer Selbstheit sicher sein, wie alle anderen Kommunitarier.«

Alle? Kam die kommunitarische Lebensweise wirklich allen Bürgern gleichermaßen zugute? Wurden sie alle so anerkannt, wie sie es wünschten? Wünschten sie alle, so anerkannt zu werden, wie sie es wurden? Er stellte Goddington diese Fragen. Goddington antwortete:

»›Deinem ureigensten Selbst bleib treu‹ ist ein Grundsatz, an den alle Kommunitarier glauben. Aber *wem* soll man treu sein? Was ist das Selbst? Keineswegs ist es eine Wesenheit, eine Monade, ein Atom geisterhafter Art. Wir wissen, daß das Selbst, die Person, das Individuum ein gesellschaftliches Konstrukt ist. Wie kann das ›Ich‹ das ›Sich‹ erkennen? Nur durch die Augen anderer. Wie kann man sich selbst erkennen, wenn nicht darin, als was einen andere anerkennen? Wie kann man eine Identität erlangen, ohne identifiziert zu werden? Ich bin, was meine Gemeinschaft aus mir macht. Seinem Selbst treu zu sein, heißt seiner Gemeinschaft treu zu sein, und umgekehrt. Wie es in unserer Heiligen Schrift heißt, ›liebe Deine Nächstenschaft wie Dich selbst‹.«

Am Ende seiner Predigt und-oder Lektion angelangt, begann Goddington Nicholas zu erklären, wie die kommunitarische Gesellschaft aufgebaut war. Die offiziell registrierten Gemeinschaften waren zweierlei Art: ethnisch und religiös. Die Mitgliedschaft in ersteren wurde im wesentlichen durch historische und geographische Bedingungen der eigenen Vergangenheit hergestellt. Wo war man geboren? Wo waren die Eltern, die Großeltern oder die Vorfahren geboren? War man Teilnehmer einer besonderen Lebensweise und Träger eines bestimmten kollektiven Gedächtniserbes, das sich auf gemeinsame Helden und gemeinsame Feinde berief? Unterschiedliche ethnische Gemeinschaften legten unterschiedlich scharfe Kriterien zur Bemessung von Zugehörigkeit und Verhaftetsein an. Manche verlangten Stammbäume oder beglaubigte Geburtsurkunden; andere waren freizügiger und ließen jeden zu, der das jeweilige kulturelle Gedächtnis, die jeweiligen Helden und Feinde annahm. Was die Mitgliedschaft in den Religionsgemeinschaften betraf, so hing diese einfach vom Glauben ab. Jeder Kommunitarier mußte Mitglied einer ethnischen und einer religiösen Gemeinschaft sein, wenngleich es auch eine Reihe von »verschmolzenen« ethnisch-religiösen Gemeinschaften gab. Im allgemeinen zeigte jede Religion einen Hang zu einer oder mehreren ethnischen Gemeinschaften, so daß die Nächstenschaften (oder gepflegten Nachbarschaftsumgebungen) ethnisch und religiös weitgehend homogen waren, wenn sich auch manchmal die Religion als Quelle der Entzweiung innerhalb einer ethnischen Gemeinschaft erwies, die sich dann in zwei religiöse Lager teilte.

Während Goddington dies ausführte, überflog Nicholas die Liste der Gemeinschaften, die er am Flugplatz ausgehändigt bekommen hatte. Fast alle waren ihm fremd und bezogen sich auf Völker, Kulturen, Glaubensrichtungen und Praktiken, von denen er nichts wußte. Er fand »Atheisten« unter *A,* nicht aber »Agnostiker«. Aus Neugier sah er unter *U* nach, fand dort aber keine »Unabhängigen«. Er fand auch keine »Kosmopoliten« unter *K* oder »Humanisten« unter *H;* die »Außenseiter« fehlten ebenso unter *A* wie »Nonkonformisten« unter *N.*

Laut Goddington hatte jede Gemeinschaft ihre eigene Methode, die Führungspersönlichkeiten zu bestimmen, die in den beiden Häusern des Parlaments saßen: dem Haus der Volksgruppen und dem Haus der Glaubensgemeinschaften. Angemessenerweise war letzteres als Oberhaus bekannt und hatte die Aufgabe, sich mit »spirituellen« Dingen zu beschäftigen und die »spirituelle Gesundheit« Kommunitarias als Gesamtgebilde im Auge zu behalten, während das Unterhaus die Fragen des Alltags behandelte. Das Problem dabei war, daß unterschiedliche Gemeinschaften unterschiedliche Ansichten darüber hatten, wo die Grenze zwischen Spirituellem und Weltlichem zu ziehen sei, und manche (darunter sowohl die Atheisten als auch manche der mystischen Religionen) es überhaupt ablehnten, eine solche Grenze zu ziehen. Als Ergebnis hatten beide Seiten einen Arbeitsmodus gefunden, nach dem strittige Fragen von beiden Häusern in gemeinsamer Tagung entschieden wurden. Im übrigen initiierte und novellierte das Unterhaus im wesentlichen Gesetze, die von vordringlicher Bedeutung für die ethnischen Gemeinschaften waren, während das Oberhaus Gleiches für die Religionsgemeinschaften tat.

Kommunitaria war eine Republik mit einer Präsidentschaft, die weitgehend symbolische Bedeutung besaß, erklärte Goddington Nicholas stolz. Das Alte Kommunitaria war eine Monarchie gewesen, aber der Aufstieg des ethnischen und religiösen Pluralismus hatte die Herrscherfamilie zum Rückzug gezwungen. Diese alte Gesellschaft war auch weitgehend mit der dominierenden Gemeinschaft im Alten Kommunitaria gleichgesetzt worden, den Bienen (was eine Kurzformel für »Bessergestellte Individuen Erheblichen Niveaus und Einflusses« war). In dem Maße, in dem bodenständige und eingewanderte Gemeinschaften den Hauptstrom des kommunitarischen Lebens bestimmten, wurden Ethos und Lebensweise der Bienen nur eine Variante unter vielen. Die Königliche Familie verlor an Prestige. Nach mehreren Skandalen, bei denen nicht standesgemäße Liaisons eine Rolle spielten, die breit publiziert und viel diskutiert wurden, hatte die alte Bienenkönigin abgedankt, unter Tränen, aber mit Anstand, und das Unausweichliche akzeptiert. Der Kronprinz wurde wegen vergangener Verhaltensverfehlungen für nicht krönbar gehalten, und die Monarchie wurde abgeschafft.

Die herrschende Religion im Alten Kommunitaria, die kommunionistische Staatskirche, hatte dasselbe Schicksal erlitten. Auch sie war einfach eine von vielen Glaubensrichtungen in einem zunehmend heterogenen Land geworden. Dennoch, darauf beharrte Goddington, nahm diese Kirche noch immer einen besonderen Rang im kommunitarischen Leben ein: Wie er es betrachtete, war der Kommunionismus der religiöse Ausdruck des Grundideals des kommunitarischen Lebens selbst.

Das Taxi näherte sich bebautem Gebiet.

»Hier«, sagte Goddington, »wohnen und arbeiten die Emsen. Vor allem arbeiten.«

Zunächst sahen sie Reihen von großen schäbigen Häusern auf beiden Seiten der Hauptstraße, geräumig und viele Stockwerke hoch, jedes anscheinend von mehreren Familien bewohnt, mit Kindern auf den Bürgersteigen und Müttern in den Fenstern, die ihnen etwas zuriefen. Abseits der Hauptstraße gab es zahlreiche enge Seitenstraßen, die von ähnlichen, aber bescheideneren Häusern gesäumt wurden. Dann erreichten sie eine Gegend, die wie ein Geschäfts- und Einkaufsviertel aussah. Goddington bat den Fahrer, langsamer zu fahren, während Nicholas sich umsah. Es gab Lebensmittelgeschäfte, Metzgereien, Bäckereien, Bekleidungsgeschäfte, Eisenwarenläden – aber auch zahlreiche eingeschossige Gebäude, in denen unzählige Menschen wie besessen arbeiteten. Durch halb geöffnete Türen konnte Nicholas Männer und Frauen sehen, die sich in Reihen über lange Holztische unter Neonröhren beugten: Sie stopften, nähten, webten, schnitten, hämmerten, schabten, sägten, schweißten; stellten Kleidungsstücke her, Schmuckstücke, Lederwaren, Möbel und alles mögliche Kunsthandwerk. Die intensive Emsigkeit, die sie ausstrahlten, war unerbittlich. Niemand hob jemals den Kopf oder gönnte sich eine Pause im Kaufen, Verkaufen und Herstellen.

»Die Emsen«, sagte Goddington, »sind unglaublich fleißige Arbeiter und daher hoch angesehen. Ganz durchtränkt mit dem Arbeitsethos ihrer Religionsgruppe, des Parsimonismus. Aber sie wurden nicht immer geachtet. In den Tagen der Zwietracht vor dem Großen Verfassungskompromiß wurden sie beneidet und verachtet. Damals bezeichnete man sie als ›Pissemieren‹.«

Das Taxi fuhr weiter durch das Geschäftsviertel und erreichte ein weiteres Wohngebiet, wo die Häuser jetzt dichter gedrängt standen und ärmlicher, schäbiger und noch überfüllter mit Familien waren. Alles sah hier weniger geordnet und organisiert aus, und der Lebensrhythmus schien langsamer.

»Wir sind jetzt«, erklärte Goddington, »im Viertel der Plenomelodier angekommen. Wie Sie bald feststellen werden, unterscheiden sich die Plenomelodier sehr deutlich von den Emsen. Wir haben heute übrigens den fünften Juni, einen Nationalfeiertag zum Andenken an den Großen Verfassungskompromiß. Die Plenomelodier werden ihn in großem Stil begehen.«

»Nehmen sich die Emsen den Tag nicht frei?« fragte Nicholas.

»Nein«, sagte Goddington. »Sie feiern den fünften Juni dadurch, daß sie noch härter arbeiten.«

Die Wohnstraßen gingen jetzt in eine Geschäftsmeile über. Ein Straßenfest war auf dem Höhepunkt der Fröhlichkeit. Aber das erste, was Nicholas auffiel, war der *Geruch* durchs geöffnete Wagenfenster – das angenehme, reich gemischte, süßlich-scharfe Aroma, das einem deutlich machte, daß man an einem ganz bestimmten Ort war. Jetzt erst stellte er fest, daß Utilitaria geruchlos gewesen war.

Die meisten Läden hatten geschlossen, außer denen, die Lebensmittel und Getränke verkauften, aber die Bars, Cafés und Restaurants waren alle gefüllt. Entlang den Bürgersteigen waren Stände aufgeschlagen, in denen Essen und alle möglichen Schmucksachen angeboten wurden. Kleine Musikkapellen an den Straßenecken spielten eine ansteckend rhythmische Musik, bei der alle mitgingen. In mehreren Seitenstraßen waren auf den Bürgersteigen lange Tische aufgestellt, mit weißen Tischtüchern, voll beladen mit Essen und Wein, an denen unter Lachen und lauten Zurufen Familien saßen, zwischen denen Kellner mit dampfenden Gerichten geschäftig umhergingen. Auf den Straßen tanzten Paare zur Musik. Kleine Kinder trugen Karnevalskostüme in leuchtenden Farben zur Schau.

»Wie Sie sehen«, sagte Goddington zu Nicholas, »wissen die Plenomelodier, wie man sich amüsiert. Im Alten Kommunitaria gab es einen krassen Widerstreit zwischen ihnen und den Bienen, die sie, wie sie glaubten, ausbeuteten, indem sie ihnen das meiste abnahmen, was sie erzeugten, ohne sie angemessen zu entschädigen. Aber die Dinge haben sich seit dem Verfassungskompromiß geändert. Sie sehen, wie begeistert sie ihn feiern – wobei, genauer betrachtet, die Plenomelodier natürlich aus jedem beliebigen Anlaß begeistert feiern.«

Das Taxi fuhr jetzt mit höherer Geschwindigkeit durch ein weiteres Wohngebiet, in dem dem Anschein nach immer noch Plenomelodier wohnten. Aber dann wurde der Anblick der Häuser und Straßen ordentlicher und sauberer, und das Bild wurde im ganzen vorstädtischer. Aus den Häuserreihen wurden Einzelhäuser mit Vorgärten, und sorgfältig gestutzte Bäume säumten die beschaulichen Straßen. Die geparkten Wagen waren größer und teurer, und selbst die Straßenschilder sahen frisch gemalt aus. Schließlich begann die Straße anzusteigen.

»Wir haben den Außenbezirk Mandeville erreicht, auch bekannt als der Bienenhügel«, sagte Goddington. »Dies ist die vornehmste Wohngegend für Bienen. Je weiter oben sie auf dem Hügel wohnen, desto vornehmer sind sie. Der Palast der Alten Königin liegt auf dem Gipfel, dem Parlament gegenüber. Wir selbst wohnen ungefähr ein Drittel den Weg hinauf.«

»Feiern denn die Bienen nicht den fünften Juni?« fragte Nicholas.

»Doch, natürlich«, sagte Goddington, »aber wir feiern ihn als Familienfest zu Hause, beim Abendessen. Die Familie ist eine Institution, die allen unseren Gemeinschaften wichtig ist, besonders aber den Bienen.«

Während sie die Anhöhe hinauffuhren, wurden die Häuser größer und eleganter. Ein wenig zurückversetzt von der kurvigen, ansteigenden Straße, legten sie Zeugnis ab von einer wohl eingerichteten und wohlhabenden Elite, die Ordnung, Privatheit und Häuslichkeit hoch schätzte. Das Taxi hielt vor einem großen, weitläufigen Gebäude, mit Giebeln und leuchtend grün gestrichener Tür. Goddington ging mit Nicholas die Auffahrt hinauf, öffnete und führte ihn in sein Heim.

17 FEIERN

Als sie in die Diele traten, konnte er eine Kakophonie zahlreicher Kinderstimmen vernehmen. Die Treppe herunter kam eine untersetzte Frau mit rosigen Wangen, die beansprucht, aber fröhlich aussah. »Ich bin Thelma Thwaite. Ich bin so froh darüber, daß Goddington Sie gerettet hat«, sagte sie warm und reichte ihm die Hand. »Sie waren schon wirklich ein schwieriger Fall.«

Goddington errötete vor Stolz. »Sie werden in Kürze noch einen weiteren kennenlernen«, sagte er zu Nicholas. »Aber zunächst wird Thelma Ihnen Ihr Zimmer zeigen. Sie müssen sehr erschöpft sein. Sie sollten sich ein wenig ausschlafen. Wir werden Sie zum Abendessen wecken.«

Thelma Thwaite war Sozialarbeiterin und hatte für viele Gemeinschaften des Landes gearbeitet. Nicholas empfand sie als angenehm bodenständige Person. Wie ihr Ehemann führte sie ein Leben, das guten Taten gewidmet war, aber im Gegensatz zu ihm ging sie ihrem Anliegen in unauffälliger Zurückgezogenheit nach, ohne großes Brimborium in der Öffentlichkeit. Ihre Spezialität war es, das Auseinanderbrechen von Familien zu verhindern. Dabei waren die Probleme natürlich, wie sie erklärte, in den unterschiedlichen Gemeinschaften sehr verschieden. Bei den Emsen zum Beispiel war der Hauptgrund für den Zerfall von Familien die Arbeitssucht, bei den Plenomelodiern die Nichtsnutzigkeit.

»Und bei den Bienen?« fragte Nicholas.

Bei den Bienen, antwortete sie, gab es keinen einzelnen herausgehobenen Faktor. Wie sie es sah, unterlagen die Bienen als die früher herrschende Klasse einer besonderen Verpflichtung, die soziale Integration in ganz Kommunitaria möglichst voranzutreiben. Sie selbst hatte diese Verantwortung als offensichtlich angenommen, denn sie hatte den Schritt vom Dienst an der Integration zur aktiven Teilhabe an ihr getan, indem sie zusammen mit Goddington etwas schuf, was, wie sie hoffte, einmal eine vorbildliche multikulturelle Familie sein würde, die aus ganz unterschiedlichen Gemeinschaften zusammengesetzt war.

»Sie werden sie beim Essen kennenlernen«, sagte sie. »Zunächst aber schlafen Sie gut.« Das tat er.

Drei Stunden später schloß er sich sehr erholt der Gesellschaft an, die um den riesigen runden Eßtisch der Thwaites in ihrer geräumigen Küche Platz genommen hatte. Die Gesellschaft bestand im wesentlichen aus verspielten, sich angeregt unterhaltenden Kindern – fünf Jungen und fünf Mädchen zwischen, wie er schätzte, acht und sechzehn Jahren. Seine Aufmerksamkeit wurde von einem der Mädchen gefesselt, das vielleicht zwölf Jahre alt war, mit lebhaften schönen grünen Augen, die stets in Bewegung waren, langem, schwarzem Haar und beweglichen Grübchen. Sie spielte gerade ein Fingerspiel mit zwei ihrer Nachbarn und trieb sie damit zu immer größerer Fröhlichkeit an, wobei sie aus dem Augenwinkel ihre Eltern im Blick behielt, um den Moment abzupassen, an dem sie zur Ruhe gerufen würde, was dann auch geschah. Sie erinnerte ihn unwiderstehlich an Eliza im selben Alter.

Außer Goddington und Thelma gab es nur einen anderen Erwachsenen, einen jungen Mann in schwarzer Lederjacke, der schweigend und ein wenig von der fröhlichen Umgebung um ihn herum zurückgezogen saß. Zierlich gebaut und von wächsern bleicher Hautfarbe, trug er einen ausgesprochen düsteren Gesichtsausdruck und eine Sonnenbrille zur Schau. Goddington stellte ihn als Gast des Hauses und Freund der Familie mit Namen William vor.

Als Nicholas seinen Platz an der Tafel eingenommen hatte, erhob sich Goddington zum Dankgebet, und die fröhlichen Neckereien der Kinder beruhigten sich. »Liebe Kinder, liebe Familie, liebe Freunde«, sagte er, wobei er einen Ton wie in einer Predigt anschlug, »wir sind heute hier zusammengekommen, um die Ruhmreiche Verfassungsgebung unseres Landes zu ehren, unsere Gäste willkommen zu heißen« – er nickte Nicholas und William zu – »und miteinander gemeinschaftlichen Umgang zu pflegen. Mögen unsere unterschiedlichen Götter Dankbarkeit in uns erwecken für das, was wir empfangen werden. Lasset uns beten.«

Bei diesen Worten entstand Bewegung um den Tisch herum. Die beiden jüngsten Kinder, beides Jungen, standen von ihren Plätzen auf: Der eine stand aufrecht, während der andere einen Kopfstand machte, wobei er die Tischkante benutzte, um das Gleichgewicht zu halten. Die Nächstjüngeren, ein Junge und ein Mädchen, kauerten sich auf den Boden, wobei der Junge das linke, das Mädchen das rechte Ohr auf die Erde preßte. Dann gab es zwei etwas ältere Mädchen, die sitzen blieben, aber mit träumerischem Blick an die Decke starrten, wobei die eine einen leisen Singsang von sich gab, die andere still blieb. Dann standen zwei etwas ältere Jungen auf und schwangen rhythmisch in unterschiedlichen Richtungen hin und her. Die letzten Kinder, die sich Ausdruck gaben, waren die Ältesten: ein Junge und ein Mädchen, die ihre Hände auf dem Kopf zum Gebet falteten, wobei der Junge kniete, das Mädchen saß. Auch Goddington und Thelma saßen mit den Händen auf dem Kopf. William blieb sitzen und machte ein langes Gesicht.

Nach ein paar Minuten ließ die Spannung nach, jeder nahm die vorherige Position wieder ein, und Goddington wandte sich Nicholas zu, um ihm das Geschehen verständlich zu machen.

»Wie Sie leicht feststellen können«, sagte er, »sind wir eine wirkliche Öku-Familie. Bei uns sind nicht nur unterschiedliche Religionen aufgehoben, sondern auch unterschiedliche

Zweige ein und derselben Religion.« Goddington erklärte, daß die beiden Ältesten, seine eigenen Kinder, Kommunionisten waren, das eine von der Hohen und das andere von der Niederen Variante. Alle anderen waren adoptiert. (Goddington sprach zwar in Dreierfügungen, schien Kinder aber gerne paarweise zu adoptieren.) Diejenigen, die sich rhythmisch bewegt hatten, erklärte er, waren Plenomelodier und praktizierten den Akimboismus, eine synkretistische Mischung aus überlieferten Volksreligionen. Der eine hing mit großer Ergebung dem Strengen Akimboismus an, der andere war etwas, das als Freizügiger Akimboist zu bezeichnen war. Die Dekkenstarrer gehörten zu verschiedenen Sekten einer jenseitigen mystischen Religion, die als Nimbuismus bekannt war. Die Kauerer, die ihr Ohr an den Boden preßten, gehörten zu den Unterseitigen. Ihr Glaube war dem der Jenseitigen entgegengesetzt; ihre Gottheit wohnte inmitten der Erde selbst. Und die Jüngsten waren Anhänger der Gottheit Stala. Der eine gehörte zu den Stalagmiten, die daran glaubten, daß das Leben auf Erden ein Fortschritt nach oben zur spirituellen Vervollkommnung war. Der andere gehörte den Stalaktiten an, die es als einen Prozeß ansahen, der von einem ursprünglichen Zustand spiritueller Vollkommenheit nach unten führte.

Thelma erhob sich vom Tisch, um das Essen hereinzubringen, und kam mit einem Servierwagen mit bereits vorbereiteten Gerichten wieder. Nicholas lief das Wasser im Munde zusammen, während sie austeilte. Jedem Kinderpaar servierte sie eine unterschiedliche Mahlzeit: ein Fleischragout, eine Fischgericht, ein pikantes Reisgericht, ein vegetarisches Gericht, ein aus Schellfisch zubereitetes Mahl. Die anderen Erwachsenen bekamen das Fleischragout, das, wie sie erklärte, von den Bienen üblicherweise genossen wurde, Nicholas aber bekam die freie Wahl unter allen Gerichte angeboten. Er entschied sich für das Ragout.

»Man ist«, sagte Goddington, »was man ißt. Indem sie ihre unterschiedlichen Mahlzeiten einnehmen und ihre unterschiedlichen Gebete sagen, werden unsere Kinder das, was sie unter jeweils eigenem Aspekt sind, und sie werden es mit Respekt füreinander. Unsere gesamte Lebensweise läßt sich unter dem Motto zusammenfassen, *Aspekte plus Respekt*, Besonderheit und Achtung. Vor dem Verfassungskompromiß hatten wir nur erstere. Menschen flohen zu uns aus ihren unterschiedlichen ethnischen und Religionskriegen, aber sie brachten ihre Konflikte, ihre Zwietracht, ihre Widersprüche mit. Was wir heute feiern, ist die großartige Erfindung unserer Lebensweise, die all unsere unterschiedlichen Lebensweisen auf eine gemeinsame Basis gestellt hat. Jede Lebensweise hat ihren Eigenwert, und keine ist geringer oder steht höher als die andere; und jede Religion besitzt ihre eigene Wahrheit. Der große Grundsatz, nach dem wir uns richten, ist das *Prinzip, keinen Anstoß zu erregen*. Die Vermeidung von Kränkung ist der fundamentale Grundsatz unserer Gesetzgebung. Was wir wertschätzen, ist Vielfalt, Pluralismus, Heterogenität. Was wir respektieren, ist Differenz, das Andere, die Alternative.«

Nicholas hatte stark den Eindruck, daß sich Williams Stimmung während dieser Rede beträchtlich verdüsterte. Genaugenommen sah der junge Mann aus wie das personifizierte Elend.

Goddington fuhr fort und wandte sich an die Kinder. »Sicher wollt ihr alle wissen, wer unser Freund Nicholas ist und warum er bei uns ist. Nun, er ist ein sehr berühmter Professor, der aus dem Ausland zu uns gekommen ist, wo es ihn an einige sehr unangenehme Orte verschlagen hat und er einige sehr aufregende Abenteuer erlebte. Er ist hierher gekommen, weil er die Beste der Welten sucht. Laßt uns alle dankbar sein, daß er sie gefunden hat. Ich möchte also einen Trinkspruch ausbringen: Auf Kommunitaria – die bestmögliche der Welten – und auf das Wohlergehen von Nicholas Caritat in dieser Welt.«

Goddington und Thelma erhoben die Gläser. Auch William erhob das seine, wenn auch, wie es Nicholas schien, ohne große Begeisterung.

Der Rest der Mahlzeit verlief in fröhlicher Stimmung. Die Kinder fragten Nicholas über seine Abenteuer aus. Sie waren aufgeregt und amüsierten sich sehr, als er ihnen von Kugelkopf, von Nummer Eins und Zwei, von Justin und Dr. Globulus, von den Maximands und seiner Entführung durch Auge und seine Freunde erzählte. Selbst William schien an Nicholas' Geschichten Interesse zu finden und sah eine Spur weniger deprimiert aus.

Als das Essen beendet war, gingen die Kinder zu Bett, allerdings nicht, bevor sie Nicholas das Versprechen abgerungen hatten, ihnen am nächsten Tag weitere Geschichten zu erzählen. Während Thelma sich um die Kinder kümmerte, lud Goddington Nicholas ein, sich mit ihm und William ins Wohnzimmer zu setzen.

»Ich möchte Ihnen«, sagte er zu Nicholas, »William ordentlich vorstellen. Ich glaube, Sie werden es sehr lohnend finden, sich mit ihm zu unterhalten. Vielleicht sind Sie sogar in der Lage, ihm zu helfen.«

18 DIE GESCHICHTE DES ROCKSTARS

Sie gingen ins Wohnzimmer, und Goddington schloß sorgfältig die Tür, als wolle er damit die Vertraulichkeit ihrer Unterhaltung unterstreichen. Sie nahmen um ein Beistelltischchen herum in tiefen Ledersesseln Platz. Goddington entzündete eine Pfeife und begann leise zu sprechen.

»Zunächst«, sagte er, »muß ich erklären, daß dies« – er deutete auf William – »nicht William ist. Wir nennen ihn so vor den Kindern. Sein wirklicher Name ist Jonathan Cypselus – oder Jonny Cypselus, der Rockstar. Die meisten Kinder wissen, wer er wirklich ist, aber wir erhalten aus Sicherheitsgründen den Anschein aufrecht. Er wohnt bei uns unter angenommenem Namen, weil er sich versteckt halten muß. Er schwebt sogar in ausgesprochener Lebensgefahr.«

Nicholas hatte von Jonny Cypselus gehört. Marcus, so erinnerte er sich, hatte seine Musik stets sehr anregend gefunden. Sie waren ungefähr im gleichen Alter. Jonny-alias-William setzte die dunkle Brille ab. Er mußte Mitte zwanzig sein, hatte aber ein hageres, fahles, beunruhigtes Gesicht, stärker gezeichnet, als es seinem Alter entsprach, und tiefliegende, traurige Augen. Er beugte sich nach vorn und begann, mit tiefer monotoner Stimme zu sprechen, wobei er das Gesagte mit den Händen ausdrucksvoll unterstrich.

Passenderweise identifizierte er sich zunächst einmal nach kommunitarischen Begriffen. »Ich bin Malvolianer und Stalaktit«, sagte er, »oder war es zumindest. Aber die Gemeinschaften der Malvolianer wie der Stalaktiten haben mir den Krieg erklärt. Jetzt bin ich ihr Feind Nummer Eins. Und alles nur wegen einer Rockoper.«

»Worum geht es dabei?« fragt Nicholas.

»Sie heißt ›Gelbe Strümpfe und rote Schlafanzüge‹. Es geht darin um die Welt, in der ich aufgewachsen bin, um Menschen *meiner* Gemeinschaft und *meiner* Religion. Die Jungs in meiner Gruppe sind alle Malvolianer und Stalaktiten, und die Oper war ein Tribut an unsere Gemeinschaften. Ich schrieb sie während unserer letzten Ländertournee, und wir haben sie in verschiedenen Hauptstädten der Welt aufgeführt. Sie war ein totaler, ein triumphaler Erfolg. Wir füllten Stadien. Dann schrieb irgendein dämlicher Kritiker einen Artikel über die Oper, in dem er sie über den grünen Klee lobte, gleichzeitig aber als eine brillante *Satire* beschrieb, die, ich zitiere, ›die Engstirnigkeit ethnischen Gruppendenkens und den Fanatismus des Glaubens‹ zum Thema habe. Wir hatten keine Ahnung, was ›Satire‹ bedeutet – oder ›Engstirnigkeit‹ oder ›Fanatismus‹. Diese Begriffe existieren in Kommunitaria nicht. Ich weiß mittlerweile, daß Satire eine Form des *Humors* ist, aber auch diesen Begriff gibt es hier nicht. Wenn man etwas als Gegenstand der Satire bezeichnet, will man wohl damit sagen, daß sich über diesen Gegenstand lustig gemacht wird, aber in unserem Fall trifft das einfach nicht zu.

Sie wissen aber, wie das mit diesen Kritikern ist. Schon kurz darauf wurde überall im Ausland die Oper als Satire beschrieben. Man nannte sie ein ›satirisches Meisterwerk‹ und ›die erste satirische Rockoper der Welt‹. Das geschah, unmittelbar bevor die Oper hier in Polygopolis aufgeführt werden sollte. Den Oberhäuptern der Malvolianer und der Stalaktitengemeinde war der ganze Quatsch zu Ohren gekommen, und sie verlangten die Absetzung der Oper.»

»Und wurde sie verboten?« fragte Nicholas.

»Ja«, sagte Jonny, »aber das war noch nicht alles. Wir

wurden als Verräter und Häretiker abgestempelt. Sie waren außer sich vor Zorn und Wut und wollten, daß wir die Oper widerriefen und uns in aller Öffentlichkeit für das entschuldigten, was wir getan hatten.«

»Und haben Sie das getan?« fragte Nicholas.

»Also, unser Sologitarrist wurde mit dem Druck nicht mehr fertig und machte Schluß. Selbstmord. Die übrigen Mitglieder der Band distanzierten sich nicht nur von der Oper, sondern denunzierten mich als denjenigen, der sie dazu verführt habe.«

»Und Sie?« fragte Nicholas.

»Ich widersetzte mich«, sagte Jonny trotzig. »Ich glaubte, es gäbe nichts, für das ich mich schämen müßte. Für mich war die Oper eine Möglichkeit, meinen Gemeinschaften Ehre zu erweisen, und als solche wollte ich sie auch verteidigen. Warum sollte ich sie widerrufen, nur weil irgendein Kritiker sie lustig fand? Wenn er darüber lachen muß, warum wirft man *mir* das vor?«

»Und was geschah dann?« fragte Nicholas.

»Die beiden Gemeinschaften traten zusammen, zuerst getrennt und dann gemeinsam, um zu entscheiden, wie sie mit mir verfahren sollten.«

»Die Malvolianer«, erklärte Goddington, »sind die überempfindlichste unserer Gemeinschaften in Kommunitaria. Sie reagieren so kratzbürstig, daß sie einen besonderen Selbstschutzdienst eingerichtet haben, um jegliche Kritik an der malvolianischen Lebensweise aufzuspüren. Für sie bedeutete Jonnys Oper blanken Verrat. Was die Stalaktiten betrifft, so werden sie immer dann militant, wenn sie etwas als Blasphemie betrachten.«

»Also warfen sie mir«, fuhr Jonny fort, »Verrat und Blasphemie vor, und ich wurde des Sakrilegs angeklagt.«

»Das«, sagte Goddington, »ist das schwerste Verbrechen in Kommunitaria – schlimmer als Beleidigung, Lächerlichmachen und Spott. Schon dieses Verbrechen allein wird mit dem Tode bestraft.«

»Als mein Fall vor den Richter kam«, erzählte Jonny weiter, »bekam er eine enorme Öffentlichkeit, zum Teil wegen meiner Prominenz, im wesentlichen aber, weil ich einmal das Vorzeigeidol der Malvolianer und der Stalaktiten gewesen war. Die öffentliche Meinung wendete sich gegen mich. Im Fernsehen und in den Zeitungen warf man mir vor, die Grundfesten des Kommunitarismus überhaupt anzugreifen. Niemand wagte es, sich auf meine Seite zu schlagen.

Ich versuchte, mich über meinen Rechtsanwalt dadurch zu verteidigen, daß ich darauf bestand, wie ich die Oper gemeint hatte – als einfühlsames Portrait der Lebensweise meiner Gemeinschaften. Aber der Richter ließ das nicht zu und berief sich auf den Standpunkt, daß die Absicht des Autors für die Interpretation der Bedeutung eines Werkes irrelevant sei. Bedeutung, so unterstrich er, werde gesellschaftlich hervorgebracht: Jedes Kind in Kommunitaria weiß das. Aber genau das rettete mich. Mein Rechtsanwalt stellte sich auf den Standpunkt, daß ich dann auch nicht dafür verantwortlich gemacht werden könne, wenn etwas nach Meinung aller eine ›Satire‹ war. So wurde ich aufgrund einer Terminologiefrage freigesprochen. Aber man konnte mich schwerlich als frei bezeichnen. Die Malvolianer und Stalaktiten waren äußerst erbost. Ihre Anführer tagten gemeinsam einen ganzen Tag lang und beschlossen, mich zu *exkommunizieren* – was hier in Kommunitaria eine Art gesellschaftlichen Tod bedeutet. Offen gesagt glaube ich nicht, daß dies die einzige Todesart ist, die mich erwartet. An wen sollte ich mich wenden, wenn nicht an Goddington?«

»Ich habe Jonny einen Zufluchtsort und Mitgefühl angeboten«, sagte Goddington, »wenn ich auch, wie ich sofort hinzufügen muß, nicht gutheißen kann, was er tat. Man muß unendlich wachsam sein in der Verteidigung der Freiheit: der Freiheit anderer von Kränkung. Unsere gesamte Gesellschaft hängt davon ab, daß wir die Lebensweise des anderen nicht kritisieren, oder auch die eigene, und man kann nicht leugnen, daß Jonnys Oper bei zwei unserer Gemeinschaften empfindlichst Anstoß erregt hat. Vielleicht ließe sich der Standpunkt vertreten, daß die Satire noch eine weitere authentische Lebensweise darstellt und wir deswegen in unserem Anwesen mit seinen vielen Zimmern Raum für sie schaffen müssen. Falls das aber der Fall ist, so müssen wir es ermöglichen, daß Satire bestehen kann, ohne Anstoß zu erregen.

Und an diesem Punkt, Nicholas«, fuhr der Geistliche fort, »können Sie vielleicht helfen. Wir müssen pragmatisch vorgehen und einen Ausweg aus diesem betrüblichen Durcheinander finden, in das Jonny sich hineingeritten hat. Ich sehe eine vage Möglichkeit, daß Sie, ein namhafter Besucher aus dem Ausland, ein Verfolgter und Flüchtling, dessen Fall unsere Zeitungen erreicht hat, in der Lage sein könnten, als eine Art Friedensstifter tätig zu werden, und den Versuch machen könnten, die Malvolianer und die Stalaktiten zu überzeugen, weniger ...« Goddington suchte nach dem treffenden Wort.

»Intolerant zu sein?« schlug Nicholas vor.

»Vielleicht das«, meinte Goddington zweifelnd. »Ich bin im Ausland auf den Begriff der ›Toleranz‹ gestoßen. Bei uns in Kommunitaria gibt es diesen Begriff nicht. Soweit ich ihn verstehe, scheint er zu bedeuten, daß man sich damit abfinden soll, gekränkt zu werden. Aber warum sollte man das? Warum sollte man überhaupt gekränkt werden? Aber das vordringliche Problem ist, eine Möglichkeit zu finden, die Führer von Jonnys früheren Gemeinschaften davon zu überzeugen, den Anstoß, den er erregt hat, weniger drastisch zu bewerten. Vielleicht können wir sie davon überzeugen, weniger gekränkt zu sein. Wir können nur darauf hoffen, daß sie genügend Scharfsinn besitzen, die Dinge ökumenischer zu sehen.«

»Ich werde jedenfalls mein Bestes tun«, sagte Nicholas und bot damit seine Unterstützung an.

Goddington schüttelte ihm herzlich die Hand. Jonny wirkte skeptisch.

»Ich werde Sie morgen zu ihnen bringen. Es wird nicht einfach, ist aber allemal den Versuch wert. Bis es soweit ist, möchten Sie sich vielleicht gern die Quelle all dieser Unbill einmal ansehen.«

Er stellte den Videorecorder an und legte ein Band ein. Alle drei lehnten sich zurück und schauten zu. Nicholas machte sich nicht viel aus der Musik, die zum überwiegenden Teil laut, metallisch und melodielos war. Aber die Darstellung war einnehmend und unterhaltsam, das Ganze war sehr bunt, und es gab viele Tanzszenen. Es gab hauptsächlich zwei Gruppen von Protagonisten. Die der ersten trugen gelbe Strümpfe mit kreuzweise geschnürten Waden, die der zweiten rote Morgenröcke über roten Schlafanzügen. Von Zeit zu Zeit, in besonders spannungsreichen Momenten, zogen letztere die Morgenröcke aus und stellten sich auf den Kopf. Verschiedene andere Figuren in ausgefallenen Kostümen tauchten immer wieder einmal auf. Er fand es schwierig, der Handlung zu folgen. Sie schien irgend etwas mit den wiederholten, aber anscheinend erfolglosen Versuchen der Hauptperson zu tun zu haben, von den anderen als im höchsten Maße tugendsam und lobenswert anerkannt zu werden. Keine der Figuren erweckte besondere Sympathie, aber Witzfiguren waren sie offensichtlich auch nicht.

Als das Video zu Ende war, wünschte er Goddington und Jonny eine gute Nacht und dankte ihnen für den unterhaltsamen Beitrag. Das war leider die falsche Reaktion.

Jonny blickte trostlos und verlassen drein. Goddington sagte: »Nicht, daß Sie sich irren: Hier handelt es sich um brisantes Material. Sie dürfen niemals verraten, daß Sie es hier gesehen haben.«

Im Bett diskutierte Nicholas über die Toleranz mit Voltaire, der ziemlich großspurig behauptete: »Das Menschenrecht kann einzig und allein auf das Naturrecht gegründet sein.«

»Ich würde annehmen«, konterte Nicholas, »es läßt sich historisch beweisen, daß die Menschen Intoleranz ziemlich natürlich finden.«

Voltaire ließ sich nicht beeindrucken. »Wie sollte sich wohl als natürlich begründen lassen, daß ein Mensch zu einem anderen sagte: ›Glaube, was ich glaube und was du nicht zu glauben vermagst, oder geh unter!‹ Wäre, sich so zu verhalten, nach dem Menschenrecht, so müßte also der Japaner den Chinesen verabscheuen, der seinerseits den Siamesen verfluchte; dieser wiederum verfolgte die Gangariden, die über die Anwohner des Indus herfielen; ein Mogul risse dem ersten Malabaren, dessen er ansichtig würde, das Herz aus der Brust; der Malabare könnte den Perser schlagen, der den Türken niedermetzeln könnte: und alle zusammen würfen sich auf die Christen, die sich schon seit so langer Zeit gegenseitig verschlungen haben.

Das Recht auf Intoleranz ist daher absurd und barbarisch: es ist das Gesetz der Tiger, und es ist noch fürchterlicher, denn die Tiger reißen nur, um zu fressen, und wir haben einander stets ausgetilgt um der Paragraphen willen.«

»Was schlagen Sie demnach vor?« fragte Nicholas.

»Ich schlage vor«, antwortete Voltaire, »daß jedem Bürger gestattet sein soll, an seine eigenen Verstandeskräfte zu glauben und alles zu denken, was sein Verstand, sei er nun erleuchtet oder in Illusionen befangen, ihm eingibt, solange er damit nicht die öffentliche Ordnung stört.«

»Die Kommunitarier scheinen eine andere Lösung gefunden zu haben«, bemerkte Nicholas. »Sie scheinen nicht viel Vertrauen in den einzelnen Bürger oder einen starken Glauben an die Eingebungen der Vernunft zu haben. Ihre Vorstellung scheint es zu sein, daß all ihre Gemeinden und Gemeinschaften andere Lebensweisen respektieren sollten und alle Paragraphen gleichermaßen für gültig erklärt werden.«

Voltaire blickte skeptisch und nicht wenig verblüfft. »Wie«, fragte er, »kann man Vorurteile und Täuschungen respektieren? Und wie können sich gegenseitig ausschließende Annahmen gleichermaßen gültig sein?«

Jetzt war Nicholas an der Reihe, verblüfft zu sein, und er beschloß, während er in den Schlaf hinüberglitt, seine Antwort aufzuschieben.

19 MALVOLIANER UND STALAKTITEN

Am nächsten Morgen erwachte Nicholas vom Lärmen der Kinder, die sich fertig machten, um zu ihren diversen Schulen gebracht zu werden. Nachdem sie aus dem Haus waren, ging er nach unten und traf dort Jonny über einer Tasse schwarzen Kaffees.

»Ich habe Ihre Oper sehr genossen«, sagte er.

»Danke«, murmelte Jonny.

»Was ich nicht beurteilen kann«, fuhr er fort, »ist, wieviel davon reine Erfindung ist.«

»Das«, sagte Jonny, »werden Sie heute abend besser beurteilen können.«

Goddington kehrte zurück, nachdem er die Kinder weggebracht hatte, und leistete ihnen beim Kaffee Gesellschaft.

»Wir werden zuerst die Malvolianer besuchen«, sagte er. »Ein Treffen ist für heute morgen um elf vereinbart. Natürlich wissen sie nicht, daß Sie ein Wort für Jonny einlegen werden. Sie finden es einfach selbstverständlich, daß ein berühmter Besucher sie zuerst besucht – andernfalls würden sie Anstoß nehmen. Und sie wissen von Ihrer Mission.«

»Und werden Ihnen wahrscheinlich erzählen, daß ihre Lebensweise das ist, was in dieser besten aller möglichen Welten am besten ist«, bemerkte Jonny trocken.

Der Geistliche warf ihm einen mißbilligenden Blick zu. »Am Nachmittag«, fügte er hinzu, »werden wir die Stalaktiten besuchen. Aber denken Sie daran, Sie müssen extrem zurückhaltend sein und dürfen unter keinen Umständen zugeben, daß Sie Jonny getroffen haben.«

Goddington und Nicholas machten sich auf den Weg zum Haus der Volksgruppen, um dort mit den Malvolianern zusammenzutreffen. Die beiden Parlamentsgebäude standen Seite an Seite gegenüber dem früheren Königspalast auf einem großen öffentlichen Platz ganz oben auf dem Bienenhügel. Sie waren nach dem Verfassungskompromiß als ausdruckslose, rechteckige Strukturen wiederaufgebaut worden (vermutlich, um keinen Anstoß zu erregen). Vor jedem Gebäude stand eine Ehrenwache von Soldaten in sehr unterschiedlichen bunten Kostümierungen. Das Innere des Hauses der Volksgruppen war mit Flaggen, Wappen und Portraits aller offiziellen ethnischen Gemeinschaften geschmückt. Jede Gemeinschaft hatte einen gleichgroßen Teil der imposanten Eingangshalle zur Verfügung, um sich darzustellen.

Sie gingen einen Korridor entlang, mit Türen auf beiden Seiten, an denen die Namen der verschiedenen ethnischen Gruppierungen in alphabetischer Reihenfolge standen. Sie kamen an den »BIENEN« und den »EMSEN« und vielen anderen vorüber und schließlich zum Buchstaben *M*, wo sie vor der Tür mit der Bezeichnung »MALVOLIANER« anhielten. Goddington klopfte.

Ein nervöser Page in schlecht sitzender Uniform öffnete die Tür zu einem Konferenzzimmer. Am langen Tisch saßen fünf Männer unterschiedlichen Alters, alle mit kreuzweise geschnürten gelben Wadenstrümpfen und grauen Tuniken. Der Älteste saß in der Mitte, der Tür gegenüber. Er hatte einen weißen Spitzbart, einen glänzenden kahlen Kopf und einen wilden, durchdringenden Gesichtsausdruck, der sich bei Ankunft der Besucher nicht milderte. Die anderen hatten den gleichen desinteressierten Blick. Weder freundlich noch unfreundlich, richteten sich ihre feindlichen Mienen gegen die äußere Welt im allgemeinen, für die Nicholas und Goddington einfach zwei Vertreter waren.

Der alte Mann mit dem Bart stellte sich als Vorsitzender der malvolianischen Parlamentsgruppe vor. Die anderen waren seine Kollegen. Man gab sich die Hand. Goddington und Nicholas setzten sich ihnen gegenüber. Der Vorsitzende sprach langsam und gewählt. Nicholas bemerkte, daß er einen Hang dazu hatte, die erste Person Plural unterschiedslos zu verwenden. Manchmal schien er mit »wir« und »unser« sich selbst und seine Kollegen zu meinen, manchmal die malvolianische Gemeinschaft, manchmal die Malvolianer und die Stalaktiten, manchmal die Bürger Kommunitarias insgesamt.

»Wir fühlen uns geehrt«, sagte er zu Goddington, »daß Sie uns die Freundlichkeit erwiesen haben, den Professor zuerst zu einem Besuch bei uns mitzubringen, noch vor allen anderen Gemeinschaften in unserem Lande. Wir schätzen solchen Respekt sehr. Aus welcher Gemeinschaft kommen Sie, Professor?« fragte er Nicholas.

»Professor Caritat ist aus Militaria auf dem Weg über Utilitaria nach Kommunitaria gekommen«, erklärte Goddington hastig. »Er ist überaus daran interessiert, wie Sie leben.«

»Aha, ja«, sagte der Vorsitzende. »Wir haben von Ihrer Mission gehört. Wir sind auf unsere Lebensweise stolz, wenn wir natürlich auch diejenigen unserer Mitbürger respektieren. Unglücklicherweise ist dieser Respekt nicht immer gegenseitig. Das ist eine Tatsache, deren wir dauernd gewärtig sind.«

»Ist das für Sie ein großes Problem?« fragte Nicholas unbefangen.

»Es ist vielleicht unser größtes Problem. Wir können Respektlosigkeit dem gegenüber, was wir heilig halten, nicht tolerieren: Es ist, als werde unser Lebensblut selbst vergossen.«

»Aber läßt sich nicht auch«, unternahm Nicholas einen Versuch, »manches zugunsten der Toleranz sagen?«

»Das Problem liegt darin«, sagte der Vorsitzende, »Anstoß zu erregen. Was Sie als Toleranz bezeichnen, bedeutet, soweit wir das verstehen, eine Kränkung hinzunehmen, ohne zu widersprechen; Respekt aber bedeutet, darauf zu verzichten, sie zu verursachen. Unsere gesamte Gesellschaft verschreibt sich letzterem, nicht ersterer.«

Die Atmosphäre im Zimmer wurde merklich kühler, die Mienen um den Tisch herum feindseliger. Ein knochiger, bebrillter Kollege des Vorsitzenden griff ein.

»Warum interessieren Sie sich für solche Probleme?« fragte er scharf.

»Ich bin Philosoph«, gab Nicholas zur Antwort. Es war eine Antwort, die nicht gut aufgenommen wurde.

»Haben Sie eine sogenannte Oper des sogenannten J. Cypselus gesehen?« fragte ein älterer Mann zur Linken des Vorsitzenden.

»Ich glaube, ich habe davon gehört«, sagte Nicholas vorsichtig.

»Es handelt sich um ein Werk voller Sakrilegien, das uns in den Augen anderer verächtlich macht«, sagte der Vorsitzende. »Es setzt uns herab und verkleinert uns; es ist ein Beispiel für Schmutz und Schund der verabscheuungswürdigsten Sorte. Unglücklicherweise hat der Richter das Gesetz falsch verstanden, und wir mußten selbst Maßnahmen gegen diesen Kriminellen ergreifen und werden womöglich auch weitere ergreifen.«

»In welcher Weise?« fragte Nicholas.

»Indem wir ihm seine gesellschaftliche Identität nehmen«, sagte der Vorsitzende kalt. »Wenn er nicht bald abschwört, wird er auch noch seine physische Identität verlieren.«

»Aber jemand könnte sich doch auf den Standpunkt stellen«, versuchte es Nicholas, »daß solch drastische Bestrafungen einen Mangel an Respekt für seine Rechte ...«

»Rechte!« stieß der Vorsitzende hervor und schlug mit der Faust donnernd auf den Tisch. »Rechte! Die Sprache unserer Feinde! Reden wir über Unrecht! Individuen haben keine Rechte. Wenn wir von Rechten reden sollten, müßten wir sagen, daß Cypselus, indem er uns Unrecht tat, unser absolutes Recht auf Respekt verletzte.«

Die Kühle im Raum wurde eisig. Ein Malvolianer mit einem Schnurrbart beugte sich drohend nach vorn.

»Sie scheinen uns nicht sehr viel Respekt entgegenzubringen, Professor«, sagte er.

»Wir respektieren Menschen für das, was sie sind. Wir verurteilen sie auch, wenn es erforderlich ist, zum Tode für das, was sie sind«, sagte der Vorsitzende. »Cypselus ist ein Verräter, dessen einziges Ziel es ist, uns zu zerstören und all das, wofür wir leben. Wir fragen uns, Professor, was Sie sind. Indem Sie Sympathie für ihn erkennen lassen, lassen Sie es an Respekt für uns fehlen.«

»Bitte nehmen Sie keinen Anstoß an meinen Fragen«, wandte Nicholas ein. »Ich möchte nur gern verstehen.«

Die Temperatur stieg auch nicht um ein einziges Grad. Zehn Augen fixierten Nicholas ungläubig. Eine Minute des Schweigens verrann.

»Ich glaube, wir müssen uns jetzt wieder auf den Weg machen«, sagte Goddington sanft. »Ich möchte Sie, meine Herren, gern bitten, in Ihrer Beurteilung unserer heutigen Unterhaltung Nachsicht zu üben. Mein Feund Caritat ist an unsere Umgangsformen nicht gewöhnt und ist, dessen kann ich Sie versichern, ernsthaft daraum bemüht, zu verstehen, nicht zu urteilen. Dort, wo er herkommt, tut man das durch Fragen, die manchmal übel genommen werden können. Bitte vergeben Sie ihm jeden möglichen Anstoß, den er damit unbeabsichtigterweise erregt haben könnte.«

Zehn Augen blieben auf etwas haften, was Gegenstand wachsenden Hasses zu sein schien. Der Vorsitzende erhob sich.

»Auch ich glaube, Sie sollten sich auf den Weg machen«, sagte er. »Was die Bedeutung dieser Begegnung betrifft, so müssen wir zu unseren eigenen Schlüssen kommen.«

Der nervöse Page öffnete die Tür. Nicholas und Goddington verließen hastig den Raum.

»Das war kein großer Erfolg«, bemerkte Nicholas, als sie zum Ausgang gingen.

»Das«, sagte sein Führer, »war eine vollständige Katastrophe.«

Beim Mittagessen in Goddingtons plenomelodischem Lieblingsrestaurant besprachen sie, wie sie am Nachmittag am besten mit den Stalaktiten umgehen sollten.

»Sie werden über das Fiasko heute morgen in vollem Umfang informiert sein«, sagte Goddington, »also werden wir von Anfang an im Nachteil sein. Sie werden von vornherein mißtrauisch sein. Es ist ausichtslos, den Versuch zu machen, sie von der Berechtigung dessen zu überzeugen, was Sie Toleranz nennen. Den Begriff gibt es hier einfach nicht. Zumindest in diesem Punkt hatten die Malvolianer recht: In Kommunitaria ist die am höchsten geschätzte Tugend der *Respekt*, und dies bedeutet, keinen Anstoß zu erregen.«

»Aber sie haben Anstoß an Jonnys Opera *genommen*«, sagte Nicholas.

»Ja, aber taten sie das mit Recht?« fragte Goddington. »Vielleicht sollten Sie versuchen, sie zu überzeugen, daß sie die Oper vielleicht *mißverstanden* haben? Das ist schwierig, weil sie nicht zugeben dürfen, sie gesehen zu haben: Dies zuzugeben, würde Sie sofort zu ihrem Feind machen. Wir müssen akzeptieren, daß es eine Satire ist, da jedermann, der Richter eingeschlossen, sie dafür hält. Aber vielleicht könnten Sie mit ihnen über Satire und ihre Zwecke reden – versuchen, sie zu überzeugen, daß Satire eine konstruktive, sogar eine religiöse Bedeutung haben könnte. Falls das nichts hilft, so liegt unsere einzige Hoffnung wohl darin, an ihr Mitgefühl zu appellieren.«

Nach dem Essen fuhren sie ohne Umwege zum Tempel der Stalaktiten am anderen Ende der Stadt. Der Tempel war ein schönes rosarotes, kreisförmiges Gebäude mitten in einem Park voller Bäume und Blumen. Das Hauptportal stand offen. Ein bleicher, zuvorkommender junger Mann in rotem Mantel begrüßte sie und führte sie hinein und in einen großen, halbkreisförmig geschnittenen Raum, der mit Licht aus den hohen Fenstern überflutet war. Die hohe Decke war vergoldet, und von ihr herunter hingen zahlreiche Statuen manteltragender Figuren mit ernstem und frommem Ausdruck, deren Köpfe und ausgestreckte Arme mit entschiedener Gebärde, geradezu flehend, nach unten auf den steinernen Boden zeigten. Auf einem kleinen Podium ihnen gegenüber waren ein Thron und ein niedriger Tisch aufgestellt, auf dem ein großes Buch lag. Neben dem Buch stand ein Glassturz, der ein kleines zylindrisches Objekt auf einem Purpurkissen enthielt. Wie Goddington Nicholas später erklärte, enthielt das Buch die geheiligten Worte, die Stala seinen Anhängern in einer unterirdischen Höhle mitgeteilt hatte, und der Glassturz einen seiner Zehenknochen. Hinter dem Thron gab es eine Tür, durch die der junge Mann sie in einen Raum führte, der offenbar den Priestern vorbehalten war. Sie traten durch eine große, vergoldete Tür in einen länglichen Raum, der vom gegenüberliegenden Ende her wieder von einem Fenster erhellt wurde, das auf den Park hinausging. Es gab weitere Statuen, die an der hohen, vergoldeten Decke hingen. Die Wand entlang standen zehn Priester in roten Schlafanzügen auf ihren Köpfen, während ein stalaktitischer Chorknabe vor ihnen hin- und herging und ein wohlriechendes Pulver über ihre nach oben gerichteten Füße streute. In der Mitte saß, auf einem hochlehnigen, goldenen Stuhl, der Hohepriester in einem Mantel von tiefem Purpur. Als Goddington und Nicholas eintraten, kamen die Priester wieder auf die Füße, legten rote Mäntel an und begaben sich in sitzende Position auf zehn goldenen Stühlen entlang der gegenüberliegenden Wand. Gleichzeitig erhob sich der Hohepriester. Es gab zwei Stühle im Zentrum des Halbkreises der Priester ihnen gegenüber. Der Hohepriester bedeutete den Besuchern, sich dort zu setzen. Nicholas und Goddington gehorchten. Der Hohepriester kehrte zu seinem Thron zurück und begann zu sprechen, wobei er das Wort an Goddington richtete.

»Sie haben nach einer Zusammenkunft mit uns verlangt. Diese waren wir gewillt zu gewähren. Aber wir wünschen zu hören, welchen Zweck Sie mit dem Ersuchen um diese Zusammenkunft verbunden haben.«

»Der erste Zweck«, sagte Goddington, »war der, daß der hier anwesende Professor Caritat Sie kennenlernen sollte. Wie Sie vielleicht wissen, ist er auf der Suche nach der besten aller möglichen Welten.«

»Die beste der möglichen Welten liegt jenseits der hiesigen«, bemerkte der Hohepriester, »und der Glaube an ihre Möglichkeit wird nur denen gewährt, die an ihre Wirklichkeit glauben.«

»So ist es«, sagte Goddington.

»Und der zweite Zweck?« Die Frage kam von einem jüngeren, bärtigen Priester, den Nicholas und Goddington beide wiedererkannten. Er war das fünfte Mitglied der Gruppe von Malvolianern an diesem Morgen gewesen, der einzige, der nicht gesprochen hatte. Die Frage wurde mit erkennbarer Feindseligkeit gestellt. Es gab keinen Grund, um den heißen Brei herumzureden.

»Professor Caritat«, sagte Goddington, »ist ein renommierter Gelehrter aus dem Ausland, der unsere Angelegenheiten vielleicht mit einem ruhigen und leidenschaftslosen Blick sehen kann. Er hat von der Affäre Cypselus gehört und macht sich natürlich Sorgen.«

»Über was macht er sich Sorgen?« fragte der bärtige Priester.

»Nicht zum geringsten über den Richterspruch«, sagte Goddington. »Der Richter entschied ...«

Der Priester unterbrach scharf: »Der Richter legte den Geist des Gesetzes falsch aus.«

»Es gibt einen Unterschied zwischen göttlichem und menschlichem Recht«, fügte der Hohepriester hinzu. »Hier handelt es sich um einen Fall von Sakrileg, und in einem solchen Fall kommt das erstere zur Anwendung.«

»Aber können Sie sicher sein«, sagte Nicholas, der nun auch in die Unterhaltung eingriff, »daß es sich um einen Fall von Sakrileg handelte?«

»Dessen können wir sicher sein. Wir sind dessen sicher. Ein Fall von was war es denn Ihrer Meinung nach?«

»Könnten Sie es nicht als einen Fall von Satire sehen?«

»Was ist denn Ihrer Ansicht nach Satire?« fragte der Hohepriester Nicholas.

»Satire«, antwortete Nicholas und zitierte Dr. Johnsons *Wörterbuch*, ist ›ein Werk der Dichtung, in dem Verderbtheit oder Narretei getadelt wird‹. Aber sie könnte natürlich auch eine Rockoper sein. Sich satirisch zu betätigen heißt, menschliche Schlechtigkeit und Dummheit zu tadeln, indem man diese Laster der Lächerlichkeit peisgibt.«

»Zu welchem Zweck?«

»›Der wahre Zweck der Satire‹«, antwortete Nicholas unter Berufung auf Dryden, »›ist die Behebung des Lasters‹ und damit, den Pfad der Tugend und Weisheit aufzuzeigen. Vielleicht sogar«, setzte er versuchsweise hinzu, »menschliche Wesen daran zu erinnern, woran sie das göttliche Recht gemahnt.«

»Das«, stieß der Hohepriester wütend hervor, »ist die Aufgabe der Priesterschaft. Sollen Satiriker die Priester ersetzen?«

»Sie könnten ihnen beiseite stehen«, schlug Nicholas vor. »Sie haben die gleichen Ziele. Sie verwenden nur eine andere Methode.«

»Die Methode der Bloßstellung«, kommentierte der bärtige Priester. »Die Satire verwendet Bloßstellung, um das zu profanieren, was geheiligt ist. Sie unterminiert Ehrerbietigkeit und Ehrfurcht für die Worte Stalas, wie sie in unserem Heiligen Buch offenbart und unseren Theologen gewährt sind. Sie zerstört den Respekt für Autorität und vor unseren Lehrenden. Wie ließe sich das Göttliche Gesetz durch Bloßstellung, durch Lächerlichmachen vermitteln? Allein der Gedanke daran ist lächerlich. Sie sprechen in Absurditäten.«

Nicholas spürte, daß ihm der Boden unter den Füßen wegglitt. Er entschied sich für einen letzten kühnen Versuch: »Aber gewiß sollte doch solcher Respekt nicht blind sein?

Vielleicht können wir durch die Satire ein gewisses Verständnis für menschliche Schwächen erlangen, auch unsere eigenen, und daran Bescheidenheit lernen?«

»Was Sie menschliche Schwächen nennen, kann nur durch die Stärke des Glaubens bekämpft werden. Sie haben uns mit Erfolg überzeugt, Professor, daß Ihre sogenannte Satire ein Feind des Glaubens ist. Gibt es noch etwas, was Sie uns mitzuteilen wünschen?«

Nicholas sah hilflos zu Goddington, der ebenfalls hilflos aussah, und sagte: »Natürlich, meine Herren, bin ich mit den Leitsätzen Ihres Glaubens nicht vertraut. Das wenige aber, das ich weiß, flößt mir die größte Hochachtung vor Ihnen und Ihrer Religion ein, und ich bin ernsthaft bemüht, mehr darüber zu erfahren. Eines möchte ich besonders gern wissen, nämlich, ob Ihr Glaube nicht einen Platz bereithält für das Mitgefühl.«

»Mitgefühl hat einen Platz im tiefsten Herzen unseres Glaubens«, sagte der Hohepriester, »da haben Sie richtig vermutet. Mitgefühl, gemeinsam mit seinem unausweichlichen Begleiter: unerbittlichem Haß für alles, das die Grundlage dieses Mitgefühls zu unterminieren droht.«

In diesem Augenblick nahmen die zehn übrigen Priester ruckartig den Kopfstand ein, und zwanzig wütende umgedrehte Augen starrten Nicholas und Goddington vom Fußboden aus an. Währenddessen erhob sich der Hohepriester von seinem Stuhl und wies mit ausgestrecktem Zeigefinger genau auf Nicholas. Seine Stimme wurde lauter und schriller: »Unerbittlicher Haß«, schrie er, »auf die Satire, die Satiriker und ihre Komplizen!«

Goddington nahm Nicholas am Ärmel. »Schnell«, flüsterte er. »Zeit zu gehen, und zwar sofort!« Sie erhoben und verneigten sich.

»Laß sie gehen«, befahl der Hohepriester dem rotbemäntelten jungen Priester, der sie hineingeführt hatte. »Aber seid gewarnt«, fügte er hinzu, als sie sich zum Gehen wandten, »seht euch vor und hütet euch.«

Nicholas öffnete den Mund und setzte zu einer Entschuldigung an.

»Wir wünschen nicht mehr zu hören«, sagte der Hohepriester. »Wir haben sehr viel mehr als genug gehört.«

Die Besucher gingen, durch die vergoldete Tür in den Gebetsraum und durch das Portal auf die Straße. Sie kehrten nach Hause zurück, untröstlich und deprimiert, und überbrachten die Nachricht ihres doppelten Versagens Jonny, der sie traurig, aber ohne Überraschung zur Kenntnis nahm.

»Ich fürchte«, sagte Goddington zu Jonny, »daß Sie Ihre Oper widerrufen und eine öffentliche Entschuldigung abgeben müssen. Ich sehe keine andere Möglichkeit.«

»Niemals!« sagte Jonny, wobei seine Stimme von kaum unterdrücktem Zorn zitterte. »Ich werde mich nicht unterwerfen!« Mit diesen Worten verließ er das Zimmer und schlug die Tür hinter sich zu.

Goddington sah unfroh aus.

»Da wird nichts Gutes draus«, seufzte er kopfschüttelnd. »Aber Sie dürfen wegen dieser einen kleinen Schwierigkeit nicht hart über unsere Gesellschaft urteilen. Für morgen sind wir dazu aufgerufen, uns um eine Möglichkeit für Ihre Anstellung zu kümmern.«

»An der Universität?« fragte Nicholas.

»Wir nennen sie die Unidiversität«, sagte Goddington. »Der Rektor der Unidiversität Polygopolis hat Sie für morgen früh zu einem Treffen eingeladen, und ich werde Sie gerne dorthin begleiten. Ich bin sicher, daß sie Sie gerne in die Fakultät aufnehmen.»

Nicholas ging an diesem Abend mit einem Gefühl einer immer spürbarer werdenden Beunruhigung zu Bett. Er hatte, so empfand er es, nicht nur in der Sache Jonnys versagt, sondern auch in einer sehr viel wichtigeren.

Warum, so fragte er Pope, waren Kommunitarier so überempfindlich? Als Antwort wies ihn Pope darauf hin, welch eine wirksame Waffe die Lächerlichkeit war:

Ja, ich bin stolz: muß stolz sein, seh' ich hier
Männer, vor Gott nicht zitternd, doch vor mir!
Vor Richtstuhl, Kanzel sicher, selbst dem Thron –
Berührt, beschämt allein von Spott und Hohn.

Aber Jonathan Swift, der in die Unterhaltung eingriff, stellte fest, daß die meisten Menschen die Satire mochten, weil sie sich gerade *nicht* berührt und beschämt fühlten. »Die Satire«, bemerkte er, »ist eine Art Spiegel, in dem die Betrachter im allgemeinen geradewegs jedermanns Gesicht außer dem eigenen erblicken, was der Hauptgrund dafür ist, wie sie in der Welt aufgenommen wird, und dafür, daß so wenige übrigbleiben, die Anstoß an ihr nehmen.« Darüber hinaus, fügte Swift hinzu, war die Satire wirklich bösen Menschen gegenüber reichlich hilflos, da sie darauf abzielte, »wohlgeneigte Männer auf dem Pfade der Tugend zu halten, aber selten oder nie, die Lasterhaften zurückzugewinnen«.

Swifts Ansicht nach konnten Leser der Satire Beschämung und Beleidigung vermeiden, umgehen oder damit leben. Aber hier in Kommunitaria schien jedermann bereit, Anstoß zu nehmen oder gekränkt zu werden, und nahm größte Mühen auf sich, um das zu vermeiden. Condorcet, so erinnerte sich Nicholas, hatte einmal von der Satire gesagt, sie sei eine Waffe, die nur gegen die eingesetzt werden könne, die aufgrund ihrer Stellung oder ihrer Macht vor jeder anderen Züchtigung geschützt wären. Es schien, daß man in Kommunitaria selbst vor der Satire geschützt war.

20 DIE UNIDIVERSITÄT

Als sie am nächsten Morgen zur Unidiversität fuhren, gab Goddington Nicholas einige gute Ratschläge.

»Also Sie müssen sehr genau darauf achten, was Sie zu den verschiedenen Leuten sagen, mit denen Sie zusammenkommen«, sagte er. »Bitte machen Sie keinen Gebrauch von Ihrem sogenannten Humor; das kann so leicht mißverstanden werden. Natürlich müssen Sie besonders aufpassen, wenn Sie mit Malvolianern oder Stalaktiten reden sollten. Denken Sie daran, die Emsen nicht Pissemieren zu nennen. Und eine weitere sehr empfindliche Minderheit sind die Indigenen. Das ist eine ziemlich große Volksgruppe, die hier lebte, bevor die Bienen das Land kolonisierten, und sie haben eine lange Geschichte der Ausbeutung und Diskriminierung hinter sich. Sie müssen im Umgang mit ihnen besonders auf der Hut sein. Ich werde Sie erst zum Rektor bringen, der Ihnen, wie ich weiß, einen Posten anbieten wird. Aber danach werde ich Sie allein lassen müssen.«

Die Unidiversität war ein ausgedehnter Komplex, der im selben unspezifischen, unanstößigen Stil gebaut war wie das Parlament – große, weiße Gebäude, die sich nicht mit irgendeiner besonderen Kultur oder Epoche identifizieren ließen. Nicholas folgte Goddington in das imposanteste Gebäude, eine Steintreppe hinauf und durch einen geräumigen Korridor. Goddington betätigte einen Türklopfer aus Messing an einer majestätisch wirkenden Tür. Ein Sekretär öffnete und geleitete sie in ein luxuriöses hinteres Arbeitszimmer, wo der

Rektor, ein silberhaariger Herr von großer Eleganz und würdiger Haltung, sie mit gewinnendem Lächeln begrüßte.

»Erlauben Sie mir, Ihnen Professor Caritat vorzustellen«, sagte Goddington, »Philosoph, Historiker und Sucher nach der besten der Welten.«

»In der Tat habe ich bereits von Ihrem Auftrag gehört, Professor Caritat«, sagte der Rektor. »Als Ihr Fachkollege in der Philosophie kann ich Sie in Ihrem Streben nur ermutigen. Als Kommunitarier kann ich Sie nur zu dem vernünftigen Entschluß beglückwünschen, ihm hier nachzugehen. Die Antwort auf Ihre Frage, ›Wo ist die bestmögliche der Welten?‹ liegt, dessen bin ich sicher, Ihnen geradewegs vor Augen. Als Rektor dieser Unidiversität muß ich Ihnen allerdings sagen, daß wir Ihre Frage mit Mißbilligung betrachten, da sie impliziert, man könne Welten vergleichen und die eine höher oder niedriger bewerten als die andere. Das verletzt den multikulturellen Relativismus, dem wir, als eine Gemeinschaft von Gemeinschaften, uns verschrieben haben. Andererseits muß ich zugeben, daß ich mich eines gewissen Vergnügens angesichts des angenehm paradoxen Gedankens nicht erwehren kann, daß eine Welt, in der Ihre Frage nicht länger als mögliche Fragestellung angesehen wird, nicht weiter verbessert werden kann.«

Zu diesem verwirrenden Redestrom fiel Nicholas nicht gleich eine passende Antwort ein. Es war vermutlich am besten, einer Diskussion über diese Frage aus dem Wege zu gehen. Schließlich wollte er keineswegs Anstoß erregen.

Der Rektor fuhr unverdrossen fort: »Darüber hinaus habe ich das Vergnügen, Ihnen mitzuteilen, daß Sie für eine Gastprofessur ehrenhalber an unserer Unidiversität nominiert worden sind – wobei die Ehre natürlich gänzlich auf unserer Seite liegt. Wenn Sie akzeptieren, werden Sie einen Lehrstuhl einnehmen, der sich auf unsere beiden Fachbereiche Ethnische Wissenschaften und Religionswissenschaften erstreckt.«

Nicholas fühlte sich bemüßigt, einzugreifen. »Aber«, widersprach er, wobei er sich bemühte, nicht undankbar zu klingen, »ich bin auf beiden Gebieten kein Fachmann. Mein Fachgebiet ist die Aufklärung, und, wie Goddington gesagt hat, ich bin Philosoph und Historiker.«

»Das spielt keine Rolle«, sagte der Rektor. »Philosophie und Geschichte werden hier nur als Unterabteilungen des Fachbereichs Ethnische Wissenschaften und des Fachbereichs Religionswissenschaften gelehrt. Sie werden sehr viel Spielraum haben.«

»Aber welche Lehrveranstaltungen erwarten Sie von mir?« fragte Nicholas.

»Da Ihr Fach als Gelehrter die Aufklärung ist«, antwortete der Rektor, »schlagen wir vor, daß Sie einen Kurs abhalten unter dem Titel ›Warum das Projekt der Aufklärung versagen mußte‹.«

Wieder regte sich Protest bei Nicholas. »Aber«, sagte er lahm, »ich bin gar nicht mal sicher, daß es *wirklich* versagen mußte.«

»Ah, ganz recht«, sagte der Rektor. »Wir dürfen keine vorschnellen Schlüsse ziehen. Wir müssen geistige Offenheit bewahren. Wie wäre es mit ›Mußte das Projekt der Aufklärung versagen?‹«

»Ich glaube, das wäre ganz in Ordnung«, räumte Nicholas zweifelnd ein.

»Also nehmen Sie an!« sagte der Rektor. »Das ist eine blendende Neuigkeit. Wir werden uns über alle praktischen Details später unterhalten. Ich habe mir aber in Erwartung Ihrer Zustimmung bereits die Freiheit genommen, Treffen mit Ihren künftigen Kollegen und Studenten zu verabreden. Sie erwarten uns derzeit an anderer Stelle in diesem Hause. Würden Sie gern mitkommen, Pfarrer Thwaite?«

Goddington entschuldigte sich mit der Erklärung, er habe sich um dringende Angelegenheiten zu kümmern, und ging. Nicholas fragte sich, zu wessen Rettung er wohl gerade eilte.

Er folgte dem Rektor aus seinem Büro zu einem Raum, dessen Tür die Aufschrift »KONFERENZZIMMER« trug. Gut zwanzig Personen saßen um einen langen polierten

Tisch herum. An einem Ende waren vier Plätze, von denen die mittleren zwei nicht besetzt waren. Die beiden Herren auf den anderen beiden Stühlen erhoben sich zum Gruß, als Nicholas und der Rektor auf sie zugingen.

»Darf ich Ihnen Professor Grenzen vorstellen, Dekan des Fachbereichs Ethnische Wissenschaften«, sagte der Rektor. Nicholas ergriff die Hand eines groß gewachsenen, würdigen, angenehm aussehenden Mannes Mitte der sechzig. »Und das ist Professor Glaube, Dekan unseres Religionswissenschaftlichen Fachbereichs.« Nicholas schüttelte Professor Glaube die Hand, einem Mann ungefähr gleichen Alters, der aber massiver und strenger wirkte. Alle vier ließen sich am Kopfende des Tisches nieder.

Der Rektor hielt eine überraschend kurze und recht formale Ansprache: »Wir sind geehrt und erfreut, daß Professor Caritat, hier anwesend, zugestimmt hat, Mitglied unserer Fakultät zu werden. Ich brauche Ihnen wohl kaum in Erinnerung zu rufen, daß er ein äußerst renommierter Forscher der Aufklärungszeit aus Militaria ist, der in den beiden hier vertretenen Fachbereichen lehren – und zweifellos auch Forschungen anleiten – wird. Erlauben Sie mir das Wort an Professor Grenzen zu übergeben, der einige Worte im Namen des Fachbereichs Ethnische Wissenschaften sagen wird.«

Professor Grenzen stand auf und räusperte sich. »Für mich«, sagte er, »für uns alle ist es, wie der Rektor gesagt hat, eine Ehre, daß Sie sich uns anschließen. Sie sind ein Gelehrter auf dem Gebiet der Aufklärung, und wir haben, das muß ich betonen, größten Respekt vor Ihren Forschungen ...«

»Wie ich für die Ihren«, warf Nicholas ein.

»... aber ich sollte Ihnen vielleicht erklären, daß unsere kommunitarische Lebensweise und damit auch die Philosophie, die hinter unserem Erziehungswesen steht, eine sehr dezidierte Haltung gegenüber der Aufklärung einnimmt. Nicht, daß wir, in irgendeinem platten Sinne, *dagegen* wären. Aber wir sind in der Tat der Auffassung, daß sie – wie soll ich sagen? – der Ablösung bedarf, oder – vielleicht besser? – ihrer richtigen Einordnung.

Vielleicht kann ich am besten erklären, was ich meine, indem ich Voltaire zitiere. Wie Sie sicherlich besser wissen als ich, schreibt er in seiner *Abhandlung über die Metaphysik*, daß er den Menschen auf genau dieselbe Art und Weise zu studieren gedenke, wie man etwa die Bewegungen der Planeten studieren kann, nämlich von einem imaginären Standpunkt außerhalb des Erdballs aus. Nur von solch einem Standpunkt aus, sagt er, könne man die Bewegungen, wie sie von der Erde aus erscheinen, mit den wirklichen Bewegungen vergleichen, die man sehen würde, wenn man sich etwa auf der Sonne befände. In diesem Sinne schreibt er dann: ›Ich werde versuchen, wenn ich den Menschen studiere, mich zunächst außerhalb seiner Sphäre zu begeben und mich dabei aller Vorurteile der Erziehung, des Vaterlandes und vor allem der Philosophie zu entledigen.‹

Dieser, für die Denker der Aufklärung so typische Ehrgeiz ist es – einen Blick auf unsere Welt anzustreben von einem Standpunkt aus, der nirgendwo in ihr selbst liegt, und der Weltanschauung der eigenen Gemeinschaft zu entrinnen –, den wir für so gefährlich halten. Er ist gefährlich, Professor Caritat, weil er *ethnozentrisch* ist: Der angebliche ›Blick von nirgendwoher‹ erweist sich stets als ein Blick von einem bestimmten Punkt aus, der, wie seine Verteidiger behaupten, universal und objektiv ist, worauf sie ihn dann anderen aufzwingen wollen – so wie unsere Bienen es hierzulande wie auch in ihren über alle Welt verstreuten Kolonien zu tun pflegten. In Kommunitaria halten wir es für selbstverständlich, daß jeder Blick ein Blick von einem bestimmten Punkt aus ist, und daß keiner davon einem beliebigen anderen überlegen ist.

Dieses Prinzip ist die Grundlage unserer Lehre hier an der Unidiversität. Unser Lehrplan spiegelt die Präsenz vielfältiger Kulturen in jedem spezifischen Wissensgebiet wider. Wir haben einen von uns sogenannten ›Grundkanon‹ von Werken, die alle Studenten lesen müssen. Dieser Kanon besteht aus einer Auswahl aus all den verschiedenen Traditionen, die in Kommunitaria repräsentiert sind. Keine Tradition darf unterschlagen werden, und keine darf vorherrschen. Manche unserer Traditionen, etwa die der Indigenen und der Plenomelodier, sind nun allerdings zum größten Teil mündlich, nicht schriftlich überliefert, und in solchen Fällen studieren wir ihre Folklore, ihre Sagen, ihre Lieder und Tänze.

Wenn unsere Studenten sich dann spezialisieren, so tun sie das mit der äußersten Sensibilität für die Empfindlichkeiten jener, die sie studieren. Wir betrachten es sogar als akademisches Versagen, wenn ein Forschungsprojekt bei denen, die es zum Gegenstand hat, Anstoß erregt, so, wie wir es auch als Versagen unserer Lehre betrachten, wenn unsere Studenten jemals auf diese Weise Anstoß erregen.

Wir halten es für ganz ausgezeichnet, daß Sie unsere Studenten über die Aufklärung zu Beginn ihrer akademischen Karriere belehren, damit sie erkennen, welche Gefahren auf ihrem Wege liegen mögen – vor allem die Gefahr des Ethnozentrismus. Ich bin sicher, daß Ihre Vorlesungsreihe eine wunderbare und aufklärende Einführung für sie sein wird.« Professor Grenzen beendete seine Rede. Der Rektor nahm sie mit augenscheinlicher Genugtuung auf und wandte sich dann an Professor Glaube. »Ich bitte nun Professor Glaube, einige Worte des Willkommens im Namen des Religionswissenschaftlichen Fachbereichs zu sprechen.«

»Ich möchte alles unterstreichen«, sagte Professor Glaube ohne jedes Lächeln, »was mein Kollege soeben gesagt hat. Daß Sie sich uns anschließen, ehrt uns, und daß Sie unseren Studenten das Denken der Aufklärung nahe bringen, scheint uns nach reiflicher Überlegung ein ausgezeichneter Gedanke. Ich stimme dem zu, was mein Kollege über die Aufklärung gesagt hat, möchte aber einige weitere Bemerkungen darüber hinzufügen, wie mein Fachbereich Ihr Forschungsgebiet ansieht – für das wir, natürlich, größten Respekt empfinden.« Nicholas nickte verbindlich.

»Wir wissen selbstverständlich alle, daß die Aufklärung der Religion nicht besonders freundlich gegenüberstand. Sie war skeptisch gegenüber Wundern. Sie war kritisch gegenüber der Offenbarung. Sie betrachtete die Existenz des Bösen als eine Herausforderung für die Glaubwürdigkeit des religiösen Glaubens. Sie zog die Autorität göttlich eingegebener Heiliger Bücher in Zweifel. Sie neigte sogar dazu, die Gläubigen und ihre Priester *satirisch* zu behandeln.« (Als er dies sagte, trafen seine Augen diejenigen Nicholas', und eine gewisse *frisson* stand im Raum. War Professor Glaube, so fragte er sich, etwa ein Stalaktit? Würde er sich gleich auf den Kopf stellen?) »Aber nichts davon ist für uns der Kardinalpunkt. Für uns ist es wichtig, daß die Aufklärung ein Versprechen machte, das sie nicht einlösen konnte: in der Vernunft einen Grund zu finden, der die Sittlichkeit rechtfertigt.

Wir wissen, daß es einen solchen Grund nicht gibt. Ganz gewiß gibt es keinen in der Vernunft, der als Beweis ausreichte, daß eine bestimmte Moral allen anderen überlegen wäre. Unterschiedliche Ethiken rufen zu unterschiedlichen Tugenden auf, verlangen unterschiedliche Pflichten, verkörpern unterschiedliche Begriffe davon, was in diesem Leben auf Erden von Wert ist. Wie könnte die Vernunft Schiedsrichter zwischen ihnen sein? Was, frage ich Sie, ist die Vernunft? So etwas wie *die* Vernunft gibt es nicht – nur unterschiedliche Möglichkeiten, die Vernunft zu gebrauchen, von denen jede einer bestimmten Tradition und einer Lebensanschauung innewohnt. Und wie könnte es eine andere Grundlage für die Sittlichkeit geben als eine religiöse Grundlage? Selbst sogenannte säkulare Gesellschaften müssen sich auf das Vermächtnis der Religionen berufen, die sie ihrem eigenen Anspruch nach verwerfen. Und unter den religiösen Grundlagen ist keine, auf die sich alle als auf die einzige einigen könnten. Die Götter sind irreduzibel und auf ewig vielfältig. Es gab eine Zeit schrecklicher Religionskonflikte, vor unserem Ruhmreichen Verfassungskompromiß, als man sogar Krieg gegeneinander führte. Aber dann handelten wir einen

Friedensvertrag aus und setzten den Grundsatz des *Aspekte plus Respekt* ein, der die Grundlage unseres gemeinsamen Lebens hier in Kommunitaria darstellt.

Also stimme ich Professor Grenzen voll und ganz zu. Sollen unsere Studenten etwas über die Aufklärung und ihre Illusionen erfahren! Sollen sie sehen, in welche Katastrophen diese Illusionen geführt haben – dazu, daß *eine* Kultur und *ein* Bestand an Wissen über alle anderen dominierten, daß bestimmte Lebensweisen exportiert und aufgezwungen wurden, andere herabgesetzt, daß traditionelle Kulturen im Namen der universellen Vernunft und Wahrheit gebrochen und zerstört wurden. Ich bin sicher, daß Ihr Einführungskurs in die Aufklärung, Professor Caritat, nur dazu beitragen kann, den Glauben unserer Studenten an ihre jeweilige Religion zu stärken und ihren Respekt vor der Religion ihrer Mitstudenten.«

Als sich Professor Glaube setzte, lief ein beistimmendes Murmeln um den Tisch.

»Dazu sage ich Amen!« sagte eine lebhafte Frau mit Brille und einer Knotenfrisur. »In meiner Eigenschaft als Kommunikanische Biene und Professorin für die Geschichte der Ausbeutung muß ich zugeben, daß es in unserer Geschichte sehr viel gibt, dessen wir uns schämen sollten. Wir sind erbarmungslos und ohne Gnade in unserem Streben nach Hegemonie über andere Lebensweisen und Denkweisen gewesen. Wir waren einmal sehr stark von Ihrer sogenannten Aufklärung beeinflußt, Professor Caritat. Wir übten unsere Hegemonie im Namen des sogenannten ›Fortschritts der Zivilisation‹ aus, an den die Aufklärung glaubte und den sie zu fördern suchte. Aber wir sprechen nicht länger vom ›Fortschritt der Zivilisation‹. So etwas wie ›Zivilisation‹ gibt es nicht, nur unterschiedliche Kulturen. Und so etwas wie ›Fortschritt‹ gibt es ebenfalls nicht, nur unterschiedliche Wege, die unterschiedliche Kulturen in ihrer Entwicklung beschreiten und die nur unter ihren jeweiligen eigenen Aspekten beurteilt werden können. Ihr ›Fortschritt‹ ist lediglich ein Codewort für die Herrschaft einer Kultur über andere. Es wird eine großartige Sache für unsere Studenten werden, dies aus Ihrem Kurs zu lernen!«

Ein eifriger junger Mann mit offenem Hemdkragen am gegenüberliegenden Ende des Tisches lehnte sich nach vorn. »Absolut!« sagte er. »Als Plenomelodier kann ich nur zustimmen. Mein Thema ist die Literatur, ein Gebiet, auf dem sich die Hegemonie, von der meine Kollegin gesprochen hat, besonders stark ausgewirkt hat. Ihre Präsenz manifestierte sich, wenn ich es so ausdrücken darf, in ihrer systematischen Konstruktion von Absenzen. Die abwesenden Texte und ihre unsichtbaren Autoren waren das wohlgehütete Geheimnis unseres traditionellen Lehrplans. Unmerklich formten sie sogar seinen manifesten Inhalt: Bienenkultur und Bienenwerte beherrschten unsere Herzen und Hirne nur, weil alle anderen kulturellen Möglichkeiten systematisch unterdrückt wurden. Wir hörten nur das Summen der Bienen, weil alle anderen Stimmen zum Schweigen gebracht wurden. Und was geschah, als die Menschen versuchten, diese ihre Stimmen zu erheben? Sie wurden *gestochen*!« Beifälliges Gemurmel erklang um den Tisch.

»Aber glücklicherweise hat sich dies alles verändert. Wir haben den Bienen den Stachel gezogen, und unsere Stimmen werden jetzt gehört. Wir singen nicht dieselben Melodien, und das Summen der Bienen ist nur ein Motiv in der umfassenden Polyphonie. Unsere Entmündigung ist aufgehoben. Unsere jeweiligen Schriftsteller und Philosophen und Dichter und Volkssagen werden respektiert, wie sie es verdienen. Wir üben *Kritik*, nach unseren eigenen Maßstäben, aber wir kritisieren nur uns selbst. Keine Gemeinschaft kritisiert die kulturelle Leistung irgendeiner anderen Gemeinschaft. Ihr Kurs, Professor Caritat, wird uns sehr helfen. Unsere Studenten werden von Ihnen lernen, wo die wirklichen Wurzeln ihrer früheren Unterdrückung lagen: in den Illusionen der Aufklärung, im Dogma, daß es Maßstäbe gibt, die über kulturelle Grenzen hinweg wirksam sind, und in der alptraumhaften Vision einer kosmopolitischen Kultur, die die gesamte Welt umfassen würde.«

Nicholas begann sich unbehaglich zu fühlen. Eine Dunstglocke klebriger Einigkeit zum Thema Mannigfaltigkeit schien sich um ihn herum zu verdichten. Die nächste Sprecherin verschaffte ihm erhebliche Erleichterung in mehrererlei Hinsicht. Es handelte sich um eine junge, auffällig attraktive Frau mit feingeschnittenen Gesichtszügen und einem Teint wie Porzellan, unergründlichen dunklen Augen und langem pechschwarzem Haar, deren sanfte und zarte Stimme in Widerspruch zur Vehemenz ihrer Worte stand.

»Ich bin eine Indigene«, begann sie, um ein wenig überflüssigerweise hinzuzufügen, »und eine Frau. Ich lehre im Forschungsbereich Geschlecht und Geschlechterverhältnis. Es macht mir Sorge, daß wir Professor Caritat vielleicht ein gänzlich irreführendes Bild davon vermitteln, was Multikulturalismus bedeutet. In der Geschichte unserer Bewegung« – er war nicht sicher, was sie mit »unserer« meinte – »haben wir dafür kämpfen müssen, daß sie in einem transformativen und nicht nur reformistischen Sinn verstanden wurde. Für uns bedeutet Multikulturalismus den wirkungsvollen Abbau der bienenzentrischen Hegemonie und die Schaffung eines vollständig neuen Curriculums. Das ist ein Ziel, das wir dauernd vor Augen haben und das wir nie vollständig erreichen können. Viel zu oft ist ›Multikulturalismus‹« – sie wandte sich ihrer bebrillten Kollegin zu – »nur eine modische Floskel, die allein Selbstgefälligkeit bemäntelt. Mein plenomelodischer Kollege« – sie sprach den jungen Mann mit offenem Hemdkragen an – »sagt, unsere Entmündigung sei beendet, aber können wir sicher sein, daß auch unser Geist entkolonialisiert worden ist? Haben wir uns wirklich von der bienenzentrischen Weltanschauung befreit, von Klassenprivilegien, von Rassismus und« – sie legte eine wirkungsvolle Kunstpause ein – »von Sexismus?« Um den Tisch herum lief ein unbehagliches Schurren.

»Was mich«, fuhr sie fort, »zu der vertrackten Frage von Geschlecht und Geschlechterverhältnis, von Geschlechtlichkeit und Geschlechtsstatus, von biologischem und gesellschaftlichem Geschlecht bringt. Manche Menschen geben immer noch vor, nicht zu wissen, was der Unterschied zwischen diesen Begriffspaaren ist. Ich werde Ihnen sagen, worin er besteht. Biologisches Geschlecht ist der Unterschied zwischen meinen Körperfunktionen und denen der Professoren Grenzen und Glaube.« (Das Schurren nahm zu. Nicholas ertappte sich dabei, daß er sich den angesprochenen Gegensatz verbildlichte.) »Gesellschaftliches Geschlecht oder Geschlechtsstatus ist das, was erklärt, warum ich nicht zur Dekanin des Fachbereichs für Ethnische oder Religionswissenschaften ernannt werde. Leider ist die Geschlechtszugehörigkeit immer noch eine Quelle der Unterdrückung in Kommunitaria. Wir glauben noch immer, daß nur Frauen eine Geschlechtszugehörigkeit haben, und daß alle übrigen einfach Menschen sind. Unser großer ›Ruhmreicher Verfassungskompromiß‹ hat dieses Problem nie endgültig gelöst. Die Geschlechterfrage stand damals auf der Tagesordnung. Die damalige Frauenbewegung war stark und kämpfte um die Anerkennung weiblicher Identität. Aber unglücklicherweise sind Frauen weder eine Gemeinschaft noch eine Minderheit, also wurden wir beim Verfassungskompromiß übergangen. Womit wir abgespeist wurden, waren schöne Worte und symbolische Alibi-Rollen.«

»Na kommen Sie schon, Professor Bodkin«, warf der Rektor ein. »Wir sehen Sie wohl kaum in diesem Licht.«

»Ich möchte hier nicht bevormundet werden«, sagte Professor Bodkin, wobei Ihre Stimme erstmals Ärger verriet. »Ich spreche hier nur über unser beklagenswertes Versagen, Frauen als Frauen zu respektieren. Nur ethnische Zugehörigkeit und Religion werden als respektwürdig angesehen, also gestatten wir einundfünfzig Gemeinschaften, ihre Frauen zu behandeln, wie es ihnen beliebt – was meistens heißt, schlecht.« (Müde wurden wissende Blicke über den Tisch hinweg ausgetauscht.)

»Wir haben doch die Körperschaft für Geschlechterfragen«, widersprach der Rektor.

»Genau!« sagte Professor Bodkin. »Eine nutzlose, leblose, praktisch zahnlose Institution, deren Zweck niemand versteht oder auch nur in Erinnerung hat. Wir leben, so fürchte ich, noch immer nicht in der Bestmöglichen der Welten, Professor Caritat, zumindest soweit es Frauen betrifft. Ich wünsche mir nur, daß wir, wenn wir Ihren Lehrveranstaltungen folgen, vielleicht lernen, wie wir sie dazu machen können. Aber Ihre Aufklärung war in dieser Frage nicht besonders aufgeklärt, oder?« Sie warf Nicholas einen unmißverständlich kampflustigen Blick zu.

Nicholas fühlte sich auf angenehme Weise provoziert. Was sie sagte, war nicht falsch, aber über den Punkt ließ sich streiten. Wie stand es etwa im besonderen mit Condorcet? Im Jahre 1789 war er für die Erteilung der Bürgerrechte an Frauen in die Bresche gesprungen und hatte das Verhalten selbst der aufgeklärtesten Männer seiner Zeit kritisiert. »Haben sie nicht alle den Grundsatz der Gleichheit der Rechte verletzt«, schrieb er, »indem sie stillschweigend die Hälfte der menschlichen Rasse des Rechts beraubten, an der Herausbildung der Gesetze teilzunehmen?« und hatte verlangt, sollte dieser Ausschluß nicht als ein Akt der Tyrannei gelten, daß »es des Beweises bedürfte, daß die natürlichen Rechte der Frauen nicht absolut die gleichen wie die der Männer« wären. Nicholas stellte sich vor, daß er mit großem Vergnügen zu einem späteren Zeitpunkt mit Professor Bodkin über Aufklärung und Feminismus diskutieren würde – vorzugsweise in privater Umgebung. Nicht aber hier und jetzt. Die Atmosphäre am Tisch wurde eindeutig unruhig und widerspenstig, und der Rektor fand einen diplomatischen Abschluß für den Anlaß.

»Ich denke, Ihre künftigen Kollegen haben Ihnen eine Vorstellung dessen vermittelt, was Sie hier erwarten können«, sagte er. »Vielleicht würden Sie jetzt gerne mit ihnen in die Cafeteria gehen, wo Sie einige Studenten kennenlernen können. Das ist mein Vorschlag. Ich überlasse Sie jetzt den kundigen Händen der Professoren Grenzen und Glaube.« Alle brachen zu einem Kaffee auf, und Nicholas folgte den Professoren Grenzen und Glaube auf den Korridor hinaus.

»Philomena Bodkin ist ein Phänomen«, bemerkte Professor Grenzen, während sie weitergingen. »Die Form ist süß, der Inhalt bitter.«

»Und muß immer«, fügte Professor Glaube hinzu, »*cum grano salis* genommen werden.«

»Was ist die Körperschaft für Geschlechterfragen?« fragte Nicholas.

»Es ist eine Institution, die zur Zeit des Verfassungskompromisses eingerichtet wurde, um Frauenfragen zu fördern und die Interessen von Frauen zu schützen«, erwiderte Professor Grenzen. »Sie tut heutzutage wenig, außer Klagen über sexuelle Belästigung zu behandeln. Die Frauen, die sie betreiben, sind sich nicht einig über die Aufgabe der Körperschaft – und auch über manches andere nicht.«

»Es gibt vier unterschiedliche Fraktionen«, erklärte Professor Glaube. »Da sind die militanten Feministinnen, die behaupten, daß wir Frauen schlecht behandeln, und mit praktisch all unseren Gemeinschaften über Kreuz liegen, den religiösen und ethnischen. Sie können uns aber nicht offen kritisieren, weil dies einen Rechtsbruch bedeuten würde. Ihnen gegenüber stehen die Relativistinnen, die sagen, daß die Art und Weise, Frauen zu behandeln, in jeder Gemeinschaft eine Eigenberechtigung hat. Sie verbringen ihre Zeit damit, jeden anzugreifen, der es wagt, die Traditionen irgendeiner speziellen Gemeinschaft anzugreifen, wie etwa die der Vilipendianer, die die weibliche Beschneidung praktizieren. Dann gibt es die Partikularistinnen. Sie sagen, daß eine spezifische Gemeinschaft die gültige Antwort hat, wie Frauen zu behandeln seien, aber sie können sich nicht darüber einigen, welche Gemeinschaft das ist: einige sagen, die Plenomelodier, andere die Indigenen, und so fort. Und schließlich gibt es die Separatistinnen, die meinen, daß Frauen eine eigene Gemeinschaft bilden sollten. Sie sind mit diesen Gedanken nicht besonders weit gekommen. Wie Grenzen schon sagte, können sich all diese verschiedenen Fraktionen nur darin einigen, Anklagen sexueller Belästigung zu behandeln, die ihnen vorgebracht werden. Die Körperschaft für Geschlechterfragen führt außergerichtliche Anhörungen durch und geht dann vor Gericht, wenn sie überzeugt ist, daß ein verfolgenswerter Fall vorliegt. Damit sind sie sehr erfolgreich, da alle unsere Gemeinschaften den Anspruch erheben, Frauen zu respektieren.«

Sie hatten die Cafeteria erreicht, die mit Menschen gefüllt war, von denen manche am Tresen entlang standen, andere an Tischen saßen. Die Professoren Grenzen und Glaube nahmen Nicholas zu einem Tisch mit, an dem ein halbes Dutzend Studenten gespannt auf sie wartete. Sie waren, wie es schien, dazu bestimmt worden, sich mit Nicholas zu unterhalten, und hocherfreut, als er sich zu ihnen setzte.

»Also wie ist es denn so, hier Student zu sein?« fragte er sie.

Diese Frage rief eine Litanei der Selbstgefälligkeit hervor, einen veritablen einstimmigen Lobgesang auf die Vielfalt. Zwei der Studenten waren Bienen und und schworen nachdrücklich dem »Bienenzentrismus« und jeglichem Hang zur »Hegemonie« ab; der Lehrplan, so behaupteten sie, war gründlich »entbienifiziert« und »polyzentrisch«. Die übrigen waren von kämpferischer Selbstbehauptung erfüllt. Nicht länger »marginalisiert« und »unterdrückt«, waren sie »ermündigt«. »Wir alle«, beharrte einer, »haben unsere Tolstois, und wir haben sie alle gelesen.«

»Gibt es keine Konflikte oder Reibungen?« fragte Nicholas. »Erregt nie jemand Anstoß?«

»Ah«, antwortete einer der Studenten, »wir haben einen Sprachkodex, um das zu verhindern.«

»Wie funktioniert das?« fragte Nicholas.

»Wenn jemand bei einer abfälligen Bemerkung über irgendeine Gemeinschaft belauscht wird, kann er oder sie belangt werden und vor den Hohen Rat der Unidiversität gebracht werden. Die Strafen reichen von einer Warnung bis zum dauernden Ausschluß. Wenn Professoren es tun, können sie ins Gefängnis kommen.«

»Welche Art von Bemerkungen meinen Sie da?« insistierte Nicholas.

»Oh, wir können keine Beispiele dafür geben. Das wäre gefährlich«, sagte ein anderer Student.

Nicholas drängte sie. »Bitte«, sagte er, »nur eines!«

»Also«, sagte eine Studentin, wobei sie sich furchtsam umsah und die Stimme senkte, »man kann für einen Monat relegiert werden, wenn man etwa sagte, ›so fleißig wie eine Emse‹.«

Nicholas begann sich selbst unterdrückt zu fühlen. In diesem Augenblick bemerkte er zu seiner Erleichterung die schlanke Gestalt Philomena Bodkins, die sich von einem nahestehenden Tisch erhob. Er entschuldigte sich kurz und ging hinüber, um sie anzusprechen.

»Ich würde sehr gern den Versuch machen«, sagte er, »Sie davon zu überzeugen, daß Ihre Ansicht der Aufklärung bestreitbar ist.«

»Sie können es immerhin versuchen«, sagte sie.

»Vielleicht könnten wir einmal beim Essen darüber sprechen?«

»Vielleicht könnten wir das«, antwortete sie. War das eine Ermutigung? Er war sich nicht sicher.

»Wie wäre es heute beim Abendessen?« schlug er vor.

»Geht nicht. Ich bin zur Aufsicht in einem Studentenheim eingeteilt.«

»Wie wäre es dann morgen zum Mittagessen? Hier, um ein Uhr?«

Sie stimmte zu, sagte auf Wiedersehen und ging, ohne sich umzublicken.

Er kehrte widerwillig zu seinen studentischen Gesprächspartnern zurück. Sie schienen überraschend konformistisch und unkritisch gegenüber dem Zustand ihrer Gesellschaft. Er dachte mit Stolz an die geistige Unabhängigkeit seiner eigenen Kinder und fragte sich beklommen, wie es ihnen wohl ging. Während er noch zögernd dort stand, fühlte er, wie ihn jemand am Ärmel zupfte. Gerade hinter ihm standen zwei jung aussehende Studenten. Der Junge war dürr, dunkelhaarig und trug eine Lederjacke; das Mädchen war eine Blondine mit frischem Gesicht, die Jeans und einen roten Pullover trug. Sie sahen ängstlich, nervös und geheimnistuerisch aus.

»Wir möchten sehr gerne mit Ihnen reden, Professor Caritat«, sagte der junge Mann mit Dringlichkeit, »aber nicht hier und nicht jetzt. Können Sie uns heute abend treffen?«

»Ja, natürlich«, sagte er.

»Wir holen Sie hier um sechs ab«, sagte der junge Mann, und schon waren sie verschwunden.

In diesem Augenblick segelte Professor Grenzen auf ihn zu und nahm ihn beim Arm.

»Wir müssen Sie zu Ihrem Büro und Ihrer Sekretärin mitnehmen«, sagte er, »jetzt, da Sie einer von uns werden sollen.«

21 MALCONTENTS

Sein kommunitarisches Büro war seinem utilitarischen sehr ähnlich – gesichtslos und funktional, mit weißen Wänden, einem einfachen Stuhl, einem Schreibtisch und leeren grauen Regalen. Aber vielleicht waren solche Arbeitsumgebungen seinem neuen reisenden, uneingeordneten Selbst angemessen. Beide Büros unterschieden sich himmelweit von seinem Allerheiligsten in Militaria, um das er schwermütig trauerte, und dennoch, wenn er an die Wärme dieses Heiligtums und die Linderung und den Trost dachte, die sein früheres Selbst erfahren hatte, kam er ins Grübeln, in welchem Ausmaß diese die kalten Grausamkeiten des Regimes zur Voraussetzung hatten.

Die Sekretärin, die ihm zugewiesen worden war, machte einen Rundgang mit ihm durch die Abteilungen und die Bibliothek. Nach dem Mittagessen mit Grenzen und Glaube, bei dem sie ihm ihre Reden vom Vormittag noch einmal in voller Länge hielten, stöberte er in der Bibliothek und rief Goddington an, um zu sagen, daß er vielleicht spät nach Hause käme. Kurz vor sechs Uhr ging er in die Cafeteria hinüber, um seine Verabredung einzuhalten.

Das junge Paar erwartete ihn am Eingang. Sie stellten sich als Benjamin und Constance vor.

»Wollen Sie in mein Zimmer hier auf dem Unidiversitätsgelände mitkommen?« fragte Benjamin. »Wir würden Ihnen gerne ein Glas Wein und eine Kleinigkeit zum Abendessen anbieten.«

Nicholas nahm an und folgte ihnen aus dem Gebäude und über den Campus. Er bemerkte, daß sie sich ängstlich darum bemühten, nicht gesehen zu werden.

»Es ist wirklich sehr nett von Ihnen, daß Sie sich bereit erklärt haben, uns zu treffen«, sagte Benjamin. »Wir haben von Ihrer Mission gehört, und es gelang uns, einige Ihrer Schriften in die Hand zu bekommen, die wir enorm interessant finden. Es macht uns Sorgen, daß man Ihnen ein äußerst einseitiges Bild des Lebens hier gibt. Wir haben eine Gruppe gebildet, einen Geheimclub ...«

»Es ist ein geheimer *Revolutionsclub*«, fügte Constance aufgeregt hinzu.

»... wo wir alternative Gedanken diskutieren. Wir würden sie gerne mit Ihnen diskutieren. Aber was wir da tun, ist gefährlich und mit Sicherheit ungesetzlich. Sind Sie immer noch bereit, mit uns zu kommen?«

»Ja«, sagte Nicholas fest.

Sie gingen an mehreren Gebäuden vorüber und kamen schließlich zu einer Reihe von Türmen, die offensichtlich Studentenwohnheime waren. Sie betraten eines von ihnen, nahmen den Aufzug zur fünften Etage, gingen einen Flur entlang und betraten Benjamins Zimmer. Es war ein kleines Arbeitszimmer mit angrenzendem Schlafraum. Papiere und Bücher türmten sich hoch auf einem Schreibtisch am Fenster. In der Mitte des Raums stand ein niedriger runder Tisch, um den acht junge Leute saßen, einige im Schneidersitz auf dem Fußboden, andere auf Stühlen. Benjamin bot Nicholas einen freien kurzbeinigen Sessel an. Er und Constance gesellten sich zu den anderen um den Tisch, auf dem mehrere Flaschen plenomelodischen Weines standen, Gläser dazu und ein paar Sandwiches. Nicholas ließ sich von Constance ein Glas Wein anbieten, während Benjamin seine Kommilitonen namentlich vorstellte.

»Ich habe Professor Caritat erklärt, warum wir ihn gerne sprechen möchten ...«, begann Benjamin.

»Bitte«, sagte Nicholas, »nennen Sie mich ruhig Nicholas.« Diese Einladung zu einem informellerem Umgang kam offenbar sehr gut an.

»Es geht darum«, fuhr Benjamin fort, indem er sich an Nicholas wandte, »daß die Gegebenheiten hier nicht ganz so sind, wie sie Ihnen scheinen mögen. Unsere Professoren und Studentenvertreter haben Ihnen die offizielle Geschichte erzählt.«

»Was«, fragte Nicholas, »ist die wirkliche Geschichte?«

»Wo sollen wir anfangen?« fragte Benjamin.

»Fangen wir doch mit uns selbst an«, schlug Constance vor. »Ich bin eine Biene und Bennie ist ein Indigener, und wir wollen heiraten. Aber es gibt in Kommunitaria einen ungeheueren sozialen Druck gegen Mischehen. Sie sind nicht ungesetzlich, aber sie werden von praktisch allen Gemeinschaften sehr deutlich mißbilligt. Und Kinder aus solchen Ehen müssen nach der Religion und ethnischen Identität des Vaters erzogen werden. Meine Eltern wissen nichts von Bennie und seine nichts von mir.«

»Was würden sie denn tun, wenn sie es wüßten?« fragte Nicholas.

»Sich wahrscheinlich von uns lossagen: uns enterben und verstoßen.«

»Wir müssen uns heimlich treffen«, sagte Benjamin. »Nur unsere Freunde wissen davon. Auf dem Campus würden wir gebrandmarkt werden.«

»Ist das ein verbreitetes Problem?« fragte Nicholas.

Ein Gelächter ging um den Tisch. »Unmöglich zu sagen«, sagte Constance. »Es sind so wenige, die es wagen, aus der Masse auszuscheren. Es gibt einige wenige Mischehen, aber niemand weiß, wie viele heimliche *liaisons dangereuses* es gibt.«

»Verbotene Beziehungen sind nicht das einzige, was gefährlich ist«, kommentierte ein junger Mann mit schwarzem lockigem Haar. »Es gibt jede Menge andere Möglichkeiten, aus der Herde auszuscheren.«

»Wie zum Beispiel…?« gab Nicholas das Stichwort und goß sich ein zweites Glas Wein ein.

»Die eigene ethnische oder Religionsgemeinschaft abzulehnen, oder vorzugeben, nicht zu ihr zu gehören, oder zu einer anderen zu gehören, oder – am allerschlimmsten – die Vorstellung von kollektiven Identitäten überhaupt zu verwerfen«, antwortete der junge Mann.

Ein dunkelhaariges Mädchen neben ihm stimmte nachdrücklich zu. »Versuchen Sie nur mal zu sagen, Sie gehören nicht dahin, wo Sie sein sollten, und schon haben Sie ernstlich Ärger.«

Jemand anders fügte hinzu: »Und versuchen Sie nur mal zu sagen, Sie glauben nicht daran, daß man irgendwo hingehört. Sie werden schon sehen, was Ihnen dann passiert!«

Ein recht melancholisch dreinblickender junger Mann neben Nicholas nickte zustimmend. »Menschen, die solche Dinge zu sagen wagen, oder von denen man glaubt, daß sie sie glauben, sind gebrandmarkt und finden schwerlich eine gute Arbeit. Mein Vater ist aus genau diesem Grund seit Jahren arbeitslos. Er wird einfach nicht auf die Quotenliste gesetzt.«

»Aber am schlimmsten ist es«, sagte jemand anders, »wenn Sie zu einer Gemeinschaft gehören wollen – ob ethnisch oder religiös –, die nicht offiziell anerkannt wird. Sie haben sich selbst erkannt, als das, was Sie sind, aber die Behörden erkennen Sie nicht an. Solche nicht anerkannten Gemeinschaften werden von denen auf der Liste als wirkliche Bedrohung empfunden.«

»Kurz gesagt«, sagte Benjamin, »Menschen, die nicht in die offizielle Geschichte passen, bekommen die Hölle heiß gemacht. Man sagt von ihnen, daß sie keine wirklichen Kommunitarier sind. Manchmal werden sie ›wurzellose Kosmopoliten‹ genannt.«

Nicholas hatte für das, was sie ihm da sagten, ungeteiltes Interesse. Er empfand auch ihre Gesellschaft als ungemein wohltuend und war von ihrer Freundlichkeit, ihrem Eifer und ihrer offensichtlichen Aufrichtigkeit gerührt. Sie erzählten viele Geschichten aus eigener Erfahrung, und die kumulative Wirkung war schlicht verheerend. Während die Zeit verging, versorgte ihn Constance unentwegt mit dem pleno-melodischen Wein, der ihm sehr mundete. Er begann, eine gewisse Leichtigkeit im Kopf zu verspüren, der er entgegen-zuwirken trachtete, indem er einige Sandwichs aß.

»Nicholas!« sagte Benjamin plötzlich. »Sie müssen uns helfen. Wir wissen von Ihrer Arbeit, und wir haben sogar einiges davon gelesen. Aber wir müssen wissen, wie wir uns verteidigen und schützen können und, vor allem anderen, wie wir andere überzeugen können, daß sie sich verteidigen und schützen müssen.«

»Gegen was?« fragte Nicholas.

»Gegen das Hingehören«, sagte Benjamin.

»Und gegen die Hörigkeit des Hingehörens«, sagte Constance.

»Ich vermute, daß meine Vorlesungen über die Aufklärung von solchen Dingen handeln werden«, sagte Nicholas. »Sicherlich werde ich über die Menschenrechte und die Bürgerrechte sprechen ...«

»Ihre Vorlesungen werden sorgfältig in einen Rahmen gestellt werden, in dem sie auf die Widerlegungen aller anderen Professoren prallen«, sagte Benjamin. »Man will Sie als Paradebeispiel dafür benutzen, was man nicht denken soll.«

Nicholas fiel etwas ein. »Aber was ist mit Professor Bodkin?« fragte er. »Ist sie keine Verbündete?«

Unruhe entstand um den Tisch herum. Man war in diesem Punkt offenbar geteilter Meinung. »Sie ist schon in Ordnung«, sagte Constance. »Ganz sicher ist sie gegen die herrschende Orthodoxie. Das Problem ist, daß sie nur deshalb eine abweichende Meinung vertritt, weil der Verfassungskompromiß die Frauen übergangen hat. Sie ist, wie jeder sonst, von Identität besessen und interessiert sich nur für dich, wenn du vor allem anderem Frau bist. Sie macht sich nur etwas aus Frauen, nicht aus Menschen.«

»Macht sie sich nichts aus Männern?« fragte Nicholas.

»Definitiv nein!« sagte Constance. »Sie haßt sie.«

Das bedrückte Nicholas.

»Wir möchten Sie gerne bitten, Mitglied in unserem Club zu werden«, sagte Benjamin, »uns zu beraten und uns mit Texten zu versorgen, die wir als Propaganda in unserem Kampf für die Menschenrechte benutzen können.«

»Darauf trinken wir!« sagte der lockige Student.

Constance füllte abermals Nicholas' Glas. »Darauf stoße ich an«, sagte er kühn und leerte das sechste (oder war es das siebte?) Glas des köstlichen plenomelodischen Weines. Die Gesichter um ihn herum schienen ihm voller höchst erquicklicher Liebenswürdigkeit. Er hatte jedes Zeitgefühl verloren, wußte aber, daß es schon sehr spät wurde. Er empfand auch ein dringendes Bedürfnis, dem Ruf der Natur zu folgen. »Wo«, fragte er Benjamin, »ist die nächste Toilette?«

»Den Flur entlang links«, sagte Benjamin.

Nicholas verließ sie und ging unsicheren Schritts den Flur entlang. Es gab mehrere Türen mit Symbolen darauf, aber er hatte Schwierigkeiten, sich einen Reim darauf zu machen. Die Symbole waren Zeichnungen menschlicher Gestalten in der Kleidung ihrer ethnischen Zugehörigkeit. Das Problem bestand darin, daß all diese Gestalten Hosen zu tragen schienen, manche weit geschnittene, manche enganliegende. Zweifellos sollten sie Toiletten nach Männern und Frauen getrennt bezeichnen, aber Nicholas konnte nicht herausfinden, was hier was war. Eine Zeitlang schwankte er unentschlossen zwischen ihnen. Schließlich entschied er sich unter dem Druck der Umstände willkürlich für eine von ihnen und öffnete die Tür.

Er fand einen gekachelten Waschraum mit mehreren Waschbecken und einer Reihe von Duschvorhängen am anderen Ende. Hinter einem von ihnen konnte er Wasser laufen hören.

»Ah, da sind Sie ja«, sagte eine Stimme im Befehlston. »Schnell! Geben Sie mir die Seife.«

Er sah sich um, fand aber keine Seife.

»Auf dem Hocker dort drüben! Nun machen Sie schon, um Himmels willen!«

Nicholas tat wie geheißen. Er nahm die Seife und ging zum Duschvorhang hinüber. Er nahm ihn sacht beiseite, und da stand, ihm gegenüber, in voller Blöße, Philomena Bodkin. Ihre Augen trafen sich.

»Raus hier!« zischte sie.

Er zögerte und streckte ihr die Seife entgegen.

»Entschuldigen Sie«, stieß er im Versuch einer Erklärung hervor, »ein Versehen meinerseits. Ich ...«

»Raus hier!« schrie sie.

»Es tut mir so leid, daß Sie indigniert sind«, sagte er, »aber ich hoffe, daß wir uns trotzdem morgen zum Mittagessen sehen.«

»Raus hier!« kreischte sie. Er ließ den Duschvorhang los und kehrte um, wobei er das Stück Seife festhielt. Zurück auf dem Flur, probierte er eine andere der hieroglyphischen Türen, die verschlossen war. Schließlich fand er, was er suchte, und verschaffte sich physische, wenn auch nicht mentale Erleichterung.

Er kehrte im Zustand großer Verängstigung zu den Studenten zurück und erzählte ihnen, was geschehen war. »O weh!« sagte Constance »Sie darf nicht herausfinden, daß Sie bei uns gewesen sind. Sie hat keine Ahnung von unserem Club.«

Es war Zeit, nach Hause zu gehen. »Ihre Unterstützung bedeutet uns viel«, sagte Benjamin. »Wir müssen uns weiter mit Ihnen treffen. Aber sagen Sie unter keinen Umständen jemandem irgend etwas über unser Zusammentreffen heute abend. Wir müssen vollständige Geheimhaltung wahren.«

Nicholas versprach, wieder mit ihnen zusammenzukommen und ihr Geheimnis zu bewahren. Er fand großen Gefallen an ihrem Eifer, ihrer Energie und ihrem kritischen Geist; ja, sie erinnerten ihn lebhaft an Marcus und Eliza. Einer der Studenten hatte einen kleinen Wagen und bot ihm an, ihn nach Hause zu fahren. Seine unerwartete Begegnung mit Philomena war eine entschieden ernüchternde Erfahrung gewesen. Die Erinnerung daran beunruhigte ihn auf dem gesamten Heimweg.

Im Haus war Goddington noch wach, der ihn erwartet hatte und beunruhigt aussah.

»Jonny ist verschwunden.«

»Warum?« fragte er.

»Wahrscheinlich aufgrund eines anonymen Briefes, den ich heute erhielt. Er lautete: ›Hüten Sie sich vor Ihrem Gast, und Ihr Gast soll sich hüten.‹ Jonny muß das als ein Zeichen zum Verschwinden aufgefaßt haben, obwohl es sich natürlich auch auf Sie bezogen haben könnte. Wie ist denn Ihr Tag verlaufen?«

Nicholas gab ihm eine Zusammenfassung seines Besuches an der Unidiversität, wobei er die Ereignisse des Abends ausließ. Goddington schien erfreut.

»Es scheint ganz so, als würde die Sache hier zu einem Erfolg für Sie«, sagte er fröhlich. »Sie dürfen sich nicht zu viele Gedanken über diese Cypselus-Affäre machen, wenn wir auch für die Gefahren gewappnet sein müssen. Welche unserer Institutionen würden Sie gern als nächstes besuchen? Das Parlament? Das Gerichtsgebäude?«

»Wie wäre es mit der Körperschaft für Geschlechterfragen?« schlug Nicholas vor.

»Ah, Sie haben also davon gehört. Eine sehr gute Idee. Ich selbst werde Sie übermorgen dorthin mitnehmen. Ich muß dort vermitteln – das wird Ihnen eine Vorstellung davon geben, wie wir mit der Frauenfrage umgehen.«

Nicholas zog sich zum Schlafen zurück und grübelte über seine eigene Frauenfrage nach und, speziell, darüber, wie er Philomena seine Anwesenheit in ihrem Duschraum erklären sollte, ohne sein Schweigegelübde gegenüber Benjamin, Constance und ihren Freunden zu brechen. Er beriet sich mit verschiedenen Denkern der Aufklärung, fand aber bei keinem Hilfe.

22 DIE KÖRPERSCHAFT FÜR GESCHLECHTERFRAGEN

Er schlief schlecht und erwachte am nächsten Morgen mit einem fürchterlichen Kater. Er schien Gründe zur Beunruhigung geradezu zu sammeln: die ominösen Drohungen der Malvolianer und Stalaktiten, die erstarrte und wenig angenehme Einhelligkeit seiner künftigen Kollegen und Studenten, und jetzt das Philomena-Problem. Das letztere schien völlig unentwirrbar. Wie konnte er, ohne die Wahrheit zu sagen, seine Anwesenheit auf der fünften Etage eines Studentenwohnheims spät am Abend erklären – eben des Wohnheims, über das sie die Aufsicht führte, und genau der Etage, wo sie gerade eine Dusche nahm?

Nach dem Frühstück fuhr ihn Goddington zur Unidiversität. Nicholas dachte daran, den Rat des Geistlichen einzuholen, entschied sich aber dagegen. Schließlich hatte er Benjamin strenge Geheimhaltung versprochen. Er konnte auch Benjamin, Constance und die anderen nicht bitten, Philomena gegenüber für die Wahrheit einzustehen, da sie ihr augenscheinlich mißtrauten. Den ganzen Vormittag lang rang er erfolglos mit dem Problem. Falls Philomena doch zum Mittagessen erscheinen sollte, wie er noch immer ein wenig hoffte, würde er ihr einfach sagen müssen, er habe noch spät in der Bibliothek gearbeitet, einen Spaziergang über den Campus unternommen und sich auf der Suche nach einer Toilette verlaufen. Vielleicht wäre das unglaubhaft genug, um überzeugend zu wirken.

Seine kleine Hoffnung erwies sich als vergebens. Er saß allein in der Caféteria von ein Uhr bis ein Uhr dreißig, aber sie tauchte nicht auf. In düsterer Stimmung erhob er sich zum Gehen, als die Professoren Grenzen und Glaube gerade hereinkamen und ihn einluden, sich ihnen anzuschließen. Nicholas nahm an, aber ihre Unterhaltung linderte nicht seine Verzweiflung. Über was genau, fragten sie, würde er in seiner Vorlesung sprechen? Es lag auf der Hand, daß sie eine korrekte Antwort im Sinne hatten. Benjamin hatte recht gehabt: Ihr Ziel war es, daß er Musterlektionen in irrigem Denken erteilen sollte. Er sollte ihr Zirkuspudel sein, ein Rationalist unter Gläubigen, ein Popanz als Haustrottel.

Wie konnte sich ein Rationalist an Gläubige wenden? Das war kein einfaches Problem, besonders, da der Plan vorsah, seinen Rationalismus zur Grundlage der Stärkung ihrer Glaubensanschauungen zu machen. Daß es Benjamin, Constance und ihre Freunde gab, war schon einmal eine Ermutigung, aber wie viele potentielle Anhänger hatten sie in Kommunitaria? Die einzige Lösung des Problems war es, eine so überzeugende Vorlesung wie möglich zu halten und zu hoffen, daß die Wahrheit sich durchsetzen würde. Unglücklicherweise stand die Wahrheit nicht zur Verfügung, wenn es darum ging, das Philomena-Problem zu lösen, das den ganzen restlichen Tag über nicht nachließ, ihn zu beschäftigen. Der einzige Lichtblick kam beim Abendessen, als er den Kindern Goddingtons mehr von seinen Abenteuern erzählte.

Am nächsten Morgen fuhr ihn Goddington um neun zur Unidiversität und versprach, ihn um zehn wieder abzuholen, um mit ihm die Körperschaft für Geschlechterfragen zu besuchen. Als er das Hauptgebäude betrat, sah er einen kleinen Zeitungsstand, an dem ein junger Mann die Unidiversitätszeitung verkaufte. Er kaufte eine und warf einen Blick auf die Titelseite. Das Blut wich aus seinem Gesicht.

Die Überschrift, in großen, schwarzen, fetten Großbuchstaben, lautete: »GASTPROFESSOR BELÄSTIGT BLOSS-

GESTELLTE BODKIN«. Ein großes Foto darunter zeigte Philomena Bodkin, die spröde lächelte. Zutiefst entsetzt las er den Artikel:

> Ein schockierender Vorfall ereignete sich vergangenen Mittwochabend im Fichtenwipfel-Wohnheim. Philomena Bodkin, Professorin für geschlechtsbezogene Studien und Aufsichtführende des Hauses Fichtenwipfel, war abends um halb elf gerade beim Duschen, als ein Mann unangemeldet eintrat, den Duschvorhang beiseite zog und eine ethnische Verunglimpfung äußerte, die einen Verstoß gegen die Sprachregelung der Unidiversität darstellte.
>
> Der Eindringling, der vorgab, ein Stück Seife reichen zu wollen, war niemand anderes als Professor Nicholas Caritat, neu ernannter Gastprofessor an den Fachbereichen Ethnische und Religionswissenschaften. Professor Caritat, der kürzlich von Pfarrer Goddington Thwaite nach seiner Entführung durch Bigotarier in Utilitaria gerettet wurde, war zuvor aus Militaria geflohen, wo ihm Widerstandskämpfer den Auftrag gegeben hatten, die »beste der möglichen Welten« zu suchen.
>
> »Diese Begebenheit gibt dem Wort ›Gastprofessor‹ eine völlig neue Bedeutung. Was seine sogenannte ›Mission‹ angeht, so ist nur allzu deutlich, was Professor Caritat gesucht hat!« war der Kommentar Professor Bodkins zu ihrer betrüblichen Erfahrung. Die Professoren Grenzen und Glaube, Dekane der Abteilungen für Ethnische und Religionsstudien, standen heute für einen Kommentar nicht zur Verfügung. Die Verwaltung der Unidiversität hat alle dazu aufgerufen, die Badezimmertüren zu verschließen, wenn sie ein Bad nehmen oder duschen.

Erschüttert und zitternd eilte Nicholas in sein Büro, um den Versuch zu machen, sich wieder zu sammeln. In seinem Fach auf dem Gang lagen drei an ihn adressierte Umschläge. Einer trug die Aufschrift »PERSÖNLICH«; die anderen »DRINGEND« und »SEHR DRINGEND«. Er öffnete sie in der Reihenfolge abnehmender Dringlichkeit.

Der sehr dringende Brief war eine Vorladung vor die Körperschaft für Geschlechterfragen. Sie lautete: »Sie werden aufgefordert, am (das eingetragene Datum war das des Folgetages) um elf Uhr vormittags in der Körperschaft für Geschlechterfragen (es folgte die vollständige Adresse) zu einer Voruntersuchung im Beschwerdefall *Bodkin gegen Caritat* zu erscheinen, wo entschieden werden soll, ob Anklage oder Anklagen nach den Statuten gegen sexuelle Belästigung erhoben werden.«

Der dringende Brief war eine Notiz, die sagte, daß der Rektor ihn zum nächstmöglichen Zeitpunkt zu sehen wünschte.

Der Brief mit der Aufschrift »PERSÖNLICH« war ein anonymer Brief, der einfach lautete: »Cypselus ist eine Gefahr für seine Feinde und seine Freunde. Sie sind gewarnt worden.«

Nicholas betrat sein Büro und setzte sich. Die öffentliche Anklage des unerlaubten Eindringens und der Belästigung war schlimm genug. Wie konnte er sich verteidigen, ohne seine Freunde zu verraten? Aber was war von dem Vorwurf zu halten, er habe eine »ethnische Verunglimpfung« geäußert? Was in aller Welt konnte damit gemeint sein?

Besser, so dachte er, er träte dem Rektor sofort gegenüber. Vielleicht konnte er versuchen, mögliche weitere drohende Katastrophen abzuwenden. Er ging hinüber zum Büro des Rektors, klopfte und wurde eingelassen.

Der Rektor legte, wie stets, eine gepflegte Verbindlichkeit an den Tag. »Also, worum geht es da eigentlich, Caritat«, fragte er. »Ich bin sicher, daß es da eine ganz harmlose Erklärung geben muß.«

»Die gibt es, aber ich kann sie Ihnen zum jetzigen Zeitpunkt nicht geben«, sagte Nicholas der Wahrheit entsprechend. Vielleicht könnte er Benjamin ausfindig machen und irgendein überzeugendes Alibi konstruieren? Aber wie sollte das sein Erscheinen an Philomenas Dusche erklären? Der Rektor sah enttäuscht aus.

»Das ist schade«, bemerkte er. »Professor Bodkin ist nicht gerade einfach im Umgang, und wenn sie auf dem Kriegspfad ist, kommt man ihr am besten nicht in die Quere. Um unser aller willen hoffe ich, daß Ihre Erklärung bald zur Stelle sein wird.«

Das hoffe ich auch, dachte Nicholas.

Er verabschiedete sich vom Rektor mit dem Versprechen, sobald wie möglich Verbindung aufzunehmen, und kehrte in sein Büro zurück, um über seine Lage nachzudenken. Diese schien ihm immer furchtbarer. Sollte er nach Benjamin suchen? Aber wo würde er ihn finden? Und wie könnte ihm Benjamin überhaupt wirklich helfen?

Die Zeit für seine Verabredung mit Goddington war gekommen. Er traf den Geistlichen am Eingang zur Unidiversität. Offenbar hatte die Nachricht ihn bereits erreicht. Goddington wirkte äußerst bestürzt.

»Nicholas! Mein lieber Nicholas!« rief er und legte Nicholas den Arm um die Schultern. »Sicher hat es da irgendeinen grauenhaften Irrtum gegeben.«

»Hat es«, stimmte er zu.

»Vielleicht«, sagte Goddington voller Hoffnung, »ist das alles nur ein Fall von Identitätsverwechslung?«

»Nein«, erwiderte Nicholas nicht sehr auskunftsfreudig.

Sie stiegen in Goddingtons Wagen. Nicholas zeigte ihm die Vorladung vor die Körperschaft für Geschlechterfragen.

»Es scheint mir offensichtlich«, sagte Goddington, als sie abfuhren, »daß hier vor allem eine professionelle Vermittlung gefragt ist. Ich habe einige Erfahrung in dieser Hinsicht, auf diesem Gebiet, in diesem Bereich sammeln können – wie Sie wissen. Aber wenn ich helfen soll, werden Sie mich vollständig ins Vertrauen ziehen müssen.«

Nicholas dachte nach. Konnte er Goddington Benjamins und Constances Geheimnis anvertrauen? Schließlich war Goddington ein Mann des Systems, der kommunitarischen

Sache vollständig verpflichtet. In *seinem* Fall war Identitätsverwechslung jedenfalls ausgeschlossen. Er würde den revolutionären Club zwangsläufig als subversiv und unpatriotisch ansehen müssen. Und wie würde er es bewerten, daß Nicholas den Club unterstützte? Er entschied sich, auf Zeit zu spielen.

»Es gibt eine Erklärung«, sagte er, »aber ich kann sie Ihnen noch nicht geben.«

»Schade«, sagte Goddington, »ich würde gerne bei Ihrer Anhörung dabeisein und Ihre Interessen vertreten, aber das wird schwierig werden, wenn Sie mir nicht Ihre Version der Geschichte erzählen können. Wir müssen versuchen, die ganze Sache so schnell wir können zu bereinigen. Sie haben schon genügend Schwierigkeiten mit den Malvolianern und Stalaktiten wegen des Eindrucks, daß Sie Cypselus verteidigen.«

Er erzählte Goddington von dem anonymen Brief.

»Ich wollte Sie nicht beunruhigen, aber ein weiterer traf heute morgen bei uns zu Hause ein«, sagte Goddington. Nicholas erbleichte spürbar.

Sie waren bei der Körperschaft für Geschlechterfragen angekommen, ein weiterer Komplex, der im hiesigen neutralen Stil gebaut war. Vor dem Gebäude parkten einige Übertragungswagen von Fernsehsendern. Als sie auf den Haupteingang zugingen, erklärte Goddington, daß er später in einem Fall von sexueller Belästigung vermitteln sollte.

»Das wird der Fall nach dem Ihren sein«, sagte er. »Offensichtlich haben sie dem Ihrigen Priorität eingeräumt. Mein Fall bezieht sich auf einen Professor mittleren Alters, der die Lage einer Studentin ausgenutzt hat. Ich werde versuchen, sie davon zu überzeugen, das Verfahren fallen zu lassen. Dererlei Dinge treiben nur Emotionen in die Höhe und stören die gemeinschaftlichen Beziehungen. Wahrscheinlich werde ich damit aber keinen Erfolg haben. Sie gehen hier sehr militant mit dem Thema um.«

Sie traten durch den Haupteingang, passierten eine Sicherheitskontrolle und fanden sich vor einem Empfangspult wieder, wo sie unterschreiben mußten und dann Anstecketiketten erhielten, auf denen in großen schwarzen Buchstaben ihr Name stand. Die Lobby war voller geschäftiger Leute. Ein Gefühl der Erwartung, sogar der Aufregung schien in der Luft zu liegen. Nicholas steckte sein Etikett ans Revers. Jetzt war auch bei ihm eine Identitätsverwechslung ausgeschlossen.

Er folgte Goddington in einen Aufzug, der sich rasch füllte. Die Tür schloß sich. Wie der Fahrstuhl stieg, so stieg auch das Interesse seiner Benutzer an Nicholas' Person. So wie er beim Aufstieg ein leises Raunen von sich gab, so raunten auch sie. Er hielt im fünften Stock an, die Tür glitt beiseite, und alle stiegen aus. Als Nicholas hinaustrat, wurde er von einer jungen Frau angesprochen, die neben ihm gestanden hatte.

»Entschuldigen Sie, Professor Caritat«, sagte sie und zog mit einer raschen Bewegung ein Notizbuch heraus. »Gestatten Sie, daß ich Ihnen einige Fragen stelle?«

»Ja.«

»Können Sie mir sagen: Ist dies Ihr erstes Mal?«

»Wie meinen Sie das?«

»Ich meine, sind Sie früher schon einmal wegen sexueller Belästigung verurteilt worden?«

»Gewiß nicht«, sagte Nicholas indigniert.

»Wie steht es mit Kindesmißbrauch?« fragte sie hoffnungsvoll.

Goddington griff ein. »Ihre Fragen, junge Frau, sind anstößig und unerbeten«, sagte er.

Sie schloß ihr Notizbuch. »Das Verhalten, über das wir heute etwas hören werden, ist sehr viel anstößiger als meine Fragen«, stieß sie wütend hervor und marschierte davon.

Eine Menge, vorwiegend Frauen, hatte sich im Korridor gesammelt und verschwand jetzt langsam durch eine zweiflügelige Tür auf halber Strecke des Flures, an einem uniformierten Beamten vorüber. Als sie die Tür erreichten, erklärte Goddington dem Beamten, wer sie waren. Er wies sie zu einem Vorraum, ein wenig weiter den Korridor entlang, wo sie warten mußten, bis die Anhörung begann.

Goddington drängte ihn zu weiteren Informationen. »Sind Sie sicher, daß Sie mir nicht mehr darüber erzählen können, was geschehen ist?« fragte er.

»Es tut mir leid«, sagte Nicholas hilflos. »Tatsache ist, daß ich sie nicht belästigt habe, aber ich war in ihrer Dusche, und ich kann nicht erklären, warum – zumindest nicht zum jetzigen Zeitpunkt.«

Goddington sah verblüfft aus, aber unterstützungsbereit. »Na, dann müssen wir uns eben an den alten Grundsatz halten, daß Angriff die beste Verteidigung ist«, bemerkte er.

Sie warteten noch eine Zeitlang weiter, und Goddington erläuterte Nicholas das Strafmaß, das die Gerichte für sexuelle Belästigung verhängen konnten, von einem Monat Gefängnis an aufwärts. War es vielleicht Teil seiner Mission, die Gefängnisse Kommunitarias von innen zu besichtigen? Er fühlte sich, wie sich eine Fliege im Spinnennetz fühlen mußte. Mit jeder Bewegung schienen sich die Fäden um ihn fester zusammenzuziehen.

Schließlich kam der Beamte, um sie in den Anhörungsraum zu führen. Er war grell ausgeleuchtet mit Scheinwerfern des Fernsehens und vollgepackt mit Reportern, Fotografen und neugierigen Beobachtern. Die Kameras waren auf die Vorgänge im Zentrum des Raumes gerichtet, wo zehn Mitglieder des Untersuchungsausschusses um einen großen ovalen Tisch herum saßen. Mit einer Ausnahme waren alle Frauen. An einem Tischende saß Philomena Bodkin, umgeben von Beraterinnen, die mit ihr flüsterten und ihr Papiere hinüber schoben. Sie wirkte kühl und völlig gesammelt, die Augen starr auf die Tischplatte vor sich gerichtet. Als Nicholas und Goddington eintraten, schaute sie sie ohne ein Zeichen des Erkennens an. Sie setzten sich am anderen Ende des Tisches auf zwei leere Stühle. Blitzlichter flammten auf. Kameras klickten.

Eine grauhaarige und recht stämmige Frau, offenbar die Vorsitzende des Verfahrens, sprach:

»Hiermit eröffne ich die Anhörung der Beschwerde Bodkin gegen Caritat und rufe Professor Bodkin auf, uns die Art ihrer Beschwerde zu erläutern.«

»Das tue ich mit Bedauern«, sagte Philomena mit kühler Ruhe, »da Professor Caritat ein soeben berufener neuer Kollege von mir ist. Aber schon von Anfang an bot sein Verhalten mir gegenüber Anlaß zur Sorge. Bei unserem allerersten Zusammentreffen schlug er mir unter dem Vorwand, mich über die Aufklärung aufzuklären, ein gemeinsames Abendessen am selben Abend vor.« Ein Kichern lief um den Raum. Die stämmige Frau schlug mit einem Hammer auf den Tisch. Eine ihrer Kolleginnen beugte sich nach vorn.

»Nahmen Sie die Einladung an?« fragte sie.

»Das tat ich nicht. Ich machte allerdings den Fehler, Professor Caritat zu erklären, daß ich an diesem Abend zur Aufsicht in einem studentischen Wohnheim eingeteilt war. Daraufhin schlug er ein Mittagessen am folgenden Tag vor.«

»Und haben Sie diese Einladung angenommen?« fragte das Ausschußmitglied.

»Das tat ich, wenn auch widerstrebend. Ich hatte bereits einige Zweifel über die Reinheit seiner Motive, wollte aber nicht unkollegial erscheinen.«

»War das klug?« fragte das Ausschußmitglied.

»Das war es nicht«, stimmte Philomena zu.

»Sagen Sie uns, was dann geschah«, sagte die Vorsitzende.

»An diesem Abend nahm ich noch um zehn Uhr fünfzehn eine Dusche. Die Tür des Duschraumes öffnete sich. Ich nahm an, es handele sich um eine Studentin, und bat um die Seife. Plötzlich erschien Professor Caritat vor mir.«

»Welchen Eindruck machte er auf Sie?« fragte ein anderes Mitglied des Ausschusses.

»Einen nicht ganz standfesten«, antwortete Philomena. »Er könnte durchaus getrunken haben. Er tat so, als verstehe er meine Aufforderung nicht, sofort zu gehen.«

»Berührte er Sie?« fragte das männliche Mitglied des Ausschusses.

»Ich ließ es nicht zu, bin aber völlig überzeugt, daß er das vorhatte«, antwortete Philomena. »Als er, wenn auch vage, realisierte, daß ich seinen Avancen nicht zugänglich war, äußerte er eine unverzeihliche ethnische Beleidigung, der er als weitere Kränkung eine erneute Einladung zum Mittagessen am nächsten Tag hinzufügte.«

»Wie gelang es Ihnen, ihn loszuwerden?«

»Indem ich schrie«, sagte Philomena.

»Ich danke Ihnen, Professor Bodkin«, sagte die Vorsitzende. »Hat der Angeklagte oder sein Vertreter etwas dazu zu sagen?«

»Das habe ich«, sagte Goddington und beugte sich nach vorn. »Professor Caritat hat Antworten auf all diese unbegründeten Vorwürfe, wünscht aber seine Verteidigung auf den passenden Zeitpunkt zu verschieben. Bis dahin würde ich gerne wissen, warum die Tür zum Duschraum von Professor Bodkin offen gelassen wurde. Ist das nicht ein wenig ungewöhnlich? Könnte es nicht gar als eine Einladung an interessante potentielle Besucher gleich welchen Geschlechts verstanden werden?«

Ein Aufschrei des Zorns, Buh-Rufe und Pfeifen brachen im ganzen Saal aus. Die Vorsitzende schlug mit dem Hammer auf den Tisch.

»Ich betrachte diese Unterstellung als unter aller Kritik«, sagte Philomena ausdruckslos.

Nicholas fragte sich, ob Goddington ihm mit dieser Bemerkung gedient hatte. Er entschied sich, selbst eine Frage zu stellen.

»Entschuldigen Sie bitte«, sagte er, »aber da gibt es etwas, das ich nicht verstehe. Was ist die ethnische Beleidigung, die ich geäußert haben soll?«

Zum ersten Mal zeigte Philomena Anzeichen von Zorn. Ihre dunklen, schönen Augen blitzten, und sie erhob die Stimme.

»Sie haben gesagt«, sagte sie, wobei ihre Stimme vor Emotion zitterte, »Sie haben gesagt, es täte Ihnen leid, daß ich eine Indigene sei.«

Nicholas zermarterte sich das Gehirn auf der Suche nach einer Erinnerung. »Was ich sicherlich gesagt habe«, widersprach er, »war, daß es mir leid täte, daß Sie *indigniert* seien.« Ungläubiges Gelächter hallte im Saal wieder.

»Der Indigene Rat wird in dieser Sache beim Hohen Rat der Unidiversität offiziell Beschwerde einlegen. Ich überlasse ihnen gern die Entscheidung darüber, wer von uns die Wahrheit sagt.«

»Möchte der Angeklagte weitere Stellungnahmen abgeben oder Fragen stellen?« fragte die Vorsitzende.

Goddington lehnte sich hinüber und flüsterte ihm ins Ohr. »Sagen Sie nichts mehr. Sie haben bereits zugegeben, daß Sie in ihrem Duschraum waren, was ein Fehler war.«

»Nein, danke sehr«, sagte Nicholas.

»Hat die Beschwerdeführerin weitere Bemerkungen zu machen?«

»Ja, das habe ich«, sagte Philomena. »Wir bereiten derzeit ein psychiatrisches Gutachten über den Angeklagten vor, der an einer schweren Ausprägung verdrängter sexueller Aggression leidet. Wir haben uns der Mitarbeit von Professor Orville Globulus versichert, der Weltautorität aus Militaria für solche Störungen. Dr. Globulus hat seine Dienste kostenlos angeboten und ist dabei, ein detailliertes Gutachten über den Angeklagten zu erstellen, mit dessen Fall er bestens vertraut ist.«

»Schönen Dank, Professor Bodkin. Die Anhörung ist vertagt. Die Entscheidung, ob dieser Fall vor Gericht geht, wird heute nachmittag getroffen«, kündigte die Vorsitzende an. »Nächster Fall!«

»Ich werde hierbleiben müssen«, flüsterte Goddington. »Ich schlage vor, Sie gehen etwas Luft schnappen.«

Nicholas verließ fluchtartig den Verhandlungssaal, gefolgt von einer Horde von Reportern und Menschen, die Schmähungen gegen ihn ausstießen. Er rannte die Hintertreppe hinunter und auf die Straße. Einige folgten ihm weiter; mehrere fotografierten ihn auf der Flucht. Er schlug Haken um

Ecken und rannte Nebenstraßen entlang, ohne zu wissen, wohin er lief. Schließlich schien er die Meute abgeschüttelt zu haben. Vor sich sah er ein großes kommunitarisches Gebäude, das er als Bahnhof erkannte. Er ging hinein und studierte eine Abfahrtstafel, auf der verschiedene Züge aufgeführt waren, die in Kürze zu Bestimmungsorten abfuhren, die er nicht kannte. Einer davon erweckte seine Aufmerksamkeit: »FREIHEIT«, Abfahrt von Gleis drei um dreizehn Uhr dreißig. Er ging zum Fahrkartenschalter.

»Wieviel kostet eine Fahrt nach Freiheit?« fragte er.

Er hatte genug Geld dabei, um die Fahrt zu bezahlen. Bis zur angegebenen Abfahrtszeit blieb ihm weniger als eine Stunde, und Nicholas nahm sich ein Taxi zu Goddingtons Haus. Er bat den Fahrer zu warten, während er in sein Zimmer ging und seine wenigen Besitztümer und Papiere in seine Reisetasche stopfte. Das Taxi setzte ihn um dreizehn Uhr fünfundzwanzig wieder am Bahnhof ab.

Nicholas rannte zu Gleis drei, so schnell er konnte. Der Zug stand am Bahnsteig. Die Lokomotive war ziemlich schäbig und altmodisch und der Zug weitgehend leer. Er stieg ein, fand ein leeres Abteil und fiel erschöpft auf einen roten Kunstledersitz am Fenster. Draußen schrillte die Pfeife.

23 FREIHEIT VOR SICH

Der Zug rollte aus dem Bahnhof und durch lange, dunkle Tunnel, wobei er allmählich Fahrt aufnahm. In den Außenbezirken der Stadt kam er schließlich wieder zum Vorschein. Bald schon befand er sich in freier Landschaft, mit Feldern und welligen, grasbewachsenen Hügeln, die sich zu beiden Seiten bis in die Ferne erstreckten. Vieh weidete auf den Feldern, und Schafe grasten an den Hängen. Sie kamen an Flüßchen und Teichen vorüber und dann und wann an einem Bauernhaus. Silbrige Wolken glitten über den Himmel. Die Sonne schien.

Nicholas fiel ein, daß er Justin einen weiteren Brief schuldete. Er nahm Papier und einen Umschlag aus seiner Reisetasche, klappte das Tischchen aus, das sich vor ihm befand, und begann zu schreiben:

Zwischen Polygopolis, Kommunitaria, und Freiheit

Lieber Justin,

es tut mir sehr leid, daß ich Ihnen nicht früher geschrieben habe, aber mein Aufenthalt in Kommunitaria war sehr hektisch und (er suchte nach dem passenden Wort) *stressig*. Ich kann nur hoffen, daß Freiheit das nicht ist.

Ich vermute, daß die Hauptquelle meiner Verängstigung in diesem Land darin liegt, daß ich mich niemals zu Hause fühlte. Ich suchte – und suche noch immer – nach einer Heimat, und die meisten Kommunitarier waren mehr als bereitwillig, mir eine zu bieten. Aber verstanden wir darunter dasselbe? Ich sehe eine Heimat als einen Ort voller vertrauter Menschen und Dinge, innerhalb dessen man sich frei bewegen, den man freiwillig verlassen und an den man freiwillig zurückkehren kann. Sie fassen ein Zuhause sowohl als einen Ursprung als auch einen Bestimmungsort auf, etwas von überragender Bedeutung, das den eigenen Lebensweg bestimmt, definiert, wie man sich selbst sieht, und alle gesellschaftlichen und persönlichen Beziehungen vorschreibt.

Also habe ich mich entschieden, wie Sie der angegebenen Adresse entnehmen können, mich nicht in Kommunitaria niederzulassen. Offen gesagt, konnte ich es mir nicht vorstellen, hier zu leben; ja, um hier zu leben, hätte ich sogar aufhören müssen, mir überhaupt etwas vorzustellen. Kommunitarier führen ihr Leben in der Zugehörigkeit zu Lebensformen (die sie ›Identitäten‹ nennen), die von außen und kollektiv geformt sind, nicht individuell und von innen her; und wenn sie den Versuch machen wollten, aus ihnen hinauszutreten, so fänden sie nichts, was ihrem Fuß Halt böte. Ich habe einige wenige tapfere Individuen getroffen, die sich versuchten zu lösen, aber ich fürchte, ihr Anliegen ist zum Scheitern verurteilt. Es scheint auch nicht möglich, von einer Identität in eine andere überzuwechseln oder mehreren zugleich anzugehören oder eine abzulehnen, ohne eine andere anzunehmen. Eliza fände hier noch weniger eine Ausgangsbasis für ihre menschenrechtliche Arbeit als in Utilitaria. Dort ist der Begriff unbekannt; hier ist er verboten. Marcus wäre nicht in der Lage, die Übermacht verordneter Religionen zu ertragen, und die kommunitarische Ansicht von der Wahrheit würde ihn rasend machen. Die Utilitarier glauben zumindest, daß es für jede Frage eine korrekte Antwort gibt, die sich im Prinzip berechnen läßt. Für Kommunitarier ist jede Verbindung von Frage und Antwort an einen Standpunkt geknüpft, und kein Standpunkt läßt sich als irgendeinem beliebigen anderen überlegen erweisen, da es keinen weiteren Standpunkt gibt, von dem aus dies geschehen könnte (obwohl sie merkwürdigerweise über einen Standpunkt zu verfügen scheinen, von dem aus *das* nun wieder alswahr erkannt werden kann).

Was also würde ich dem Embryo antworten, der nach einem Geburtsort sucht? Das ist schon schwieriger. Ich würde ihm natürlich erklären, warum wir drei Kinder der Aufklärung unser Leben hier nicht führen könnten. Andererseits bin ich schon überzeugt, daß einige der kommunitarischen Gemeinschaften sehr gut dazu in der Lage sind, ihre Kinder zu Verhaltensweisen zu erziehen, die sie perfekt darauf vorbereiten, das Leben, das von ihnen verlangt wird, ohne Reibung oder Widerstand zu leben. Und warum sollten wir solchen Widerstand gutheißen, geschweige denn, dazu ermutigen? Auf welcher Grundlage können wir nachdrücklich darauf beharren, daß ohne ihn ihr Leben armseliger ist, als es sein könnte? Sind wir sicher, daß ein von innen her gelebtes Leben immer besser ist als eines, das von außen geformt wird, oder auch nur, daß dies im Regelfall so ist? Warum sollte sich der Embryo für die Freiheit statt für Identität entscheiden? Ich hoffe, Ihnen in meinem nächsten Brief eine Antwort darauf geben zu können.

Richten Sie Marcus und Eliza aus, daß ich sie herzlich liebe, und sagen Sie ihnen, daß ich hoffe, uns bald wieder alle vereint zu sehen.

Stets der Ihre,
Pangloss

Nicholas klappte das Tischchen ein und steckte den Brief in die Tasche, um ihn bei seiner Ankunft in Freiheit aufzugeben. Er lehnte sich in seinem Sitz zurück und rief sich das Gefühl ins Gedächtnis zurück, das er vor so kurzem noch gehabt hatte, den Eindruck, in der Falle zu sitzen, und wie sehr er sich wie eine Fliege im Spinnennetz vorgekommen war. Das sanfte rhythmische Geräusch des fahrenden Zuges hatte etwas äußerst angenehm Einschläferndes, und Nicholas gab sich dankbar einem überwältigenden Gefühl der Befreiung und Erleichterung hin. Er hörte eine Stimme, die sich vor seinem Abteil den Gang entlang bewegte, und das Läuten einer Glocke. Es war offensichtlich der erste Aufruf zum Mittagessen. Sein Hunger kämpfte mit seiner Müdigkeit. Er versuchte angestrengt, die Augen offenzuhalten. Vielleicht sollte er auf den zweiten Aufruf warten.

Plötzlich merkte er, daß der Zug auf einem sehr kleinen Landbahnhof zum Stehen gekommen war. Es gab kein Zeichen dafür, daß das Mittagessen serviert wurde, keine Mitreisenden. Niemand war zu sehen, weder in seinem Waggon, noch sonst irgendwo. Niemand stieg aus und niemand kam auf den kahlen Bahnsteig. Es war nur das Zwitschern von Vögeln und das Muhen von Kühen in der Ferne zu hören. Ein Star sang in der Nähe. Nicholas stieg aus dem Zug und wanderte den verlassenen Bahnsteig entlang bis zur Lokomotive. Es war kein Lokomotivführer da. Er kehrte in sein Abteil zurück, nahm seine Reisetasche und ging an unbesetzten Schaltern vorüber aus dem Bahnhof.

Nicholas fand sich auf einer Landstraße, umgeben von offenem Feld, Weiden, Weidenröschen und Gras. Am Straßenrand wuchsen Kuhblumen, Nesseln, Gänseblümchen und hoch aufschießendes Knabenkraut. In größerer Entfernung konnte er eine Art Gehöft auf der Anhöhe eines bewaldeten Hügels sehen. Ein Fußweg führte durch die Felder darauf zu. Er schritt kräftig aus. Bald kam er zu einem Zaunübertritt, sprang darüber, mit der Tasche in der Hand, und setzte seinen Weg fort.

Ein Stück voraus konnte er Wasser im hellen Sonnenlicht glitzern sehen. Als er näher kam, stellte er fest, daß es sich um einen großen runden See handelte. An seinem Ufer erblickte er zwei Männer mit Angelruten, die ins Gespräch vertieft waren. Der eine war kräftig gebaut, breitschultrig mit einem mächtigen Brustkorb. Sein Teint war dunkel, und er hatte eine hohe Stirn, dichtes, wolliges, pechschwarzes Haupt- und Barthaar und scharfe, durchdringende Augen.

Er sprach lange und mit großer Eindringlichkeit, wobei er gelegentlich sardonisch lächelte und so eine Ader für vehementen Sarkasmus erkennen ließ. Der andere war größer, schlank, knochig und von einer jungenhaften Jugendlichkeit, mit scharf geschnittenen Gesichtszügen, einem gepflegten Schnurrbart, langen, rotblonden Koteletten und fröhlich blinzelnden Augen. Seine agilen Bewegungen waren schnell und energisch, seine Sprechweise knapp und entschieden und seine Haltung so aufrecht wie die eines Soldaten. Beide trugen Reitkleidung.

»Guten Tag, meine Herren«, sagte Nicholas.

Sie unterbrachen ihr Gespräch und starrten ihn erstaunt an.

»Ich störe ungern«, fuhr Nicholas fort, »aber ich dachte mir, Sie könnten mir vielleicht sagen, wo ich bin.«

»Sie sind an unserem Fischteich«, sagte der Mann mit den blinzelnden Augen.

»Ja«, sagte Nicholas, »aber wo ist das? Ich fürchte nämlich, ich habe mich ziemlich verirrt. Ich bin auf einer Reise, um die beste der möglichen Welten zu finden, und ich versuche gerade, mich zu orientieren.«

»Ah«, sagte der andere Mann und klemmte sich ein Monokel ins rechte Auge. »Wie ich sehe, sind Sie ein Utopist. Sie glauben, daß man sich kraft eigener Vorstellung ein Ideal vor Augen führen und dann hergehen kann und eine Wirklichkeit finden oder erschaffen kann, die ihm entspricht. Wir wissen es besser. Wir haben die Welt, nach der Sie suchen, durch das unerbittliche Wirken der welthistorischen Entwicklung und durch den revolutionären Kampf des Proletariats errungen. Kurz, die Arbeiter aller Länder taten, wie von uns befohlen, und vereinigten sich, und jetzt leben wir in der Neuen Welt, die durch ihren erfolgreichen Kampf ermöglicht wurde.«

»Wie heißt denn die Neue Welt?« fragte Nicholas.

»Sie heißt *Proletaria* nach der Klasse, der sie ihre Entstehung verdankt. Natürlich ist diese Klasse mittlerweile abgestorben, wie alle anderen gesellschaftlichen Klassen«, sagte sein groß gewachsener Gefährte. »Aber wir haben uns noch nicht vorgestellt. Mein Name ist Fritz, und das ist Karl.«

Nicholas schüttelte ihnen die Hand und stellte sich vor. Er platzte fast vor Neugier. »Falls es Ihnen nichts ausmacht, wenn ich frage«, sagte er, »warum angeln Sie beide eigentlich in Reitkleidung?«

»Nun«, sagte Karl, »wir sind heute morgen jagen gegangen. Jetzt fischen wir. Heute abend werden wir Viehzucht treiben, und wir sind fest entschlossen, nach dem Abendessen zu kritisieren. Dabei ist es aber unbedingt wichtig, zu erkennen, daß wir keine Jäger oder Fischer oder Hirten oder Kritiker sind. Wir tun diese Dinge, wie es uns einfällt. Niemand in Proletaria ist auf ein ausschließliches Tätigkeitsfeld beschränkt.«

»Aha«, sagte Nicholas. »Sind Sie gute Jäger?«

Die Frage amüsierte die beiden sehr. »Er schon«, sagte Karl. »Ich habe ihn dafür immer ausgescholten. Er pflegte mit dem ansässigen Landadel und der Aristokratie jagen zu gehen – ließ keine Jagd aus. Er gab mir dann immer zur Antwort, daß, wenn die Revolution komme, jemand die Kavallerie anführen müsse. Er gehörte immer zu den ersten, die über Gräben, Hecken und andere Hindernisse hinwegsetzten. Ich fürchtete immer, eines Tages hören zu müssen, daß er verunglückt sei.«

»Was ihn betrifft«, sagte Fritz, »so behauptet er gern, er könne reiten. Er sagt, er habe das Reiten als Student gelernt, aber er kam nie über die dritte Stunde hinaus! Wir haben heute morgen einige Füchse erwischt – ich zumindest. Mehr Glück als beim Fischen heut nachmittag, jedenfalls.«

»Das Wesentliche am Fischen ist«, sagte Karl, »daß es Gelegenheit zu einem richtig guten Gespräch bietet. Wollen Sie«, fragte er Nicholas und reichte ihm eine überzählige Angelrute, »sich uns nicht einfach anschließen?« Bereitwillig setzte sich Nicholas neben ihnen nieder und hielt die Angel ins sanft gekräuselte Wasser.

»Sie sind offenbar ein weitgereister Mann«, sagte Fritz. »Erzählen Sie uns doch einige Ihrer Reiseerlebnisse.«

Nicholas begann von seinen Abenteuern zu erzählen. Seine beiden Gefährten waren begierige Zuhörer und unterbrachen ihn dauernd mit Ausrufen und Zwischenfragen. Zuerst erzählte er ihnen von seiner Verhaftung und Einkerkerung in Militaria und der Planung seiner Flucht. Karl interessierte sich sehr für Justin und Nicholas' Mission.

»Ihr Freund Justin«, sagte Karl, »hatte sicherlich schon von diesem Ort hier gehört?«

»Ja, das hatte er«, antwortete Nicholas, »aber ich bin nicht sicher, daß er noch alles glaubte, was er hörte.«

»Sie müssen seinen Glauben bestärken«, sagte Karl fest.

»Ja«, stimmte Nicholas zu. Dann erzählte er von seiner Flucht nach Utilitaria. Karl und Fritz amüsierten sich beide königlich über den Bericht, den er vom dortigen Leben gab.

»Wir haben immer gesagt, daß der Utilitarismus auf eine Absurdität gegründet war«, sagte Fritz. »Allein der Gedanke, daß man die mannigfaltigen Verhältnisse der Menschen unter das eine Verhältnis der *Nützlichkeit* subsumieren könne! Nutzen ist lediglich ein anderer Name für Handels- und Geldverhältnisse.«

»Typisch, daß Bentham sich das ausgedacht hat«, fügte Karl mit sardonischem Lächeln hinzu, »dieses pedantische, schwatzlederne Orakel des gemeinen Bürgerverstandes!«

Nicholas erzählte ihnen weiter von seinen Besuchen im Parlament und im Gerichtshof und von seiner Entführung durch die Bigotarier. Karl und Fritz hatten beide erstaunliches Mitgefühl mit letzteren.

»Opfer der Klassenherrschaft und geblendet von Ideologie«, erklärte Karl.

Beide waren auch gleicher Ansicht über die Bürger Kommunitarias.

»Die Bienen haben dieses Land offensichtlich immer noch im Griff«, kommentierte Fritz, »und rühren die Herzen der Menschen, füllen aber ihre Köpfe mit Idolatrie und primitiven Illusionen. Die Religion mag das Herz einer herzlosen Welt sein, aber sie ist auch Opium fürs Volk. Der Kern der Sache ist, daß diese Bienen augenscheinlich sehr erfolgreich Mehrwert aus den Arbeitern herausschlagen. Welch ein ungeheuerer Unterschied zwischen ihrer Zivilisation und der unseren! Sie sind Bienen; wir sind Baumeister einer Stadt, die dem Menschen angemessen ist. Man vergleiche nur einmal die beste Biene mit dem schlechtesten unsrer Baumeister! Und was Ihre Philomena da angeht – warum hat sie sich nicht dem Arbeiterkampf angeschlossen?« »Ich glaube, es gab keinen«, sagte Nicholas. Karl und Fritz blickten sehr skeptisch drein.

»Also jetzt sind Sie auf Ihrer Suche zu uns gekommen«, sagte Karl. »Was möchten Sie denn über Proletaria wissen?«

»Also zum Beispiel«, sagte Nicholas, »welche Staatsform hat es?«

»Das ist einfach: es hat keine«, sagte Karl. »Der Staat ist abgestorben.«

»Die Beherrschung des Menschen ist durch die Verwaltung der Dinge ersetzt worden«, erklärte Fritz.

»Und was bedeutet das?« fragte Nicholas.

»Es bedeutet«, sagte Fritz, »daß Verwalter entscheiden, wo Fischteiche angelegt werden, aber jeder nach Belieben in ihnen fischen kann.«

»Verstehe«, sagte Nicholas, obwohl er nicht ganz sicher war, daß er das tat. »Wie ist es mit dem Gesetz? Welches Rechtssystem haben Sie?«

»Auch abgestorben«, sagte Karl.

»Aber wie steht es mit den Menschenrechten? Welche Rechte haben die Menschen?« fragte Nicholas.

»Wir haben keine Rechte«, verkündete Karl stolz. »Ja, sogar der Begriff der Rechte selbst ist abgestorben. All das Gerede über ›gleiches Recht‹ und ›Gerechtigkeit‹ und ›Gerechtigkeitssinn‹, für das die Menschen in der Alten Welt so sehr zu haben waren – was ist das alles für ein ideologischer Unsinn und obsoleter Wortmüll. Wir brauchen keine Rechte.

Die Menschen hier brauchen keinen Schutz oder Garantien oder Regeln, die Gerechtigkeit sicherstellen, weil ihre Interessen sich nicht im Widerstreit befinden. Warum sollten sie auch? Schließlich haben wir den Mangel und die Selbstsucht und die Unvernunft und Intoleranz abgeschafft.«

»Alles abgestorben?« fragte Nicholas.

»Genau!« sagte Karl.

»Aber«, fragte Nicholas einigermaßen perplex, »wenn alle diese Dinge abgestorben sind – *was bleibt*?«

Karl und Fritz brüllten vor Lachen.

»Eine ausgezeichnete Frage!« bemerkte Fritz. »Wir kennen einen glänzenden jungen Gelehrten, der gerade ein Buch mit diesem Titel schreibt. Was bleibt, ist das wahre Reich der Freiheit – wirklicher, nicht nur formaler Freiheit für alle –, Freiheit, die schöpferisch und produktiv ist.«

»Wir haben den Menschen aus der Lohnsklaverei der Vergangenheit emanzipiert«, fügte Karl hinzu. »Individuen unterliegen nicht länger der Teilung der Arbeit. Der Widerspruch zwischen Kopf- und Handarbeit ist verschwunden. Die Arbeit ist nicht mehr nur Mittel zum Leben, sondern sein Zentrum geworden. Die Produktivkräfte sind mit der umfassenden Entwicklung des Einzelnen gewachsen, und alle Quellen des gemeinschaftlichen Reichtums fließen reichlicher. Jedem Mann und jeder Frau steht es nun frei, die eigenen Begabungen in alle Richtungen zu entwickeln. Hier im wahren Reich der Freiheit regulieren die miteinander assoziierten Produzenten den Verkehr mit der Natur rational, bringen sie unter gemeinsame Kontrolle, statt von ihr als blinder Naturwüchsigkeit beherrscht zu werden, und zwar unter Bedingungen, die anständig und menschenwürdig sind.«

»Verstehe«, sagte Nicholas wieder.

»Sie *werden* verstehen«, sagte Fritz. »Wir werden Ihnen zeigen, wie unsere wahrhaft menschliche Gesellschaft arbeitet – und die Arbeit ist es, in der wir wahrhaft Menschen werden.« Er sah auf die Uhr. »Es ist Zeit zu gehen und sich um unser Vieh zu kümmern. Möchten Sie mitkommen?«

Fischlos glücklich, stapfte das Trio die Anhöhe hinauf und trug das Angelzeug dem Gehöft zu. Während sie sich dem Hof näherten, stießen sie auf eine Schafherde, die von Schäferhunden zusammengetrieben wurde. Um die Schafe kümmerten sich mehrere Schäfer und Schäferinnen. Erstere spielten Flöten, und letztere, gekleidet in rosa und weiße Rüschenkleider, trugen Blumenkörbe und sangen mehrstimmig, einige im Alt, andere Sopran. Die Wirkung, die das Blöken der Schafe, das Bellen der Schäferhunde und die Flöten und harmonischen Frauenstimmen gemeinsam erzeugten, war ganz und gar entzückend. Karl und Fritz nahmen Flöten aus der Tasche, setzten sie an die Lippen und schlossen sich den Schäfern an. Nicholas blickte voller Staunen auf diese bukolische Szene.

Als die Schafe zusammengetrieben waren, steckten Karl und Fritz die Flöten ein und nahmen Nicholas zum Hof mit. An Ställen mit Gänsen und Hühnern und Räumen zur Herstellung von Butter, Joghurt und Käse vorüber gingen sie in den Kuhstall, wo die Kühe gerade von einem Chor von Milchmädchen gemolken wurden, auch sie sangen mehrstimmig. Karl und Fritz schlossen sich ihnen an beim Melken und Singen: Karl in einem vollen Bariton, Fritz in einem tönenden Tenor. Abermals war die Gesamtwirkung überaus angenehm anzuhören.

Nachdem das Melken zu Ende gebracht war, luden Karl und Fritz Nicholas zum gemeinsamen Abendessen mit verschiedenen Freunden im Bauernhaus ein und baten ihn, über Nacht zu bleiben. Als sie aufs Haus zugingen, stellte er ihnen eine Frage.

»Wie vermarkten Sie die Produkte des Hofes?«

»Vermarkten?« rief Karl zornig. »Auch die Märkte sind abgestorben. Kein Kaufen und Verkaufen mehr. Keine Waren mehr. Keine Geldverhältnisse mehr. Kein Geld mehr. Das Geld brachte die ganze Welt, sowohl die menschliche Welt als auch die Natur, um ihren Eigenwert. Geld transformierte die wirklichen menschlichen und natürlichen Eigenschaften in reine Abstraktionen. Geld war eine zerstörerische Macht für das Individuum und für gesellschaftliche Bindungen. Geld machte Treue zu Untreue, Liebe zu Haß, Haß zu Liebe, Tugend zu Laster, Laster zu Tugend, Diener zum Herrn, Dummheit zu Intelligenz und Intelligenz zu Dummheit.«

»Ich verstehe«, sagte Nicholas. »Aber was geschieht mit der Milch und dem Käse und der Butter und den Eiern und dem Fleisch?«

»Jeder nach seinen Fähigkeiten, jedem nach seinen Bedürfnissen«, erwiderte Karl.

»Verstehe«, sagte Nicholas.

Das Abendessen war eine äußerst unbeschwerte und heitere Angelegenheit. Das Essen war wunderbar, reichhaltig und frisch vom Hof, und es gab Wein in Fülle. Sie aßen Gänseleberpastete und fette Kapaune mit gebackenen Kartoffeln und frischen Erbsen, gefolgt von Erdbeeren mit Schlagsahne. Beim Nachtisch erzählte Fritz einen Witz. Ein Kommunist hatte einmal vorhergesagt, daß nach der Revolution jedermann Erdbeeren und Schlagsahne haben würde. »Aber ich mag keine Erdbeeren mit Schlagsahne«, hatte jemand eingewandt. »Nach der Revolution«, hatte der Kommunist geantwortet, »wirst du Erdbeeren mit Schlagsahne mögen.« Man amüsierte sich sehr über den Witz.

Unter den Gästen waren alte Freunde und frühere Revolutionäre, so erklärten seine Gastgeber, aus den Tagen des Exils. Die meisten von ihnen waren Intellektuelle, Lehrer, Künstler oder Schriftsteller gewesen; ein paar waren Arbeiter gewesen. Alle waren entzückt darüber, daß sie jetzt nichts dergleichen mehr waren, da jeder alles war. Sie sprachen geläufig über Literatur und Geschichte. Einmal rezitierte Karl aus dem Gedächtnis eine lange Passage aus Dantes *Göttlicher Komödie* und eine Szene aus Shakespeares *Macbeth*. Fritz erzählte weiter Witze und schien eine erstaunliche Zahl von Sprachen zu beherrschen.

Nach dem Essen gaben sich alle dem hin, was sie »kritisieren« nannten. Nicholas erkannte dies als eine Art philosophischer Diskussion, stellte jedoch eine bemerkenswerte Tatsache fest. Sie alle gingen von derselben Grundannahme aus: daß sie miteinander den einzigartigen Standpunkt vollständiger Rationalität einnahmen, über absolutes, objektives Wissen verfügten, und daß ihre Lebensform den höchsten Zustand der menschlichen Entwicklung verkörperte. Einmal bemerkte Fritz unter allgemeiner Billigung: »Wahre Philosophie ist die Wissenschaft des Denkens. Alles andere ist lediglich von historischem Interesse und ist lange eine Form des Überlebens gewesen.« Das »Kritisieren« schien darin zu bestehen, Beispiele dieses Überlebens zu untersuchen, um deren Einseitigkeit und Unangemessenheit im Gegensatz zu dem zu zeigen, was Karl und Fritz »historischen und dialektischen Materialismus« nannten, wenn auch Karl sich eher für den ersteren und Fritz für den letzteren zu interessieren schien.

Als Nicholas der Tischgesellschaft von seinem wissenschaftlichen Interesse an der Aufklärung erzählte, stieß sein Bekenntnis auf eine Mischung aus Mitgefühl und Verblüffung. »So viele dieser Denker waren reaktionäre Idealisten«, bemerkte Fritz, »und sogar die Materialisten akzeptierten den Materialismus nur insgeheim und verleugneten ihn vor der Welt. Sie sollten sich in Ihren Interessen weiterentwikkeln, Nicholas, und etwas dialektischer werden.«

Karl bemerkte, daß sein Vater viel von Voltaire und Rousseau auswendig gelernt habe. »Wichtige und progressive Denker in vielerlei Hinsicht«, stellte er fest, »aber antediluvianische Figuren. Wir müssen Ihnen einige andere Texte zum Studieren geben.«

»Herzlichen Dank«, sagte Nicholas.

Schließlich kam das Kritisieren zum Ende, und die Gäste nahmen Abschied. Karl und Fritz zeigten Nicholas sein Zimmer. Nicholas fühlte sich schläfrig und zufrieden nach der guten Mahlzeit, dem reichlichen Wein und der anregenden Unterhaltung. »Morgen«, sagte Fritz, »werden wir Ihnen etwas mehr davon zeigen, wie Proletaria funktioniert. Wir werden Sie in eine unserer Musikalischen Fabriken mitnehmen.«

Am nächsten Morgen setzten sie sich zu dritt zu einem herzhaften Frühstück mit Tee, frischen Landeiern, Milch und Joghurt.

»Nehmen Sie doch noch Tee!« forderte Karl ihn auf.

Nicholas beschloß, seine zwei Gefährten weiter zum Leben in Proletaria zu befragen.

»Sagen Sie mir«, begann er, »wo liegen die Probleme, die Sie bisher noch nicht haben lösen können?«

»Zum Beispiel?« erkundigte sich Fritz.

»Also etwa«, probierte es Nicholas, »ich verstehe nicht ganz, wie Sie in der Lage sind, in Ihrer Planung die Erzeugung auf die Bedürfnisse der Menschen auszurichten ohne Märkte, die über Preise Informationen über Kosten zur Verfügung stellen.«

»Ah«, sagte Fritz, »es ist einfach, Informationen über die Produktion wie auch die Konsumtion zu erhalten. Da wir wissen, wieviel eine Person im Durchschnitt braucht, ist es einfach zu berechnen, wieviel von einer gegebenen Zahl von Individuen gebraucht werden wird. Da die Produktion nicht länger in den Händen privater Produzenten liegt, sondern in denen der Gemeinschaft und ihrer Verwaltungskörperschaften, ist es ein Klacks, die Produktion auf die Bedürfnisse abzustimmen.«

»Aber«, beharrte Nicholas, »wie können Sie wissen, was die Menschen wollen?«

»Menschen wollen, was sie brauchen«, sagte Karl.

»Was bedeutet, daß sie brauchen, was sie wollen«, fügte Fritz hinzu.

»Das ist durchaus nicht dasselbe«, sagte Nicholas. »Also da könnten Sie ja gleich sagen, daß ›ich sehe, was ich esse‹ dasselbe wäre wie ›ich esse, was ich sehe‹. Oder daß ›ich mag, was ich bekomme‹ dasselbe sei wie ›ich bekomme, was ich mag‹. Oder daß ›ich atme, wenn ich schlafe‹ dasselbe sei wie ›ich schlafe, wenn ich atme‹.«

»Fragen Sie uns etwas anderes«, sagte Karl.

»Gut, wie steht es um gesellschaftliche Probleme wie Verbrechen, Delinquenz, die Entfremdung der Jugend? Oder kulturelle Probleme: Wie kommen Leute mit unterschiedlicher Herkunft und unterschiedlichen Lebensweisen miteinander zurecht? Und wie steht es um persönliche Probleme? Gibt es denn keine persönlichen Konflikte: wenn Ehen in die Brüche gehen, zum Beispiel, oder zwischen Vätern und Söhnen, Liebespaaren oder Kollegen?«

»Macht acht Fragen«, sagte Fritz.

»Die Antwort«, sagte Karl, »ist äußerst klar. Der Kommunismus ist die endgültige Auflösung des Antagonismus zwischen Mensch und Natur und zwischen Mensch und Mensch. Er ist die wahre Aufhebung des Konflikts zwischen Existenz und Wesen, zwischen Objektifizierung und Selbstbehauptung, zwischen Freiheit und Notwendigkeit, zwischen dem Individuum und der Gattung. Er ist die Lösung des Rätsels der Geschichte und weiß sich selbst als diese Lösung.«

»Verstehe«, sagte Nicholas mit wenig Überzeugung. Die Lösung schien noch rätselhafter als das Rätsel.

Nach dem Frühstück machten sie sich zu dritt auf den Fußweg den Hügel hinunter, diesmal in der dem Fischteich abgewandten Richtung. Sie erreichten die Hauptstraße und kamen zu einem Bahnhof, wo sie den Zug nahmen, wofür sie offenbar keine Fahrkarten zu brauchen schienen. Einige Haltestellen weiter stiegen sie in einer Art Industriepark aus, der aus einer Reihe schön gestalteter viktorianischer Gebäude inmitten gut gepflegter Rasenflächen und Blumenbeete bestand, die sich ringsum erstreckten, soweit das Auge reichte. Aber das merkwürdigste war, wie es dort *klang*. Aus jedem Gebäude stiegen weich wogende Wellen ineinander übergehender Harmonien, die aus zahlreichen Klangfarben zusammengesetzt waren. Jede einzelne Klangfarbe ließ sich genau heraushören, und dennoch vermochten es all diese Klangwellen, sich zu einem Ganzen zu verbinden, das irgendwie gleichzeitig beruhigend und anregend war. Nicholas folgte Karl und Fritz in eins der Gebäude. »Hier arbeitet Fritz«, erklärte Karl. »Er hat früher in der Baumwollfabrik seines Vaters gearbeitet. Er ist immer noch in der Kleiderbranche. Wie Sie sehen, werden hier Kleider hergestellt.«

Das Innere der Fabrik war kreisförmig, ungefähr von den Ausmaßen der Bibliothek im Britischen Museum, und erhob sich bis zu einer enormen Milchglaskuppel, durch die Sonnenlicht strömte. Die Grundfläche war in zahlreiche Abteilungen gegliedert, die durch Glaswände voneinander getrennt waren. Die sphärische, strahlend weiße Wand war in eine Reihe aufsteigender Balkone geteilt, die um den gesamten Umfang herumliefen und zwischen denen gläserne Aufzüge stiegen und fielen. Diese Balkone selbst waren ebenfalls in Abteilungen mit gläsernen Trennwänden geteilt. Auf dem Boden und den Balkonen standen und saßen an verschiedenen Maschinen, wie Nicholas schätzte, um die tausend Arbeiter, die alle einander sehen konnten. Genau in der Mitte der Grundfläche befand sich ein erhöhtes Podium, auf dem der Fabrikleiter stand, einen Taktstock in der Hand, und alles überblickte.

Es war ein Bild der Kontraste, das Hochtechnologie und individuelle Kunstfertigkeit, Planung und Improvisation, Zusammenarbeit und Spontaneität zu verbinden schien. In einigen Abteilungen entwarfen Designer Kleidungsstücke auf Computerbildschirmen. Es gab Maschinen zum Weben, Färben und Zuschneiden unterschiedlicher Stoffe. Manche Maschinen erzeugten Gürtel und andere Knöpfe. Die Aufsicht über diese Maschinen wurde ebenfalls von Computerterminals aus geführt. Dann gab es etwas, daß nach einer Büro- und Buchhaltungsabteilung aussah, auf der zweiten Galerie, auf die Fritz hinaufgestiegen war, besetzt mit Arbeitern, die ebenfalls vor Computerbildschirmen saßen. Aber Nicholas konnte auch Abteilungen sehen, in denen Näherinnen und Schneider nach den Entwürfen auf dem Bildschirm rhythmisch zuschnitten, nähten und versäuberten. Nicholas bemerkte, daß von Zeit zu Zeit Arbeiter aufstanden und von einer Abteilung in die andere gingen: Eine Näherin ging in die Entwurfsabteilung, jemand, der eine Maschine wartete, wurde zum Handwerker, ein Buchhalter begann, zuzuschneiden, und so weiter.

Auf der obersten Galerie gingen dauernd groß gewachsene, geschmeidige, elegante, beeindruckend attraktive junge Frauen und gebräunte, muskulöse und athletisch wirkende junge Männer mit langsamen und sinnlichen Bewegungen auf und ab und führten die Modelle vor, die an diesem Tag gefertigt worden waren. Tausend Augen blickten dauernd zu ihnen auf. Auf diese Weise, so erklärte Karl Nicholas, wurde die Entfremdung vom Produkt der eigenen Tätigkeit überwunden: Die Arbeiter konnten, einfach indem sie die Augen gen Himmel hoben, in jedem Augenblick das Endprodukt ihrer gemeinsamen Arbeit betrachten.

Das allermerkwürdigste aber war die Musik. Die Tätigkeit jedes einzelnen Arbeiters brachte einen besonderen Klang hervor. Wenn sie ihre Maschinen bedienten, auf ihren Tastaturen tippten, mit Nadeln und Scheren hin und her fuhren, machten sie Musik. Und jeder und jede machte eine eigene Musik, aber alles floß zusammen in eine Symphonie der Tausend, wobei der Fabrikleiter auf dem Podium dirigierte.

Die Musik war zwingend und hypnotisch. Die reiche Textur ihrer vielfach verwobenen Melodien war zutiefst tröstend, ihre Rhythmen aber boten ein Muster gleichförmiger Wiederholung, wie es die Bewegung von Eisenbahnrädern auf den Schienen erzeugt.

24 FREIHEIT AUSSER SICH

Jemand klopfte ihm heftig aufs rechte Knie. Nicholas schüttelte den Kopf und rieb sich die Augen. Der beharrliche Rhythmus der Musik hatte aufgehört. Alles war still. Der Zug hatte angehalten.

»Ihren Paß bitte. Den Paß und die Fahrkarte!« Er wurde von einem uniformierten Zollbeamten angesprochen.

Seine erste, schlaftrunkene Reaktion war die einer beträchtlichen Verärgerung – Verärgerung darüber, daß er jetzt doch keinen Brief aus der bestmöglichen der Welten an Justin schicken konnte mit der Botschaft »MISSION ERFÜLLT«. Er zog seinen Paß auf den Namen Pangloss zusammen mit der Fahrkarte aus der Innentasche. Der Zollbeamte inspizierte beide und gab sie zurück.

»Danke sehr«, sagte er. »Sie sind also Universitätsprofessor. Auf Urlaub, vermute ich?«

Nicholas sagte, daß er das auch vermute.

»Lustiger Name, Pangloss«, bemerkte der Beamte.

»Ja, er ist ungewöhnlich«, sagte Nicholas mitteilsam. »So heißt eine erfundene Figur Voltaires, der glaubte, wir lebten in der besten aller möglichen Welten.«

»Hier kann er nicht gelebt haben«, sagte der Beamte trokken.

»Entschuldigen Sie meine Frage«, sagte Nicholas, »aber wo ist hier? In welchem Land befinden wir uns?«

»Wissen Sie nicht, wohin Sie reisen?« fragte der Beamte

verdutzt. »Dies ist Libertaria, und Ihre Fahrkarte ist auf Freiheit ausgestellt, die Hauptstadt.«

»Was ist denn so schlimm daran, hier zu leben?« fragte Nicholas.

»Es ist kein Ort, an dem man das Pech haben darf, arbeitslos sein oder«, fügte der Beamte bedrückt hinzu, »in Staatsdiensten sein darf. Für einige ist er aber ganz in Ordnung. Also genießen Sie Ihren Urlaub, Professor Pangloss. Ich bin sicher, *Ihnen* wird es in Freiheit gut gehen.« Er schloß die Abteiltür und ging.

Nicholas sah aus dem Fenster. Es wurde langsam dunkel. Alles was er sehen konnte, war eine Reihe von Rangiergleisen und Bahnsteigen, an denen ein paar Züge standen. Es regnete.

Er hörte Schritte auf dem Gang, und seine Abteiltür wurde abermals geöffnet. Es war ein weiterer Beamter.

»Die Fahrkarte bitte«, sagte der Beamte. Nicholas händigte abermals seinen Fahrschein aus.

Der Beamte sah sie sich an und verlangte eine Geldsumme.

»Ich verstehe nicht ganz«, protestierte Nicholas. »Ich habe die Fahrkarte bereits bezahlt.«

»Natürlich haben Sie das«, sagte der Fahrkartenkontrolleur. »Aber jetzt sind Sie in Libertaria. Sie haben nur die *Reise* bezahlt. Sie müssen den Platzzuschlag noch bezahlen. Ihr Platz ist in teilweisem Besitz der Fahr-Fair-Gesellschaft. Sie hat Zeitanteile daran, und Sie müssen dafür bezahlen, daß Sie einen ihrer Plätze einnehmen, während Sie in Libertaria sind.«

»Aber ist das wirklich fair?« widersprach Nicholas.

»Wie Sie wollen!« sagte der Kontrolleur. »Sie könnten natürlich immer Angebote einholen und versuchen, einen billigeren Platz zu finden.«

»Und wenn ich stehe?« fragte Nicholas.

»Dann müssen Sie den Bodenzuschlag zahlen. Das wäre«, gab er zu, »allerdings billiger. Dann wäre da noch der Gleiszuschlag.«

»Was ist das?« fragte Nicholas.

»Benutzung der Gleise. Die Schnelle Schiene GmbH – die ich übrigens ebenfalls repräsentiere – ist nämlich im Besitz der Gleisanlage. Die Unterhaltung kostet Geld.« Der Kontrolleur nannte eine weitere, nicht unbeträchtliche Summe.

»Natürlich könnten Sie, wenn Sie nicht zahlen wollen«, sagte der Kontrolleur, »jederzeit hier aussteigen.« Nicholas sah aus dem Fenster abermals auf den strömenden Regen hinaus. Er untersuchte den Inhalt seiner Brieftasche. Er hatte nicht gerade viel Geld übrig, und das jedenfalls auch nur in kommunitarischer Währung. Er erklärte dem Kontrolleur das Problem.

»Sie können jederzeit auf dem Bahnhof Geld wechseln«, sagte der Kontrolleur, »aber Sie haben nicht viel Zeit. Der Zug fährt in einer halben Stunde ab, und heute fährt keiner mehr. Natürlich«, fügte er hinzu, »müssen Sie, wenn Sie aussteigen, eine Bahnsteiggebühr an die Dienstgesellschaft Bahnsteig zahlen – der die Bahnsteige gehören, und die ich ebenfalls repräsentiere.« Er nannte eine weitere Summe.

»Und was ist, wenn ich das alles nicht bezahle?« fragte Nicholas mit wachsendem Trotz.

»Nun«, sagte der Kontrolleur, »wenn Sie die Platz- oder Boden- und Gleiszuschläge nicht bezahlen, werde ich Sie bitten müssen, den Zug zu verlassen.«

»Und wenn ich die Bahnsteiggebühr nicht bezahle?«

»In diesem Falle«, sagte der Kontrolleur triumphierend, »kann ich Ihnen nicht gestatten, den Zug zu verlassen. Sie haben die Wahl. Wahlfreiheit! Das ist es, woran wir hier in Libertaria glauben.«

Nicholas ließ die Reisetasche auf dem Sitz zurück mit dem Versprechen, mit dem Geld für die diversen Gebühren zurückzukehren, und ging rasch den Bahnsteig entlang und ins Bahnhofsgebäude. In der Haupthalle fand er zwei Wechselstuben einander gegenüber. Er entschied sich für die linke, die ihm das seriöser wirkende Büro schien und die Wechselkurse für verschiedene Währungen auf einem Schirm im Fenster angab. Hinter dem Schalterfenster saß eine Blondine mittleren Alters, die sich die Fingernägel lackierte. Ungefähr acht recht elend wirkende Personen standen vor dem Fenster Schlange. Er fragte eine von ihnen, ob es ein Problem gebe.

»Kein Geld mehr da, also müssen wir warten.«

»Wie lange?« fragte er.

»Keine Ahnung«, kam die Antwort.

Er rannte hinüber zu dem anderen Büro, einem improvisierten Kiosk mit einem Schild »BARGELD LACHT GELDWECHSELUNTERNEHMUNGEN« und einem Plakatständer, auf dem Wechselkurse angegeben waren, die für den potentiellen Käufer libertarischer Währung weitaus ungünstiger waren. Wenn man weniger als eine bestimmte Summe umtauschte, war der Kurs noch ungünstiger. Hier wurden die Menschen schnell bedient, und es gab keine Schlange. Nicholas begriff, daß er die Wahl hatte, tauschte eine kleine Summe zum schlechtesten Kurs um und eilte zurück zu seinem Zug. Der Kontrolleur wartete auf ihn. Er bezahlte und erhielt drei Quittungen. Der Zug fuhr an.

Während er Fahrt aufnahm, wuchsen Nicholas' Sorgen. Bisher hatte er sich ausschließlich mit seiner Flucht nach Freiheit beschäftigt. Jetzt war es an der Zeit, sich zu überlegen, wohin er da eigentlich floh und wie er in einem Land überleben sollte, von dem er nichts wußte außer seinem ermutigenden Namen. Er hatte wenig Geld übrig behalten, ein paar Kleider in seiner Reisetasche, seinen Umhang mit Pelzbesatz und einen Paß auf den Namen Dr. Pangloss. Obwohl er sich das Gehirn zermarterte, konnte er sich nicht an den Namen eines einzigen Kollegen oder Fachgelehrten aus Libertaria erinnern, an den er sich um Hilfe hätte wenden können.

Der Zug durchfuhr mit hoher Geschwindigkeit mehrere Bahnhöfe. Nach ungefähr anderthalb Stunden näherte er sich den Außenbezirken einer Großstadt. Wo, fragte sich Nicholas, sollte er die Nacht verbringen? Wie sollte er leben? Seine Zukunft schien gänzlich undurchsichtig.

Die Lautsprecheranlage knackte, und eine Stimme kündigte laut an, daß man sich Freiheit nähere. Nicholas nahm die Reisetasche aus dem Gepäcknetz. Der Zug kam zum Stehen. Er stieg aus, wanderte den fast verlassenen Bahnsteig entlang und betrat das Hauptbahnhofsgebäude, das mit den üblichen Gestalten urbanen Nachtlebens bevölkert war: Hot-Dog-Verkäufern, ein paar Betrunkenen, schläfrigen Reisenden, die sich auf Bänken flätzten, Gruppen lärmender Jugendlicher, die nicht geneigt waren, nach Hause zu gehen. Nicholas bemerkte auch eine überraschend hohe Zahl schlafender Gestalten unter Decken in Eingängen und dunklen Ecken. Er ging an ihnen vorüber, verließ den Bahnhof und trat auf die Straße. Es war kalt und regnerisch. In einiger Entfernung entdeckte er in Neonbuchstaben das Wort »HOTEL«. Er überquerte die Straße und ging darauf zu.

Als er herankam, sah er, daß das Hotel einen entschieden angenehmen Namen trug. »PILGERS RUH'«. Er *war* ein Pilger, dachte er – dies mehr als ein Reisender oder Auswanderer oder Besucher –, aber ein Pilger, dessen Pilgerfahrt kein vorherbestimmtes Ziel hatte. War des Pilgers Ruh', so fragte er sich, ein Ort, an dem er schließlich zur Ruhe kommen könnte, oder nur eine weitere Zwischenstation?

Er betrat die Empfangshalle des Hotels. Es wirkte bescheiden und sauber, wenn auch ein wenig heruntergekommen. Ein mürrischer älterer Mann hatte Dienst hinter dem Empfangstisch und zeigte die typische Indifferenz derer, die an Orten zahlloser flüchtiger Begegnungen arbeiten. Nicholas fragte versuchsweise nach einer Übernachtung im Einzelzimmer zum niedrigsten Tarif.

»Zimmer fünfhunderteins«, sagte der alte Mann, ohne aufzublicken. »Keine Extras. Kein Bad. Kein Frühstück. Haustiere nicht erlaubt. Sie müssen bis morgen mittag ausgezogen sein.« Er verlangte Nicholas' Paß, den er über Nacht behielt, bevor er ihm einen Schlüssel aushändigte. »Nehmen Sie den Aufzug zum vierten Stock und gehen Sie dann eine Treppe höher!«

Die Reisetasche an sich gepreßt, tat er, wie ihm geheißen,

und fand sich in einem kleinen, kahlen, schachtelartigen Dachzimmer mit schrägen Wänden und einem winzigen Fenster wieder. Er entkleidete sich und fiel sofort in tiefen, aber unruhigen Schlaf.

25 GELD

Nicholas erwachte früh am nächsten Morgen, zog sich schnell an und ging in die Hotellobby hinunter. Am Empfangstisch saß ein trauriger junger Mann mit randloser Brille und lockigem brünettem Haar in Kordjacke mit offenem Hemdkragen, der Zeitung las. Nicholas legte den Schlüssel auf den Tresen. Der junge Mann gab ihm den Paß zurück, ohne von seiner Zeitung aufzusehen.

»Professor sind Sie?« fragte der junge Mann säuerlich.

»Das ist richtig«, antwortete Nicholas in freundlichem Ton.

Der junge Mann zog eine finstere Miene.

Nicholas räusperte sich. »Es ging mir gerade durch den Kopf«, sagte er ins Blaue hinein, »ob ich nicht vielleicht ein wenig länger bleiben würde. Ist mein Zimmer für die nächsten paar Tage verfügbar?«

»Wie viele Tage?« brummelte der junge Mann und öffnete das Belegungsbuch.

Nicholas überschlug es schnell im Kopf. Wenn er so wenig wie möglich für Essen und andere Bedürfnisse ausgab, könnte sein Geld gerade einen Monat lang reichen, aber er sollte besser nicht zuviel verlangen.

»Sagen wir – sieben?«

Der junge Mann blickte auf. »Geht in Ordnung«, sagte er mit einem ersten leichten Anflug von Interesse. Nicholas ging darauf ein. »Wissen Sie, ich kenne niemanden hier und hoffe, Arbeit zu finden ...«

Der junge Mann lachte hohl auf: »Wer hofft das nicht?«

»Ist das so schwierig?« fragte Nicholas.

»Ich würde nicht sagen, schwierig«, sagte der junge Mann, »nur verflucht hart an der Grenze zur Unmöglichkeit. Ganz sicher würde ich nicht diesen Job hier machen, wenn ich einen besseren kriegen könnte – ich hatte schon Glück, den hier zu bekommen.«

»Welche Art Job würden Sie denn lieber tun?« fragte Nicholas.

Der junge Mann zuckte die Schultern. »Irgend etwas – im Geschäftsbereich, Buchhaltung, Büroangestellter. Wissen Sie, Professor« – er äußerte dieses Wort mit einer gewissen Bitterkeit – »ich habe nämlich einen Universitätsabschluß. Wirtschaftswissenschaften. Ich bin das, was man qualifiziert nennt. Das Problem ist, ich bin überqualifiziert. Das erzählen sie mir nämlich immer, wenn ich mich für eine Arbeit bewerbe. Sie werden auf dieser Stelle nicht bleiben wollen, sagen sie, Sie werden bald zu etwas Besserem wechseln. Ich habe in den letzten sechs Monaten zweihundert Bewerbungen eingereicht.«

»Das ist furchtbar!« sagte Nicholas mitfühlend.

»Es ist furchtbar«, bestätigte der junge Mann. »Aber man darf sich von der Rezession nicht zurückwerfen lassen. Und was wäre dann Ihre Branche?«

»Mein Forschungsgebiet ist die Aufklärung«, sagte Nicholas.

»Gütiger Himmel!« sagte der junge Mann. »Noch so ein Produzent nutzloser Universitätsabschlüsse!«

Nicholas fühlte sich sehr niedergeschlagen.

»Ich sage Ihnen, was Sie tun sollten«, sagte der junge Mann in einem Anfall von Großzügigkeit. »Gehen Sie zur Universität und erkundigen Sie sich, ob dort irgendwelche Stellen frei sind – in der Aufklärungsphilosophie oder irgendeinem anderen Gebiet, das für Sie paßt. Gehen Sie zur Verwaltung – dort bekommen Sie eine Liste mit den aktuellen Angeboten. Aber wenn Sie schon einmal dort sind, dann hören Sie sich doch gleich eine Vorlesung von meinem alten Professor an, Professor Tipster. Er taugt allemal für einen guten Witz und steckt voller kostenloser Ratschläge, wie man zu Geld kommen kann. Vielleicht bringt er Sie auf die ein oder andere Idee, und dann können Sie mir die guten Tips weitergeben. Mein Name ist übrigens Leon. Sie können mit dem Bus vom Bahnhof aus zur Universität fahren, Linie Acht.«

Nicholas dankte Leon herzlich und machte sich auf den Weg. Das Geschäftsviertel in der Bahnhofsgegend bestand, wie es schien, vorwiegend aus Sexshops, Wettbüros, Videoclubs, die auf Filme »für Erwachsene« spezialisiert waren, Einlösestellen für Schecks und Wechselstuben (darunter, wie er bemerkte, auch »Bargeld lacht Geldwechselunternehmungen«), rund um die Uhr geöffneten Lebensmittelläden und heruntergekommenen Cafés. Menschen mit Decken um die Schultern hockten in den Eingängen und bettelten jeden Passanten um Geld für eine Tasse Kaffee an. Er wechselte noch etwas Geld, trank einen Kaffee in einem der Cafés und ging dann zur Bushaltestelle für die Linie Acht.

Die Haltestelle lag in Bahnhofsnähe an einer Straße mit Bürogebäuden, deren Vorgärten mit einer niedrigen Mauer abgegrenzt waren. Als er auf die Haltestelle zuging, bemerkte er einen Mann mittleren Alters, der auf der Mauer saß, einen kleinen Koffer neben sich. Er war glatt rasiert und gut gekleidet in Anzug und Krawatte und sah aus wie ein Geschäftsmann oder Beamter, der vermutlich auf den Bus wartete. Die Nummer Acht kam, und Nicholas stieg ein. Der Mann blieb auf dem Mäuerchen sitzen und beobachtete ihn scharf.

Die Universität war ein großer, moderner Campus, dessen wuchtige Gebäude mit großen blauweißen Schildern bezeichnet waren. Er ging auf die »VERWALTUNG« zu, ein fast fensterloses Gebäude in der Mitte des Campus. Als er den Haupteingang benutzte, fand er sich vor einem Empfangsschalter mit einem Portier wieder.

»Wo kann ich etwas über mögliche Stellenangebote erfahren?« fragte er.

Der Portier verwies ihn an das Personalbüro im zweiten Stock. Während er die Steintreppe hinaufging, dachte Nicholas, daß es wohl kaum normal war, eine akademische Stelle auf diese Weise zu suchen. Aber was sonst konnte er tun? Zumindest könnte er eine Liste der Forschungsabteilungen und der Fakultätsmitglieder bekommen. Vielleicht fand er einen Namen, den er wiedererkannte. Und vielleicht gäbe es auch irgendeine nichtakademische Stelle, auf die er sich bewerben konnte – in der Universitätsbibliothek etwa. Oder vielleicht konnte er dazu beitragen, die Parks zu pflegen?

Im PERSONALBÜRO gab es eine Reihe von verglasten Schaltern, an denen verschiedene Leute bedient wurden. Er ging auf denjenigen zu, der als »FREIE STELLEN« bezeichnet war. Er war geschlossen.

Er klopfte an die Scheibe. Niemand kam. Er klopfte wieder. Eine grimmig dreinschauende Frau unbestimmbaren Alters mit Hornbrille erschien.

»Was wollen Sie?« fragte sie aggressiv.

»Ich wollte gern wissen«, sagte er, »ob es vielleicht irgendeine Möglichkeit der Beschäftigung an der Universität für mich gibt.«

»Es gibt keine freien Stellen«, sagte sie. »Das ist der Grund«, fügte sie geduldig hinzu, »warum diese Abteilung geschlossen ist.«

Sie legte die Indifferenz an den Tag, an die er sich langsam gewöhnte. Er entschloß sich, sie mit einer weiteren Frage auf die Probe zu stellen.

»Könnte es nicht irgendwelche künftigen Möglichkeiten geben? Ich bin ein Gelehrter aus dem Ausland und daran interessiert, hier zu arbeiten ... in jeder Eigenschaft, die passend wäre.«

Sie musterte ihn ohne jedes Interesse oder Mitgefühl. Er war ganz einfach ein weiterer lästiger Fragesteller.

»Sie können Ihren Namen und Ihre Qualifikationen hinterlassen, dann setzten wir Sie auf eine Liste«, sagte sie ausdruckslos und warf ihm ein Formular hin – eine Liste, so schloß er, von lästigen Fragestellern. Dennoch, dachte Nicholas, könnte er zumindest seinen Namen hinterlassen. Aber welchen Namen? Es war wahrscheinlich besser, mit Rücksicht auf seinen Paß »Pangloss« zu schreiben, aber wie könnte irgend jemand, der ein wenig über die Aufklärung wußte, die Bewerbung eines Dr. Pangloss ernst nehmen? Das war ein Risiko, das er eingehen mußte. Unter »Qualifikationen« trug er seine akademischen Grade ein, und unter »Spezialgebiete« schrieb er »Aufklärung«. Es gab eine Spalte »Gewünschte Beschäftigung«, und er trug ein: »Jede angemessene – z. B. Lehre oder Forschung oder eine Stelle in der Bibliothek oder in der Gartenpflege.«

»Eine letzte Frage«, sagte er zu der grimmigen Dame. »Könnte ich bitte eine Liste der Fachbereiche und der Fakultätsmitglieder bekommen?« Sie ging weg und kam mit einer Universitätsliste wieder.

»Oh, und noch etwas allerletztes«, sagte er. »Wo könnte ich vielleicht Professor Tipster bei einer Vorlesung antreffen?«

»Wenn Sie hier nicht als Student immatrikuliert sind, müssen Sie eine Gebühr bezahlen«, sagte sie und nannte eine Summe. Er bezahlte, nahm eine Quittung entgegen und ließ sich erklären, wie er zu WIRTSCHAFTSWISSENSCHAFTEN kam.

In der Abteilung Wirtschaftswissenschaften fand er eine Anschlagtafel, auf der verschiedene Vorlesungen angegeben waren. Professor Tipster sollte in einer Stunde über »Theorie und Praxis des Geldes« lesen. Nicholas machte einen Spaziergang über das Universitätsgelände und kam rechtzeitig zum Hörsaal zurück, um einen Platz in der letzten Reihe einzunehmen.

Professor Tipster war ein stämmiger Mann mit graumeliertem schwarzem Haar, einem eckigen Gesicht, einem

Schnurrbart und ausdrucksvoll beweglichen, extrem buschigen Augenbrauen. Er sprach mit Nachdruck, wobei er mit hoher, dünner Stimme jede Silbe sorgfältig artikulierte und zur Betonung hin und wieder mit der Hand auf das Pult schlug. Einige seiner Äußerungen bestanden aus Worten, die meisten aber aus Gleichungen, die in mathematischen und algebraischen Symbolen allen über Folien sichtbar gemacht wurden, die von einem Overheadprojektor auf eine Leinwand geworfen wurden. Die ersten fünfzig Minuten lang war das meiste, was er sagte, undurchsichtig für Nicholas, der sich die Zeit damit vertrieb, die Studenten dabei zu beobachten, wie sie sich sorgfältig Notizen machten. Dann wechselte der Professor plötzlich die Gangart.

»Genug Theorie für heute«, sagte er. »Wenden wir uns jetzt der Praxis zu.«

Zu seiner Überraschung stellte Nicholas fest, daß alle Studenten unverzüglich die Notizbücher schlossen und das Interesse zu verlieren schienen.

»Geld«, fuhr Professor Tipster fort, »ist etwas, von dem meiner Beobachtung nach niemand jemals gern weniger hätte. Die Kunst, es zu den geringstmöglichen Kosten zu vermehren, ist eine Fertigkeit, nach der alle streben, die wenige aber erreichen. Als anerkannter Meister in dieser Kunst und stets bereit, ihre Mysterien größeren Kreisen zugänglich zu machen« – ein Kichern lief durchs Publikum –, »schließe ich die heutige Vorlesung mit ein paar gutgemeinten Worten des Rates. Investieren Sie, meine Freunde, in die Nationalbibliothek Libertarias! Sie wird soeben privatisiert, und die ausgegebenen Aktien sind stark unterbewertet. Kaufen Sie Aktien für die Nationalbibliothek und machen Sie das schnelle Geld. Ich garantiere, daß Sie, wenn Sie meinem Rat folgen, Ihr Geld verdreifachen oder sogar vervierfachen.« Er projizierte eine Folie auf den Schirm, auf der einfach stand: »$x \times 3 = 3x$ und $x \times 4 = 4x$.« Das Publikum kicherte erneut. »Es gibt einen einfachen Grund für meine Sicherheit in dieser Sache, den ich nicht verraten werde, bevor es soweit ist. Aber mein Wort darauf, mit Aktien der Nationalbibliothek läßt sich heute das große Geld machen. Bereichern Sie sich!«

Bei diesen Schlußworten brachen die Studenten in halbherzigen und ein wenig sarkastischen Applaus aus. Nicholas beschloß, einen jungen Mann mit rosigem Gesicht zu seiner Rechten danach zu fragen, warum seine Kommilitonen vom Praxisverstand ihres Professors weniger beeindruckt waren als von seinem theoretischen Wissen.

»Wir interessieren uns alle sehr für Geld«, erklärte der Student. »Wir haben bloß keines. Es ist ja schön und gut, uns zu sagen, wo wir investieren sollen, aber die meisten von uns können sich von unseren kargen Studentendarlehen nicht einmal die Lehrbücher kaufen! Wir können es nicht riskieren, seinem Rat zu folgen.«

Professor Tipster war am Pult stehen geblieben und unterhielt sich mit Studenten. Die letzten paar Minuten seiner Vorlesung hatten Nicholas beeindruckt, der von Tipsters offenkundiger Autorität und Überzeugtheit sehr eingenommen war. Er beschloß, ihn anzusprechen.

»Entschuldigen Sie, Professor Tipster«, sagte er, »ich bin ein Besucher aus dem Ausland. Ich habe Ihre Vorlesung sehr genossen und würde Ihnen gern eine Frage stellen.«

»Aber gerne!« sagte Tipster gesprächig, die Augenbrauen in die Höhe gezogen. »Ich freue mich immer, wenn ich ausländischen Besuchern begegne – besonders reiferen Studenten, wie Sie es sind –, die gekommen sind, die Ökonomie der Freiheit in der Praxis zu erleben. Sie sind zur rechten Zeit gekommen. Unter unserer neuen Regierung wird alles privatisiert. Bald werden wir nicht einmal mehr wissen, was das Wort ›öffentlich‹ bedeutet! Dieser Börsengang der Nationalbibliothek ist nur der Anfang. Wenn das erst einmal über die Bühne ist, werden die öffentlichen Bibliotheken privat werden, dann die Museen, Gemäldegalerien, Opernhäuser und Denkmäler, und dann werden die öffentlichen Parks und Strände in Form von Zeitanrechtscheinen verkauft werden. Es ist eine wundervolle Explosion der Freiheit – der Freiheit, zu kaufen und verkaufen und vor allem, zu *besitzen*. Wunderbar! Wunderbar, finden Sie nicht?«

»Ich weiß noch nicht genug darüber«, sagte Nicholas vorsichtig. »Es hört sich sehr aufregend an. Aber könnten Sie mir bitte etwas verraten? Wie müßte ich es anstellen, diese Aktien der Nationalbibliothek zu kaufen, und wie würde ich sie verkaufen?«

»Die einfachste Sache der Welt«, sagte Tipster. »Gehen Sie zur Post und beantragen Sie die Bibliotheksaktien dort. Jedermann darf tausend davon besitzen. Wenn Sie sie bekommen, gehen Sie zu meinem Makler.« Er öffnete seine Brieftasche und reichte Nicholas eine Visitenkarte. »Er wird sie für Sie verkaufen. Sie brauchen sich nur auf mich zu berufen.« Tipster streckte die Hand aus. »Sehr erfreut, Sie kennengelernt zu haben. Wie, sagten Sie, war Ihr Name?«

»Pangloss«, sagte Nicholas.

»Wie passend«, witzelte Tipster, als er davoneilte.

Nicholas sah sich die Visitenkarte von »Osgood Micklethrust, Börsenmakler« an. Er steckte sie in die Tasche und ging über den Campus zum Haupteingang. Auf dem Weg nach draußen fiel ihm ein großes Hinweisschild ins Auge. Es lautete: »LIBERTARISCHE PSYCHIATRISCHE VEREINIGUNG: JAHRESTAGUNG«. Der Kongreß sollte an diesem Nachmittag um vier Uhr mit einem Empfang in einem der Universitätsgebäude beginnen. Ein Gedanke nahm in Nicholas Gestalt an, ein Gedanke, den er in seinem Kopf wälzte, wieder und wieder, während er die Universität verließ und zum nächstgelegenen Postamt ging.

26 PSYCHIATER

Eine drängelnde Menschenmenge umlagerte den Schalter »AKTIENVERKÄUFE« im Postgebäude. Menschen unterschiedlichen Alters und mit Anzeichen unterschiedlichen Wohlstands waren sich in einem einzigen Wunsch einig: an den Schalter zu gelangen und zu kaufen. Nicholas nahm sich am Eingang ein Antragsformular, füllte es aus und schloß sich der Menge an, wobei er sein Formular in der Luft schwenkte und in das wilde Rufen der anderen einstimmte. Die Kassiererin versuchte erfolglos, den Mob zu bändigen. Unter Schubsen und Drängen kam Nicholas ganz allmählich voran. Er war im Begriff, fast alles, was er besaß, auf den Rat von jemandem hin, über den er kaum etwas wußte, für eine Unternehmung aufs Spiel zu setzen, über die er noch weniger wußte. Wenn er tausend Aktien zum angegebenen Preis kaufte, würde er kaum genug für den Lebensunterhalt von drei Tagen übrig behalten, das Hotel nicht einmal eingerechnet. Und doch vermittelte ihm das Risiko dessen, auf das er sich hier einließ, ein kribbelndes und äußerst ungewohntes Gefühl von Freiheit. Bald würde er hoch aufsteigen wie ein Vogel oder tief hinab wie ein Taucher – und in beide Richtungen machte er sich bereitwillig auf ins Unbekannte. Er hatte etwas gänzlich neues und unerwartetes über sein Selbst herausgefunden: nämlich, daß es die Süchte eines Spielers beherbergte. Seine einzige Befürchtung war, daß es vielleicht zu spät war, sie zu befriedigen.

Schließlich war er ganz vorn angelangt und übergab sein Antragsformular, das er auf den Namen »Dr. Pangloss, Hotel ›Pilgers Ruh'‹, Freiheit« ausgefüllt hatte. Nicholas fragte die Kassiererin, wie lange es dauern würde, bis er die Aktien erhielt.

»Einige Zeit«, antwortete sie.

»Wie lange Zeit?« beharrte er.

»Einige Zeit«, lautete die wenig hilfreiche Antwort. Eher eine Kassandra als eine Kassiererin, offenbar. Dann verlangte sie den Preis der Aktien zuzüglich einer hohen und unerwarteten Kommissionsgebühr, womit sie seine Mittel für den Lebensunterhalt auf einen Tag beschränkte. Nicholas fühlte sich noch freier – es war jetzt ein Fall von Alles oder (beinahe) Nichts. Sein Portemonnaie und sein Kopf waren ihm leichter, als er das Postamt verließ, um zum Hotel zurückzukehren.

Vor sich hin pfeifend, ging er in sein Zimmer hinauf. Aus der Reisetasche nahm er einen grünen Samtanzug, ein leuchtend gelbes Hemd und eine Fliege mit roten Punkten und zog sich um. Dann verließ er das Zimmer, noch immer pfeifend, ging hinunter zum Aufzug, fuhr hinab ins Erdgeschoß, verließ das Hotel und ging zur Bushaltestelle der Linie Acht. Der gepflegt gekleidete Mann mit dem Aktenkoffer, den er dort am Morgen gesehen hatte, saß, wie er feststellte, noch immer auf dem Mäuerchen. Nicholas nickte ihm vage zu, aber er reagierte nicht. Nicholas nahm den Bus zur Universität. Es war fast vier Uhr.

Er ging geradewegs zum Psychiaterkongreß, der im ersten Stock eines der Hauptgebäude abgehalten wurde. Er betrat es und machte zunächst einen flinken Abstecher auf die Herrentoilette. Glücklicherweise war sie leer. Aus der Anzugtasche fischte er den graumelierten Bart und paßte ihn sorgfältig seinem Gesicht an. Er überprüfte sein Erscheinungsbild im großen Spiegel und verließ, nachdem dies zu seiner Zufriedenheit ausgefallen war, die Toilette, um nach oben zu gehen.

Bei Tee und Kaffee und Tellern appetitlichen Kleingebäcks, die auf einem langen Tisch dargeboten wurden, war ein großes Hallo und Begrüßen und Vorgestelltwerden unter den Psychiatern im Gange. Der Raum schien voller Leute, von denen Nicholas die Empfindung hatte, daß er sie fast kannte. Er ging selbstbewußt zum Tisch hinüber und bewaffnete sich mit einer Tasse Kaffee und einem Vorrat Gebäck. Eine Hand landete auf seiner linken Schulter.

»Globulus, mein Lieber«, sagte eine unbekannte Stimme, die zu einem runden, rotwangigen Mann gehörte, an dessen Tweedjackett ein Schild steckte, das ihn als Dr. Julius Stuffington auswies, »welch eine Freude, Sie hier zu sehen. Du meine Güte, es ist schon eine Ewigkeit her. Da ist schon eine Menge Wasser bergab geflossen hier in Libertaria, seit wir uns zum letzten Mal getroffen haben. Wo war das bloß noch?«

»Fällt mir im Augenblick auch nicht ein«, sagte Nicholas. »Aber sagen Sie mir, was gibt es Neues? Was ist hier so alles passiert?«

»Es ist schon außergewöhnlich viel los gewesen«, sagte Dr. Stuffington. »Der Staat ist hier wahrlich ins Absterben geraten.« (Träume ich noch? fragte sich Nicholas.) »Eine Menge von Kontrollen und Regelungen sind verschwunden, alles, was einmal öffentlich war, ist privatisiert worden – die Bahn, der Busverkehr, das Telefon, Wasser, Gas, die Post, die Gerichte, Parks, Strände, Gefängnisse, die Polizei, sogar die Nationalbibliothek.«

»Ja«, sagte Nicholas, »davon habe ich gehört.«

»Die neue Regierung hat die progressive Besteuerung abgeschafft – je mehr Geld man verdient, desto weniger Steuern muß man zahlen. Das ist alles mit atemberaubender Geschwindigkeit vor sich gegangen! Ich vermute, Sie werden morgen da sein, um die Premierministerin zu hören?«

»Wo findet das statt?« sagte Nicholas.

»Hier in der Universitätsklinik. Sie kommt morgen vormittag, um eine wichtige politische Erklärung über private Gesundheitsfürsorge abzugeben. Wir werden alle hingehen. Die Tagung geht dann am Nachmittag weiter.«

»Ich werde kommen«, sagte Nicholas. Eine weitere Hand landete auf seiner Schulter.

»Globulus! Willkommen in Libertaria! Welch eine Ehre, daß Sie es ermöglichen konnten! Wir bewundern Ihre Arbeit so sehr!« Nicholas wandte sich in die Richtung, aus der die ziemlich nasale Stimme kam, und sah einen storchenartigen Mann mit blassem, müde wirkendem Gesicht und goldgeränderter Brille. Sein Namensschild wies ihn als Professor Cyril Syndrom aus. »Wie lange werden Sie bleiben?«

»Oh, ich denke, schon eine Zeit«, antwortete Nicholas unbestimmt.

»Wirklich?« rief Professor Syndrom. »Das ist ja wunderbar! Wäre es vorstellbar, daß wie Sie dazu bewegen könnten, während Ihres Aufenthalts als Gastberater hier an der Universitätsklinik zu fungieren?«

»Es wäre mir eine Ehre«, sagte Nicholas ohne zu zögern. Schließlich brauchte er dringend einen Job.

»Nein, die Ehre liegt ganz bei uns. Können Sie morgen früh in den psychiatrischen Flügel kommen – sagen wir um halb zehn? Wir geben Ihnen ein Büro und eine Sekretärin und so weiter. Danach können wir uns gemeinsam die Premierministerin anhören.«

Auf seinen Schultern landeten noch einige weitere Hände, die zu Kollegen gehörten, die ähnlich freundliche Empfindungen zum Ausdruck brachten. Es war, dachte sich Nicholas, ein angenehmes Gefühl, von seinen Fachkollegen so hoch geschätzt zu werden.

Der Empfang kam zum Ende, und die Psychiater kamen zur Ruhe und widmeten sich dem Geschäftlichen ihrer üblichen Jahrestagung, wobei der Vorsitzende die Anwesenheit von Dr. Globulus positiv vermerkte. An diesem Punkt erbat eine junge Psychiaterin das Wort. Mit bebender, leidenschaftlicher Stimme erinnerte sie ihre Kollegen an den akademischen Boykott gegen Militaria und ging zu Details über Dr. Globulus' umfassende Komplizenschaft mit der Junta über, deren Brutalitäten sie aufzuzählen begann. Nicholas war von der treffenden Genauigkeit ihres Berichts beeindruckt, und er erwärmte sich für die wilde Kraft ihrer Leidenschaft. Sie klang genau wie Eliza, wenn sie Polizisten Informationen über die Verschwundenen abverlangte oder Zeitungsredakteure wegen ihrer feigen Selbstzensur geißelte. Er wollte die junge Ärztin am liebsten umarmen und sie anfeuern, und doch konnten ihre Worte ihn in eine unangenehme Lage bringen. Würde er jetzt gezwungen sein, zur Verteidigung von Globulus und seiner Herren zu sprechen?

Er hätte sich keine Sorgen zu machen brauchen. Nachdem die junge Frau ungefähr zwei Minuten lang gesprochen hatte, unterbrach sie der Vorsitzende und beklagte, was er ihre »die Gebote der Höflichkeit verletzende Intervention« nannte. Er bat dann um eine Abstimmung über die Frage, ob der geehrte Gast wirklich willkommen sei. Soweit Nicholas sehen konnte, waren Globulus und die Herrscher Militarias praktisch einstimmig *personae gratae* bei den Psychiatern von Libertaria.

Nach dem geschäftlichen Teil der Tagung zogen sich alle ins Speisezimmer zum Abendessen zurück, während dessen jeder, den er traf, sich für die unverzeihliche Unhöflichkeit der Kollegin entschuldigte. Nicholas rückte in kleinen Portionen mit Neuigkeiten über die jüngste Vergangenheit in Militaria heraus, wobei er sorgfältig vermied, irgend etwas dem Regime Abträgliches zu sagen, und erfuhr mehr über Libertarias Ruck zur Freiheit und den rosigen Ausblick, den dieser für die private Medizin und besonders die Psychiatrie bot. Nach dem Essen gab es einen Vortrag seines künftigen Kollegen und Gastgebers mit dem bestechenden Titel »Das Syndrom-Syndrom«. Nicholas saß im Hörsaal in der ersten Reihe und hörte aufmerksam zu. Professor Syndrom hatte, so schien es, eine neue Krankheit entdeckt, die er scherzhaft als »den Fall von Buridans Esel im Supermarkt« beschrieb. Buridans Esel war, wie der Professor sein Publikum erinnerte, verhungert, weil er sich nicht zwischen zwei identischen Heuhaufen entscheiden konnte, die in gleicher Entfernung vor seiner Nase lagen. Das Syndrom-Syndrom, so erklärte er, war eine spezifische Form der mentalen Lähmung, die von einer Überfülle unwichtiger Wahlentscheidungen herrührte und gelegentlich mit Selbstmord endete. Es handelte sich dabei offensichtlich um ein zunehmendes Problem in Libertaria. Der Vortrag rief eine lebhafte Diskussion hervor, während der man über verschiedene Formen der Therapie debattierte, alle intensiv – und eindeutig teuer. Nicholas genoß den Abend sehr und kehrte angeregt und belehrt ins Hotel zurück. Er hatte seinen beruflichen Fachstatus wiedererlangt, wenn auch im falschen Fach. Es sah entschieden gut für ihn aus.

Er stand am nächsten Morgen früh auf, legte sein Globulus-Kostüm an und ging, nachdem er in einer der schäbigen Bars eine Tasse Kaffee getrunken hatte, schnurstracks zur Bushaltestelle der Linie Acht. Der Mann mittleren Alters mit dem braunen Aktenkoffer saß auf dem Mäuerchen. Offenbar war er die ganze Nacht dort gewesen. Er sah unrasiert aus, und seine Krawatte saß schief. Er bemerkte, daß Nicholas ihn bemerkte, und wandte den Blick ab. Nicholas nahm den Bus und begab sich sofort in den psychiatrischen Flügel der Klinik. Professor Syndrom erwartete ihn am Haupteingang.

»Faszinierender Vortrag gestern abend«, sagte Nicholas.

»Danke sehr, danke sehr«, sagte Syndrom, der es zu schätzen wußte, so geschätzt zu werden. »Es ist schon so, daß das Leben hier seine eigenen Probleme mit sich bringt. Ah, die Last der Freiheit! Die Kunst ist, erstere zu mindern, ohne letztere zu schmälern.«

»So ist es«, stimmte Nicholas zu.

Syndom führte ihn in sein neues Büro, das mit Teppichboden, einer langen Ledercouch und bequemen Stühlen geschmackvoll eingerichtet war. Er stellte Nicholas der gepflegt gekleideten Sekretärin vor, die für ihn arbeiten würde. Wie jeder sonst schien sie größte Ehrfurcht vor seinem Ruhm zu haben. »Natürlich werden wir Ihnen einen sehr ordentlichen Vorschuß für Ihre Dienste hier zahlen, aber, fast überflüssig zu erwähnen, Sie haben natürlich die Freiheit, alles an Honorar zu verlangen, was der Markt hergibt. Ich denke, Sie werden feststellen, daß er eine ganze Menge hergibt!« gluckste Syndrom.

Nachdem seine unmittelbare berufliche Zukunft solchermaßen gesichert war, fühlte sich Nicholas wieder obenauf, als werde er von einem Meer des Wohlwollens getragen. Alles, was er tun mußte, war, an der Oberfläche zu bleiben, indem er so wenig wie möglich sagte und den Erwartungen der Leute entsprach. Es war, als spiele er eine Rolle in einem Stück, das sich ganz natürlich entwickelte.

»Vielleicht«, schlug Syndrom vor, »würden Sie gern einmal die Station besichtigen? Wir haben noch ein wenig Zeit vor dem Besuch der Premierministern, und sie wird gleich nebenan in unserem neuen Hörsaal sprechen.«

Nicholas folgte Professor Syndrom den Korridor entlang in die psychiatrische Station. Syndrom öffnete die verschlossene Tür, indem er einen Geheimcode eingab, und sie betraten einen Aufenthaltsraum. Einige Patienten saßen mit konzentrierter Anspannung beim Fernsehen. Der Bildschirm zeigte ein Testbild, das mit einer seichten Musik unterlegt war. Die Patienten saßen bewegungslos und hypnotisiert.

Die beiden Professoren gingen in die Station hinein. Zu seiner Linken bot sich Nicholas ein merkwürdiger Anblick; ein Bett, auf dem ein riesiger Haufen von Gegenständen aufgetürmt lag, darunter glänzende Töpfe und Pfannen, alte Bücher, zerfledderte Kleider und ein Staubwedel, und das überall mit Schildern versehen war wie »BETRETEN VERBOTEN« oder »UNBEFUGTE HABEN KEINEN ZUTRITT«. In der Mitte dieses Haufens von Krimskrams saß eine kleine dicke Frau in vorgerücktem mittlerem Alter mit einem grauen Knoten, verschreckten Augen und Schmollmund.

»Diese Frau leidet an einem schweren Fall von Kleptophobie, einer obsessiven Sorge um Privatbesitz«, erklärte Syndrom. »Die Patientin heißt Mia. Sie will nichts von dem loslassen, was sie ihr ›Vermögen‹ nennt – glaubt, die ganze Welt sei darauf aus, es ihr zu stehlen.«

»Hallo, Mia«, sagte Nicholas. Sie beäugte ihn mißtrauisch und umklammerte eine Bratpfanne. Er trat einen Schritt zurück, um sie zu beruhigen, aber sie wirkte keineswegs beruhigt.

Sie gingen weiter, an anderen Patienten vorüber. Ein kleiner, vertrockneter Mann Mitte der dreißig mit einer kleinen runden Brille, einer hervorstechenden Narbe auf der linken Wange und wildem Gesichtsausdruck sprang von seinem Bett auf und pöbelte Nicholas an.

»Was wollen Sie?« zischte er.

Nicholas suchte nach irgendeiner Antwort. »Ich will ...«

»Genau *das* ist Ihr Problem!« sagte der Mann. »Ich habe es diagnostiziert. Wenn Sie nur aufhören könnten zu *wollen*, dann wären Sie nicht hier. Sie müssen Ihre unersättlichen Gelüste kontrollieren. Reißen Sie sich am Riemen!« Er wurde immer erregter und begann zu schreien. »Besiegen Sie Ihre Leidenschaften! Dann werden Sie frei werden. Alle versuchen Sie davon abzuhalten, zu bekommen, was Sie sich wünschen, richtig? Gut, zeigen Sie Rückgrat und hören Sie auf zu wünschen! Was können sie Ihnen dann anhaben?«

»Schönen Dank«, sagte Nicholas. Syndrom winkte einer Krankenschwester, die den Patienten behutsam zu seinem Bett zurückführte.

»Ein interessanter Fall«, erklärte der Doktor, »von Orexiphobia: der Furcht vor dem Begehren. Wir nennen ihn Seneca. Er ist unser Hausstoiker. Muß aber streng beobachtet werden, da er dauernd die Kontrolle über sich verliert. Aber da gibt es noch einen weiteren Patienten, den ich Ihnen sehr gern zeigen möchte.« Sie gingen zu einem Bett am anderen Ende der Station, auf dem in seidenem Bademantel und Krawatte ein großer, dunkelhäutiger Mann mit Hakennase und einer schwarzen Klappe über dem linken Auge saß. »Diesen Patienten nennen wir Aristoteles.«

»Auch ein Philosoph?« fragte Nicholas.

»Nein, er ist Reeder«, sagte Syndrom, »oder glaubt das zumindest. Er hat vor einigen Jahren eine Kopfverletzung erlitten: daher die Augenklappe. Aristoteles glaubt, er sei ungeheuer reich und all seine Dokumente und sein Geld seien in einem Schweizer Tresor verwahrt, an dessen Kombination er sich nicht mehr erinnern kann. Faszinierender Fall von plutomanischer Amnesie.«

Syndrom stelle Nicholas Aristoteles vor, der sich vom Bett erhob und ihnen beiden warm die Hand schüttelte.

»Ich arbeite an den Fünftausendern«, vertraute er Syndrom an. »Vielleicht«, fragte er Nicholas, »haben Sie einen Vorschlag?«

»Fünftausendneunhundertzweiundachtzig?« bot Nicholas an. Aristoteles hatte Zweifel. »Sie müssen mich mal auf meiner Jacht besuchen kommen.«

»Es wird mir ein Vergnügen sein«, sagte Nicholas.

»Obwohl sie nach all den Jahren ein wenig renovierungsbedürftig ist.«

»Bestimmt«, erwiderte Nicholas.

»Es dürfte bald soweit sein, sich die Premierministerin anzuhören«, sagte Syndrom. »Sollen wir?« Sie verabschiedeten sich von Aristoteles, und Nicholas folgte Syndrom zurück durch die Station und aus dem Haupteingang.

Auf dem Flur hatte sich eine Menge Krankenschwestern, Reinigungskräfte und andere Personen versammelt, darunter auch Patienten in Schlafanzügen und Bademänteln, die hofften, einen Blick auf die offizielle Gesandtschaft zu erhaschen. Das Treffen sollte hinter einer Tür stattfinden, die einfach die Aufschrift »SAAL« trug. Nicholas fragte sich, ob er für Operationen oder Vorlesungen bestimmt war. Wie sich erwies, war er für letzteres eingerichtet und bot einem großen Publikum von Oberärzten und Fachärzten Platz, darunter auch allen Psychiatern, die zu diesem Anlaß eingeladen waren und einen Block ganz vorne bildeten. Es gab Fernsehkameras, Reporter und Sicherheitskräfte, die in den Gängen herumstanden, sowie vorne ein großes Podium mit einem langen Tisch, der mit einem blauen Tuch bedeckt war. Nicholas setzte sich neben Syndrom in die erste Reihe zusammen mit verschiedenen Würdenträgern der Klinik. Um genau 10 Uhr 59 traf die offizielle Abordnung ein und setzte sich ans Podium, angeführt von der Premierministerin.

Als er sie erblickte, durchzuckte Nicholas schockartig die Empfindung eines vermeintlichen Wiedererkennens. Sie trug ein eng anliegendes dunkelblaues Kostüm, ihre perfekt sitzende Frisur war makellos geschnitten, die Augen waren stählern, ihr Ausdruck fest und gesammelt.

»Meine Damen und Herren«, sagte der silberhaarige Vorsitzende (der leitende Direktor der Klinik, wie Syndrom ihn informierte), »wir werden heute durch die Anwesenheit der Premierministerin, Frau Jugula Hildebrand beehrt. Sie ist gekommen, um eine bedeutende politische Erklärung vor uns abzugeben, die wir natürlich überaus gespannt sind zu hören. Die Premierministerin!«

Sie erhob sich und richtete mit metallisch tönender Stimme das Wort an das Publikum.

»Meine Freunde«, begann sie, »denn ich weiß, daß ich hier unter Freunden bin – wir haben uns auf den Weg in ein aufregendes und ehrenvolles Abenteuer gemacht. Mit jedem Tag, der unter unserer Regierung vergeht, ist die persönliche Freiheit größer und tiefer geworden, während die sogenannten sozialen Doktrinen und politischen Praktiken, die sie für gewöhnlich bedrohten, in einem Exorzismus ausgetrieben worden sind. Ich freue mich sagen zu können, daß das bloße Wort ›sozial‹ aus unserem Wortschatz ausgemerzt worden ist. Kein sozial-das-und-das und kein sozial-dies-und-dies mehr! Keine soziale Gerechtigkeit mehr, keine Sozialleistungen oder Sozialpolitik oder soziale Problematik oder Sozialarbeit oder soziales Sicherheitsnetz! Kein soziales Klassensystem mehr! Kein Sozialaufbau mehr! Wie ich oft gesagt habe, gibt es die soziale Gemeinschaft, die Gesellschaft überhaupt nicht. Es gibt nur individuelle Personen, und ihre Freiheit wächst von Tag zu Tag.

Heute wird sie noch ein wenig weiter wachsen. Ein weiterer Nagel wird in den Sarg des *Sozial*ismus mit seinem verschwenderischen und fehlgeleiteten gesellschaftlichen Gewissen geschlagen werden. Heute freue ich mich, eine weitere Maßnahme ankündigen zu können, die Individuen frei machen wird – Individuen, die bisher nicht weit entfernt von dem Ort gelebt haben, an dem Sie jetzt sitzen.« Ein aufgeregtes und verblüfftes Gemurmel lief durch das Auditorium.

»Ich meine«, fuhr sie fort, »die Patienten mit mentalen Störungen in unseren Kliniken. Von heute an werden sie sich frei bewegen. In der Gemeinschaft. Sie werden aus ihren Kerkern befreit. Die psychiatrischen Anstalten werden anderen, sehr viel wichtigeren Zwecken zugeführt. Diese Klinik wird zum Beispiel von jetzt an kosmetische plastische Chirurgie anbieten, die mit Sicherheit sehr viel profitabler sein wird und einen sehr viel höheren Umsatz erlaubt. Diejenigen, die sie früher in Anspruch genommen haben, werden derweil selbst auf die Beine kommen müssen und selbständige und verantwortungsvolle Bürger werden. Familien und Freunde werden aufgerufen sein, ihre persönliche Verantwortung wahrzunehmen und den vormals eingekerkerten geliebten Menschen zu helfen, die Früchte ihrer neu gewonnenen Freiheit genießen zu lernen. Dies«, schloß sie, »ist ein großer Tag für die geistige Gesundheit.«

Als sie sich setzte, gab es lauten Applaus und einige Hochrufe. Nicholas wandte sich um, um die Reaktion der Psychiater zu beobachten. Einige sahen erfreut aus, aber die meisten waren verdutzt und unsicher, mit wieviel Begeisterung sie reagieren sollten. Professor Syndrom wirkte niedergeschlagen.

»Das ist eine Katastrophe!« flüsterte er Nicholas zu. »Mein Lebenswerk in einer einzigen Rede vernichtet. Ich und all meine Kollegen auf den Müllhaufen geworfen. Ich fürchte, wir werden unsere Vereinbarung aufheben müssen, Globulus. Was für eine Katastrophe!«

Nicholas fragte sich, wer hier nun wirklich auf den Müllhaufen geworfen wurde. Im Geiste sagte er seinem Büro und seiner Sekretärin und seinem hübschen Fachhonorar Lebewohl. Die Premierministerin und ihr Anhang verließen die Bühne, und der Klinikdirektor brachte sie herüber, um ihr Syndrom vorzustellen.

»Gestatten Sie«, kündigte er an, »Professor Syndrom, unser Professor für Psychiatrie!«

Syndrom schüttelte ihr die Hand und lächelte verloren. »Bald ehemaliger Professor, fürchte ich«, sagte er.

»Na kommen Sie, Professor« sagte die Premierministerin. »Professor bedeutet doch ›Bekenner‹, wenn ich mich nicht irre. Sie können sich doch weiter zu Ihrem Gewerbe bekennen und es privat ausüben.«

Dazu fiel Syndrom nichts mehr ein, also stellte er Nicholas vor: »Gestatten Sie mir, Ihnen Dr. Globulus vorzustellen, den berühmten Psychiater aus Militaria.«

Sie richtete den Blick auf Nicholas. »Militaria«, bemerkte sie. »Ein bewundernswertes Land in nur einer Hinsicht. Sie haben Ordnung ohne Freiheit. Wir haben beides. Meine Herren«, fuhrt sie lebhaft fort, »ich schlage vor, Sie begleiten uns jetzt zu der Zeremonie.« Sie rauschte aus dem Hörsaal mit dem Direktor und ihren offiziellen Begleitern im Schlepptau. Syndrom und Nicholas schlossen sich an.

Im Gang vor dem Hörsaal wurde die Menge begeisterter Zuschauer von Sicherheitsleuten zurückgehalten, während der Troß der Premierministerin sich auf den psychiatrischen Flügel zubewegte. Der Haupteingang war offen, und der Pulk trat ein. Im Gemeinschaftsbereich war das Fernsehen abgeschaltet worden, und Krankenschwestern und Ärzte standen Spalier, während Jugula Hildebrand mit festem Schritt die Station betrat, den Direktor an der Seite. Die Station war von Fernsehscheinwerfern hell erleuchtet, und Kameraleute filmten von verschiedenen günstigen Positionen aus. Die Patienten saßen oder lagen auf ihren Betten; einige wirkten erstaunt, andere verwirrt, wieder andere völlig indifferent. Einige wenige schliefen. Syndrom und Nicholas standen an der Wand zwischen den Betten. Die Belegschaft der Station füllte ihren Arbeitsplatz, um einer Szene beizuwohnen, die offenbar life in alle Welt übertragen wurde.

»Meine Damen und Herren«, erklärte der Direktor, »heute beehrt uns die Premierministerin mit ihrem Besuch. Sie hat sich für ihren Besuch ausdrücklich diese unsere Station ausgesucht, um etwas zu verkünden, das Ihr Leben ändern wird – das, wenn ich so sagen darf, Sie von Duldenden zu Handelnden machen wird. Die Premierministerin!«

Die Offiziellen applaudierten laut, und einige der Patienten stimmten ein. Sie begann zu sprechen, mit harscher, aber tönender Stimme.

»Wir sind heute hierher mit einer einzigen, einfachen Botschaft gekommen: Sie sollen frei sein. Sie werden nicht länger Opfer *sozialer* Belange und der sogenannten Pflegeberufe sein. Sie werden *sich selbst* helfen. Sie werden nicht länger in diese Station eingesperrt sein. Für Sie gibt es keine Wärter mehr! Heute werden Sie befreit in die Gemeinschaft hinausgehen. Statt eine Last für Ihre Gemeinschaft zu sein, werden Sie deren Mitglieder werden. Statt abhängig vom Staat zu sein, werden Sie vollwertige Bürger und Konsumenten werden. Und alles, was wir dafür von Ihnen als Gegenleistung erbitten, ist Ihre Unterstützung bei der nächsten Wahl. Meine Regierung hat Libertaria bereits zu der freiesten aller möglichen Welten gemacht. Was wir wollen ...«

»Aha!« unterbrach sie laut eine vertraute Stimme von einem der Betten aus. »Da haben wir Ihr Problem. Deswegen sind Sie hier. All dieses Wollen.« Es war Seneca.

»Wir alle wollen Freiheit«, sagte Jugula Hildebrand.

»Je mehr wir sie wollen, desto weniger haben wir sie. Wir müssen unsere Begierden überwinden und uns beherrschen«, rief er und begann zu zittern. Zwei Krankenschwestern eilten auf ihn zu, um ihm ein Sedativ zu verabreichen.

»Ich möchte, daß die Welt heute Zeuge Ihrer Befreiung wird«, sagte die Premierministerin. »Die Krankenschwestern werden jetzt jedem einzelnen von Ihnen seine persönlichen Besitztümer aushändigen, Geld für eine Woche, um den Übergang zur Freiheit zu erleichtern, und ein Stück Papier, auf das Sie Ihre neue Adresse schreiben sollen. Krankenwagen stehen draußen bereit, um Sie dorthin zu bringen. Es steht Ihnen frei, wohin Sie gehen wollen – zu Ihren Lieben, Ihrer Familie, Ihren Freunden. Wenn Sie keine Adresse angeben, werden Sie am Busbahnhof abgesetzt. Ich wünsche Ihnen alles Gute auf Ihrem künftigen Lebensweg. Möge es Ihnen in der Freiheit wohlergehen!«

Als sie ihre Rede beendete, gingen die Krankenschwestern in der Station umher und gaben den Patienten, die noch immer Schlafanzüge und Nachthemden trugen, einen wohlmeinenden Stups, sich endlich anzuziehen. Nicholas bemerkte, daß Mia kämpferisch verweigerte, aus ihren Töpfen und Pfannen hervorzukommen. Aristoteles, dessen Bett sich in unmittelbarer Nähe befand, hatte einen einstmals eleganten, jetzt aber schäbigen Anzug, ein weißes Hemd und eine rosa Krawatte angelegt und näherte sich jetzt der Premierministerin.

»Also Sie sind Premierministerin, oder?« sagte Aristoteles zu ihr. »Ich habe über die Jahre ganz schön viele Premierminister kennengelernt. Habe eine ganze Reihe von ihnen auf meiner Jacht empfangen. Auch hier gab es schon eine ganze Reihe. Sie sind fürchterlich langweilig. Sie wollen nie über irgend etwas anderes reden als sich selbst – und über Spenden an ihre Partei. Wie steht es übrigens um die Finanzen Ihrer Partei?«

»Ganz gut, danke der Nachfrage«, erwiderte sie kalt.

»Nennen Sie mich doch Aristoteles«, drängte er. »Sie werden an Bord sehr willkommen sein – wenn ich die Zahlen herauskriege –, wenn da auch noch ganz schön viel renoviert werden muß.«

Plötzlich erklang eine Glocke, und ein Team von Krankenhausassistenten trat ein, um die abreisenden Patienten aus der Station zu führen. Die meisten folgten brav auf die Straße hinunter, aber einige, die noch immer Schlafanzüge oder

Nachthemden trugen, darunter auch Mia, weigerten sich, ihre Betten zu verlassen. Drei der Widerspenstigen, zwei ältere Männer und eine junge Frau, hingen am Tropf. Nachdem sie sich mit dem Direktor beraten hatte, gab die Oberschwester den Assistenten Anweisung, ihre Betten im Anschluß an die Schlange der zu Fuß Gehenden aus der Station zu rollen.

Professor Syndrom beobachtete die ganze Szene mit einem Ausdruck hilfloser Resignation. Jugula Hildebrand bemerkte seine Elendsmiene, als sie aus der Station rauschte. »Keine Angst, Professor«, sagte sie. »Die Welt ist so verrückt, daß Sie im Geschäft bleiben!«

Nicholas und Syndrom folgten ihr auf die Straße hinaus. Am Eingang zur Klinik kletterten die Patienten in wartende Krankenwagen, wobei sie ihre Taschen festhielten und den Fahrern ihre Zettel übergaben. Ein große Menge Neugieriger hatte sich um die Szene versammelt, die von den Fernsehkameras aufgenommen wurde. Nicholas sah, wie Seneca und Aristoteles in einen der Krankenwagen stiegen. Assistenten kamen aus dem Gebäude und schoben die Betten vor sich her, auf denen die verbleibenden Patienten noch immer saßen oder lagen: Mia umgeben von ihrem Gerümpel, verschiedene andere in Nachthemd oder Schlafanzug sowie die drei Patienten, die noch immer am Tropf hingen. Der Direktor, die Fahrer und die Assistenten besprachen sich. Dann schlugen die Fahrer die rückwärtigen Türen ihrer Fahrzeuge zu und fuhren los, wobei sie zum Abschied hupten, während sich die Assistenten auf den Weg die Straße entlang machten und die Betten und Tröpfe in Richtung – wie Nicholas annahm – des Busbahnhofs schoben. Die letzte, die in Bewegung gesetzt wurde, war Mia, die Augen zu Schlitzen verengt und mit schmollenden Lippen, während ihre Töpfe und Pfannen im Sonnenlicht strahlten.

»Keine Anstellung für Sie mehr übrig, Globulus«, sagte Syndrom. »Vielleicht können Sie eine für mich in Militaria finden! Kommen Sie, gehen wir essen!«

Sie schlossen sich ihren Mitpsychiatern zur Mittagspause der Tagung an. Jeder fragte Nicholas nach seiner Meinung zu den Vorgängen, deren Zeuge er gerade gewesen war. Indem er sich vorstellte, was Globulus unter derartigen Umständen gesagt hätte, erklärte er sich in völliger Übereinstimmung mit der Hildebrandschen Politik in Sachen geistiger Gesundheit und drängte seine Kollegen, sich Möglichkeiten auszudenken, wie sie sich ihr anpassen und von ihr profitieren könnten.

Nach dem abschließenden Kaffee standen die Psychiater in Grüppchen auf dem Hof des Gebäudes zusammen und diskutierten besorgt ihre Zukunft. Nicholas zog die Liste der Vorträge zu Rate, die für den Nachmittag angesetzt waren. Besonders einer fiel ihm ins Auge. Um drei Uhr nachmittags sollte es im Haupthörsaal einen »Workshop« über »Die Vieldeutigkeiten der Schizophrenie« geben. Er beschloß, allein einen Spaziergang zu machen und rechtzeitig zurückzukehren, um daran teilzunehmen.

Er genoß den Spaziergang sehr und traf um viertel nach drei am Hörsaal ein. Der erste Redner hatte bereits begonnen. Nicholas öffnete die Tür ganz, ganz langsam, um keine Aufmerksamkeit zu erregen. Von der Stimme des Redners ging irgend etwas Beunruhigendes aus.

»... und meine Erforschung der schizophrenen Denkwelt hat ergeben, daß sie unter gewissen Umständen einen ganz außerordentlichen Grad der Lebhaftigkeit annehmen kann. Eine gespaltene Persönlichkeit kann sich sozusagen selbst begegnen und diese Begegnung bemerkenswert realitätsnah und realistisch erleben. Manchmal kann dies in aller Öffentlichkeit geschehen: Diese Symptome sind keineswegs privaten, nicht kommunizierbaren Phantasien vorbehalten ...«

Nicholas hatte die Tür weit genug geöffnet, um den Saal betreten zu können. Zu seiner äußersten Überraschung erblickte er Orville Globulus in grünem Samtanzug, gelbem Hemd und rot getupfter Fliege, graumeliertem Bart, mit gestikulierenden Händen, ein böses Glimmen in den Augen hinter der glitzernden Brille, der zu einem hingerissenen und ehrfurchtsvollen Publikum sprach, das den riesigen Hörsaal füllte.

»Manchmal kann der Schizophrene mit absoluter Sicherheit überzeugt sein, daß er sich selbst sieht, verkörpert wie in einem Doppelgänger, wie er, wie Sie wissen, vormals als eine wirkliche Präsenz erfahren wurde, die auf den Tod hindeutete ...«

In diesem Augenblick trafen Globulus' Augen Nicholas. Die Kinnlade fiel ihm hinunter, und er erstarrte. In der eintretenden Stille hingen alle Augen gebannt am Redner, in Erwartung einer dramatischen Schlußwendung in seinem Gedankengang. Auch Nicholas war gebannt. Globulus hob den Arm und streckte einen schwankenden Zeigefinger gegen ihn aus, als stehe er einem Geist gegenüber.

Nicholas rannte die Treppe hinunter, aus dem Gebäude, über den Campus und zur Bushaltestelle, wobei er sich im Rennen Bart und Fliege abriß. Es dauerte nervenzermürbende fünf Minuten, bis der Bus Nummer Acht eintraf. Zurück im Hotel »Pilgers Ruh'« fand er Leon an der Rezeption vor. Nicholas nickte grüßend, eilte in sein Zimmer und legte seine Verkleidung ab.

27 HILFSDIENSTE

Auf dem Bettrand sitzend, fiel Nicholas ein, daß es an der Zeit wäre, ein paar Überlegungen anzustellen. Seine Karriere als Psychiater war beendet. Seine verfügbaren Mittel waren bei nahezu null angelangt, und er hatte nicht die geringste Idee, wann der warme Regen, auf den er hoffte, Wirklichkeit werden würde. Er war dem Hotel bereits die Rechnung für drei Tage schuldig und würde sicherlich bald um Begleichung gebeten werden. Er hatte niemanden in Libertaria, an den er sich hilfesuchend wenden könnte – außer Leon. Er zog sich an und ging nach unten.

»Glück gehabt mit der Jobsuche, Professor?« fragte Leon.

»Noch nicht«, antwortete Nicholas. »Sagen Sie, könnten wir uns vielleicht einmal privat unterhalten?«

»Sicher«, sagte Leon. »Ich bin hier um acht fertig. Holen Sie mich dann ab, und wir gehen gemeinsam abendessen.« Mit einem Gefühl der Erleichterung ging Nicholas in den Straßen um das Hotel herum spazieren, an den Sexshops vorbei, den Videoclubs, Rund-um-die-Uhr-Läden und den vielen menschlichen Körpern, die entlang der Bürgersteige hingekauert waren. Er konnte ihren müden und mutlosen Bitten um Geld jetzt mit reinem Gewissen entgegensehen, denn er war wahrscheinlich ärmer als sie.

Um acht waren sie bereit zum Aufbruch und gingen zusammen in ein kleines Restaurant, zwei Straßenzüge entfernt, in das Leon gerne ging. »Bei Sam« war ein tröstlich heruntergekommenes Etablissement: in den Deckenlampen fehlten Birnen, der dunkelgrüne Teppichboden war abgetreten, und Bilder von Schiffen in Häfen kollidierten mit einer grün und gelb geblümten Tapete. Nur drei Tische waren besetzt, von hemdsärmeligen Gästen mit lauten Stimmen. Sam, ebenfalls in Hemdsärmeln, stand hinter dem Tresen im rückwärtigen Teil.

Als sie sich setzten, erklärte Nicholas seine finanziellen Schwierigkeiten. Mit großzügiger Geste erklärte Leon seine Absicht, das Abendessen zu bezahlen.

»Sie können mich zum Essen einladen«, sagte er, »wenn Sie den Jackpot geknackt haben. Haben Sie sich Tipster angehört?«

Nicholas erzählte ihm von Tipsters Tip und dem Kauf der Nationalbibliotheksaktien.

»Donnerwetter!« rief Leon aus. Der junge Mann schien beeindruckt von seiner Kühnheit – oder seiner Leichtgläubigkeit? Nachdem sie ihre Bestellung bei Sam aufgegeben hatten, erzählte Nicholas Leon seine Geschichte, der Reihe nach von seiner Verhaftung in Militaria an, wobei er nur sein soeben erlebtes Abenteuer mit den Psychiatern ausließ – schließlich konnte Leon Verbindung zu psychiatrischen Kreisen haben. Während er erzählte, fiel Nicholas auf, wie traurig es sich alles anhörte; es kam ihm wie eine Geschichte nicht abreißenden Jammers vor. Leon reagierte mit Mitgefühl und Mitleid zugleich: Mitgefühl für ein Mitopfer widriger Umstände; Mitleid für das Opfer einer Illusion – der Illusion, daß er sich auf eine Mission begeben hatte, die einer Überlegung wert wäre, geschweige denn ihrer Erfüllung.

»Die Frage ist nicht, die bestmögliche Welt zu finden«, bemerkte Leon, »sondern die schlimmste zu vermeiden – und sich in der am wenigsten schlimmen niederzulassen. Nach allem, was Sie mir erzählt haben, könnte das gerade Libertaria sein.«

»Glauben Sie wirklich, daß keine bessere Gesellschaft verwirklicht werden kann als diese hier?« fragte Nicholas.

Leon lächelte. »Die Menschen hier stellten sich früher immer vor, es gäbe einen Ort namens ›Egalitaria‹, wo alle gleich behandelt würden. Ein Paradies, in dem gleiche Rechte für alle gelten sollten. Diese hielt man für wirkliche Rechte, nicht fiktive, wie sie es hier sind – Wirklichkeiten, keine falschen Versprechungen. Jeder hätte ein wirkliches Grundeinkommen, eine wirkliche Arbeit, ein wirkliches Heim, eine wirklich anständige Schule, die richtige medizinische Versorgung. Ganz gewöhnliche Menschen würden sich für die Politik interessieren, weil sie meinten, sie selbst könnten wirklich etwas bewegen. Stellen Sie sich das mal vor! Kein Übernachten oder Betteln oder Elend oder Vandalismus auf den Straßen, keine Erniedrigung von Menschen nur wegen ihrer Herkunft oder ihrem Glauben oder weil sie sich nicht anpaßten! Ein Ort, an dem jedermann gleiche Freiheit hätte, nach eigenem Wissen und Gewissen zu leben und nicht nur nach den Gesetzen des Marktes. Ein Ort, an dem man frei durchatmen könnte, wer immer man auch wäre. Kurz gesagt, ein Ort solcher Art, daß Sie und ich ziemlich gern dort leben würden.«

»Wo wurde dieser Ort denn vermutet?« fragte Nicholas.

»Jenseits unserer nördlichen Grenze«, sagte Leon. »Das Problem ist nur: Es gab ihn nicht. Er war ein Utopia – was, wie ich mich vage erinnere, ›nirgendwo‹ bedeutet –, ein Hirngespinst, ein Fabelreich, ein Märchenland – an das dieser komische Bursche Justin offensichtlich immer noch glaubt – oder glauben will.«

»Warum hörten die Leute auf, an die Existenz dieses Landes zu glauben?«

»Also, viele Leute gingen auf Forschungsreisen, aber sie fanden es einfach nicht. Sie wurden entmutigt. Und mit dem Amtsantritt dieser neuen Regierung wurde es peinlich, auch nur darüber zu reden. Zu Anfang gab es immer noch ziemlich viel Protest – gegen all diese Privatisierungspläne und alles. Leute, die gegen die Schließung von Krankenhäusern oder Schulen demonstrierten oder um ihre Häuser gegen Makler zu verteidigen und so weiter. Sie hatten immer noch irgendwo die Idee im Kopf, daß die Zustände im Norden besser seien und also hier auch besser werden könnten. Aber das ist alles vorbei.«

»Keine Protestierer mehr übrig?« fragte Nicholas.

»Keine. Ehrlich, ich würde Ihnen raten, einfach das Beste aus den gegebenen Umständen zu machen. Was Geld angeht, so könnten Sie immer stehlen. Die Polizei ist privatisiert worden, und es werden keine Überstunden mehr bezahlt; und daher verhaften die Bullen keine Leute mehr wegen Kleinverbrechen. Spart auch Geld für Prozesse. Wenn Sie erwischt werden, bekommen sie nur eine Verwarnung. Vorausgesetzt, daß Sie hin und wieder den Ort wechseln und nicht zu viel Gewalt anwenden, könnten Sie damit ganz gut fahren.«

Nicholas sah skeptisch drein. »Andererseits«, fuhr Leon fort, »könnten Sie weiter nach einer Arbeit suchen. Sie könnten sogar wieder Professor werden, wenn Sie daran arbeiten – oder ein Taxi fahren. Es könnte Ihnen erheblich schlechter gehen.«

»Aber was ist mit dem Hotel?« fragte Nicholas.

»Bleiben Sie vielleicht noch ein paar Tage, und wir sehen, ob sich irgend etwas ergibt«, schlug Leon vor. Er erhob sich und ging in den hinteren Teil des Raumes, um die Rechnung zu bezahlen. Nach einer Weile kam er wieder.

»Sam sagt, er könnte vielleicht einen Job als Kellner für Sie finden, und Sie sollten ihn in ein paar Tagen noch einmal darauf ansprechen. Aber er sagt auch, daß das sehr schlecht bezahlt wird. Es wird eigentlich überhaupt kaum bezahlt.«

»Danke«, sagte Nicholas, »und danke für die Einladung.«

Am nächsten Morgen stand Nicholas früh auf. Leons Vorschlag eines unsteten Lebens des Kleinverbrechens sagte ihm nicht wirklich zu. Vielleicht könnte er Taxi fahren oder als Kellner arbeiten? An der Rezeption in der Hotelhalle saß der mürrische alte Mann, dem er zuerst begegnet war.

»Wie lange wollen Sie noch bleiben?«, fragte er.

»Noch eine Woche«, schlug Nicholas vor. Der Vorschlag schien akzeptabel.

»Hier!« sagte der alte Mann, »die sind für Sie.« Er übergab ihm zwei Briefe in braunen, offiziell aussehenden Umschlägen. Beide waren an Professor Pangloss im Hotel »Pilgers Ruh'« adressiert. Nicholas öffnete sie ungeduldig.

Der erste war eine Stellenanzeige, die vom Personalbüro der Universität kam. Man suchte einen Elektriker mit dem Schwerpunkt Beleuchtungswesen. Nicholas war verdutzt. Dann ging ihm ein Licht auf. Es mußte daran liegen, daß er unter seinen Qualifikationen »Aufklärung« angegeben hatte. Er erwog die Möglichkeit und verwarf sie. Er hätte eine Zeitlang Psychiater sein können – wer weiß, wie lange er hätte unerkannt bleiben können! Aber elektrische Beleuchtungsausstattungen lagen entschieden außerhalb seiner Fähigkeiten. Er öffnete den zweiten Umschlag. Auch er kam vom Personalbüro und enthielt die Ausschreibung für eine Stelle als Krankenhausassistent. Das sah schon merklich vielversprechender aus. Die Ausschreibung forderte mögliche Bewerber dazu auf, sich umgehend beim Hilfsdienstleiter im Klinikum zu melden. Unter Verzicht auf den morgendlichen Kaffee eilte er sofort zur Haltestelle der Linie Acht.

Der Mann mittleren Alters saß schlaff auf dem Boden und lehnte sich an das Mäuerchen, den Aktenkoffer zu Füßen. Er sah verwahrlost aus, ungewaschen und unrasiert. Als Nicholas' Blick ihn traf, straffte sich der Mann und rückte die Krawatte zurecht, im Versuch, sich noch einen Anschein von Respektabilität zu geben. Nicholas bestieg den Bus zur Universität.

Als sie zur Universitätsklinik kamen, erinnerte sich Nicholas an den traurigen Anblick der abfahrenden psychiatrischen Patienten und an Mia, wie sie mitsamt ihren Töpfen und Pfannen auf der Straße entschwand. Wie anders sah das heute alles aus! Zielstrebige Menschen betraten oder verließen die Klinik; ein Parkwächter bemühte sich eifrig darum, Besucher davon abzuhalten, die zahlreichen leeren Parkplätze zu benutzen. Nicholas betrat das Gebäude und stellte sich, wie verlangt, dem Hilfsdienstleiter vor.

»Kommen Sie mit nach hinten«, sagte dieser barsch, »und dann wollen wir mal sehen, wen wir vor uns haben.« Nicholas folgte dem kahlköpfigen Hünen in ein kleines Büro. Der Hilfsdienstleiter setzte sich steif wie ein militärischer Befehlshaber hinter einen Schreibtisch und bedeutete Nicholas, ihm gegenüber auf einem Stuhl Platz zu nehmen.

»Sie sind also ein Professor, der Klinikassistent werden will«, begann er. »Ist das nicht reichlich merkwürdig?«

Nicholas mußte zustimmen. »Aber sehen Sie es einmal so«, antwortete er lammfromm und gab eine Erklärung, die seinen Gesprächspartner vielleicht überzeugen könnte, »ich habe genug Zeit damit verbracht, abstrakte Gedanken zu studieren. Ich möchte jetzt etwas Konkretes tun, das dazu beitragen kann, das Leben wirklicher Menschen zu verbessern.«

Der Hilfsdienstleiter ließ sich nicht beeindrucken. »Haben Sie die Lohntabelle gesehen?« fragte er und reichte ihm ein Blatt Papier. »Sie werden am unteren Ende stehen, da Sie über keine Erfahrung in diesem Arbeitsbereich verfügen. Außerdem sind Sie Ausländer, nicht wahr, und daher ein Gastarbeiter. Ganz am unteren Ende. Immer noch interessiert?«

»Ja«, sagte Nicholas fest.

Der Hilfsdienstleiter schien eine gewisse Zuneigung zu ihm zu fassen, vielleicht weil er so billig zu haben war.

»Okay. Sie sind eingestellt. Sie können heute vormittag anfangen.« Er übergab Nicholas ein bereits gestempeltes und unterschriebenes Dokument. »Erledigen Sie den ganzen Papierkram im Personalbüro, kommen Sie dann um zwölf Uhr wieder, und ich werde Ihnen Ihre Dienstkleidung zuweisen.«

»Schönen Dank«, erwiderte Nicholas, »aber darf ich Sie noch um eine Kleinigkeit bitten? Bitte erzählen Sie niemandem, daß ich Professor bin. Es könnte peinlich werden.«

»Machen Sie sich keine Sorgen, Professor«, sagte der Hilfsdienstleiter gönnerhaft, wobei er komplizenhaft ein Auge zukniff. »Ich werde Ihr düsteres Geheimnis für mich behalten.«

Im Personalbüro sah er sich abermals der grimmig dreinschauenden Frau mit der Hornbrille gegenüber. Sie ließ sich nicht anmerken, ob sie ihn wiedererkannte, als er ihr das Dokument des Dienstleiters aushändigte. Um als Krankenhausassistent eingestellt zu werden, mußte er ein Angestellter von »Leistung-Ordnung-Service organisierte Krankendienste« werden, kurz LOS O.K., ein Auftragsunternehmen, an das die Assistenzarbeiten im Krankenhaus vergeben waren. Wie er später herausfand, waren alle Dienstleistungen des Krankenhauses – Krankenpflege, Reinigung, Verpflegung und Seelsorge – auf ganz ähnliche Weise an gewinnorientierte Vertragsunternehmen vergeben, während die Ärzte auf eigene Rechnung arbeiteten und von den Patienten oder ihren Versicherungsgesellschaften Honorar verlangten. LOS O.K. strich zehn Prozent seines Angestelltengehalts ein. Als Gastarbeiter, erfuhr Nicholas, hatte er keine Pensionsansprüche (und natürlich kein Wahlrecht), aber hohe Steuerlasten. Er wurde mit einer Probezeit von drei Monaten eingestellt und konnte so von LOS O. K. jederzeit wegen »unzureichender Erfüllung seiner Pflichten« entlassen werden.

Als er zum Dienstleiter zurückkehrte, erfuhr er, worin diese bestanden. Er mußte Arzneimittel aus der Krankenhausapotheke ausliefern und auf den Pflegestationen nach »unbefugten Personen« Ausschau halten, meist Leuten, die versuchten, sich behandeln zu lassen, ohne als Patienten aufgenommen worden zu sein. Um aufgenommen zu werden, mußte man Krankenhaus- und Arztgebühren im voraus bezahlen. Unaufhörlich dachten sich Massen von Bedürftigen oder nutzlosen Personen, erklärte der Dienstleiter, alle möglichen Kniffe aus, um als echte Patienten durchzugehen.

»Fragen Sie sie einfach nach ihren Zulassungspapieren«, riet er. »Wenn sie die nicht beibringen können, nehmen Sie sie beim Schlafittchen. Sie können dabei ein vernünftiges Maß an Gewalt anwenden.«

»Wer entscheidet, wieviel Gewalt vernünftig ist?« fragte Nicholas.

»Ich«, sagte der Dienstleiter. »Dieses Krankenhaus ist ein freies Krankenhaus: frei für diejenigen, die dafür bezahlen, hier behandelt zu werden, und frei von denjenigen, die das nicht tun. Merken Sie sich das gut, Professor. Das wäre dann alles.«

Damit war seine Amtseinführung abgeschlossen.

Nicholas hatte die sarkastische Haltung nicht gefallen, die der Dienstleiter zu seinem früheren Beruf einnahm, aber er erfuhr bald, daß diese Reaktion nicht untypisch war. Beim Mittagessen mit anderen Assistenten in der Kantine fand er heraus, daß der Chef von seinen Untergebenen den Spitznamen »Napoleon« bekommen hatte. Die allgemeine Ansicht war, daß der Mann, wenn auch groß an Wuchs und Umfang, in Wirklichkeit ein kleiner Kaiser mit großspurigem Ehrgeiz war. Er glaubte offenbar fest an Jugula Hildebrands Schocktherapie der Privatisierung, und man war gemeinhin der Ansicht, daß er ein starker und einflußreicher Befürworter der Entlassung der psychiatrischen Patienten gewesen war, und zwar mit der Begründung, daß sie eine Bedrohung der Ordnung des Krankenhauses darstellten.

Nicholas' Dienstkollegen fielen in zwei Kategorien. Zum einen waren da Gastarbeiter wie er selbst, wenn sie auch größtenteils sehr viel jünger waren und Familien zu versorgen hatten. Obwohl sie dankbar für ihre Arbeit waren, fühlten sie sich in Libertaria fremd und sprachen – nicht sehr überzeugend – davon, irgendwann wieder in »die Heimat« zurückzukehren. Zum andern gab es ältere Krankenhausassistenten, Überlebende sozusagen, die schon vor der Privatisierung im Krankenhaus gearbeitet hatten und in ihrem Zuge einen Großteil ihrer Rentenansprüche und des bezahlten Urlaubs verloren hatten und erhebliche Gehaltskürzungen hinnehmen mußten. Sie alle schienen einen mürrischen, aber resignierten Groll angesichts der Verschlechterung ihrer Umstände und des völligen Zusammenbruches dessen zu nähren, was sie die »Moral« des Krankenhauses nannten. Assistenten, Schwestern, Reinigungskräfte und Küchenpersonal machten wie bisher ihren Schichtdienst, aber, so erzählten diese älteren Assistenten Nicholas etwas wehmütig, sie arbeiteten nicht mehr in Teams zusammen. Heute kannte kaum einer den anderen, und niemand kannte die Patienten.

Alle Assistenten waren sich jedoch darüber einig, daß Napoleon eine Strafe war. Aber ihm aufs Wort zu gehorchen war eben der Preis, den man für seinen Job zahlte, und alle schienen auch, wie Nicholas herausfand, mit Napoleons Politik der Anwendung eines vernünftigen Maßes von Gewalt einverstanden zu sein, um nichtzahlende Möchtegern-Patienten hinauszuwerfen. Niemand hatte Mitgefühl mit denjenigen, denen es noch schlechter ging als ihnen selbst, nämlich denen, die bedürftig, aber mittellos oder nicht versichert waren.

Nicholas hatte einen Spind und eine hellblaue Uniform zugeteilt bekommen. Nach dem Mittagessen zog er sie an und begann mit der Arbeit, indem er Arzneimittel aus dem Dispensarium auf die Stationen brachte. Es war eine anstrengende und ermüdende Arbeit, bei der er einen Transportwagen unzählige Korridore entlang und immer wieder in Aufzüge hinein oder aus ihnen hinausschieben mußte. Die verschiedenen Gänge und Stationen hatten alle ihr eigenes Tempo, woran man sich erst einmal gewöhnen mußte. In der Notaufnahme und der Unfallchirurgie spielte sich das Geschehen in sporadischen Ausbrüchen von Hektik ab. In anderen Bereichen, wie etwa der Ambulanz, herrschte eine Atmosphäre völligen Stillstands: Patienten saßen mit mehr oder weniger Geduld stundenlang auf langen hölzernen Bänken und warteten auf ihre Behandlung. Wo immer ihn seine Arbeit in dem hellen, sterilen Gebäude hinführte, kam Nicholas an Patienten vorbei, um die sich niemand kümmerte, an sorgenvollen Fachärzten, hektischen Krankenschwestern, erschöpftem Reinigungspersonal und verloren wirkenden Besuchern. Er bemerkte, daß kein Mitglied irgendeiner dieser Gruppen je auf irgendeines der andern achtete.

Er lernte schnell drei interessante Lektionen. Erstens, daß das Tragen der Uniform eines Assistenten einen sofort unsichtbar machte für alle Personen mit höherem Status, es sei denn, sie bräuchten einen dringend. Zweitens, daß das Krankenhaus über eine überraschend hohe Zahl freier Betten verfügte, die zweifellos auf lukrative Belegung warteten. Und drittens, daß eine Reihe von Patienten, die er zu Gesicht bekam, längst genesen, aber bereit waren, für die Aufmerksamkeit, die Bequemlichkeit und vielleicht auch die Gesellschaft, die das Krankenhaus ihnen bot, weiter zu bezahlen. Er fühlte sich sogar geneigt, Mitgliedern dieser letzteren Gruppe von der Einnahme der Medikamente, die er auslieferte, abzuraten, weil er fürchtete, sie könnten ihre augenscheinlich blendende Gesundheit damit ruinieren.

Als seine Schicht vorüber war, schlüpfte Nicholas wieder in seine eigenen Kleider und kehrte ins Hotel zurück, wo er Leon an der Rezeption vorfand. Er erzählt ihm von seinem neuen Job. Leon war beeindruckt. »Da haben Sie aber Glück gehabt«, sagte er. »Wer weiß? Vielleicht befördert man Sie, und Sie werden noch Facharzt!« Wenn Leon wüßte, daß er erst gestern fast einer gewesen wäre!

Am nächsten Morgen kam Nicholas abermals an dem Mann mit dem Aktenkoffer vorüber, der sich an das Mäuerchen bei der Bushaltestelle drückte. Wieder reagierte er, wenn auch mit weniger Geistesgegenwart, auf Nicholas' Anwesenheit. Seine Bartstoppeln waren gewachsen, und er wirkte schmuddelig und niedergeschlagen. Und doch schien es, als wolle er den Anschein einer schnell schwindenden Respektabilität aufrechterhalten.

Nicholas hatte seine erste Schicht damit verbracht, seine Arbeit zu lernen und sich die Anlage des Krankenhauses einzuprägen. An seinem zweiten Arbeitstag begann er, andere Eigenheiten des Krankenhauslebens wahrzunehmen. Die älteren Assistenten waren in Ordnung. Es herrschte eine Atmosphäre totaler Anonymität. Vom Personal schienen wenige miteinander freundlichen Umgang zu pflegen, und alle ignorierten die Patienten. Die Krankenschwestern, Angestellte einer privaten Agentur, arbeiteten auf unregelmäßiger

Basis und verbrachten ihre übrige Zeit bei lukrativeren Beschäftigungen woanders. Das Verpflegungspersonal lieferte abgepackte Mahlzeiten an die Patienten aus. Es hatte einmal eine Krankenhausküche gegeben, aber sie war geschlossen worden; mittlerweile kamen alle Mahlzeiten in gefrorenem Zustand ins Krankenhaus und wurden dort in Mikrowellenherden aufgewärmt.

Jetzt fielen ihm auch die Möchtegern-Patienten auf, die einzeln oder in kleinen Gruppen herumlungerten. Wenn man sie ansprach, erfanden sie auf der Stelle einen Schwager oder eine betagte Tante auf der einen oder anderen Station, die sie angeblich besuchten. Sie blickten flehentlich seine Dienstkollegen an, die niemals Gewalt anwenden mußten, um sie hinauszuwerfen. Manchmal waren sie so kühn, darum zu betteln, daß man wegen ihrer Gebrechen eine Ausnahme machte, wobei sie darauf hinwiesen, daß es Betten genug gab, und beteuerten, sie würden keinerlei Schwierigkeiten machen. Nicholas hatte Mitleid mit ihnen und gab sich große Mühe, ihren flehenden Blicken aus dem Weg zu gehen.

Am dritten Tag saß der Mann mit dem Aktenkoffer immer noch an der Mauer bei der Bushaltestelle. Zum erstenmal nickte Nicholas ihm grüßend zu. Er nahm kaum Notiz davon, und Nicholas ging weiter und nahm den Bus zum Krankenhaus. An seinem Spind fand er einen Umschlag angeheftet, der an »Professor Pangloss« adressiert war. Er enthielt einen mit Schreibmaschine geschriebenen Brief von Dr. Julius Stuffington, Oberarzt in Professor Syndroms Abteilung für Psychiatrie. Offenbar hatte Napoleon sein Versprechen der Geheimhaltung nicht gehalten. Der Brief lautete folgendermaßen:

Sehr geehrter Professor Pangloss,
es ist uns zu Ohren gekommen, daß Sie als Krankenhausassistent in diesem Krankenhaus arbeiten. Soweit wir wissen, sind Sie ein angesehener Philosoph aus dem Ausland, und wir möchten Ihnen einen Vorschlag machen, den wir Sie bitten, freundlich in Erwägung zu ziehen.

Ich führe derzeit Forschungen zu den Wirkungen des Kulturschocks auf Immigranten nach Libertaria durch und, im speziellen, zu ihren unterschiedlichen (und, wie es sich darstellt, nicht immer positiven) Reaktionen auf die Realitäten des freien Marktes. Professor Syndrom hat mich autorisiert, Ihnen zu sagen, daß wir hocherfreut wären, falls Sie sich dazu geneigt fühlten, mit uns in diesem Forschungsprojekt zusammenzuarbeiten, und ich würde mich freuen, wenn Sie mich besuchen würden, um eine derartige Möglichkeit zu erörtern.

Leider muß ich Ihnen allerdings in aller Deutlichkeit sagen, daß wir uns nicht in die Lage gesetzt sehen, Ihnen für eine solche Zusammenarbeit eine finanzielle Entlohnung zu bieten, sondern lediglich eine intellektueller Natur. Wie Sie vielleicht wissen, ist die psychiatrische Station dieses Krankenhauses kürzlich geschlossen worden, und die Zahlung unserer Forschungsmittel wird eingestellt. Dennoch beabsichtigen wir, unsere Arbeit fortzuführen, und hoffen, daß Sie eine Möglichkeit sehen, mit uns zusmmenzuarbeiten.

Mit freundlichen Grüßen,

Julius Stuffington.

Stuffington! Seine Hand war es gewesen, die beim Empfang der Psychiater als erste auf seiner Schulter gelandet war. Ihn jetzt zu besuchen, als Pangloss und nicht mehr Globulus, könnte riskant sein. Stuffington oder auch Syndrom könnten ihn erkennen. Andererseits klang das Angebot (oder besser die Bitte, denn um eine Angebot handelte es sich eigentlich nicht) durchaus interessant. Nicholas beschloß, Stuffington nach dem Ende seiner Tagesschicht aufzusuchen.

Er machte sich an die Arbeit, Medikamente auszuliefern. Der Vormittag war halb herum, als sich ihm in der Besuchercafeteria ein bemerkenswerter Anblick bot. An einem Tisch saßen drei vertraute Gestalten und nippten unglücklich an ihren Teetassen: Aristoteles mit seiner Hakennase und der Augenklappe; Seneca mit seiner Narbe und Mia mit den schmalen, verängstigten Augen. Sie sahen sich verstohlen um, als suchten sie nach etwas oder jemandem. Nicholas trat ein, bestellte sich eine Tasse Tee und setzte sich an den Nachbartisch. Aristoteles tauschte Blicke mit ihm aus und sprach ihn nach einem Weilchen an.

»Guten Tag!« sagte er.

Nicholas nickte ihm zu.

»Sie sind, wenn ich mich nicht irre, ein neuer Krankenhausassistent«, fuhr Aristoteles fort.

Nicholas bejahte.

Aristoteles rückte seinen Stuhl näher an Nicholas heran und sprach vertraulicher. »Dürfte ich mir wohl gestatten, Sie mit einem Problem zu belästigen? Wir haben nämlich gewisse Schwierigkeiten. Wir haben hier gewohnt. Dies hier war, wenn man so will, unser Zuhause. Ich war damit beschäftigt, ein Problem zu lösen, und meinen Freunden hier ging es sehr gut. Und dann kam plötzlich, ohne jede Vorwarnung, diese schreckliche Frau und warf uns alle hinaus.«

»Wo haben Sie denn seitdem gewohnt?« fragte Nicholas.

»In Freiheit«, antwortete Aristoteles. »Aber wir würden gerne noch einmal zurückkommen, selbst wenn es nur für ein, zwei Tage wäre. Das würde uns so viel bedeuten!«

Alle drei blickten ihn flehentlich an.

»Ich werde tun, was ich kann, kann aber nichts versprechen«, sagte er. »Kommen Sie doch einfach morgen früh um dieselbe Zeit noch einmal wieder.«

Bei diesen Worten begann Seneca, aufgeregt zu zittern, und die anderen beiden geleiteten ihn eilig aus der Cafeteria. Nicholas sah, als sie davongingen, daß Mia fünf oder sechs Plastiktüten unter ihrem schäbigen schwarzen Mantel trug.

An diesem Nachmittag trat ein Zufall ein, der selbst Skeptiker dazu verführen konnte, an Wunder zu glauben. Als er nach dem Mittagessen im Dispensorium eintraf, wurde Nicholas angewiesen, sich im Lager des Krankenhauses zu melden, um dort Nachschub für die Büro- und Kostenstelle zu holen, die Abteilung, bei der sich alle Patienten anmelden mußten. Im Lager wurde ihm ein Paket mit Formularen ausgehändigt, wie sie Personen ausfüllen mußten, die als Patienten ins Krankenhaus aufgenommen zu werden wünschten. Als er an der Tür der Büro- und Kostenstelle ankam, entwendete Nicholas heimlich drei der Formulare und steckte sie in die Innentasche seiner Uniform. Er betrat das Büro. Die Sekretärin war gerade hinter einer Trennwand aus Glas mit einem Patientenanwärter beschäftigt, und sonst war niemand da. Nicholas bemerkte einen Krankenhausstempel auf dem Tisch gerade hinter der Sekretärin. Entschlossen ließ er ihn in der Tasche verschwinden, gerade als sie mit dem Patienten fertig war und sich umwandte, um die Formulare mit der gegenüber uniformierten Untergebenen üblichen Gleichgültigkeit entgegenzunehmen.

Nachdem er diesen Auftrag ausgeführt hatte, kehrte er ins Dispensorium zurück und fuhr mit der Nachmittagsarbeit fort, in deren Verlauf er sich vergewisserte, daß die alte psychiatrische Abteilung, die jetzt der plastischen Chirurgie diente, keineswegs voll belegt war. Es gab noch mindestens zehn freie Betten: Die Nachfrage hatte sich offenbar noch nicht dem Angebot angepaßt.

Am Ende seines Arbeitstages machte er sich auf die Suche nach Dr. Stuffington. Er trug die Uniform, um die Wahrscheinlichkeit eines Wiedererkennens zu vermindern. Stuffington hatte sein Büro noch immer im Krankenhaus; vermutlich würde es bald verlegt werden, nun, da die Psychiater nicht länger praktizierten und ihnen wenig mehr blieb als Leere und Lehre. Er klopfte an die Tür des Psychiaters, und eine joviale Stimme rief ihn herein.

Stuffington schüttelte ihm warm beide Hände.

»Wunderbar, daß Sie gerade hier arbeiten!« rief er aus. »Wunderbar für uns! Sie müssen ein wahrer Missionar sein!«

Das schien ein nützlicher Gedankengang, der der Ermutigung bedurfte. »Man tut, was man kann, um einen bescheidenen Beitrag zum Guten in der Welt zu leisten«, sagte Nicholas salbungsvoll.

Stuffington schien leicht zusammenzuzucken. »Nun, Professor Pangloss, lassen Sie mich zur Sache kommen. Also, wir erforschen hier ein Phänomen, das manche Leute ›Kulturschock‹ nennen – einen Begriff, den wir wörtlich nehmen, um die unterschiedlichen Symptome von Menschen zu beschreiben, die aus dem Ausland zu uns kommen, Einwanderer und so weiter, die nicht mit den Anforderungen unserer libertarischen Lebensweise fertig werden. Wir dachten, daß Sie, der Sie selbst ein solcher Einwanderer sind, als jemand, der offenbar hochintelligent ist, gleichzeitig aber mit solchen Einwanderern im Krankenhauspersonal recht intensiv zu tun hat, es vielleicht interessant fänden, als teilnehmender Beobachter unsere Forschung zu befördern.«

»Welcher Natur ist denn dieser sogenannte Kulturschock?« fragte Nicholas.

»Ah! wie ich es mir hätte denken können – eine Frage, die sogleich zum Kern der Sache vorstößt!« Stuffington schien entzückt, daß Nicholas sie gestellt hatte. Er flüsterte: »Wir haben keinen blassen Schimmer. Es ist alles Professor Syndroms Idee. Er sucht unentwegt nach Syndromen. In der Praxis, so haben wir herausgefunden, scheint die Diagnose des Kulturschocks eher von den persönlichen Ansichten des Individuums abzuhängen, die sie stellt, als von allgemein akzeptierten Kriterien. Die Etikettierung allein läßt noch keinen Rückschluß auf die spezifische Symptomatik derjenigen zu, von denen man annimmt, daß sie dran leiden. Der einzige verbindende Anlaß für die Diagnose, den wir Psychiater feststellen können, ist der, daß die Patienten krank zu sein scheinen.«

»Vielleicht sind sie das gar nicht?« stellte Nicholas in den Raum.

»Aber frisch angekommene Immigranten nach Libertaria scheinen in der Tat ein bestimmtes pathologisches Bild abzugeben«, beharrte Stuffington.

»Pathologisch«, stellte Nicholas zur Diskussion, »ist vielleicht das Leben, das sie führen müssen?«

Stuffingtons Augen verengten sich. »Mir scheint, Professor Pangloss, daß Sie etwas von einem Gesellschaftskritiker an sich haben.«

Ganz offenbar hatte Nicholas einen Fehltritt begangen. Dr. Stuffington schien plötzlich geneigt, die Unterhaltung zu beenden.

»Also wollen wir mal sagen, Professor Pangloss«, sagte er, »wir sollten uns das beide noch einmal überlegen. Sie können über unser Angebot nachdenken, und wir können über Ihre Eignung nachdenken. Es war wirklich nett, Sie kennenzulernen!«

Nicholas schüttelte ihm die Hand und ging, ohne sich umzublicken. Draußen auf dem Gang näherten sich zwei Gestalten. Beide wirkten vertraut. Im Näherkommen erkannte er zu seiner großen Beunruhigung, daß Professor Syndrom und Orville Globulus auf ihn zukamen. Sie waren in ihr Gespräch vertieft und diskutierten gerade, wie es schien, die Aussichten für eine Anstellung Syndroms in Militaria. Als sie einander begegneten, nahm Globulus Nicholas wahr und blickte ihm für einen Augenblick ins Gesicht. Nicholas ging zielstrebig weiter und sah sich nicht um. Es war schon merkwürdig, dachte er, wie Globulus ihm seit dem Zusammentreffen im Gefängnis in Militaria gefolgt war. In welches Land er auch verschlagen wurde, sein bösartiges, bedrohliches Double war da, stets bereit, irgendeiner herrschenden Orthodoxie seine Dienste anzubieten. Warum verfolgte ihn Globulus? Würde er je eine Welt finden, in der er keinen Einfluß mehr hätte?

Auf dem Weg zurück ins Hotel überlegte er sich, wie er Aristoteles, Seneca und Mia helfen könnte. Er würde ihre Zulassungsformulare ausfüllen, so gut er konnte, und sie mit dem Krankenhausstempel beglaubigen. Aber ihm fehlte etwas Wesentliches: Stempelfarbe. Er war erleichtert, Leon im Hotel anzutreffen.

»Wie ist der Hilfsdienst, Professor?« fragte Leon.

»Sehr anstrengende Arbeit«, antwortete er der Wahrheit

entsprechend. »Bin nicht gewohnt, schwere Wagen durch Gänge zu schieben. Aber«, fragte er vertraulich und senkte die Stimme, »könnte ich Sie vielleicht um einen kleinen Gefallen bitten? Könnte ich mir vielleicht für zehn Minuten Ihr Stempelkissen ausborgen?«

»In Ordnung«, sagte Leon scherzend, »ich werde keine Gebühr dafür erheben.«

Nicholas zog sich in sein Zimmer zurück und füllte die Formulare aus, so gut er konnte, wobei er es den »Patienten« überließ, ihre persönlichen Angaben zu ergänzen. Er gab an, daß alle drei in die Station für Plastische Chirurgie eingewiesen wurden. Unter »NOTWENDIGE BEHANDLUNG« trug er »Nase begradigen« für Aristoteles ein, »Narbe entfernen« für Seneca und »Gesicht liften« für Mia. Er dachte sich ein angemessen hohes Honorar für jede Operation aus und stempelte die Formulare mit dem Krankenhausstempel, wobei er einen unentzifferbaren Schnörkel als Unterschrift darunter setzte. Nachdem das erledigt war, brachte Nicholas Leon das Stempelkissen zurück und ging zu Bett.

Am nächsten Morgen kam Nicholas auf dem Weg zur Arbeit wieder an dem Mann mit dem Aktenkoffer vorbei. Der ehemals elegante Anzug war völlig zerknittert. Der Mann hatte sich augenscheinlich weder gewaschen noch rasiert und war, wie es schien, nicht mehr daran interessiert, welchen Eindruck er auf Nicholas oder sonst jemanden machte. Er schien in einer Art Benommenheit befangen und nahm seine unmittelbare Umgebung, die Geschäftigkeit der Straße, die er zu seinem Heim gemacht hatte, kaum mehr wahr. Nicholas versuchte erfolglos, seine Aufmerksamkeit zu erregen.

Wieder bei der Arbeit, schaute Nicholas gelegentlich in der Besuchercafeteria vorbei. Schließlich sah er seine drei Schutzbefohlenen, die Tee tranken und hoffnungsvolle Blikke um sich warfen. Er setzte sich an den Nachbartisch, beugte sich zu Aristoteles hinüber und reichte ihm die Formulare unter dem Tisch.

»Füllen Sie die hier aus«, sagte er, »und reichen Sie sie in ihrer alten Station ein. Sie hat übrigens jetzt einen anderen Namen und eine andere Funktion.«

Aristoteles nickte, und die drei gingen eilig, wobei Mia ihre Plastiktüten hinter sich herzog.

Um die Mitte des Nachmittags meldete sich Nicholas mit einer Lieferung Medikamente in der Station für Plastische Chirurgie. Die drei früheren Bewohner belegten wieder die alten Betten. Mia hatte ihre Töpfe und Pfannen und anderen Krimskrams aufgebaut wie zuvor, und die Schilder, die Unbefugten den Zutritt verwehrten, waren wieder an Ort und Stelle. Sie saß bewegungslos und nahm ihn kaum zur Kenntnis, als er vorüberging. Seneca saß aufrecht und beobachtete ihn scharf. Eines der Arzneimittel, das er gebracht hatte, ein Sedativ, war offenbar für ihn bestimmt. Aristoteles, am Ende der Station, war damit beschäftigt, Zahlen auf große Bögen Papier zu schreiben. Er blickte auf, als Nicholas auf sein Bett zukam. Nicholas, der weder als Eindringling noch aufdringlich erscheinen wollte, sprach nur kurz mit ihm.

»Alles in Ordnung?« fragte er.

»Alles bestens, danke sehr«, sagte Aristoteles. »Sie haben eine, wie sie es nennen, präoperative Untersuchung durchgeführt. Sie sprechen davon, Seneca heute abend zu operieren. Wir sind sehr dankbar, daß wir wieder hier sind. Ich hoffe, daß ich mich sehr bald für Ihre Freundlichkeit erkenntlich zeigen kann. Ich werde Sie auf eine Kreuzfahrt mit meiner Jacht einladen.«

Nicholas nickte. Senecas und Mias Augen folgten ihm, als er die Station verließ.

Als Nicholas am nächsten Morgen an seinem Spind eintraf, fand er eine Notiz von einem seiner Dienstkollegen. Sie lautete: »NAPOLEON IST AUF DEM KRIEGSPFAD. ER WÜNSCHT SIE ZU SEHEN.« Nicholas zog seine Uniform an und ging zum Büro des Krankendienstleiters am Eingang des Krankenhauses. Er klopfte und trat ein. Bei seinem Eintreten stellte sich Napoleon hoch aufgerichtet in Positur. Er wies Nicholas an, am Tisch Platz zu nehmen, und überragte ihn, da er selbst stehen blieb, noch bedrohlicher.

»Nett von Ihnen, zu kommen, Professor«, begann er in einem Ton, der sich ganz nach Abfälligkeit anhörte. »Ich habe Ihnen nur vier Dinge zu sagen.

Erstens, Sie werden des Diebstahls von Krankenhauseigentum verdächtigt – als da wären drei Einweisungsformulare plus ein Krankenhausstempel. Haben Sie dazu etwas zu sagen?«

Ausflüchte hatten hier offenbar keinen Sinn. »Was die Formulare betrifft«, sagte Nicholas, »so sind sie, soweit ich weiß, zurückgegeben worden. Was den Stempel angeht« – er nahm ihn aus der Tasche und legte ihn auf den Tisch –, »so gebe ich ihn hiermit zurück. Er wurde nicht gestohlen, nur geliehen.«

Napoleon, unbeeindruckt, machte weiter Druck. »Zweitens. In Mißachtung meiner Anordnungen haben Sie unter Einsatz illegaler Mittel drei unbefugten Personen zur Einweisung in dieses Krankenhaus als Patienten verholfen.«

Nicholas schwieg.

»Drittens, Sie suchten zu erreichen, daß ihnen schwerwiegende Entstellungen zugefügt wurden – ein Resultat, das nur vermieden wurde, weil einer von ihnen die ganze leidige Geschichte aufdeckte, als der Chirurg soeben mit der Operation beginnen wollte.«

Merkwürdig, dachte Nicholas, wie eine Behandlung, wenn man dafür zahlte, eine chirurgische Verschönerung war, aber wenn man nicht dafür zahlte, eine schwerwiegende Entstellung.

»Und viertens«, schloß Napoleon, »Sie sind hiermit gefeuert.«

Er reichte ihm ein Dokument, das bereits unterschrieben und gestempelt war. »Bringen Sie das ins Personalbüro und lassen Sie sich auszahlen, was immer Sie an Abfindung zu kriegen haben.«

Es erwies sich als wirklich sehr wenig, nachdem die Steuer

und ein Bußgeld für die drei Vergehen abgezogen waren, deren er angeklagt war. Die grimmige Frau mit der Hornbrille übergab ihm seinen Lohn und schloß ihren Schalter mit deutlichen Zeichen der Erleichterung.

Er kehrte zu seinem Spind zurück, um sich wieder umzuziehen. Einige der jüngeren Krankenhausassistenten standen um ihn herum und ließen ein wenig Mitgefühl für ihn erkennen, wenn auch nicht für das, was er getan hatte. Sie erzählten ihm, was geschehen war. Wie es schien, hatte Seneca jegliche Narkose abgelehnt und darauf bestanden, daß Spiegel im Operationssaal aufgestellt wurden, damit er sehen konnte, was mit ihm geschah. Als der Chirurg sich dann mit dem Skalpell seinem Gesicht genähert hatte, war Seneca zusammengebrochen und hatte erklärt, daß er und seine beiden Freunde unter Vorspiegelung falscher Tatsachen dort waren. Auf Befragen hatte er dann die ganze Geschichte aufgedeckt. Obwohl es schon spät am Abend war, wurden alle drei unverzüglich nach draußen verfrachtet und waren nicht wieder gesehen worden.

Nicholas verließ das Krankenhaus und ging schnurstracks zum Bus Nummer Acht. Man hatte ihn krimineller Vergehen angeklagt. Vielleicht würde das Krankenhaus seine Verhaftung betreiben. Sie kannten seine Hoteladresse. Wäre es vielleicht besser, umzuziehen? Er bestieg den Bus und überlegte weiter. Er mußte sich jetzt eine andere Quelle für seinen Lebensunterhalt suchen. Vielleicht sollte er es mit dem Restaurant versuchen. Natürlich war da noch der erhoffte warme Regen aus den Aktien der Nationalbibliothek, aber er hatte nicht die geringste Vorstellung, wann er mit einem Ertrag rechnen konnte. Tief in Gedanken, verpaßte er seine Haltestelle und fand sich schließlich am Busbahnhof wieder, wo er zusammen mit den letzten Fahrgästen ausstieg.

Es war ein verrußtes, lärmerfülltes Gebäude, das nach Öl und Benzindämpfen roch und voller Leute war, die kamen und gingen oder auf Busse warteten. Die Bürgersteige draußen wimmelten von Kleingewerbe: Anbietern von Modeschmuck,

Sockenverkäufer, Gepäckträgeraspiranten, nicht lizenzierten Taxifahrern, Straßenmädchen und Dieben. Alle waren auf Profit aus – das heißt, alle außer denen, die auf Decken in Eingängen und an Wänden saßen oder lagen. Diese bewegungslosen und teilnahmslosen Gestalten versuchten ihr möglichstes, nicht bemerkt zu werden.

Plötzlich erblickte Nicholas Aristoteles, Seneca und Mia. Zuerst bemerkte er Mia, inmitten ihrer Plastiktüten, die auf der untersten Stufe einer Treppe saß, die in irgendein Bürogebäude führte. Neben ihr an der Mauer standen ihre beiden Gefährten mit Taschen und aufgerollten Matratzen zu Füßen. Er ging zu ihnen hinüber.

»Hallo«, sagte er.

Alle drei sahen ihn mit einem Ausdruck an, der deutlich Bestürzung verriet, wenn er auch nicht sagen konnte, ob diese von Furcht oder Schuld herrührte.

»Ich habe es nicht böse gemeint«, sagte Seneca.

»Es war sowieso nur ein vorübergehender Besuch«, sagte Aristoteles philosophisch.

Wo, fragte Nicholas, gedachten sie denn, die Nacht zu verbringen?

»Ah!« erwiderte Aristoteles, »wir denken an einen Umzug.«

»Wohin denn?« fragte Nicholas.

Aristoteles wies auf eine Eisenbahnbrücke, die ein Stück weit entfernt die Straße überspannte. »Wir haben drei ausgezeichnete Kartons im Supermarkt gefunden. Wir werden sie abholen und dann wahrscheinlich heute abend umziehen.«

»Könnten Sie möglicherweise einen vierten bekommen?« fragte Nicholas.

Aristoteles nickte, ohne eine Reaktion zu zeigen. »In Ordnung«, sagte er. »Sie haben uns geholfen. Wir werden Ihnen helfen.«

Nicholas ging zu Fuß zurück zum Hotel, noch immer tief in Gedanken. Wenn er seine Rechnung zahlen sollte, würde er kein Geld übrig behalten. Unterlag er, wie Kant vielleicht gesagt haben würde, einer kategorischen Verpflichtung, zu zahlen, was er schuldig war? Oder wurde deren bindende Kraft durch seine existentielle Zwangslage nicht zumindest gemildert?

Der alte Mann tat Dienst an der Rezeption. Nicholas nahm seinen Schlüssel und ging in sein Zimmer hinauf. Sorgfältig verstaute er all seine wenigen Besitztümer einschließlich seines pelzbesetzten Umhangs und der Wolldecke von seinem Bett in seiner Reisetasche. Leise vor sich hin pfeifend, öffnete er das kleine Fenster und ließ die Tasche in den Garten hinunterfallen. Dann verließ er das Zimmer, schloß hinter sich ab, ging die Treppen hinunter und verließ das Hotel. Draußen schlug er einen Bogen zurück zum Garten, hob seine Tasche auf, schloß das Tor geräuschlos hinter sich und ging davon, noch immer pfeifend, dem Busbahnhof entgegen.

28 AUF DER STRASSE

Aristoteles, Seneca und Mia saßen immer noch dort, wo er sie verlassen hatte. Er stellte seine Tasche auf den Bürgersteig.

»Darf ich mich Ihnen anschließen?« fragte er.

»Fühlen Sie sich wie zu Hause«, sagte Aristoteles und machte an der Mauer Platz für ihn. Ein Stück weiter saß eine Gruppe von Gitarre spielenden Teenagern, die vielleicht drogensüchtig waren, wenn man danach ging, wie sie aussahen und sich anhörten.

Aristoteles erzählte ihm, daß sich die drei im Vergleich zu den anderen, die von Jugula Hildebrand aus der Station verstoßen worden waren, noch als glücklich betrachteten. Die meisten derjenigen, die Adressen angegeben hatten, zu denen sie gebracht wurden, waren von den Leuten, die sie benannt hatten, hinausgeworfen worden. Die Gemeinschaft, so schien es, hatte sie nicht willkommen geheißen. Einer hatte Selbstmord begangen, und andere waren wegen Gewaltverbrechen verhaftet worden.

»Zumindest haben wir ein Zuhause«, sagte Aristoteles. »Aber es ist fast Mittagszeit. Wir sollten uns unser Mittagessen und die Kartons besorgen. Ich werde mit Mia zum Supermarkt gehen. Es ist der, in dem sie früher gearbeitet hat.« Er sprach Nicholas vertraulicher an. »Wir müssen Seneca von Supermärkten fernhalten. Sie können ihm Gesellschaft leisten, auf unsere Sachen achten und den Platz freihalten.« Nicholas stimmte zu und setzte sich neben Seneca.

Wie, so fragte er sich, war Seneca zu einem Stoiker geworden, der nicht in der Lage war, seine turbulenten Leidenschaften unter Kontrolle zu halten? Seneca war offensichtlich immer noch in Verlegenheit wegen seiner Kapitulation vor dem vorrückenden Skalpell. Nicholas versuchte, die Spannung zu lösen, indem er ihn nach seinem Leben befragte.

Seneca, so erfuhr er, hatte einmal in einer Werbeagentur als Komponist von Jingles gearbeitet, der Melodien schrieb, mit denen Produkte aller Art verkauft werden sollten, von Shampoos bis zu Hundekuchen. Er hatte seine Arbeit geliebt. Er war wunderbar einfallsreich. Sein Kopf steckte voller Ideen, immer fiel ihm ein passender musikalischer Werbeslogan ein. Aber die Inspiriertheit und der Arbeitseifer hielten nicht an. Die Slogans, so erklärte er es Nicholas, trieben ihn in den Klarsinn. Der Witz der Werbung wurde für ihn zum Wahnwitz, die profitverrückten Werbeleute allmählich zu wirklichen Verrückten. »Sie sind«, sagte er mit wilder Leidenschaft, »die Zerstörer der menschlichen Freiheit.«

»Aber Freiheit bedeutet doch sicherlich«, wandte Nicholas ein, »wählen zu können, wie man leben will. Wie können die Werbeleute das zerstören?«

Seneca gab scharf zurück: »Denken Sie etwa, daß die Leute wollen wollen, was sie wollen? Wo, glauben Sie wohl, kommen ihre Wünsche her? Ich sag's Ihnen. Aus den Werbejingles!«

»Aber was«, fragte Nicholas Seneca, »wollen Sie?«

Seneca sah ihm mit tiefer Intensität in die Augen. »Ich will«, sagte er, »ich will, daß die Menschen frei von Wünschen sind, und ich will, daß sie nur wollen, was sie wollen wollen. Und dazu müssen Sie die Kontrolle über sich selbst erlangen und aufhören, zu wollen, was sie wollen. Dann werden sie frei sein.« Seine Augen wanderten über das Straßenbild hin, das sie umgab. »Es ist nicht einfach«, gab er zu.

Nicholas fragte sich, wie Seneca zu seiner Narbe gekommen war. Nachdem er seinen Job aufgegeben hatte, hatte er, wie es schien, eine Ein-Mann-Kampagne begonnen, die er

»Wehret den Wünschen!« nannte, und war dabei von irgendwelchen Skinheads zusammengeschlagen worden, die vor einem Supermarkt Streit suchten.

Aristoteles und Mia kehrten mit vier großen zusammengefalteten Pappkartons unter den Armen und einer Tüte mit Lebensmitteln zurück. Sie öffneten die Tüte und verteilten einige Joghurts und Würstchen, die alle das Mindesthaltbarkeitsdatum überschritten hatten. »Wir müssen das alles schon sofort aufessen«, erklärte Aristoteles, »da wir nämlich keinen Kühlschrank haben.« Als sie fertig waren, schlug er vor, umzuziehen. »Es ist einfacher«, sagte er, »Plätze zu finden, wenn es noch früher am Tag ist.«

Als die vier sich mit ihren Kartons und Habseligkeiten zusammen auf den Weg zur Eisenbahnbrücke machten, fragte Nicholas Aristoteles, wie es gekommen war, daß Mia sie mit Lebensmitteln und Behausung versorgen konnte. Sie hatte früher einmal, erklärte Aristoteles, als Kassiererin in einem Supermarkt gearbeitet. Zu ihrem Unglück hatte sie eine Schwäche für Freundschaften mit Bedürftigen und zog sie geradezu an – unverheiratete Mütter, Teenager ohne Zuhause und ähnliche mehr. Jemand überredete sie, bei den Einkäufen dieser Bekannten im Supermarkt nur jeden vierten Artikel abzurechnen, und sie wurden auf frischer Tat ertappt. Als der Fall vor Gericht kam, sagten ihre Freunde gegen sie aus und behaupteten, es wäre Mias Einfall gewesen. Wie es der Zufall wollte, war sie zu diesem Zeitpunkt selbst eine unverheiratete künftige Mutter. Der Richter, dem der Fall übertragen war, stellte sich auf den Standpunkt, Mia habe sich absichtlich schwängern lassen, um der Gefängnisstrafe zu entgehen, die sie verdiente, und brachte sie als abschreckendes Beispiel für andere für sechs Monate hinter Schloß und Riegel. Ihr Baby wurde ihr mit der Begründung, sie sei untauglich als Mutter, gleich nach der Geburt weggenommen und in Pflege gegeben. Aus dieser Abfolge von Erfahrungen leitete Mia den unerschütterlichen Glauben ab, daß es der Welt, im allgemeinen, nur ums Klauen ging und, im besonderen, nur darum, ihr selbst alles zu stehlen, was ihr etwas wert war: ihre Selbstachtung, ihre Mittel zum Lebensunterhalt und ihr Kind. Aber einige ihrer Kollegen im Supermarkt blieben loyal und versorgten sie, als sie nach Verbüßung ihrer Gefängnisstrafe keine Arbeit mehr finden konnte, regelmäßig mit abgepackten Lebensmitteln, die wegen abgelaufenen Mindesthaltbarkeitsdatums nicht mehr verkauft werden konnten, und mit Kartons. Daher ihre Rolle als Nährerin und Behüterin.

Sie erreichten die Brücke und steckten ihre Ansprüche auf einen noch unbesetzten Fleck auf halber Strecke der rechten Seite ab, der vor Wind und Regen geschützt war. Alle Stunde fuhr über ihren Köpfen ein Zug durch und veranstaltete einen ohrenbetäubenden Lärm. Die vier stellten ihre Kartons auf dem Boden auf. Dort würden sie den Abend abwarten, ihre Habseligkeiten zu Füßen. Nicholas saß neben Aristoteles.

Aristoteles' Lebensgeschichte schien die unzugänglichste. Vielleicht, so überlegte Nicholas, war es sogar wahr, daß er einmal ein wohlhabender Schiffsbesitzer gewesen war, der sein Vermögen verloren hatte, weil er einen Zahlencode vergessen hatte. Die anderen beiden hatten jedenfalls nicht die Absicht, das zu bezweifeln. Den ganzen Nachmittag lang saß Aristoteles da und schrieb Zahlen auf, wobei er Nicholas hinsichtlich ihrer Plausibilität zu Rate zog. Es war eine Tätigkeit, die ihn völlig gefangen nahm. Nicholas brauchte nicht lange, um zu begreifen, daß Aristoteles' geistige Welt, bevölkert wie sie war von einer unendlichen Abfolge von Zahlen, die eine stets erneuerbare Hoffnung boten, eine Welt war, die er nicht betreten konnte.

Es dämmerte Nicholas langsam, daß er für das Leben auf der Straße schlecht vorbereitet war. Außer seiner Decke aus dem Hotel hatte er nichts, das ihn vor den physikalischen Elementen schützen konnte. Er hatte auch keinerlei Waffe, die ihn gegen unwillkommene menschliche Elemente schützen konnte. Auch seine inneren Kraftquellen waren nicht gerade in bestem Zustand. Er versuchte, seine Gesprächspartner früherer Zeiten aus dem achtzehnten Jahrhundert heraufzubeschwören, aber sie verweigerten strikt jedes Erscheinen. Er hatte nichts zu lesen, aber das war wahrscheinlich ganz gut so. Lesen würde mit Sicherheit unwillkommene Aufmerksamkeit der anderen erregen, die sich in dieser Umgebung niedergelassen hatten und bereits anfingen, Interesse an den Neuankömmlingen zu zeigen. Ihre Nachbarn waren bunt zusammengewürfelt: ein Paar alternder Trunksüchtiger, das irgendwelchen Methylalkohol zu sich zu nehmen schien; ein trauriger, blaßgesichtiger Jugendlicher, der eine lange und unzusammenhängende Unglücksgeschichte vor sich auf den Bürgersteig geschrieben hatte; drei recht bedrohliche junge Männer in den Zwanzigern mit Sonnenbrillen und Lederjacken, die mit Rasierklingen herumspielten; und eine Frau mittleren Alters, die sich dauernd haßerfüllt selbst ausschalt – aus welchem Grunde, konnte Nicholas nicht sagen.

Als es dunkel wurde, verteilte Mia Salami und noch ein paar Joghurts. Die anderen saßen und aßen schweigend und schauten mit leerem Blick auf die Straße. Nicholas begann ein wenig zu frösteln und nahm seinen pelzbesetzten Umhang aus der Reisetasche. Er zog ihn an, schlug den Kragen hoch, um sich warm zu halten, stand auf, um die Beine zu strecken, und machte einen Spaziergang den Bürgersteig entlang und am Ende unter der Brücke hinaus. Die Straße hinter der Brücke war menschenleer und schlecht beleuchtet. Plötzlich wurde Nicholas von hinten in den Griff genommen. Eine Hand legte sich über seine Stirn und hielt ihn fest, und er spürte, wie ihm der Umhang von den Schultern gerissen wurde.

Er konnte sich losreißen und fand sich zwei gut gekleideten, ehrbar aussehenden Personen mittleren Alters gegenüber, einem Mann und einer Frau, die Armbinden trugen.

»Sie«, sagte der Mann anklagend, »sind ein Verbrecher.«

»Wir stehen für die Sektion der S. O. S. in Freiheit«, erklärte die Frau.

Sie hielt ihm ihre Armbinde entgegen. Er sah das Abbild einer traurig dreinblickenden Kuh mit Kalb in einem Kreis mit umlaufendem Logo: »S. O. S. – rettet unsere Haut«. Das Notrufzeichen S. O. S., verstand Nicholas, war hier wohl nicht die Abkürzung für »Save Our Souls«, »Rettet unsere Seelen«, sondern für »Save Our Skins« – »Rettet unsere Haut«.

»Und Sie«, fuhr sie fort, »stehen für Genozid.«

Der Mann schwenkte Nicholas' Umhang durch die Luft und rief, als befände er sich vor einer großen Menschenmenge: »Diese Tierhaut wurde aus menschlichem Besitz befreit. Sie ist nun das Eigentum von niemandem!«

»Hört sich gut an!« rief eine Stimme aus dem Hintergrund, wo plötzlich Bewegung entstand. »Das heißt, daß wir sie auch nicht stehlen können.« Die Stimme kam von einem der drei Rasierklingenspieler, die Nicholas vom Brückenbogen aus gefolgt sein mußten. Alle drei stießen Nicholas zu Boden und entrissen dem Mann den Umhang. Die Frau begann zu kreischen.

»Fresse halten, alte Kuh!« schrie einer sie an. Die beabsichtigte Beleidigung war irgendwie knapp daneben. Die drei rannten über eine Seitenstraße mit dem Umhang davon.

»Tut mir wirklich leid«, sagte der Mann ziemlich betreten zu Nicholas. Die Frau schluchzte. Zumindest, dachte Nicholas, hatten sie die eigene Haut gerettet.

Er verließ sie und kehrte zum Trio seiner Gefährten zurück. Sie hatten gerade damit begonnen, ihre Kartons für die Nacht aufzustellen, und Nicholas tat es ihnen nach. Auf die Seite gestellt, war der seinige gerade groß genug, daß man liegend darin schlafen konnte, wenn man die Knie unters Kinn zog. Unter seiner Decke, die Reisetasche an sich geklammert als Schutzwall zwischen sich und der Außenwelt, legte er sich zum Schlafen.

Er schlief sehr wenig. Jede Stunde ratterte ein Zug mit schrillem Pfeifen über die Brücke. Ungewohnte Straßengeräusche, deren Bedeutung er nicht einzuschätzen wußte, interpunktierten die unruhige Stille der Nacht. Zum erstenmal auf all seinen Reisen ergriff Furcht von ihm Besitz, und er begann, die Hoffnung zu verlieren. So sehr er es auch versuchte, er konnte das Gefühl der Mutlosigkeit nicht abschütteln.

Als es dämmerte, fiel er in tiefen Schlaf und hatte einen Traum, in dem er in einem dunklen Tunnel war, an dessen Ende ein Licht schien. Aber das Licht kam unerbittlich auf ihn zu. Er lag auf dem Gleis, und immer wieder raste ein Zug auf ihn zu, unter lautem Pfeifen. Als er es das letzte Mal träumte, lag er auf den Schienen und hob in einer Bewegung schwacher Abwehr die Hände, um die heranrasende Lokomotive aufzuhalten. Sie wollte ihn gerade zermalmen, als er mit heftigen Kopfschmerzen erwachte.

Mia, Seneca und Aristoteles saßen auf ihren zusammengefalteten Kartons und spielten Karten. Nicholas kletterte aus seinem Karton, wünschte ihnen einen guten Morgen und sagte ihnen, er wolle spazierengehen. Sie nickten und versprachen, auf seine Sachen aufzupassen. Er ging zur öffentlichen Toilette am Busbahnhof, wo er sich wusch und rasierte. Dann frühstückte er in der schmuddeligen Selbstbedienungs-Cafeteria. Es war um die Mitte des Vormittags.

Vielleicht hätte Sam doch noch einen Job für ihn als Kellner? Er ging zum Restaurant, wobei er darauf achtete, nicht am Hotel »Pilgers Ruh'« vorbeizukommen. Der Tag war sonnig, und bei der Aussicht auf Arbeit hob sich seine Laune ein wenig.

Sam war gerade dabei, die Tische einzudecken. Er war freundlich, aber vorsichtig.

»Sie kommen mit guten Empfehlungen«, sagte er, »aber keiner Erfahrung in dieser Arbeit.«

Nicholas konnte nur zustimmen.

»Allerdings brauche ich hier tatsächlich etwas Hilfe«, fuhr Sam fort, »wenn ich Ihnen auch nicht viel bezahlen kann.« Er machte deutlich, daß er mit Nicholas nur eine »informelle« finanzielle Abmachung treffen könnte und daß Nicholas weitgehend auf Trinkgelder angewiesen war.

»Wann kann ich anfangen?« fragte Nicholas, der die Chance beim Schopf ergriff.

»Wie wäre es mit gleich?« schlug Sam vor. »Sie können diese Tische hier fertig decken.«

Keine Stunde später öffnete das Lokal für den Mittagsbetrieb. Sams einzige andere Angestellte schien seine Frau zu sein, eine recht übellaunige Person, die als Köchin in der dunstigen Küche hinter dem Gastraum arbeitete. Die Speisekarte war einfach, aber das Essen, wie Nicholas sich erinnerte, recht gut. Während der nächsten drei Stunden trafen mehrere Gäste ein, und Nicholas nahm auf einem kleinen Notizblock ihre Bestellungen auf, die er dann an Sams Frau über eine Durchreiche neben dem Tresen in die Küche weitergab. Es gelang ihm, Essen und Getränke ohne unglückliche Zwischenfälle zu servieren. Die Gäste, die Stammgäste waren, fragten Sam, wer er sei.

»Freund von Leon«, sagte Sam. »Netter Kerl!«

Aber niemand gab ihm ein Trinkgeld.

Er war um halb vier mit der Arbeit fertig und kehrte zur Eisenbahnbrücke zurück. Aristoteles beschäftigte sich fleißig mit Zahlen. Seneca schlief, und Mia saß, wie immer, schweigend da und beobachtete ihre Umgebung. Nicholas erzählte Aristoteles von seinem Job.

»Ich hatte sechs Kellner auf meiner Jacht, alle in weißen Uniformen mit goldenen Tressen«, sagte Aristoteles. »Was meinen Sie zu den Dreizehntausendern?«

Die nächsten paar Stunden lang half Nicholas Aristoteles bei seinen Zahlen und ging dann wieder ins »Bei Sam« zurück, um den Abend über dort zu arbeiten. Es war nicht besonders viel los, und Sam war in Redelaune. Leon hatte ihm anscheinend erzählt, daß Nicholas Philosophieprofessor gewesen war.

»Das kann nicht gerade ein toller Beruf gewesen sein«, sagte er, »wenn er darauf hinausläuft, daß Sie für mich arbeiten!«

Nicholas bestand nachdrücklich darauf, daß der Restaurantbesitzer die Dienste von jemandem, der für ihn arbeitete, nicht unterbewerten solle. Sam schien aber nicht geneigt, ihm eine Lohnerhöhung zu gewähren.

»Der Wert jeder Sache wird dadurch festgelegt, was die Leute bereit sind, dafür zu bezahlen«, sagte Sam. »So habe ich es in der Schule gelernt. Also kann Ihre Philosophie nicht viel Wert haben.«

In diesem Augenblick betrat Leon das Restaurant. Er grüßte Sam herzlich und bemerkte dann Nicholas.

»Gütiger Himmel!« rief er und ließ sich an einem Tisch nieder, als Sam gegangen war, »bin ich froh, daß Sie noch unter den Lebenden weilen!«

Nicholas erstattete ihm kurz Bericht über das, was im Krankenhaus vorgefallen war und warum und unter welchen Umständen er das Hotel verlassen hatte. Er fühlte sich wie ein unartiges Kind, dem man auf die Schliche gekommen war.

»Machen Sie sich keine Sorgen, Professor«, beruhigte ihn Leon. »Ich dachte mir schon, daß etwas derartiges geschehen sein mußte, also habe ich der Geschäftsführung erzählt, jemand habe Sie in einer dunklen Gasse in der Nähe des Hotels totgeschlagen und ich wäre schon im Leichenschauhaus gewesen, um Ihre Leiche zu identifizieren.«

»Herzlichen Dank«, sagte Nicholas gerührt.

»Wichtig ist: lassen Sie sich nicht in der Nähe des Hotels blicken«, warnte ihn Leon. »Oh! es gibt noch etwas anderes Wichtiges.« Er zog einen Briefumschlag aus der Brusttasche. »Das traf für Sie im Hotel ein. Ich habe es für den Fall der Fälle aufgehoben.« Er übergab Nicholas den Umschlag, der ihn sofort öffnete. Er enthielt seine tausend Aktien für die Nationalbibliothek.

»Sie sind wirklich ein Glückspilz«, sagte Leon. »Diese Aktien da haben sich sehr gut entwickelt. Wenn ich Sie wäre, würde ich sie schnell verkaufen. Woran nämlich niemand gedacht hatte, war, daß nach der Privatisierung die Bücher alle zum Verkauf stehen könnten. Es gibt jede Menge ausländischer Händler, die für die wertvollsten von ihnen Angebote in astronomischer Höhe gemacht haben. Tipster hatte recht.« Nicholas dankte ihm wortreich und steckte den Umschlag in die Tasche.

»Ich bin froh, daß Sam Ihnen einen Job gegeben hat«, sagte Leon. »Ich hätte gern ein Bier und ein Steak, halb durch, mit Pommes Frites.« Nicholas, der plötzlich sehr gehobener Stimmung war, nahm Leons Bestellung auf und gab sie durch die Durchreiche an Sams Frau weiter. Als Leon gegessen hatte und bezahlte, hinterließ er Nicholas ein großzügiges Trinkgeld. Es war das einzige Trinkgeld an diesem Abend.

Um Mitternacht kehrte Nicholas zur Brücke zurück und fand seine Gefährten schlafend in ihren Kartons vor. Er stellte den seinigen auf und kletterte hinein. Er steckte den Umschlag, der seine Aktien enthielt, unter sein Hemd, wo er ihn direkt auf der Haut hatte, deckte die Decke über sich, zog die Knie an die Brust und fiel in unruhigen Schlaf.

Er erwachte früh am nächsten Morgen, nahm ein frisches Hemd zum Busbahnhof mit, wusch und rasierte sich und frühstückte, wofür er die letzten Münzen ausgab, die ihm verblieben waren, und kehrte zu dem Trio zurück, um ihm zu sagen, er müsse gehen und sich um geschäftliche Angelegenheiten kümmern. Aus seiner Brieftasche zog er die Visitenkarte auf den Namen Osgood Micklethrust, Börsenmakler. Nun vollkommen mittellos, machte er sich zu Fuß auf den kürzesten Weg zum Maklerbüro.

Micklethrust, mit glattem, gerötetem Gesicht und einem üppigen, extravaganten Schnurrbart, erwies sich als eine strahlende Gestalt, die in alle Richtungen Vertrauen ausstrahlte. Sein gelacktes Haar war perfekt frisiert, und er trug eine Krawatte in phosphoreszierendem Pink, einen glänzenden grauen Anzug und übergroße goldene Manschettenknöpfe mit Initialien. Er vermittelte deutlich den Eindruck, daß er wenig Zeit zu verschenken hatte.

Nicholas erklärte seinen einfachen Wunsch, seine tausend Aktien zu verkaufen, die er auf den Ratschlag Professor Tipsters gekauft habe. Micklethrust lächelte offenherzig. »Tipster hat Ihnen einen *sehr* guten Rat gegeben, mein Freund«, sagte er. »Erzählen Sie mir, wie geht es dem alten Schurken? Hab ihn eine Ewigkeit nicht gesehen.«

Zum Glück war Micklethrust zu beschäftigt, um eine Antwort abzuwarten. »Hören Sie«, sagte er, »ich muß jetzt los und ein paar Handelsgeschäfte hinter mich bringen. Einem Freund von Tipster tue ich jederzeit einen Gefallen. Wenn Sie wollen, können Sie mit mir kommen, und wir können Ihre Aktien auf der Stelle verkaufen. Ich muß noch jede Menge mehr verkaufen. Es ist geradezu eine Goldgrube!«

Nicholas willigte ein und folgte ihm in den Fond seines Mercedes, der von einem Chauffeur gefahren wurde.

»Was den alten Tipster angeht«, sagte Micklethrust, »er ist einfach viel zu smart, um Professor zu sein.« Nicholas beeilte sich, herzhafte Zustimmung auszudrücken.

»Und was ist Ihre Branche, mein Freund?« fragte Micklethrust.

»Oh! Ich bin ein Kollege von ihm – auf Besuch aus dem Ausland«, sagte Nicholas unbestimmt.

»Nehmen Sie mir meinen Eindruck von der akademischen Welt nicht übel«, sagte Micklethrust, »aber was Sie Professoren nicht sehen, ist der *Wert* von Wissen. Genau das versteht Tipster. Worin liegt der Sinn von Wissen, sofern nicht jemand davon profitiert?«

»Nicht alles Wissen«, wandte Nicholas milde ein, »ist unmittelbar nützlich.«

»Genau!« rief Micklethrust. »Genau getroffen! Denken Sie mal an all das Wissen in all diesen alten Büchern, die jetzt verkauft werden. Es sind nicht ihre Autoren oder Leser, sondern Leute wie Sie und ich und Tipster, die davon profitieren.«

Die Fahrt war sehr kurz. Sie waren bereits an dem Wolkenkratzer angelangt, in dem die Börse lag. Nicholas folgte Micklethrust durch die riesigen gläsernen Türen in die belebte Eingangshalle, an einem Empfangspult vorüber, wo Micklethrust seine Ausweiskarte vorlegte und Nicholas einen Tagespaß verschaffte, und dann hoch in den zehnten Stock, wo er dafür sorgte, daß ihm ein weiterer Paß für die Effektenbörse ausgestellt wurde.

»Bringt nichts für Sie, das Herz des libertarischen Lebens von der Besuchergalerie aus schlagen zu sehen«, sagte er, »durch getönte Scheiben. Sie müssen es erleben, mein Freund, hautnah, nackt und roh!«

Als sie dem Eingang näher kamen, konnte Nicholas eine wilde Kakophonie lauter, rauher Männerstimmen und scharfer, durchdringender weiblicher Stimmen hören. Das Geräusch war beunruhigend, als wäre eine ganze Station gewalttätiger psychiatrischer Patienten außer Kontrolle geraten.

Aber seine Augen widersprachen dem, was seine Ohren vorhergesagt hatten. Der Saal war sorgfältig in unterschiedliche Sektionen geteilt, jede für andere Wertpapiere, und in jeder standen Gruppen jüngerer Männer und Frauen, die mit wütender Energie einander anbrüllten und sich wild gestikulierend Zeichen gaben und hin und wieder ein paar Schritte zurück machten, um abermals zu brüllen, aber diesmal in ein Telefon, oder etwas auf einem Computerterminal in der Nähe zu überprüfen. In vielen der Sektionen ging es mit großem Geheul übereinander her, aber manche schienen im Pausenmodus zu sein, vermutlich, um Kraft zu schöpfen für die nächste Brüllphase.

Sie suchten ihren Weg durch den Saal, wobei sie darauf achteten, weder die Brüller noch die Pausemacher zu stören, und den Fallstricken von Telefon- und Computerleitungen aus dem Weg gingen. Micklethrust führte Nicholas in die Sektion »PARKETTHANDEL PRIVATISIERUNGEN«. Diese war gerade zum Stillstand gekommen, und Micklethrust nahm die Gelegenheit wahr, herumstehenden Kollegen irgendwelche dringenden Fragen zu stellen. Er stellte ihnen Nicholas vor.

»Ein Freund Tipsters«, kündigte er an, »Professor ... äh ...«

»Pangloss«, sagte Nicholas.

Die Händler nickten ihm zu und nahmen ihre eiligen Konsultationen wieder auf.

»In welchem Fach waren Sie noch mal Professor?« fragte Micklethrust.

»Dem der Philosophie«, sagte Nicholas.

Micklethrust schien interessiert. »Wollen Sie mal meine Philosophie hören? Ich bin Idealist. Die Welt, mein Freund wird von Ideen beherrscht. Sehen Sie sich doch um! Dies ist eine Effektenbörse, hier geht es um den Wert realer Unternehmen, aber womit handeln die Leute denn in Wirklichkeit? Worüber schreien sie denn alle soviel herum? Optionen! Terminkontrakte auf die Zukunft! Erwartungen! Abgeleitete Abstraktionen – was immer sie sein mögen!« Er zwinkerte Nicholas zu. »Was tun sie da alle? *Sie spekulieren*!«

Nicholas widerstand der Versuchung, mit seinem Gastgeber und Makler über Philosophie zu diskutieren. Eine praktische Frage beschäftigte ihn. »Das ist wirklich sehr interessant«, sagte er, »aber wie haben sich meine Aktien entwickelt?«

»Sie haben wirklich eine Glückssträhne, mein Freund«, sagte Micklethrust und zeigte auf einen Bildschirm über ihnen voller Zahlen, die in schneller Bewegung waren. »Die Bibliotheksaktien haben sich bereits im Wert verfünffacht. Sind Sie sicher, daß Sie nicht noch einen Augenblick warten wollen?«

»Ganz sicher«, sagte Nicholas.

Die Pause war vorüber und das Gebrüll begann. Micklethrust, soviel ließ sich feststellen, war ein befähigter Brüller. All seiner schillernden Eleganz zum Trotz hätte er ein Fußballtrainer oder ein Feldwebel sein können. Das merkwürdige war, daß die Brüller trotz des ungeheuren Getöses aufeinander zu hören und zu reagieren schienen. Micklethrust kritzelte hastig etwas auf einen Notizblock und nahm dann das Gebrüll wieder auf.

Als schließlich wieder eine Pause eintrat, wandte er sich Nicholas zu und klopfte ihm auf den Rücken.

»Sie sind auf dem besten Wege, ein reicher Mann zu werden, mein Freund. Habe gerade Tausende verkauft – das heißt, Tausende von Tausenden. Auch Ihre. Wie und wann möchten Sie ausgezahlt werden?«

»Wie wäre es mit heute und in bar?« fragte Nicholas kühn.

»Warum nicht?« rief Micklethrust und gab ihm eine Notiz mit, die Nicholas im Maklerbüro vorlegen sollte.

Nicholas dankte ihm überschwenglich. »Immer bereit, einem Kumpel des alten Tipster einen Gefallen zu tun«, sagte Micklethrust zum Abschied. »Vergessen Sie nicht, ihm seine Kommission zu zahlen.«

Nicholas überdachte diesen Vorschlag auf dem Weg zum Maklerbüro, beschloß aber, ihn zu verwerfen. Tipsters Tip, so entschied er, war ein Akt der Philanthropie gewesen, der sicherlich nicht ihn allein begünstigte.

Angekommen, übergab Nicholas Micklethrusts Notiz den Händen des Kassierers und bat darum, sofort in bar ausgezahlt zu werden. Der Kassierer machte deutlich, daß natürlich eine deftige Provision fällig würde. Nicholas bat darum, daß das Geld zu gleichen Teilen auf vier kleine Päckchen verteilt wurde.

Als er zu seinem neuen Zuhause zurückkehrte, stellte er fest, daß Mia und Aristoteles fort waren, um weiteren Proviant vom Supermarkt abzuholen. Nicholas setzte sich neben Seneca und sprach ihn langsam und behutsam an.

»Also, ich weiß, daß Sie gegen den Materialismus und das Konsumdenken sind«, sagte er, »aber ich möchte Ihnen trotzdem etwas zum Geschenk machen, was Sie verachten. Ich bin gerade zu etwas Geld gekommen« – Seneca wand sich – »und biete Ihnen an, es unter uns vier aufzuteilen. Schließlich«, fügte er hinzu, »könnte es immer mal nützlich sein, und Sie haben viel für mich getan.«

Mit dem Rücken zur Straße und eng an Seneca herantretend, übergab er ihm einen der Umschläge. Seneca nahm ihn sofort und entzog ihn neugierigen Blicken. In diesem Augenblick kehrten Mia und Aristoteles zurück, beladen mit Vorräten.

»Ich habe etwas für Sie beide«, sagte Nicholas und übergab ihnen die Umschläge. »Seneca wird alles erklären.« Und damit nahm er seine Reisetasche auf, die nach dem Diebstahl seines Umhangs leichter geworden war, und ging aus der Unterführung hinaus zum Busbahnhof.

Von einer Telefonzelle aus rief er Sam an.

»Hier ist Professor Pangloss«, sagte er. »Es tut mir wirklich leid. Ich werde heute nicht kommen können, und auch sonst nicht mehr.« Er dankte Sam für seine Hilfe und bat ihn, Leon etwas auszurichten. »Sagen Sie ihm«, sagte er, »daß er mir einen Gedanken für die Verfolgung meiner Mission in den Kopf gesetzt hat. Er wird schon verstehen.« Er hängte ein.

Als nächstes ging Nicholas ins Auskunftsbüro im Busbahnhof und fragte, als er an der Reihe war, welcher Bus an die Nordgrenze Libertarias fuhr.

»Da müssen Sie die Linie 360 nach Minerva nehmen«, sagte der Angestellte. »Fährt Punkt Mittag ab. Ein Fernbus.«

Nicholas ging zum Fahrkartenschalter und kaufte eine Fahrkarte nach Minerva. Dann kaufte er ein paar Sandwiches für die lange Reise, die vor ihm lag. Die Haltestelle für den Bus Nummer 360 lag etwas abseits am äußersten Ende des Bahnhofes. Es war schon fast Mittag. Der orangefarbene eingeschossige Bus wartete bereits und war nahezu leer. Nicholas stieg ein, stempelte seinen Fahrschein ab, machte es sich auf einem Sitz bequem, und der Bus fuhr ab.

Die Landschaft wurde trister, je weiter sie nach Norden kamen. In der Ferne konnte Nicholas geschwärzte Hänge sehen, die durch Kohletagebau verwüstet worden waren, verlassene Grubensiedlungen, stillgelegte Walzwerke. Sie kamen durch Städte, die einmal Zentren der Industrie und Gegenstand örtlichen Bürgerstolzes gewesen waren, jetzt aber heruntergewirtschaftet und verfallen wirkten und inmitten eines heillos zersiedelten Umlandes lagen. Er sah elende Wohnviertel, graue Mietskasernen mit zerbrochenen Scheiben, die um enge Straßen gebaut worden waren, in denen sich jetzt offensichtlich arbeitslose Jugendliche herumtrieben. Die ganze Fahrstrecke entlang standen Plakatwände mit Hochglanzwerbung, aber sie schienen nicht an die Einwohner dieser ehemals industrialisierten Landschaft gerichtet zu sein.

29 AUF DEM WEG

Es war früher Abend, als der Bus in Minerva eintraf. Er hielt auf dem Marktplatz der Stadt – einer großen, trostlosen Fläche, die von dunklen Ladenfronten, einem Hotel, einer Kirche, dem Rathaus und einem Café umgeben war, das »CAFÉ HEGEL« hieß. Der Sonnenuntergang nahm sich Zeit. Es war offensichtlich ein heißer, sonniger Tag gewesen, und die Luft war schwer und schwül. In der Mitte des Platzes befand sich ein großer Brunnen, der von der Statue einer göttinnenartigen Gestalt mit Helm überragt wurde, aber kein Wasser enthielt. Der Sockel der Statue und das große, niedrige, runde Becken des Brunnens waren längst von dem Grün, Gelb und Grau von Moos und Flechten in Besitz genommen. Der Platz war leer, wenn man von einer einzelnen schwarzen Katze absah, die ihn langsam und absichtsvoll überquerte. Die Läden waren geschlossen, und niemand ließ sich sehen. Nicholas ging zum Café hinüber und setzte sich an einen Tisch, wobei er die Reisetasche auf den Stuhl neben sich stellte. Das Café war leer bis auf zwei ältere Männer, die an einem Fenstertisch tranken und plauderten und ihn mit verhaltenem Interesse beobachteten.

Die Kellnerin, eine mollige weißblonde Person mit Rüschenschürze, trat an seinen Tisch.

»Was können Sie mir zu essen anbieten?« fragte er.

»Wie wäre es mit einem Omelett?« schlug sie vor.

Ein Omelett! Als der arme, erschöpfte Condorcet auf der Flucht war, zum Tode verurteilt von der jakobinischen Diktatur der Tugend, nachdem ihm von seinen alten Freunden, den Suards, aus Furcht ums eigene Leben die Zuflucht verweigert worden war, hatte er ein Wirtshaus in Clamart betreten und ein Omelett bestellt. »Aus wie vielen Eiern?« hatte der Wirt gefragt. Nach einiger Überlegung hatte Condorcet geantwortet, »ein Dutzend«, womit er den Verdacht des Wirtes bestätigte, daß dieser Vagabund – trotz seiner merkwürdig abgerissenen Kleidung, des stachligen Mehrtagebarts und des bandagierten Beines – ein Aristokrat sein mußte. Zwei Männer, die zufällig in dem Wirtshaus aßen, hatten ihn sofort vor dem ansässigen Überwachungskomitee denunziert, das ihn dann in der örtlichen Kirche verhörte. Binnen zwei Tagen war er tot und lag, die Arme neben seinem Körper hingestreckt, auf dem Boden des kleinen, schmierigen städtischen Gefängnisses für Diebe und Bettler, bevor er noch nach Paris transportiert werden konnte, um dort guillotiniert zu werden. Während er sich versteckt gehalten hatte, hatte er gerade noch seinen *Entwurf für ein historisches Tableau der Fortschritte des menschlichen Geistes* abschließen können, das optimistischste Werk der Aufklärung. Nicholas rief sich den Schlußsatz dieses Werkes ins Gedächtnis. Das Nachdenken über die Zukunft, hatte Condorcet geschrieben, war dem Philosophen ein Trost:

Dieses Nachdenken ist für ihn ein Zufluchtsort, an den ihn die Erinnerung seiner Verfolger nicht verfolgen kann; wo er, in Gedanken mit dem Menschen lebend, der in die Rechte wie auch die Würde seiner Natur wieder eingesetzt ist, den Menschen vergißt, den die Gier, die Furcht oder der Neid korrumpiert haben; dort ist es, wo er wahrhaftig mit Seinesgleichen gemeinsam existiert, in einem Elysium, das seine Vernunft zu schaffen verstanden hat und das seine Liebe für die Menschheit mit dem reinsten Genusse erfüllt.

»In Ordnung«, sagte er, »ich nehme ein Omelett.«

Er öffnete seine Reisetasche, entnahm ihr einige Blatt Papier und begann zu schreiben:

> Marktplatz, Minerva, Libertaria
>
> Lieber Justin,
> ich schreibe Ihnen dies von der nördlichen Grenze Libertarias am Vorabend einer weiteren Reise ins Unbekannte. Mein Leben in Freiheit hier war keine glückliche Erfahrung, und ich würde dieses Land ungern zu meiner Heimat machen oder Marcus und Eliza zu überzeugen versuchen, hier zu leben.
> Ich möchte aber keinen falschen Eindruck bei Ihnen erwekken. Zweifellos war das Leben in Freiheit in mehrerlei und sehr wichtiger Weise wirklich frei. Ich wurde nicht verhaftet oder denunziert oder von Polizisten oder Soldaten belästigt, und ich wurde nicht ins Gefängnis geworfen. Ich war frei von den Ergebnissen der Berechnungen wohlmeinender Experten und Planer, und ich war frei vom Druck der Vorstellungen anderer, wie man leben müsse. Ich wurde, um es auf den Punkt zu bringen, in Ruhe gelassen. Und so erging es auch praktisch jedem, den ich in Freiheit antraf.

Aber waren wir denn wirklich frei? fragte sich Nicholas. Karl und Fritz würden sich schon bei der Frage vor Lachen ausgeschüttet haben, aber er beschloß, dies Justin gegenüber nicht zu erwähnen, der, wie er sicher war, von ihnen oder über seine Träume nichts hören wollte. Wir waren, so überlegte er, nicht einmal *unfrei*, selbst unter der Eisenbahnbrükke: Niemand wurde gedrängt oder angewiesen oder gezwungen, dort zu leben. Aber waren wir frei?

> Was aber bedeutet es eigentlich,

– so setzte er seinen Brief an Justin in professoralem Stil fort –

> frei zu sein? Heißt es lediglich, in Ruhe gelassen zu werden: nicht herumkommandiert oder gedrängt oder gezwungen

oder tyrannisiert oder belästigt oder behelligt oder gestört zu werden von anderen? Oder ist es das alles wegen etwas viel Grundlegenderem? Ist das Grundlegende nicht, gestattet zu bekommen, das Leben zu führen, das man sich auswählt und lebenswert findet? Aber wenn das die Grundlage der Freiheit ist, dann muß mehr daran sein, als in Ruhe gelassen zu werden. Zum allermindesten muß es eine Wahl *geben* – eine Wahl, die zu treffen sich lohnt.

Als die Kellnerin ihm sein Omelett brachte, dachte Nicholas an die Krankenhausassistenten, mit denen er zusammengearbeitet, und die Gefährten, mit denen er unter dem Brükkenbogen gehaust hatte, an Leon und an den Mann mit dem Aktenkoffer an der Bushaltestelle. Nach dem zu schließen, was Leon ihm erzählt hatte, hatte dieser Mann kaum Chancen, irgend etwas Besseres zu finden als die niedrigste Arbeit zum geringstmöglichen Lohn, und selbst das noch nur mit viel Glück. Er hatte natürlich die Freiheit, zu wählen, auf welchem Mäuerchen er sitzen wollte, oder ob er sitzen oder stehen oder sich legen wollte, oder ob er betteln sollte oder nicht. Ein Libertarier würde sagen, er habe genau dieselbe Freiheit wie Osgood Micklethrust.

Sie werden sich erinnern, daß ich bemüht bin, einem weisen und kritischen, aber unwissenden Embryo, der nicht weiß, an welchem Ort innerhalb der gesellschaftlichen Ordnung er erscheinen wird (oder auch nur, welches Geschlecht oder welche Hautfarbe oder welchen Glauben er haben wird), einen vernünftigen und fundierten Rat zu geben. Er wird wissen wollen, wo seine Chancen am größten sind, ein lebenswertes Leben zu wählen. Die Gesellschaft, in die er sich entscheidet hineingeboren zu werden, wird ihm hinsichtlich mehrerer Punkte eine beruhigende Auskunft geben müssen. Erstens, es muß dort einen gesellschaftlichen Rahmen geben: der Ordnung, des gesellschaftlichen Friedens, der gegenseitigen Vorhersehbarkeit, des Geltens der Gesetze. Zweitens, es muß soziale Vorsorge geben: mindestenfalls die Sicherheit eines garantierten Minimums grundlegender Ressourcen, auf die er sich verlassen kann, und bestenfalls ein gerechtes System von Vergünstigungen, das sicherstellt, daß es denen, denen es am schlechtesten geht, so gut geht wie möglich. Und drittens, es wird ein reichhaltiges und mannigfaltiges soziales Umfeld unterschiedlicher Praktiken und Traditionen geben müssen, die um ihrer selbst willen wertvoll sind und alternative Formen der Erfüllung ermöglichen, nicht nur alternative Möglichkeiten, Geld zu verdienen und auszugeben. Ich fürchte, ich würde dem Embryo sagen müssen, daß hinsichtlich aller drei Punkte Libertaria ein Katastrophengebiet ist.

Also wird es Zeit, sich wieder auf den Weg zu machen. Aber wohin? Wo haben wir – der Embryo und ich – die besten Aussichten? Es fällt mir auf, daß tatsächlich unsere Perspektiven, die des Embryos und meine, einander immer ähnlicher werden, denn wer weiß, wohin es mich einmal verschlägt? Ich habe von einem Ort gehört, der angeblich ziemlich in der Nähe liegen soll, wenn sich auch niemand dessen sicher ist. Ich hoffe, ich werde Ihnen in nicht allzu ferner Zukunft mehr erzählen können.

Alle lieben Wünsche, wie immer, an meine beiden Kinder, an die ich oft denke.

Stets der Ihre
Pangloss

Nicholas faltete den Brief und steckte ihn in einen Umschlag, um ihn später aufzugeben. Er aß sein Omelett auf, rief die Kellnerin und zahlte. Dann nahm er seine Tasche und ging zu den zwei Männern am Fenster hinüber. Einer von ihnen las Zeitung. Nicholas sah die Überschrift: »FREIHEIT FÜR UNSERE TIERWELT! LIBERTARIAS WÄLDER PRIVATISIERT«. Dazu gab es das Bild einer triumphierenden Jugula Hildebrand.

»Bitte entschuldigen Sie die Störung«, sagte er, »aber

könnten Sie mir freundlicherweise sagen, welche Straße ich nehmen muß, um zur Grenze zu kommen?«

Einer der Männer zeigte auf die gegenüberliegende rechte Ecke des Platzes.

»Sie nehmen die Straße dort drüben«, sagte er. »Sie sind zu Fuß?«

Nicholas nickte. Der Mann sah überrascht aus.

»Also, wenn Sie dorthin *laufen* wollen, das ist ein ganz erhebliches Stück. Was haben Sie denn vor, wenn Sie dort ankommen?«

»Ich mache eine Wanderung«, antwortete Nicholas.

»Ab nach Egalitaria wollen Sie«, sagte der andere Mann in unverhohlen spöttischem Ton. Nicholas dankte ihnen und verließ das Lokal.

»Gute Reise!« rief der zweite Mann ihm nach. Es hörte sich so an, als ob die beiden lachten.

Er überquerte den Platz, wobei er an der schwarzen Katze vorüberkam, steckte den Brief in einen Briefkasten und machte sich auf den Marsch die Straße entlang. Er war schnell am Stadtrand und befand sich dann in offener Landschaft, auf dem Weg einen Hügel hinunter, mit einem Wald in der Senke. Es gab Felder und Bäume zu beiden Seiten und blaugraue Berge in der Ferne. Seine Tasche, mochte sie auch leichter geworden sein, fiel ihm immer mehr zur Last. Da sie Riemen hatte, schnallte er sie sich auf den Rücken.

Als er am Fuß der Anhöhe angekommen war, hörte er plötzlich einen lauten Flügelschlag ganz nahe an seinem Kopf. Er sah in die Höhe und im Kreise umher, konnte aber nichts finden. Dann, als er nach unten blickte, sah er eine große, wunderschöne schneeweiße Eule, die neben ihm zu Fuß auf der Landstraße ging. Das allermerkwürdigste daran war, daß sie vorwärts ging, aber den Kopf nach hinten drehte und über die Schulter sah, die runden, glänzenden, weit geöffneten Augen fest in die Richtung gerichtet, aus der er gekommen war.

Die Sonne schickte sich an, unterzugehen. Sie überzog die blaugrauen Berge in der Ferne mit einem goldenen Schimmer.

Plötzlich, in die Stille hinein, sagte eine dünne, kratzige Stimme: »Du hast einen langen Weg hinter dir, Professor Caritat.«

Nicholas blieb stehen und sah sich um. Die Eule blieb ebenfalls stehen. Es war niemand zu sehen. Ach du liebe Güte! dachte er, jetzt fange ich schon an, Stimmen zu hören.

Dann hörte er die Stimme wieder. »Es gilt als höflich«, sagte sie, »zu antworten, wenn man angesprochen wird.«

Er sah sich abermals um. Er war völlig allein. Dann bemerkte er, daß die Eule ihn ansah, mit schiefgelegtem Kopf, wie in Erwartung.

»Entschuldigung«, sagte er. Die Eule setzte sich in Marsch, immer noch nach hinten schauend, die Augen auf Nicholas gerichtet. Nicholas folgte. Sie gingen auf den Wald zu, der unmittelbar vor ihnen lag. Als sie in ihn eintraten, verschwand das goldene Sonnenlicht, und die einsame Stille der Straße draußen wurde abgelöst von einem klagenden Tohuwabohu von Vogelstimmen überall um sie herum, ein polyphones Getöse von Zwitschern, Pfeifen, Trillern, Kollern, Schackern, Gurren, Girren und Zirpen, das erbarmungslos und unausweichlich schien. Der Wald war dunkel, und der grade Pfad, auf dem sie gegangen waren, hatte sich verloren. Nicholas spürte einen Anflug von Furcht. Der Wald schien bedrohlich und bedrückend, wild, rauh und dicht, aber er hielt die Augen fest auf die Eule gerichtet, die mit sicherem Schritt gerade vor ihm zwischen den aufragenden Bäumen hindurch marschierte.

Plötzlich bemerkte Nicholas etwas anderes; den unverwechselbaren Klang menschlicher Stimmen, die sich in der Nähe etwas zuriefen, manche sangen auch. In der Dunkelheit war niemand zu sehen. Als er nach oben schaute, bot sich ihm ein erstaunlicher Anblick. Hoch oben in den Bäumen war eine unübersehbare Menge junger Leute versammelt. Einige saßen auf Ästen, andere lagen in Hängematten, die zwischen ihnen aufgespannt waren, andere steckten die Köpfe aus provisorisch gezimmerten Baumhäusern hoch über seinem Kopf. Wieder andere balancierten halsbrecherisch über ein Gewirr von dicken Ästen, das eine Brücke zwischen den Baumhäusern bildete, wie die mittelalterlichen Bewohner hoher Turmhäuschen, die ihre luftige Stadt verteidigten. Die jungen Männer und Frauen in Hosen und Pullovern waren voller guter Laune, aber auch, wie es schien, aufgeregt und sogar über etwas zornig.

»Kannst du mir sagen, was sie da alle machen?« fragte er die Eule.

»Sie besetzen unsere Äste«, sagte die Eule ziemlich ärgerlich. »Andererseits versuchen sie, unsere Bäume zu retten.«

»Vor wem?« fragte Nicholas.

»Hör genau hin!« sagte die Eule.

Nicholas spitzte die Ohren und hörte ein tiefes rumpelndes Dröhnen in der Ferne.

»Planierraupen«, sagte die Eule. »Eine Erschließungsgesellschaft. Unsere Heimat soll ›erschlossen‹ werden.«

»Können sie sie denn retten?« fragte Nicholas die Eule, aber diese schwieg. Also hatte Leon sich geirrt: Es gab doch noch Protest in Libertaria. Als er beim Weitergehen angestrengt zwischen den Bäumen hindurchsah, konnte er eine große orangefarbene Planierraupe erkennen, die von zwei Männern in gelben Helmen gefahren wurde. Sie rückte langsam auf den Wald vor.

Die jungen Leute über ihm hatten gemeinsam zu singen begonnen. Er wurde von oben gerufen, hinaufzuklettern und sich ihnen anzuschließen. Er erwog diesen Vorschlag, da er aber gravierenden Zweifel an seiner Fähigkeit hatte, den Baum hinaufzukraxeln, winkte er nur und rief ein paar Worte der Ermutigung, bevor er der Eule folgte, die sich auf einen Lichtschein zubewegte. Es war der Saum des Waldes, aus dem sie bald hervortraten.

Sie gingen jetzt westwärts der sinkenden Sonne entgegen. »Sehen diese bläulichen Berge vor uns nicht wunderschön aus gegen den rotgoldenen Himmel?« bemerkte Nicholas.

Die Eule hielt nicht darin inne, vorwärts zu gehen und

rückwärts zu schauen. »Nicht daß ich wüßte«, sagte die Eule. Wenn sie sprach, öffnete und schloß sich ihr krummer Schnabel und ließ dabei das kleine, spitzwinklige Dreieck einer hellrosa Zunge erkennen. »Ich besitze eine beschränkte Sehfähigkeit. Nicht allein, daß ich nur in eine Richtung blikken kann; ich bin auch farbenblind. Ich sehe nur grau in grau.«

»Ist das nicht sehr hinderlich?« fragte Nicholas.

»Überhaupt nicht«, sagte die Eule. »Es hilft dabei, den Geist auf das wirklich Wesentliche zu konzentrieren.«

»Worin besteht das?« fragte Nicholas.

»Die Bedeutung vergangener Geschehnisse zu erfassen«, antwortete die Eule.

Nicholas wollte sie fragen, wie die Bedeutung seiner eigenen kürzlichen Vergangenheit zu interpretieren sei, aber die Eule sprach schon weiter, bevor er die Frage stellen konnte.

»Es sind in Wahrheit die Menschen, die über wirklich eingeschränkte Sehkraft verfügen«, bemerkte sie.

»Wie das?« fragte Nicholas.

»Ihr seid nicht in der Lage, mehr als ein Ding auf einmal zu sehen, und ihr habt die größten Schwierigkeiten, Verbindungen zwischen den Dingen zu sehen. Es entgeht euch, daß die Natur die menschlichen Ideale miteinander in einer unauflöslichen Kette verschränkt hat.«

»Wie meinst du das?« fragte Nicholas die Eule.

»Nimm nur die Länder, die du bereist und alle hinter dir gelassen hast. Jedes von ihnen verschrieb sich der Verfolgung eines würdigen Ziels: das eine, Ordnung und Sicherheit herzustellen, ein anderes, Gemeinwohl und Glück zu maximieren, ein anderes, stabile Identitäten zur Verfügung zu stellen, in denen sich die Menschen mit anderen ihrer Art zu Hause fühlen können, ein anderes der beglückenden Vision wirklicher individueller Freiheit in Einklang mit allen anderen, ein anderes, die Individuen und ihren Besitz vor Störungen zu schützen, damit sie leben können, wie sie es wünschen. Und doch verfolgte jedes sein Lieblingsziel unter Ausschluß der anderen und opferte dabei zahllose menschliche Einzelwesen auf dem Altar seines abstrakten Ideals. Wie viele Menschenleben sind im Namen solcher Ideale ruiniert und zerstört worden? O menschliche Torheit!«

»Was«, fragte Nicholas, »wäre die Alternative?«

»Nur verbinden!« erwiderte die Eule. »Die Alternative ist, zu erkennen, daß keines dieser Ideale irgend etwas wert ist ohne die anderen. Erst dann werdet ihr in der Lage sein, eine Welt zu schaffen, die für Menschen geeignet ist, und auch«, fügte sie wie in einem Nachgedanken hinzu, »für Eulen.«

Sie gingen weiter. Nicholas dachte über die Bemerkungen der Eule nach. Irrte sie sich nicht gewaltig? Wie konnten all diese Ideale gemeinsam in ein und derselben Gesellschaft verwirklicht werden? Eines zu verfolgen, schließt aus, andere zu verfolgen. Alles ist, was es ist, und nicht etwas anderes. Nicht alles Gute ist auch gleichzeitig zu haben. War es nicht die höchste menschliche Torheit, anzunehmen, daß es das wäre: nach Perfektion zu streben und zu versuchen, eine harmonische Welt hervorzubringen, in der alle menschlichen Ziele gleichzeitig verwirklicht wären? Sicherlich war diese Hoffnung doch die gefährlichste Illusion unserer Zeit?

Nicholas wollte darüber mit der Eule reden, aber diese schien es eilig zu haben und nicht geneigt zu sein, sich auf Debatten einzulassen.

»Ich möchte wirklich noch wissen«, fragte er die Eule, »ob die Welt, von der du sprichst, eine Welt, die geeignet wäre für Menschen – und Eulen –, auch eine mögliche Welt ist. Heißt sie Egalitaria? Liegt sie vor uns?«

Die Dämmerung senkte sich. Bei Nicholas' Worten wurde die Eule aufgeregt, zwinkerte mit einem Auge, breitete die Schwingen, stieß einen durchdringenden Schrei aus und erhob sich in den dunkelnden Himmel.

Nicholas wanderte weiter. Es wurde Nacht, und die Last auf seinem Rücken wurde schwerer. Nach einer Weile sah er ein vereinzeltes Gebäude in der Ferne. Als er herankam, stellte er fest, daß es ein Zollhaus war. Niemand aber ließ sich sehen: Der Ort sah völlig verlassen aus, obwohl ein Licht brannte. Als er davorstand, sah er, daß jemand auf die Mauer unter dem Licht eine Botschaft geschrieben hatte, die lautete: »LASST ALLE, DIE IHR HIER HINAUSGEHT, NIE DIE HOFFNUNG FAHREN.«

Er setzte sich vor der Mauer auf den Boden, öffnete seine Reisetasche, zog sein verbleibendes Notizpapier hervor und schrieb einen weiteren Brief:

Nordgrenze, Libertaria

Lieber Justin, lieber Marcus, liebe Eliza,
zwei ziemlich merkwürdige Begebenheiten haben sich gerade zugetragen. Zuerst traf ich einen Vogel, mit dem ich eine Unterhaltung hatte. Dann sah ich Menschen, die in Bäumen lebten. Wenn Ihr dies lest, werdet Ihr wohl annehmen, ich sei mittlerweile ein wenig durcheinander, aber ich bitte Euch, weiterzulesen, da jede dieser Begebenheiten mir etwas beigebracht hat, das für Euch interessant sein könnte.
Zuerst der Vogel. Es handelte sich um eine Eule, die Eule der Minerva, und gewiß war sie weise, wie man es von Eulen überhaupt annimmt. Sie wußte alles über meine Reisen und interpretierte ihre bisherige Bedeutung, indem sie Condorcets Bemerkung zitierte, die menschlichen Ideale seien in einer unauflöslichen Kette miteinander verknüpft. Aber sie gab dieser Bemerkung einen Sinn, an den ich nie zuvor gedacht hatte. Ich war immer der Auffassung, in ihr drücke sich das aus, was am Optimismus der Aufklärung exzessiv, sogar gefährlich war: der Traum einer Perfektion, in der Wahrheit, Glück und Tugend ein und dasselbe wären und es keine Konflikte zwischen Werten, keine moralischen Dilemmata, keine Zusammenstöße zwischen einem Recht und dem anderen, keine Tragödien mehr geben würde. Der Traum einer Welt, in der politische Gleichheit und wirtschaftliches Wachstum und effiziente Organisation und soziale Gerechtigkeit miteinander und mit einer universellen individuellen Freiheit kompatibel wären; in der Universalismus nicht län-

ger in Konflikt mit der Einzigartigkeit liegt, oder Solidarität mit Individualität, oder öffentliche mit privaten Loyalitäten. Eine Welt, in der die Verfolgung eines würdigen menschlichen Ideals nicht länger bedeutet, die übrigen zu opfern. Führte nicht das Streben nach solcher allumfassenden, allversöhnenden Perfektion hier auf Erden zur Diktatur der Tugend, der Condorcet selbst zum Opfer fiel? Für wieviel Tod und Zerstörung ist es seitdem verantwortlich gewesen, vor allem in diesem unseren schrecklichen Jahrhundert? Ist der Traum nicht zum Alptraum geworden?

Und doch muß gefragt werden, ob diese Hoffnung wirklich solch tödliche Macht hat – tödlicher als die weltfernen und atavistischen Glaubenssätze, gegen die sie sich erhob? Ist Fanatismus nicht ein menschlicher Zug, der sich aller Gedanken bedienen wird, die bei der Hand sind, um seine Opfer zu verfolgen?

Aber die Bedeutung, die die Eule der unauflöslichen Kette gab, war eine ganz und gar andere: der einfache Gedanke, daß es katastrophal ist, im Streben nach einem Ideal all die anderen aus dem Blick zu verlieren. *Das* zu tun bedeutet Fanatismus. Alle Länder, die ich bisher besucht habe, werden von Fanatikern mit Röhrenblick regiert, Fanatikern, die von einer einzigen beherrschenden, alles verschlingenden Auffassung dessen besessen sind, was dem Leben Wert gibt. Sie alle *wissen*, warum die bestmögliche Welt die ihre sein muß. Sie und ihre Mitbürger sind allesamt Opfer derselben Illusion. Selbst die wenigen Dissidenten, auf die ich traf, schienen Schwierigkeiten zu haben, unabhängig zu denken und das zu durchschauen.

Was mich auf die Menschen in den Bäumen bringt. Ich sah sie, als ich mit der Eule durch einen dunklen Wald kam, wo sie in Hängematten und Baumhäusern lebten und sangen. Sie leisten Widerstand gegen den Fanatismus, nicht nur indem sie sich ihre eigenen Gedanken machen, sondern indem sie handeln. Sie verteidigen die Bäume gegen Planierraupen. Aber sie verteidigen auch einen Raum der Freiheit gegen die Fanatiker des Privatbesitzes und widersprechen dabei der libertarischen Auffassung, was Freiheit sei. Sie verteidigen sich selbst und ihre Zukunft und die Eule und deren Zukunft. Sie handeln auch gemeinsam, widerstehen gemeinsam, in einem Staat, der nichts für gemeinschaftliches Handeln übrig hat. Sie baten mich, mich ihnen anzuschließen, und ich muß Euch sagen, daß ich versucht war, es zu tun – aber auf einen Baum zu klettern, liegt jenseits meiner Fähigkeiten.

Im Verlauf meiner Reisen habe ich über Euch alle drei sehr viel nachgedacht. Auch im Wald tat ich es wieder. Ich bin sicher, hättet Ihr hier in Libertaria gelebt, so wäret Ihr dort auf den Bäumen gewesen. Und da wären auch viele, viele Menschen mehr aus Eurer Generation, wenn sie nur verstünden, wie das Leben der Menschen eingeengt und verzerrt wird durch Fanatiker. IHR SEID UNSERE EINZIGE HOFFNUNG!

Wann werden wir einander wiedersehen? Ich weiß es nicht. Justin wird bestimmt der erste sein, daran zu erinnern, daß ich eine Mission zu erfüllen habe. Aber wie werde ich wissen, wann das der Fall ist? Ich glaube, das ist mir doch jetzt ein wenig klarer geworden. Wenn mir die Leute versichern, daß meine Mission erfüllt ist, das zumindest habe ich gelernt, so weiß ich, daß ich meine Reise fortsetzen muß. Aufgefallen ist mir außerdem, daß praktisch jeder, mit dem ich bislang zusammengetroffen bin, anscheinend aufgehört hat, zu lernen. Wie in einer Falle scheinen sie in der eigenen Sprache und der eigenen Welt gefangen, gänzlich abgeschlossen gegen die der anderen. Ohne es zu beabsichtigen, haben sie mir beigebracht, wieder darüber nachzudenken, wie man die Feinde einer offenen Gesellschaft erkennt.

Ihr erinnert Euch sicher an die Fabel des Bauern, der seinen Söhnen auf dem Totenbett verrät, daß im Garten ein Schatz vergraben sei. Der alte Mann stirbt, und die Söhne graben überall, finden aber nichts. Es gibt keinen Schatz, aber ihre Arbeit verbessert den Boden und sichert ihr Wohlergehen.

Indem sie ihren Garten kultivieren, pflegen sie seine Wurzeln und kümmern sich um das Erblühen seiner reichlichen Vegetation. Aber kann alles gleichermaßen blühen? Ein ungejäteter Garten verkommt; und doch wissen wir seit der Aufklärung, daß es keine Grundlage in der Vernunft oder in der Natur dafür gibt, bestimmte Pflanzen als Unkraut zu behandeln.
Mit viel Liebe und besten Wünschen,
Nicholas

Er blickte in die Ferne, wo sich die Berge im Nachthimmel verloren. Die Straße, auf der er ging, führte auf eine Kreuzung, von der aus mehrere Straßen weiterführten – aber wie weit sie führten, konnte er nicht sehen. Einige schienen im Sande zu verlaufen, andere in ungewissen Krümmungen und Windungen voran zu führen und sich dann zu verlieren, andere in sich zurückgekrümmt zu sein. Es war völlig unklar, welche er nehmen sollte. Es wurde rasch dunkler. Er spähte angestrengt aus und glaubte, in mittlerer Entfernung blinkende Lichter vor sich auszumachen. Vielleicht war es ein Wirtshaus oder eine Herberge, wo er seine Last ablegen und die Nacht über ausruhen konnte, bevor er seine Wanderung fortsetzte.

INHALT

ROTBUCH **Rationen**

Herausgegeben
von Otto Kallscheuer

Keine Leitlinien, sondern produktive Neugier: Rationen liefern Orientierungswissen und Proviant. Rationen bieten Vernunft im Plural, Gründe für eine antiautoritäre Kultur, Aufklärung, deren Ergebnis nicht schon vorab feststeht.

Perry Anderson
Zum Ende der Geschichte

Benjamin Barber
Starke Demokratie

Seyla Benhabib
Hannah Arendt – Die melancholische Denkerin der Moderne

Adriana Cavarero
Platon zum Trotz

Max Charlesworth
Leben und sterben lassen

Stephen Holmes
Die Anatomie des Antiliberalismus

Ted Honderich
Das Elend des Konservativismus

Michael Ignatieff
Wovon lebt der Mensch

Hans Leo Krämer/Claus Leggewie
Wege ins Reich der Freiheit

Bernhard Lewis
Die politische Sprache des Islam

Anne Phillips
Geschlecht und Demokratie

Sergio Quinzio
Die Niederlage Gottes

Léo Scheer
Virtuelle Demokratie

Michael Walzer
Über Toleranz

Michael Walzer
Lokale Kritik – Globale Standards

Bernard Williams
Ethik und die Grenzen der Philosophie

ROTBUCH VERLAG · HAMBURG